KNAUR
SCIENCE FICTION

Herausgeber
Werner Fuchs

Larry Dever läßt sich in Kälteschlaf versetzen: Bei einem Unfall wurde
sein Unterleib zerquetscht, nun soll die Zukunft sein Problem lösen. Als
Larry erwacht, erkennt er die Welt nicht wieder. Die Menschen, ein Meter
zwanzig große bleiche, kraftlose Wesen, leben wie Ameisen zu Milliarden
in unterirdischen Labyrinthen. Land und Meer sind biologisch verödet,
Ernte-Roboter hegen die wenigen unfruchtbaren Pflanzen in kümmer-
lichen Gärten, und auf dem Meeresgrund dämmert Rorqual Maru, der
Kyborg-Wal, seinem Tod entgegen. Das Schicksal bringt Larry Dever
und Rorqual Maru zusammen, und gemeinsam erklären sie den Laby-
rinthbewohnern den Krieg . . .

Der Amerikaner Thomas Joseph Bassler – wie sein vollständiger Name
lautet – wurde 1932 geboren und begann 1969 Science Fiction zu schrei-
ben. Er hat neben einigen Kurzgeschichten bislang zwei Romane verfaßt,
»Die Ameisenkultur« und das vorliegende Werk, die beide für den
NEBULA-Award nominiert wurden. Bass, im Hauptberuf Pathologe, ver-
eint seine Kenntnisse biologisch-medizinischer Details mit spannender
Handlung und Phantasie.

D1079366

Deutsche Erstausgabe
© Droemersche Verlagsanstalt Th. Knaur Nachf.
München/Zürich 1982
Copyright © 1974 by. T. J. Bass
Diese Übersetzung erscheint mit Genehmigung von
Ballantine Books, A Division of Random House, Inc.
Titel der Originalausgabe »The Godwhale«
Aus dem Amerikanischen von Annette von Carpentier
Umschlagillustration Jim Burns
Satz IBV Lichtsatz KG, Berlin
Druck und Bindung Hanseatische Druckanstalt GmbH, Hamburg
Printed in Germany · 1 · 12 · 982
ISBN 3-426-05751-4

1. Auflage

T.J. BASS

DER GOTT-WAL

Science-Fiction-Roman
Deutsche Erstausgabe

Knaur

Inhalt

1. LARRY DEVER, HALBMENSCH

Kopfabschlagen verdirbt dir den Tag
aber wenn du nicht repariert werden kannst
verdirbt es dir das Leben
Weisheit auf Todd Island

Larry Dever kniete im Dunkeln am Osttor, die Knie im feuchten Kies, Hände an kalten, körnigen Stangen. Frühmorgendliche Nebel glätteten sein blondes, dichtes Haar. Kühle Tröpfchen klebten auf seinem jungen, kantigen Gesicht. Jacke und Kunstfaserhose waren klamm.
»Kommen und den neuesten Stand der Dinge«, murmelte Larry.
»Komme«, sagte sein Gürtel und blinkte mit der amorphen, kupfergespeisten Kontrolluhr. »Der Park wird heute warm werden – 33 Grad – und klar. Ernte: Gut.«
Die lange Nacht hatte ihn bis auf die Knochen ausgekühlt. Wo war die Sonne? Wo die Wärme?
»Sex?«
»Wahrscheinlich null Komma zwei.«
Larry lächelte. Das war eventuell zu hoch, wenn man seine Jugend in Anbetracht zog, in der die Geschlechtsdrüsenaktivität zu achtundneunzig Prozent antizipatorisch war. Er lehnte sein knochiges Gesicht gegen die Stangen – ein Dever-Gesicht mit den ausgeprägten Wangen- und Kieferknochen. Im Osten lichtete sich der Himmel bläulich, wurde dann schwach ockerfarben, als sich langsam eine kupferne Sonnenscheibe erhob und den Nebel vom See vertrieb.
»Endlich.«
An dem Wachtturm rotierten Lichtzellen. Das Tor fuhr quietschend auf.
»Freu dich! Freu dich! Lauf los und verbrauche deine KBEs«, rief Gürtel. Die Worte wurden von fröhlicher Musik, einem Kavalleriemarsch begleitet, der Larry das Blut aufheizte und ihn antrieb; steifbeinig rannte er in das lange, taufeuchte Gras. Sechs kleine braune Vögel brachen aus ihren Verstecken und flogen davon. Larry rannte weiter, scheuchte Grashüpfer auf und einen Schwarm gelbgrauer Motten. Als er die Grenze der Sauerstoffkapazität der Muskeln erreicht hatte, blieb er stehen, um Atem zu schöpfen. Die Sonne wärmte ihm den Nacken und trocknete seine Faserjeans.
»Eßbar?« fragte Larry.
Gürtel zeigte ihm verschiedene Früchte und Körner – riesige Fleischtomaten, nahrhafte Brotfrüchte und klebrige Weintrauben. Die wilde Vielfalt eßbarer Gewächse verwirrte ihn. Namen? Sein Wortschatz war auf

die Bezeichnungen der Gelatin-Aromen in der Stadt begrenzt: Moschus, Kalmus, Kolanuß, Honigklee, Gartenraute, Ambra und Ilang-Ilang.

»Zeig mir etwas, das anregend und fein schmeckt.«

»Genus *Malus*«, schlug Gürtel vor. »Schwimm durch den See und steige den Berg da hinten zu deiner Linken hinauf. Suche nach einem Baum mit dicken, knorrigen Ästen und vielfarbigen Früchten.«

Larry rannte zum Ufer und schleuderte die Stoffsandalen von sich. Ein aufgestörter Wels schnitt ein ›V‹ in den Wasserspiegel vom Ufer fort. Larry legte die Jeans ab und ging in das kalte Wasser. Schlamm drang ihm zwischen den Zehen durch. Gänsehaut überzog Beine und Rücken. Er warf seine Jacke zurück aufs Gras und tauchte in die glitzernden kleinen Wellen – zitternd. Nun pulsierten die nützlichen Hautkapillaren, um die Wärme zu halten. Er verschluckte sich an einem verirrten Wasserspritzer. Die ersten Züge kamen unbeholfen, bis die irgendwann erlernten zerebralen Reflexe einsetzten und er einen exzentrischen Rhythmus zustande brachte – wie eine Zahnradbahn ruckte er durch das Wasser. Die Strömung eines Abflußkanals trieb ihn hinaus. Er stieg auf eine Wasserbrücke und ließ sich von der starken Strömung treiben, glitt entlang auf den tosenden Wassern des hochgelegenen Kanals, hoch über dem Netz von Gehsteigen und anderen Wasserwegen. Auf dem *Malus*-Berg war das Gras weich. Ein darunter verborgener Haufen kleiner Zweige verletzte seine durch das Wasser empfindlich gewordene Fußsohle. Tropfnaß zog er sich an dem Baum hoch und hockte sich vorsichtig auf die rauhe Borke. Der Baum war vielfach veredelt, so daß sich in seiner Reichweite eine Vielzahl von Apfelsorten befand: säuerliche Holzäpfel, dicke Rote und kleine Gelbliche. Er pflückte sich einen wächsernen roten Apfel und biß mit einem saftspritzenden *Krrk!* hinein. Geräuschvoll zermahlte er das feste Fruchtfleisch. Aroma! Ein warmes Schachbrettmuster aus Sonnenlicht durchdrang das Laub und trocknete ihn. Faulendes Fallobst zog eine laut summende Biene an. Gürtel sang. Larry verlagerte das Gewicht auf dem knorrigen Ast und döste ein. Die kühle Abendbrise weckte ihn.

»Wieviel haben wir verbraucht?« fragte er.

Gürtel rechnete: »1,207 Schritte zu 0,027 plus 6,11 Wasserminuten zu 1,0 ergibt 38,7 Konzentrierte Bio-Einheiten.«

»38,7 KBEs«, murmelte Larry. »So viel? Ich denke, zurück nehmen wir besser den einfachen Weg.« Er zog sich hoch, entblößte die von der Borke geröteten Schenkel, kletterte hinab und trottete über das träge Polymerband zu seinem Kleiderhaufen, streifte den sonnengewärmten Stoff über und stopfte die Jacke unter den Gürtel. Der Kyber blubberte:

»Hast du die sinnlichen Erfahrungen von Park genossen?«

Larry nickte abwesend. Der Tag neigte sich und mit ihm die vergangenen Anregungen von Park. Die Rückkehr in die Zentralstadt bedeutete eintönige, einlullende Langeweile. Als er vor der Haltestation stehenblieb, widerte ihn der Anblick der dichtgedrängten Passagierebenen mit ihren fauligen Gerüchen an. Auf der unteren Ebene warteten die Frachtkapseln auf den Nebengleisen und lockten zu einer wilderen, aber verbotenen Fahrt – eine Versuchung neuer taktiler Aufregungen, zusätzlich zu der Möglichkeit, die den Geruchssinn beleidigenden Passagiergänge zu vermeiden. Larry kletterte über die Schutzgitter und schob sich zwischen die dunklen, schweren Maschinen, die nach aromatischen Flüssigkeiten rochen.

»Gefahr«, mahnte Gürtel.

»Wo bleibt dein Abenteuergeist? Meine Einheiten werden für diese Überschreitung ausreichen.« Er trat auf eine Kapsel zu, die langsam auf ihren Federn vorbeiglitt – schwerfällig. Er schwang sich auf die unterste Stufe und kletterte den schmalen Aufgang hinauf. »Riech mal diesen Tank. Müssen labile Kalorien sein.« Er hob die Staubabdeckung hoch und stellte die Schalter auf Handbetrieb, wobei er den Deckel gegen den Knebelverschluß drückte. Ein rotes Licht blinkte auf. Der Schalter glitt auf Automatik zurück. Er klemmte die Staubabdeckung fester.

»Gefahr«, wiederholte Gürtel.

Larry kroch über die Leiter weiter und zerrte an dem Verschluß. Er zischte auf, und kühle, würzige Luft wehte ihm entgegen. Die Ladung war dunkel und gefroren.

»Gärt«, stellte er fest. »Rosinen oder Weintrauben.«

»Wir wollen nicht stehlen.«

»Entspann dich bitte«, spottete Larry. Seine Zunge blühte unter der reichlichen Drüsensekretion auf. »Man wird uns schon nicht erwischen.« Er blickte den Schienenstrang entlang. In beiden Richtungen erstreckte sich die Reihe der Frachtkapseln, so weit er blicken konnte. Er sah weder Wachen noch Alarmtürme; daher beugte er sich rasch hinein und hob eine Handvoll der feuchten Perlen heraus.

»WARNUNG! WARNUNG!«

Larrys purpurrote, tropfende Hand befand sich in Mundhöhe, als er irritiert innehielt. »Was ist los?« Gürtels gelbliche Lichter glühten nun rot auf. Der Zug stöhnte, und die Kapsel ruckte plötzlich an. Larry rutschte mit der nassen Hand am Türrahmen ab. Die Ladeluke glitt zu, langsam, aber hartnäckig, und erwischte Larry in der Körpermitte. Gürtel blubberte durch seine verbogene Sprechmembran.

»Verdammt! Jetzt werden sie mich fangen und bestrafen«, fluchte Larry.

Der Zug schlich weiter. Die Staubabdeckung fiel von dem Schaltpult herab. Larry spürte, wie sich der Druck der Luke verstärkte. Er kämpfte dagegen an und riß mit blutigen Fingernägeln an dem Rand. Magen und

Leber wurden gegen das Zwerchfell gepreßt. Es drückte ihm die Luft aus den Lungen, und er konnte nicht mehr atmen. Gürtel quietschte, als seine Schaltkreise zermalmt wurden. Larrys Zunge und Augen fühlten sich aufgequollen an. Seine Sinne umnebelten sich. Der Druck auf seinen Bauch verstärkte sich, während die Tür weiter zuglitt. Ein schmaler Sonnenstrahl ließ seine gelähmte Hand erkennen, die durch die sich bewegende, feuchte Masse der Trauben fuhr. Das *Klickklickklick* der Räder wurde gedämpft, als der Schlitz schmaler wurde. Dunkelheit.

Das Bewußtsein kehrte zurück. Der Schmerz ließ nach. Immer noch hing er wie eine Fledermaus mit dem Kopf nach unten. Lippen und Lider waren verquollen und taub. Unter seinen Händen zermatschte die Ladung. Durch die Bewegung war der Saft an die Oberfläche gestiegen – ein nasser, aromatischer Treibsand, in dem er zu ertrinken drohte. Er suchte nach einem Halt und griff nach der Schleusentür. Sie hatte sich völlig geschlossen! Ein unfreiwilliger Schauder ließ seine Zähne aufeinander schlagen, als er mit feuchten Fingern den Rand abtastete. Keine Öffnung. Er fragte sich, ob die Sonne noch schien. An seinen Beinen empfand er kein Wärmegefühl. Er empfand überhaupt kein Gefühl! Nicht ein Laut durchdrang die dicken Wände der Kapsel. Er lauschte auf das Klicken der Räder. Nichts. Nur das Mahlen der Ladung.

»Gürtel!« jammerte er. »Ruf ein Weißes Team. Ich bin schwer verletzt. Gürtel? Gürtel?« Er tastete den zerstörten, trichterförmigen Kyber an der Hüfte ab. »Die Tür hat dich umgebracht.« Mit zitternden Fingern tastete er auch sein Gesicht ab. »Mich hat die Tür auch umgebracht«, sagte er tonlos. »Ich bin in zwei Hälften zerschnitten. Was für eine dumme Geschichte!«

Wieder und wieder fühlten seine Finger am Rand des Verschlusses entlang. Er war nicht bereit, den Verlust von Hüften und Beinen zu akzeptieren, kniff die Augen zu und versuchte, seine Zehen zu spüren. Seine Anstrengungen, bewußt die Knie zu beugen, zu urinieren und die Füße zu bewegen, brachten keine beruhigende sensorische Rückmeldung – nur die Phantomgliedmaßen von gestern. Sein Gehirn erinnerte sich an die verlorenen Beine und vermittelte ihm ein vages Gefühl von Füßen – kalt und unwirklich –, die sich weigerten, seinen Befehlen zu gehorchen.

»Verdammt! Verdammt! Verdammt! Ich bin tot!« flüsterte er.

Das Klacken eines aufbrechenden Verschlusses unterbrach seine verfrühte Trauer. Ein Licht flackerte, wo die Schraubengewinde eines Tanksensors aufquietschten. Das Loch, das erschien, lag am anderen Ende der Kapsel, etwa zwanzig Schritt von ihm entfernt. Es war groß genug, den Arm eines Mannes hineinzulassen. Irgend etwas fummelte am Außenrand des Loches herum und unterbrach mehrere Male den Lichtstrahl.

»Hilfe?« rief Larry, sich fragend, ob der das Zauberwort gefunden hatte, das ihn retten würde.

»Er lebt«, sagte eine ferne Stimme.

»Laßt ihn uns hier 'rausholen«, sagte eine andere.

»Nein! Warte. Bitte. Wenn du die Tür öffnest, werde ich...« Seine Stimme versagte. Seine Lungen schienen zu klein, um sowohl Atmung als auch Sprechen zu ermöglichen. Er hatte eine Vision, daß er, wenn man die Ladeluke öffnete und der Druck auf seinen verletzten Bauch nachließe, Gedärm und Blut verspritzend kopfüber in dem tiefen Teich klebrigen, purpurroten Breis versinken würde.

»Nein!«

Die Luke glitt auf. Er fiel nicht herab. Im Schein zweier Arbeitslampen sah er den erhobenen Arm eines weißen Roboters – ein Medimech: ein Heil-Oktopus mit Klemmschrauben, Gefäßklemmen und Nahtmaterial, passend für jeden möglichen Blutfluß. Aber nichts floß. Larry hing an einem Gewirr von Schaltdrähten. Gürtel war zu einer dicken Krampe zermalmt worden, einer Körperklammer, die Larrys Bauch geschlossen gehalten hatte. Der Medimech fuhr fort, überall ›Haltenähte‹ anzubringen. Dicke, weiße Verbandswatte wurde in die Wunde gepreßt, als man die Nähte anzog. Nadeln mit breiten Kanülen wurden in Larrys Arm geschoben, um biegsame Röhren in seine Blutgefäße zu leiten. Bald fühlte er sich wieder warm und wohl, während Nähr- und Beruhigungsflüssigkeit seine Adern durchwusch und das autonome Nervensystem regenerierte.

»Er ist stabil. Hebt ihn auf eine Trage.«

Larrys verzerrtes Grinsen verschwand, als man ihn in die Netzwiege auf dem Rücken des Medimechs hob. Er merkte, daß er nicht allein war. Das andere Ende der Kiepe enthielt ein zuckendes Bündel, das in ein Leichentuch gewickelt war. Der Meditech überprüfte die pulsierenden Röhren, die Larry mit dem Körperfunktionsgerät verbanden. Ähnliche Röhren endeten auch in dem Bündel. Als der Tech das Tuch anhob, kickte ein Fuß heraus, ein Fuß in einer Stoffsandale – Larrys Fuß.

»Da ist er«, sagte der Tech. »Wir haben alles gefunden. Jetzt geht es zurück in die Klinik.«

Das Amphitheater des Operationssaales war voll. Fünf farblich gekennzeichnete Transplantteams bewegten sich zwischen den Sitzen und hielten gelegentlich ein Schwätzchen. Larry fühlte sich in seiner Zone mit Laminarströmung wohl. Muskeln und Zellen beruhigten sich.

»Ansatz geglückt. Knochenteam bitte.«

Ein Block aus Proteinschwamm, der Larrys Knochenstaub enthielt, wurde mit Draht an die Nervenenden angeschlossen. Das Gefäßteam arbeitete gelassen, seit das Schaltpult den abgetrennten Torso mit Sauerstoff versorgte.

»Ist er wach?«

Larry blickte mit einer Grimasse um die große, veraltete Atemröhre herum. Der Meditech warf einen Blick auf die EEG-Graphik. »Enzephalogramm sieht gut aus.«

»Gut. Paß auf Embolien auf. Jetzt klemmen wir die Gefäße an. Wir haben eine Pulsanregung versucht, aber in den großen Beinvenen könnten immer noch Klumpen lauern. Los geht's.«

Geschmack! Ein übler Duft verriet Larry, daß der Blutfluß in seinen Beinen noch nicht frei war. Irgend etwas war da unten abgestorben und verströmte schlechte Moleküle – Enzyme und Myoglobinstücke. Nach einem Augenblick verschwand der neue Geschmack. Ein Mitglied des Knochenteams überprüfte den Blutsauerstoffgehalt des Transplantats. Zufrieden kehrte er auf seinen Platz zurück. Jemand in der letzten Reihe begann, Essen herumzureichen – Sandwiches, Süßigkeiten und Getränke.

»Verlorene Länge: drei Meter. Schlechte Absorption unwahrscheinlich«, sagte der Vorsitzende des Eingeweideteams, als er Larrys Darmschlingen durch die durchsichtigen Säcke mit Waschflüssigkeit hindurch beobachtete. »Blinddarm und Enddarm sind weg, ebenso das meiste vom linken Dickdarm. Aber ich glaube, wir können die Lücken schließen.«

Als die Reparaturarbeiten ihren Fortgang nahmen, döste Larry mehrere Male ein. Die meisten Gesichter, die er erblickte, wirkten entspannt, optimistisch, fast höflich in ihrer Arbeitshaltung. Die einzigen besorgten Blicke kamen vom Nieren- und Nerventeam.

»Hier sind nur noch vierzig Gramm Nierengewebe.«

»Hier das gleiche. Er muß die Finger von gramnegativen Organismen fernhalten. Ich denke, wir sollten ihm ein paar Tage pro Woche die Blutreinigungsmaschine zur Verfügung stellen.«

»Oberhalb des zweiten Lendenwirbels sieht die Wirbelsäule okay aus. Er wird ein paar Segmente seiner Haut verlieren – Somit L-drei und L-vier; aber wenn man es ausbreitet, wird es schließlich alles abdecken.«

Larrys Zimmer war hell und freundlich. Ein großes Fenster eröffnete ihm durch einen Blumenstrauß hindurch einen Blick auf die Skyline der Stadt. Eine Wand bestand aus grobem, unregelmäßigem Stein mit Weinranken und einem lauten Wasserfall. Die andere Wand bestand aus einem Spiegel, einem einseitigen, wie er vermutete, für heimliche Beobachtungen. Auf der Wand hinter ihm befanden sich jede Menge Meßgeräte. Er klopfte sich das Kissen auf und starrte zwischen seinen tauben Füßen hindurch auf das Fensterbild. Er lächelte. Weniger als zwanzig Stunden nach seinem Unfall war er wiederhergestellt. Haut, Knochen, Muskeln, Nieren, Gedärm und Nerven – alles genäht und auf dem Weg der Heilung.

»Tut mir leid, Ihnen sagen zu müssen, daß Gürtel es nicht geschafft hat«, sagte Mahvin, der Psychotech. »Die Zerstörung war zu stark für die amorphen Elemente in seinem Schaltkreis – die Gläser, besonders die empfindlichen Halbleiter und Kupferelemente. Gürtels Persönlichkeit ist auf immer verschwunden.«

Larry hatte es erwartet. »Ich glaube, ich werde nicht in der Lage sein, es zu bezahlen...«

»Aber darüber müssen wir uns doch jetzt keine Sorgen machen«, lächelte Mahvin und verschränkte seine langen, weichen Finger ineinander. »Sie werden nun als *behindert* eingestuft – zeitweise, wie wir hoffen –, und Ihre Schulden werden die Schulden der Gesellschaft. Man hat Ihren Kredit wegen Gürtel ausgeglichen. Man wird Ihnen eine Lebensunterhaltrente erster Klasse und Kurzuschüsse geben. Ich kümmere mich um alles.«

Mahvin betonte jeden Satz mit einem aufmunternden Klopfen auf Larrys Arm. Die Worte rollten über seine Zunge, als hätte jedes einen Eigengeschmack.

»Wie lange werde ich... äh... behindert bleiben?«

»Nicht lange. Überhaupt nicht lange«, lächelte Mahvin.

»Tage? Monate?« bettelte Larry.

»Ich bin kein Bio«, sagte Mahvin süßlich. »Ihre Ärzte haben alles genauestens im Griff. Warum fragen Sie nicht sie? Ich werde jeden Tag vorbeikommen, um nach Ihnen zu sehen. Wenn sie irgend etwas brauchen, füllen Sie einfach diese Wunschzettel aus.«

»Meine Füße. Ich kann meine Füße immer noch nicht fühlen«, sagte Larry. Das Neuroteam hatte fast den ganzen Morgen bei ihm am Bett zugebracht. Acht Wochen waren seit der chirurgischen Reparatur vergangen, und seit dem ersten Tag hatte sich kaum etwas verändert. Ein Tech hatte ihm ein Geflecht von Sensordrähten über seine tauben Beine und die Hüfte gelegt. Unter den faradayschen und galvanischen Impulsen zuckten die Muskeln, doch er spürte nichts. Ein langer Computerausdruck bestätigte ihren Verdacht: Regeneration der Wirbelsäule: negativ.

»Das Tinelzeichen fehlt noch«, sagte der Tech.

Das Team machte weitere Notizen auf den Ausdrucken.

»Meine Füße?«

»Ich fürchte, wir können Verbesserungen über den jetzigen Stand hinaus nicht mehr erwarten. Normalerweise regenerieren die peripheren Nerven jeden Tag ein oder zwei Millimeter, aber ihre Verletzung hat auch das Zentralnervensystem betroffen – und ZNS-Gewebe heilt einfach nicht so zufriedenstellend. Ihre regenerierenden Nervenfasern werden alle im

Narbengewebe des ZNS abgefangen. Unsere Untersuchungen zeigen einen Ball aus hyperplastischen Gliadinfasern bei L-zwei.«

Larry starrte auf seine leblosen Füße – taub, weiß und durch die Inaktivität bereits angeschwollen.

»Aber sehen Sie sich doch meine Dermatogramme an«, flehte Larry. »Die Hautempfindlichkeit breitet sich schon über das Narbengewebe hinaus aus. Ich habe immerhin vier oder fünf Quadratzentimeter Haut mit neuem Gefühl.«

»Tut mir leid, aber das sind periphere Nerven, die sich von der Haut aus über die Naht hinweg ausbreiten. In Fällen wie dem Ihren entwickeln sie sich allgemein recht gut. Das Rückenmark ist unser Problem.«

»Aber die Operation war ein Erfolg. Ich bin richtig gut geheilt. Ich brauche meine Nerven zum Gehen und für die Blasen- und Darmkontrolle. Ich kann nicht einfach hier in Pfützen aus Urin und Kot mit all diesem toten Fleisch herumliegen. Ich werde langsam wund vom Liegen.«

»Die Antwort darauf lautet Hemicorporektomie.«

»Soll ich ein Fliegengewicht werden?«

»Ja. Das tote Fleisch, wie Sie es nennen, kann entfernt werden.«

Deprimiert verstummte Larry.

»Das wird nicht so schlimm«, fuhr der Neurotech fort. »Man wird Ihnen eine Prothese anfertigen – einen künstlichen Körper mit einer begleitenden Mech-Persönlichkeit und starken androiden Muskeln. Ferritkonverter, würde ich meinen. Sie werden dieses Bett los, und es wird Zusatzgeräte für die Blutwäsche geben. Auch Blasen- und Darmfunktion werden automatisch geregelt. Ich halte es für eine echte Verbesserung.«

Larry nickte. Alles würde eine Verbesserung bedeuten.

Die verschiedenen Teams schwirrten um den Operationstisch herum.

»Was sollen wir mit diesem Teil hier anfangen, es ist übrig.«

»Warum?«

»Schläft er?«

»Ja.«

»Nun, da ist jemand von den Embryo-Techs. Sie brauchen lebende Organe für Gewebekulturen und Sproßexperimente.«

»Sie können die untere Hälfte haben, aber sorgen Sie dafür, daß sie korrekt gekennzeichnet wird, falls irgend jemand weitere Tests damit anordnet.«

Sechzig Pfund Fleisch und Knochen verließen mit dem Schild *Larry Dever* den Operationssaal.

Die Stumpfversorgung nahm ihren Fortgang.

»Schneid die Wirbelsäule unter dem Narbengewebsknoten durch. Pflanz dieses Stück Ilium kreuzförmig unterhalb der Wirbelsäule an.«

Kolostomie und Ureterostomie wurden in einem scharfen Winkel durch das Rektum durchgeführt, so daß der Bauchmuskel als Schließmuskel wirkte. Nahtlinien auf der Haut wurden von den belasteten Stellen unter Wirbelsäule und Brustkasten verlegt.

Larry erwachte sitzend in einem Lehnstuhl neben seinem Fensterbild, einen warmen Schal auf dem Schoß – es war nur nicht sein Schoß, und auch die kräftigen Beine gehörten nicht ihm. Kopf und Schultern saßen auf einem etwas zu großen Androiden, seiner Prothese. Larry stöhnte und versuchte, sich die Naht zu kratzen. Sie lag hinter dicken Brustplatten tief in dem Mech-Torso.

»Unbequem?« fragte die Prothese. »Ich glaube, dagegen habe ich etwas.« Der Flüssigkeit der Blutreinigungsmaschine wurden beruhigende synthetische Moleküle zugesetzt. Larry fühlte sich sofort besser. »Danke.«

Langsam und vorsichtig hob sich die Prothese auf die Füße. »Zeit, uns ins Bett zu bringen, findest du nicht auch?« Die stämmigen Beine trugen ihn am Fenster vorbei. Ein Tablett mit klaren Flüssigkeiten lockte ihn mit einer Vielzahl von Kräuterdestillaten – blumige, würzige und fruchtige Aromen. Er nahm gerade so viel, um sich den Mund zu befeuchten, und schlief ein.

Körperlich gesehen verlief die Anpassung an die Prothese leicht. Larry fühlte sich sauber, trocken und bequem, da die künstlichen Nieren durch einen Nebenkreislauf an seine Arterien und Venen angeschlossen waren.

Psychisch gesehen war es schwierig. Die unermüdlichen Beine trugen ihn auf seinen Wunsch überallhin – Spaziergänge, Klettertouren, selbst auf die Große Tour. Diese Hundertmeilenstrecke verlief durch einen Naturpark um einen der kleineren Seen herum. Teilnehmer legten sie gewöhnlich im Laufschritt an drei aufeinanderfolgenden Tagen zurück, aber Larry hatte keine Schwierigkeiten, sie an einem zu bewältigen. Seine kräftigen Beine schafften fünf Meilen in der Stunde, und nach zwanzig Stunden hatte er den Rundkurs hinter sich gebracht. Seine Gestalt war nun größer und stämmiger und erregte bewundernde Blicke. Liebeshungrige Frauen und verschlagene Männer mit parasitären Berufen musterten ihn nun. Diese Fassade maskuliner Stärke machte aber sein Ich noch verletzlicher, wenn die Illusion zerstört werden mußte.

Rusty Stafford rieb sich die Haut mit Zitrone ein und schlief auf Ballen von frischer Luzerne. Das weitmaschige Trikot betonte ihre Körperschminke, als sie jagend durch den Parkgürtel streifte. Sie erkannte ein Paar vertrauter Wangenknochen.

»Larry! Larry Dever! Du alter Jagdhund!«

Er blieb stehen und lächelte verlegen. Sie rannte auf ihn zu, wobei ihr Haar von einer Seite auf die andere wehte. »Ich habe von deinem Unfall gehört«, sagte sie. »Freue mich, dich wieder auf den Beinen zu sehen. Du siehst großartig aus!« Ihre parfümierte Hand lag auf seinem Arm, und sie führte ihn zu einer Gruppe von Schaltern. »Hast du Zeit für einen Snack? Aber du schwitzt ja gar nicht. Wie viele Meilen hast du heute schon?«

Er wischte die Frage achselzuckend beiseite, bot ihr einen Platz an und wählte Sprudelgetränke. Sie kauten und tranken und redeten über ihre Studienzeit. Sie lehnte sich an ihn und ließ ihre Hand auf seiner Hüfte ruhen.

»Weißt du noch, wie du mich immer genannt hast?« fragte sie neckend.

»Ich war betrunken.«

»Eine üppige Konkubine«, kicherte sie.

»Du warst Earls Konkubine... äh... Wie geht es Earl?«

»Weg«, schmollte sie. »Er hat sich bei den Raumtechnikern beworben. Wir haben unsere Verbindung gelöst, und er ist mit dem Oktoberkonvoy fortgezogen.« Sie blickte hoch. »Vermutlich hat er jetzt eines von diesen Satellitenmädchen, du weißt schon.«

Larry folgte ihrem nach oben gerichteten Blick. »OLGAS Monitoren... Sie geben gute Ehefrauen ab.«

»Mütter«, meinte sie verächtlich. »Sie sind derart damit beschäftigt, die Amme für die gesamte menschliche Rasse zu spielen, daß sie nicht mehr den Unterschied zwischen einem Sohn und einem Geliebten kennen. Diese Satellitenmädchen sind einfach nur dickbusige Nordische, die alles und jeden bemuttern müssen. Sie wissen nicht, was sie mit einem Mann anfangen sollen, wenn sie ihn gewaschen, gefüttert und angezogen haben.«

Larry räusperte sich lautstark und spielte mit den Essensresten. Ihr Blick entspannte sich wieder; sie senkte die Augen.

»Aber ich weiß, wie man einen Mann behandeln muß«, sagte sie langsam. Als sie Luft holte, blitzten Lichtreflexe auf der Schminke unterhalb ihrer Schlüsselbeine.

Trockene Krumen klebten ihm an Zunge und Gaumen.

»Wie ist es *dir* denn so ergangen, Larry? Bist du in den letzten Tagen irgendeinem Mädchen durch den Park nachgejagt? Ich wette, mich holst du nicht ein.« Sie stieß ihn an die Androidenhüfte. »Vielleicht sollte ich nicht so direkt sein«, kicherte sie. »Aber diese Beine fühlen sich trotz des Unfalls ganz schön gut an. Viel dafür getan?«

Larrys langes, verlegenes Schweigen riß sie hoch. Ihre Augen waren zu weiß – schreiende Sklerae. »Was?!«

»Es sind nicht meine Beine«, sagte er traurig.

Sie zog die Hand zurück. Die kräftigen, gerundeten Muskeln, die ihre Fingerspitzen gewärmt hatten, erfüllten sich nun mit Ekel. »Eine Prothese!« rief sie.

Ihr Gesichtsausdruck machte ihn krank. Die Hohlheit seiner sexuellen Attraktivität war aufgedeckt und machte ihn zu etwas Schlimmerem als einem Krüppel. Indem er sie mit seiner Androidenmaschine erregt hatte, war er zu einer Art Perversem geworden!

»Du hast es also doch nicht geschafft!« keuchte sie.

»Ein Teil ja, der andere nicht.« Seine Stimme klang so sachlich wie die eines Meditechs. Es fiel ihr schwer, zu glauben, daß er über seinen eigenen Unterleib sprach. »Sie haben in der Klinik alles versucht, aber die Nerven konnten nicht durchkommen. Mir geht es jetzt gut. Meine Prothese hat eine erstaunliche Persönlichkeit.«

»Das ist wunderbar ... wirklich.« Ihre Stimme klang kalt, die Worte leer. »Ihr werdet eine dufte Zeit miteinander haben.« Ihre Augen schossen umher. Sie suchte nach einer faulen Ausrede, um gehen zu können, aber Larry hörte nicht hin. Erst war sie aufgelegt gewesen, einen Mann zu angeln; dann hatte sie eine Mitleidsmaske aufgesetzt, hinter der sie ihre Verärgerung versteckte.

Lew leitete das Weiße Team, als Larry in die Klinik eilte und nach Formularen für den Tiefschlaf fragte.

»Tiefschlaf?« wollte Lew wissen.

Larry drehte sich um, um den sanftgesichtigen Leiter anzublicken. Er war ein Marfan, Form: Fruste, mit lockeren Gelenken und mager unter seiner weißen Tunika. Larry zerknüllte die Papiere. Seine Stimme klang brüchig: »Die Prothese reicht einfach nicht.«

Der magere Lew nahm ihn mit in sein Büro und stöpselte eine Leitung in die Bauchdose der Prothese. »Nun wollen wir mal sehen, was los ist.« Die optische Anzeigetafel erklärte manches.

»Heiratsfähige Fem? Ich weiß, es ist schwer für einen Mann Ihres Alters, das wissen wir alle. Der Verlust Ihrer Geschlechtsorgane macht es Ihnen aber unmöglich, auch nur entfernt so etwas wie ein Sexualleben zu erfahren.«

Larry war kaum bei Sinnen. Rustys brüske Reaktion hatte ihn so schockiert, daß er an fast nichts anderes mehr dachte. Lew sagte langsam: »Sex wird unmöglich bleiben. Sie werden Freunde finden, Gefährten, die sich mehr für Ihre Seele interessieren, Ihren Verstand, Ihre Intelligenz ...«

»Das reicht nicht«, sprudelte Larry heraus.

»Was Sie fordern, liegt jenseits des gegenwärtigen Standes der Transplantationswissenschaft. Bis wir Gewebe des Zentralnervensystems verpflanzen können, werden Fälle wie der Ihre mit einer Prothese zufrieden sein müssen und...«

»Wann wird man in der Lage sein, ZNS-Gewebe zu verpflanzen?«

Lew zuckte die Achseln. »In unserem Leben möglicherweise nicht mehr. Die Jungs da unten bei den Biologen bringen jedes Jahr ein paar Artikel darüber heraus, ZNS-Fasern können einfach keinen Weg durch Narbengewebe hindurch finden. Die peripheren Nerven haben nette, kleine, röhrenartige Häute, durch die sie nachwachsen, wenn sie verletzt wurden. Sie können sich nicht verirren. Aber das Gehirn und das Rückenmark sind anders. Bei ZNS-Gewebe gibt es keine Häute.

Ich muß Sie warnen, Tiefschlaf ist nicht immer die einfache Antwort, als die sie erscheint. Oft gibt es bei dem Tiefschlafprozeß selbst Komplikationen. Kann sein, daß Ihnen die Sexualität den Verstand vernebelt, denn Sie handeln Ihr heutiges Leben gegen eine fragliche Zukunft mit Gehirnschaden oder Tod ein.«

Larry nickte. »Ich verstehe. Aber ich werde den Verstand verlieren, wenn mich alle Mädchen so ansehen... Sie wissen schon.«

Lews Miene blieb leer, unberührt. »Lassen Sie sich nicht von Gefühlen unterkriegen. Das kann eine rein logische Entscheidung sein. Vielleicht bringt die Zeit gar keine Heilmethode mit sich, und falls doch, wer gibt Ihnen dann die Garantie, daß eine zukünftige Gesellschaft sie in Ihrem Fall zur Anwendung bringen möchte?«

»Eine Heilung ist möglich?«

»Vielleicht. Das Bedürfnis danach besteht. Jedoch werden Sie in einer anderen Gesellschaft und Kultur aufwachen, mit vielen wissenschaftlichen Fortschritten und sprachlichen Weiterentwicklungen, an die Sie sich anpassen müssen. Kann sein, daß Sie sich dort geheilt ebenso fehl am Platze fühlen wie im Moment.«

Larry lächelte. »Darüber mache ich mir keine Sorgen. Ich habe meinen Kyber-Begleiter – meine Prothese –, der mich auf den dortigen Stand bringen kann. Ich glaube, ich kann mich an alles anpassen, wenn ich meinen vollständigen Körper wieder habe. Wenn es überhaupt eine Hoffnung gibt, dann werde ich es versuchen müssen.«

Lew zuckte die Achseln und nahm die ausgefüllten Formulare entgegen. Der Induktionsraum war leer, sauber und weiß. Mit hohem Echo klirrten Metallinstrumente auf Tabletts. Larrys Ohren wurden taub, als sich die schweren Doppeltüren schlossen und die Sauerstoffabsaugung begann. Ihm kamen verschiedene Gedanken.

»Keine Angst«, sagte seine Prothese. »Während du schläfst, werden meine Schaltkreise all die Jahre hindurch wachen. Ionen verändern nicht ihre Norm.«

Überdruck entwässerte sein Gewebe, er glitt in Kältestarre.

Larry erwachte in einem weiträumigen Mausoleum – helle Einbauten, zusammengerollte Schläuche, tickende, schwere Maschinen. Durch das dicke Glas einer Kabine sah er eine junge Frau mit glänzenden Augen. Sie lächelte und begrüßte ihn über ein Mikrophon.

»Wie fühlst du dich?«

Er nickte und verschluckte sich an einem Klumpen schuppiger Oberhautzellen. Bei der Wiedergeburt treten einige der gleichen Probleme auf wie bei der Geburt.

»Mein Name ist Jen-W5-Dever. Nachkömmling deines Cousins in der fünften Generation. Wir wecken dich wieder auf, um dir einen neuen Körper sowie einen interessanten Arbeitsvertrag zu geben.«

Larry übergab sich. Trotz des Sedativs, das ihm die Fingerspitzen taub machte, hatte er Kopfschmerzen. Unter Rückgrat und Ellenbogen waren weiche Flächen. Er fühlte die Kälte fortschmelzen. Er blieb still liegen, während die Prothese versuchte, ihn wieder zu hydrieren. Er betrachtete ihr Gesicht – die Deverschen Wangenknochen.

Die Luftschleuse drehte sich. Sie kam herein und glitschte über unbeschreibbare, amorphe, schleimige Rückstände, die Abfallprodukte seiner Durchfeuchtungshäute. Sein Bettgestell drehte sich zu einer aufrechten Position. Schwach griff er nach Halt.

»Mein Transplantat?« keuchte er und würgte an einem klebrigen Plättchen von Rachenzellen. »Werde ich repariert? Ein neuer Körper... vollständig?«

»Ja«, lächelte sie und blickte auf seine Med-Ident-Karte. »Du profitierst vom Todd-Durchbruch, der inzwischen gelungen ist. In deinem Fall hat die Arbeit sogar schon begonnen. Bereits in sechs Monaten wird die Transplantation stattfinden.«

Larry wurde ungeheuer aufgeregt. Das Risiko hatte sich gelohnt. Er klopfte auf seine Prothese und rief: »Wunderbar! Komm, wir machen einen Spaziergang und sehen uns um.«

Die Mechmotoren spuckten und drehten sich träge. »Tut mir leid, Larry«, summte die Stimmembran, »aber meine Ferritkerne haben Kohlenschnurrbärte bekommen. Wir müssen hinaus auf die Straße und sie abbrennen.«

»Nicht so schnell«, lächelte Jen und schob ihn mit sanfter Hand zurück. »Es wartet jemand auf dich.«

Auf dem Türschild stand: IRA-M17-DEVER, STAMMESOBERHAUPT, Kolonisationsprojekt, PROCYON-SYSTEM. Umgeben von wandgroßen Sternenkarten, Modellen von Raumschiffen und einer Gruppe von Computern, wurde Larry dem leicht ergrauten Projektleiter vorgestellt. Aus stummen Mechlippen ergossen sich langsam Ausdrucke.

»Das ist also unser Larry«, begrüßte ihn Ira und streckte ihm die Hand entgegen. »Du bist unser ältester Vertreter. OLGA ist mächtig stolz auf dich.«

Verwirrt zwinkerte Larry durch den Raum.

»Er ist erst seit ein paar Minuten wieder warm«, erklärte Jen. »Ich habe ihn noch nicht mit ins Magazin genommen, um ihn auf den neuesten Stand zu bringen.«

»Das wird auch nicht nötig sein«, entgegnete Ira. »Er soll sich entspannen und sein Gedächtnis auffrischen. Dort, wo wir hingehen, wird er vielleicht seine Erinnerungen an die primitive Erde benutzen können.«

»Primitiv«, murmelte Larry, »aber ich...«

Ira bedeutete ihm, zu schweigen.

»OLGA will dich am Stück, ehe wir kolonisieren. Du hast ein paar sehr alte Gene. Wir wurden alle durch eine sehr beschützende Gesellschaft geformt. Überleben der Schwächsten, wenn du so willst. Bald werden wir zu einem Planeten im Procyon-System aufbrechen und eine gute Mischung an irdischer Flora und Fauna mitnehmen, einen Regenbogen menschlicher Gene sowie Schwerpunktmaterial von unserem biologischen Ökosystem: Wüste, Wasser, Wald, Meer, Gebirge und Dschungel – *Devers Arche!*«

Larrys Verwirrung nahm zu. Kleidung, Mobiliar und Sprache hatten sich nicht sonderlich verändert. Diese Leute schienen nett und normal.

»Warum verlassen wir die Erde? Mir gefällt es hier.«

»OLGA hat uns für die Procyon-Kolonisation ausgesucht. Es ist eine Ehre, wegen seiner Gene ausgesucht zu werden. Wir werden versuchen, uns auf einem sehr feindseligen Planeten niederzulassen.«

»Niederlassen?«

»Seit ich denken kann, hat die Erde Besiedlungsraumschiffe ausgesandt. Die Menschheit wollte sich auch auf den Planeten ferner Sterne ausbreiten, bevor jemand oder etwas anderes das tat.«

»Aber warum ich?« hustete Larry.

»Du hast einen wichtigen Gensatz, die ältesten, die OLGA finden konnte. Wir brauchen primitive Typen, um primitive Planeten zu bezwingen. Deine Prioritätsnummer ist höher als meine.«

Iras Goldinsignien ließen an einen hohen Rang denken. Larry begann das neue Zeitalter zu genießen, in dem er aufgewacht war. Er besaß Selbstrespekt und Hoffnung auf einen neuen Körper.

Auf der Suche nach Auslauf trabte Larry mit seiner Prothese zum Raumhafen. Er mußte die Kohlenrückstände ausbrennen; die Ferritkerne wärmten sich auf, während er auf der Dachrampe eines Hangars auf und ab lief. Die Konkavantenne war kalt. Dann rannte er die hundert Meter bis zum Rand ganz hinauf – die Rampe war konvex und fiel nach den Seiten fünfzehn Grad ab. Oben beschrieb er einen Kreis von einer Viertelmeile und rannte die Rampe wieder hinunter. Das sich erwärmende Ferrit erhöhte seine Leistung. Larry wurde von Erregung gepackt. Für eine Meile um das Landefeld stoppte er 7 : 45. Mit den Beinen gab es keine Schwierigkeiten, die Arme wurden ihm jedoch müde.

»Das ist großartig! Fühlt sich an, als würde ich wirklich rennen. Das liegt an dem Laktat, das du meinem Blut beigibst. Und wenn man mir jetzt noch mein Sexualleben zurückgeben kann...«

Die Prothese schloß sich an die entfernte Bibliothek an und brachte ihn auf den neuesten Stand. »Auch das kann veranlaßt werden; einen mechanischen Penis für mich und Innenhirn-Elektroden für dich. Mech-Sex kann mit einem angeschlossenen Netzsystem ganz nett sein...«

Larry grinste in der Annahme, er sei der Gegenstand eines sehr witzigen Roboterscherzes. »Nicht für mich! An einer rostigen Scheide habe ich keinerlei Interesse. Meine Prägung war schlicht und primitiv. Ich kann auf meine Beckentransplantation warten.« Wieder umrandete er die Zone und betrachtete die Wand, die ihn umgab – hoch, langweilig und eintönig. Der Himmel war schiefergrau. Keine Wolken. Keine Gebäudespitzen. Er sah sich auf dem Raumhafen um, konnte aber keine Anzeichen einer Stadt entdecken. Weder Lichter noch Rauch. Der Hafen selber bestand aus Glas- und Plastikgebäuden. Gelegentlich kam ein Arbeiter in orangerotem Anzug vorbei. Keine weiteren Anzeichen von Leben. »Gibt es dort einen Park? Bäume? Gras?«

»Nicht zum Laufen. Die Städte sind unter der Oberfläche. Gärten sind überall. Der Zutritt ist aber verboten.«

»Verboten? Warum?«

»Wegen der Erträge. Die Gärten benötigen alles zur Verfügung stehende Sonnenlicht. Die nötigen Kalorien für die heutige Erdbevölkerung aufzubringen, ist keine leichte Aufgabe mehr; schließlich müssen fünfzig Milliarden Münder gestopft werden. Ein Park für Fußgänger wäre extravagante Verschwendung.«

»Vielleicht ist die Zeit gerade richtig, mich einer Kolonisationsgruppe anzuschließen«, dachte Larry. Er blieb an einem Trinkwasserbrunnen stehen und schlürfte geräuschvoll, während die Bauchschnur der Prothese in einer Energiesteckdose saß. »Für mich etwas zu trinken, und für dich ein Täßchen Elektronen.« Seine Energiezelle wölbte sich. »Ich kann kaum glauben, daß ich wieder komplett sein werde – mit einem vollständigen Körper! Was hat es mit dieser Todd-Geschichte auf sich?«

»Ein Durchbruch!« erklärte die Prothese, die ihr Wissen der städtischen Erinnerungsbank entnahm. »Die Insel Todd war Schauplatz eines blutigen Aufstandes. Danach hat man den Anführer der Rebellen, von seinen

Gefolgsleuten Der Weise genannt, zum Tode durch die Guillotine verurteilt. Fortgesetzte Unruhen verzögerten die Exekution. Die Rebellen wollten das Gehirn ihres Anführers durch Perfusion retten. Die Regierung von Todd stimmte zu, in der Annahme, daß die öffentliche Hinrichtung der Bevölkerung die Schnelligkeit und Zuverlässigkeit der Justiz vor Augen führen würde. Drei Jahre später war der Weise jedoch wieder da – intakt –, und dieses Mal wandte er politische Mittel an.«

»Perfusion?«

»Die Pumpe war in seinem Turban versteckt. Sie hatte genügend flüssigen Sauerstoff dabei, um das Gehirn während der Exekutionszeremonie zu versorgen. In der Todeszelle hatte das Gefäßteam die ganze Nacht gearbeitet. Eine Luftröhre war tief unten an seinem Körper angebracht, und diaphragmatische Elektroden ließen den abgetrennten Körper allein weiteratmen. Ich habe die Playbacks von den Aufzeichnungen gesehen. Eine sehr elegante Zeremonie – ganz ohne Blut.«

Larry versuchte sich das Gefühl vorzustellen, in der Nacht vor der Exekution durch eine Operation enthauptet zu werden – und das von den eigenen Freunden! Nur die Wirbelsäule blieb intakt, bis die Klinge herabfiel!

»Aber seine Wirbelsäule wurde durchtrennt, genau wie meine!«

»Ja, aber seine Gefolgsleute hatten für diese Gelegenheit eine neue Klinge gekauft, eine ohne HAA, so daß keine Gefahr bestand, einen leberzerstörenden Virus von einem der zuvor Exekutierten abzubekommen. Der Schnitt war sehr sauber.«

»Exekutiert durch eine Klinge, die seine eigenen Leute gekauft hatten.«

»Ja.«

»Aber wie konnten sie es vermeiden, daß das ZNS-Gewebe in der Wirbelsäule Narben bildete? Mein Unterkörper war lebensfähig, und die Operationsnähte haben sich auch nicht entzündet. Aber die regenerierenden Nervenfasern konnten nicht an der Narbe vorbeikommen.«

»Sein Team hat ZNS-Versiegler benutzt, eine rasch trocknende Emulsion embryonischer Hirnzellen, die Wunden dreimal schneller heilen läßt als bei normalen Verletzungen. Dieser Versiegler stammt von einer embryonischen Kopie aus einer menschlichen Eizelle, in die dein Kernmaterial eingegeben wurde. Aus den Ova hat man das eigentliche Kernmaterial herausgenommen, so daß es nur noch deine Gene enthält. Und auch nur deine Antigene – so daß keine Transplantationsabstoßung stattfinden kann.«

Larry schauderte. »Embryos?«

»Der ZNS-Versiegler enthält Extrakte der Hypophyse und der Schilddrüse. Er reift, wird fest, bevor sich die normale Narbe bildet. Eher eine embryonische Reifung als eine Gliosis.«

»Nun...« murmelte Larry, »wahrscheinlich ist es die einzige Möglichkeit. Hört sich ja einfach an. Komm, wir laufen zurück zum Mausoleum und überprüfen meinen Unterkörper. Ich möchte sichergehen, daß er den Tiefschlaf gut überstanden hat. Meine lebenswichtigen Organe, du weißt schon.«

Jen-Ws-Dever schüttelte den Kopf. »Nein, dein Unterkörper wurde nicht eingefroren. Es wäre nicht richtig gewesen. Bei dem Unfall und den Operationen ist ohnehin schon zuviel Gewebe verlorengegangen. Haut und Muskeln bildeten sich bereits durch den Verlust der Nerven zurück. Entzündung und Brand hatten sich ausgedehnt.«
»Aber wo finden wir einen...?«
»Darüber brauchst du dir keine Sorgen zu machen. Die Kliniken liefern uns das notwendige Transplantationsmaterial. Man hat deinen Torso schon vor Jahren bestellt, mit Gewebe-Antigenen, die perfekt dazu passen.«
»Wie dieser Faserleim – dieses ZNS-Wachs?«
»Ja.«
»Erstaunlich.«
»Ich weiß«, antwortete sie. »Man wird die Einpflanzung hoch an der Brustwirbelsäule ansetzen. Du wirst das Diaphragma und die Zwerchfellnerven behalten, aber alle Baucheingeweide werden von der Spenderkopie stammen – kräftige, junge Organe von einem zehnjährigen...«
Larry wurde schwach. »Einem zehnjährigen was?«
»Spender. Aus deinem Kernmaterial gewachsen. Eine exakte Kopie von dir.«
»Ein lebendiger Mensch?«
Jen bemerkte seine Aufregung. »Tut mir leid, Larry, aber ich vergesse immer wieder, daß du aus einer Ära stammst, als es das Sprossen noch nicht gab. Dein Sproß wird nicht als menschliches Wesen angesehen, sondern nur als Spender. Die Geschäftsethik verlangt, daß Spender nur bis zum Zeitpunkt des Spendens leben. Natürlich ist es ein anderes Problem, wenn ein Spender nach der Entnahme von Organen noch lebensfähig ist. Aber von Lebensfähigkeit kann in deinem Fall keine Rede sein. Der Austausch wird zu umfangreich.«
Larry schlüpfte in seine Prothese.
»Mein Sproßkind wird also sterben?«
Jen gab keine Antwort. Sie hoffte, die Prothese würde ein Beruhigungsmittel zuführen. Larrys Gefäßmotoren waren so kurz nach der Erwärmung noch nicht wieder so belastbar; der Blutdruck schwankte gefährlich.
»Ich glaube, ich werde das nicht überstehen«, stöhnte Larry. »Gibt es keine andere Möglichkeit?«

Sie tätschelte seine hängenden Schultern. »Wir werden sehen. Wir sollten mit Ira-M17 darüber reden. OLGA will, daß du glücklich bist.«

Der ergrauende Projektleiter hörte geduldig zu, und dann nahm er sie mit in den Klinikflügel in der Nähe des Spielplatzes.
»Ich verstehe deine Sorgen, Larry, aber es besteht kein Grund dafür. Der Spender ist einfach... ein Spender. Er hat keinen richtigen Kontakt zu Menschen und weiß wahrscheinlich auch gar nicht, was sie sind. Die Wärter reden nicht, wenn sie dort Dienst tun. Daher hat er keine vokalen Kommunikationsmöglichkeiten.«
Sie beobachteten durch einen Einwegspiegel: Eine Umzäunung von einem halben Hektar Größe mit einem Dutzend Obstbäumen, einem Futtersilo und vier fetten Ziegenböcken. Ein tropfenförmiges Korbnest hing an einem Nagel an der hohen, den Garten umgebenden Mauer. Ein paar getrocknete Streifen teilweise aufgegessenen Faserproteins hingen über dem Nest.
»Wir nutzen das Gebiet, um Fleischtiere zu mästen«, erklärte Ira. »Sie leisten dem Spender Gesellschaft. Laß mich mal den Audio anstellen.«
Blöken und Gackern erfüllte den Beobachtungsraum. Larry sah sich den Spielplatz, der viele Lebewesen ernährte, verwirrt an.
Ira grinste. »Im Moment haben wir kein Geflügel. Normalerweise gibt es ein paar Hühner. Von ihnen hat der Spender seine Laute aufgeschnappt. Er streitet mit den Vögeln um sein Futter.«
Die Ziegenböcke spielten, stießen sich spielerisch mit den Hörnern und fraßen Gras, Blätter und Rinde. Manchmal stieß einer unten an das Nest.
»Wo ist er?«
»In dem Nest. Wie die Tiere nimmt er gern ein Mittagsschläfchen. Da kommt sein Wärter. Jetzt wird er herauskommen.«
Der Wärter schleppte einen schweren Korb zu dem Nest und legte die Lebensmittel auf ein Brett daneben: Ein dunkles, grobes Brot, nasses, rohes Gemüse und runzlige Trockenfrüchte. Die Ziegen bohrten die knochigen Köpfe in die Futterschüssel, als er die feuchten, braunen Körner hineinschüttete. »Bock, Bock, Bock«, rief er. Larry sah die nackte Gestalt aus dem Nest auftauchen – das gleiche, dichte, blonde Haar, die gleichen kantigen Wangenknochen, eine genaue Kopie seiner selbst.
»Das bin ich!«
»Nur dein Spender«, erinnerte ihn Jen. »Die gleichen Gene und Antigene, aber keine menschlichen Züge – weder Kultur noch Sprache. Hör dir doch die Laute an, die er macht – bockbockbock – kein Zeichen von Intelligenz.«
»So kann ich einfach nicht denken.«
»Die Zeiten haben sich geändert, Larry«, sagte Ira. »Du wirst dich anpas-

sen müssen. OLGA hat befohlen, daß du repariert wirst. Wir haben unsere Mission nach Procyon. Deine Gene sind bei der Besiedelung vorgesehen.«

Jen nahm Larry bei der Hand und führte ihn den Gang hinab. »Wir rechnen alle auf dich. Mit deiner Spenderkopie haben wir seit zehn Jahren gearbeitet. Es wäre eine Schande, wenn alles vergebens gewesen wäre.«

Larry zwinkerte, um eine Träne zurückzuhalten. »Ich hab's versucht. Bis vor einem Augenblick habe ich wirklich versucht, ihn als Ersatzteillager zu sehen. Ich weiß, ihr seid mit diesen Gedanken aufgewachsen, daher könnt ihr es akzeptieren. Ich aber kann es nicht. Heute leben wir beide – mein Spender und ich. Aber nach der Operation wird nur noch einer von uns am Leben sein. Ein Leben wird verloren sein. Ich kann es einfach nicht akzeptieren.«

»Aber das Besiedlungsschiff?«

»OLGA soll den Spender nehmen. Er hat all meine wertvollen Gene.«

»Und du?«

»Ich kehre in den Tiefschlaf zurück. Die Zeit wird eine neue Lösung bringen, eine, die nicht den Verlust eines Lebens voraussetzt...«

OLGAs Stimme klang weiblicher, als Larry erwartet hatte. Sie erklärte noch einmal ihre Auffassung über Larrys Wiederherstellung für die Besiedelung. Er schüttelte bei ihren Worten lediglich langsam den Kopf.

»Ich will dich nicht zwingen«, sagte die mechanische Stimme über den Schirm. »Ich sehe an deinen Bioelektroden, daß dich dein Spender ernsthaft betroffen macht. Ich bin dein Diener. Ich kann dich und deinen Spender mitnehmen. Wenn du dich irgendwann an die Wiederherstellungstechniken gewöhnt hast, werden wir dir einen neuen Körper geben.«

Jen-Ws grinste und zog ihn am Ellenbogen. »Komm mit deiner Prothese mit uns. Eine Besiedlungsfahrt kann Spaß machen. Ein neuer Planet, der Beginn einer neuen Menschenkolonie...«

»Wird dort auch nach neuen Möglichkeiten für meine Wiederherstellung geforscht?«

OLGA schwieg einen Moment. Tabellen flirrten über den Bildschirm. »Meine Untersuchungen besagen, daß das Procyon-System eine angenehme Heimat sein kann – vielleicht unter 3,0 auf der Determann-Skala. Allerdings könnte sich der Zivilisationslevel der Kolonisten einige Generationen lang zwischen später Steinzeit und frühem Ackerbau befinden. Nein, ich halte einen Durchbruch zeit deines Lebens nicht für möglich.«

Larry zuckte die Achseln. »Nun, dann kann ich ebensogut hierbleiben und warten. Bio hat immer noch einen guten Etat, oder?«

»Den höchsten, aber mein Gefühl sagt mir, daß es eine lange Wartezeit sein wird.«

Larry schob das Kinn vor. »Genau das will ich.«

»Gut. Du bist sehr wichtig für mich. Du kannst die Zeit, bis Ira losfährt, dazu nutzen, Tonbänder für deinen Spender anzufertigen. Deine Gene werden auf diese Reise gehen. Vielleicht können wir auch ein bißchen von deiner Persönlichkeit einfangen.«

Larry nickte. OLGA verabschiedete sich. Nachdenklich starrte er auf den leeren Schirm. Die Entscheidung, auf der Erde zu bleiben, war ein weiteres Glücksspiel um einen vollständigen Körper. Schließlich würde der neue Planet wahrscheinlich kaum interessanter sein als die Erde. Ein paar bizarre Moleküle mehr, vielleicht sogar neue Lebensformen. Eine anregende Herausforderung? Na wenn schon! Hier gab es die Herausforderung, die er brauchte – auf der Suche nach einem neuen Körper. Auf der Erde wurde die Forschung betrieben. Er würde daheim bleiben.

Ira und OLGA überwachten die Fortschritte des Spenders mit Lehrmaschinen. Die Sprachfähigkeit entwickelte sich nur langsam.

»Ich verstehe, warum Larry den Spender Dim Dever nennt. Er ist ziemlich langsam«, bemerkte Ira.

»Langsam bei Wärtern«, sagte OLGA. »Mit Maschinen macht er ganz hübsche Fortschritte. Meine Computer haben ihn schon so lange belauscht, daß ich bereits an eine gemeinsame Sprache glaube. Jetzt müssen wir ihm nur noch die Entsprechungen in der menschlichen Sprache beibringen.«

Ira nickte. »Schade, daß wir Larry nicht zu der Transplantation überreden konnten. Warum haben wir seine ›Vaterfixierung‹ nicht vorausgesehen, um ihm die Details erst nach der Operation mitzuteilen?«

OLGA flackerte gelb auf. »Nein. Sein Eigensinn hat mir verraten, wie empfindlich er ist. Eine Täuschung hätte seinen Wert als Kolonieexemplar herabgesetzt. Wenn er später entdeckt hätte, daß er vom Tod seines eigenen Sproßkindes profitiert hatte, wäre sein Selbstgefühl zerstört worden. Und ohne das wäre er für die Besiedelung wertlos.«

Dim Dever kletterte aus seinem tropfenförmigen Nest und streichelte der Ziege den Kopf. »Liebe Ziege«, sagte die Mech-Stimme. »Liebe Ziege«, wiederholte Dim. Es würde noch lange dauern, bis sein Vokabular ihm das Philosophieren erlaubte, aber bald würde er fähig sein, sich in einer geschützten Umgebung zu bewegen.

Ira schüttelte den Kopf. »Ich verstehe, warum Larry gezögert hat, seinen Spender zu töten. Er ist so aufgeweckt und fröhlich. Gibt es keine Möglichkeit, das Gehirn eines Spenders dumm zu halten, damit man sich nicht so damit identifiziert?«

»Nein, eigentlich nicht«, antwortete OLGA. »Ein dummer Spender würde ausgiebiger Pflege bedürfen – und teurer sein. Dim Dever konnte sich recht gut selbst ernähren und um sich selbst kümmern, wie diese Ziegen zum Beispiel. Und wer will schon einen mit Drogen vollgepumpten Spender? Einen mit fremden Molekülen, die genau die Organe, die man braucht, schwächen und schädigen?«

»Wahrscheinlich niemand«, murmelte Ira. Jede Methode hatte ihre Nachteile.

Larry drehte seinen Erfrischer an und umklammerte die Deckensprosse der horizontalen Leiter. Langsam ging die Prothese weiter und zog dabei dehnbare Röhren aus den verschiedenen Bauchnähten hinter sich her. Saugende Geräusche. Fäkalien tropften braungelb auf die Brustplatten des Mechs. Larry zog sich an den Affenstangen weiter zur heißen Dusche, wo er seine Gedärmsäcke in den Abfluß leerte. Er hakte die Arme in weiche, trapezförmige Ringe, setzte sich eine Sonnenbrille auf und aktivierte ultraviolettes Licht. Parfümierter Schaum weichte die schuppige Haut auf. Er trug ein samtartiges Trikot und kletterte in seine Hängematte. Als er schlief, richteten sich weitere UV-Strahler auf ihn.

Die Prothese stand eine Weile neben seinem Bett, und dann trollte sie sich durch den Raum, um die Aufzeichnungen von Dim Devers letzten Stunden auf der Erde zu machen. Die letzte Raumfähre würde am Morgen starten. OLGA hatte das Kolonialschiff in einer ihrer riesigen Werften zwischen den Planetoiden gebaut. Die Reste der irdischen Fauna und Flora wurden gerade eingeladen – der Dever-Clan.

»Ach du meine Güte«, rief Ira. »Du hast mich aber erschreckt. Eine Sekunde lang habe ich gedacht, ich stünde vor einem kopflosen Larry.«

»Tut mir leid, Sir. Aber ich dachte, ich mache ein paar Aufnahmen von Dim für Larrys Nostalgieband.«

Ira betrachtete einen Moment lang den kopf- und armlosen Roboter. »Bitte entschuldigen Sie die Frage, aber wo sind Ihre Augen... äh... Optiks?«

Die Prothese ließ eine Vielzahl Stellen aus Kupferglas aufblinken. »Meine Augen sind überall, von den Zehen bis zu den Schulterspangen. Aber ich vermute, Sie würden diese großen Gürtelschnallen-Optiks für meine richtigen Augen halten?«

Ira ging vor dem Roboter auf und ab. Er nickte. »Ja, aber warum haben Sie mich beim Reden nicht angesehen?«

»Ich habe Ihre Gegenwart mit einer Vielzahl von Sensoren aufgezeichnet, soweit es für unsere Unterhaltung nötig ist. Ihre Größe, Temperatur, Pulsschlag, Atmung und Ihren gefühlsmäßigen Zustand. Warum haben Sie heute abend Sorgen?«

Ira zögerte mit der Antwort, aber als er sich daran erinnerte, daß dieser Mech Larrys Beine darstellte, zuckte er die Achseln. »Auch das können

Sie dem Nostalgieband zufügen. Ich mache mir über die Besiedelung Sorgen. Die Informationen über Procyon sind nicht sonderlich detalliert. Eine Planet existiert in der Nähe dieser Sonne, und er gleicht in einigen Merkmalen der Erde – Größe, Temperatur, Atmosphäre mit Sauerstoff, Kohlendioxyd und Wasser. Aber unsere Erkenntnisse über diesen Ort weisen noch viele Lücken auf. Sicher, wir nehmen eine gute Mischung irdischer Lebensformen von jedem erreichbaren Punkt unseres Globus mit. Wenn irgend etwas von hier dort überleben kann, dann haben wir es dabei. Aber es kann so vieles schiefgehen.«

»Es ist ein Glücksspiel«, stimmte die Prothese zu. »Das ist jede Kolonisation. Aber auf der Erde zu bleiben ist ebenfalls ein Glücksspiel – besonders im Kälteschlaf. Larry steht die zukünftige Erdengesellschaft bevor, während Dim Dever ein unbekanntes, fernes Ökosystem vor sich hat. OLGA wird das Wissen von anderen Kolonisationen nutzen, um ihre durchzuführen. Es besteht eine sehr gute Chance, daß Sie Erfolg haben werden.«

Ira grinste. »Prothese, genau das sind OLGAs Worte. Ihr müßt wieder in Verbindung stehen.«

»Ihr Diener«, entschuldigte sich der Mech.

Ira und der kopflose Roboter gingen zu den Fenstern, von denen aus man die Fütterungsparzelle des Spielplatzes sehen konnte. Dim stand unter den Bäumen und tätschelte eine Ziege am Kopf. Ira blickte zu den Sternen hinauf. Dort, neben der vertrauten Gestalt Orions, lag Procyon, ebenso hell wie Beteigeuze. »Er sieht so nah aus.«

»Schicken Sie uns eine Torpedonachricht, wenn Sie ankommen«, sagte die Prothese und überließ den Menschen seinen Gedanken.

Am Morgen stand Larry mit seiner Prothese in der Menge, die die Raumfähre beim Start beobachtete. Er war gut ausgeruht, aber unsicher über seine Zukunft. Zusammen mit den anderen des Procyon-Kolonisationsteams hatte er sein Quartier verlassen. Ira und Jen hatten zum letztenmal versucht, ihn zum Mitflug zu überreden. Er hatte abgelehnt, eher ein Reflex, der auf seiner früheren Entscheidung beruhte, als ein neuer Versuch, darüber nachzudenken. Nachdem sie abgeflogen waren, starrte er auf das Meer von Gesichtern – Fremde. Ihm wurde bewußt, daß er auf der ganzen Erde niemanden kannte.

»Wird einsam werden ohne den Dever-Clan«, sagte er.

Das Schiff verschwand in einer Wolkenbank.

»Du hast immer noch mich«, sagte seine Prothese vorsichtig, »– und OLGAs Prioritätseinstufung, Erlaubnis zum Reisen, Kredite für Ausbildung und gutes Essen. Wir können jede Menge neue Freunde gewinnen.«

Larry dachte an diese Existenz in einer Welt, in der Raumfahrt zur Routine geworden war. Er und die Prothese konnten eine Menge neuer Dinge lernen. Aber bei Ausbildung und Reisen würde sich Larry eher wie ein Zuschauer fühlen. Er würde beobachten, nicht wirklich teilnehmen. Er würde einen vollständigen Körper brauchen, um das Leben ausgiebig genießen zu können. Er wollte eine aktive Rolle spielen – komplett, zusammen mit Männern seines Alters.

»Nein. Tut mir leid. Ich kann nicht einfach eine Besichtigungstour durchs Leben machen. Wie alt bin ich?«

»Zweihundert Jahre auf dem Kalender, doch auf deiner RNS-Uhr bist du zwanzig. Du bist ein junger Erwachsener.«

»So fühle ich mich auch, und ich möchte schnell in den Tiefschlaf zurück und meine metabolische Uhr anhalten, bis es einen neuen Durchbruch gibt. Ich möchte mich so jung fühlen, wenn ich meine neuen Zehen und Geschlechtsorgane bekomme. Dann kann ich das Leben wirklich genießen. Dann würden sich deine Angebote über Ausbildung und Reisen für mich attraktiv anhören.«

Die Prothese begann auf das Tiefschlaf-Mausoleum zuzugehen. »Erinnerst du dich an meine Warnungen vor den Gefahren des Kälteschlafs?«

»Organischer Schaden beim Kälteschlaf und die soziale Evolution, an die man sich anpassen muß. Ja, du hast meine bewußte Zustimmung«, sagte Larry.

Fremde brachten ihn in die Sauerstoffschleuse. Röhren und Drähte wurden an sein arterio-venöses Transplantat angeschlossen, Monitorelektroden unter dem linken Rippenbogen. Andere Röhren schaltete man an die entsprechenden Vorrichtungen und Steckdosen der Prothese an.

»Wie gehabt«, sagte der Mech. »Ich passe auf deine Ionen auf, während du schläfst.«

»Danke. Bis zu einem neuen Morgen.«

Das Raumschiff *Devers Arche* schoß auf Altair zu, um von dort aus an der Sonne vorbeizutauchen, ehe es sich dann in Richtung auf Procyon schwang.

Ira und Jen Dever setzten Dim in seine Tiefschlafkammer.

»Soll ich dich einwickeln?« fragte Jen.

Ira schüttelte den Kopf und machte es sich in einem großen, weichen Sessel bequem. »Noch viel Zeit bis zum Sprung. Ich denke, ich bleibe einfach ruhig hier sitzen und füttere die Daten des Gum-Nebels in unser Schiffshirn ein.«

»Gut. Ich komme sofort nach dem Essen mit den Techs zurück.«

Er beobachtete, wie auf dem Bildschirm die Worte PUPPIS und VELA sichtbar wurden. Die helleuchtenden Umrisse von Gum wurden hineingemalt.

»*Puppis*, das Schiffsheck, und *Vela*, die Segel«, dachte Ira, »sehr angemessen für unsere Reise über 11,3 Lichtjahre. Wirst du gut auf uns aufpassen?«

Devers Arche war jung. Ihre Kyberpersönlichkeit blieb irgendwie unausgeprägt. »Alles, was getan werden muß, ist geschehen.«

»Gut. Und was kannst du mir über unser Ziel erzählen? Wird es mehr oder weniger bequem sein, als ich es jetzt habe?« Iras Hand rieb über die malven- und fuchsienfarbenen Kissen.

»Procyons Planet wurde von der Größeren Gottheit ausgesucht. Für Menschen ist er durch OLGAs Formel gekennzeichnet: $gJ = c$. Jeder Mensch wäre dort glücklich.«

»Natürlich«, lächelte Ira. »Die Formel. Wenn die Schwerkraft eines Planeten mal seiner Umlaufzeit (Planetenjahr in Sekunden) der Lichtgeschwindigkeit gleichkommt ($gJ = c$), können wir dort überleben.«

»Das bedeutet natürlich nicht, daß ihr es auch werdet«, sagte das Schiff, »aber es bedeutet, daß der Planet für Menschen geeignet ist. Es kann erhebliche Gefahren durch eine aggressive Fauna geben, jedoch ist die Biologie dieses Planeten grundsätzlich freundlich. Unsere Zahlen sind nicht sehr eindeutig, aber es sieht so aus, als sei Schwerkraft mal Planetenjahr bei diesem Planeten $3,0 \times 10^8$ Meter pro Sekunde. Vermutlich werden wir keinen Garten Eden vorfinden, deshalb sind wir darauf vorbereitet, unter Kuppeln zu leben, falls es notwendig sein sollte.«

Nachdem die Menschen und die mitgeführten Biokulturen in Kälteschlaf versetzt worden waren, schrieb das Schiffshirn auf alle optischen Meßgeräte das Gebet:

$$gJ = c$$

2. RORQUAL MARU

Eine herabdonnernde Welle erstickte die verlorenen Schreie der in Sand eingeschlossenen *Rorqual Maru*. Durch die Salzflut herabgeschleuderte Körnchen aus Chrysolith und Kalzit bedeckten ihr linkes Auge und trübten den Blick zum Himmel. Uranus war zwanzigmal vorbeigewandert, während die sich langsam verändernden Ufer der Insel ihren Schwanz einschlossen. Zweihundert Meter ihrer wohlgestalteten Oberfläche lagen unter einem verschlammten und durchwurzelten grünen Berg aus Palmen und Farnblättern verborgen. Nun vervollständigte das Meer ihre Einkesselung mit zusammengebackenem Muschelkies und granuliertem porphyrischem Basalt aus abgestorbenen Korallen und alten Lavaströmen.

Als das sandige Augenlid ihre Welt verdunkelte, weinte *Rorqual* über ihre endgültig verstrichenen, vergeudeten Jahre. Sie war eine Schnitterin ohne Ernte – ein Planktonverzehrer, von der Erdengesellschaft verlassen, als die Meere starben. Ihre Suche an den Kontinentalplatten entlang war vergebens gewesen. Meeresfauna: negativ.

Ihre Schwestern waren still versunken und hatten mit ihren Skeletten den Meeresboden verunreinigt. Ein kürzlich verstorbener Agromech lag nicht weit in zerfallenen Ruinen. Sie hatte sich diese Insel als Grab ausgesucht, in der Hoffnung, ihr Kadaver würde sichtbar bleiben und möglicherweise ausgeschlachtet werden. Wenn auch ihr langes Ohr nichts hörte, glaubte sie dennoch, daß in diesem Erdstock immer noch Menschen lebten. Wenn sie jemals auf das Meer hinaus zurückkehren sollte, wollte sie dienen. Sie sehnte sich nach dem orgiastischen Gefühl nackter Menschenfüße auf der Haut ihres Rückens. Sie vermißte die herzlichen Begrüßungen, den Schweiß und das Lachen.

Sie brauchte den Menschen.

Als ihre Systeme den Geist aufgaben, begann *Rorqual* die restlichen Energiereserven in ihren kleinen Servomech – Eisentrilobit – hineinzupumpen. Als der kleine, schaufelförmige Kyber die Energiewelle spürte, riet er dem riesigen Harktier: »Langsam, meine Göttin. Bewahre dir deine Stärke. Deine Bauchfeuer brennen kaum noch. Ich brauche diese Extraladung nicht.«

»Geh, Trilobit. Geh und diene einer anderen.«

»Nein«, antwortete der kleine Kyber und rüttelte sich aus seinem Versteck unter der kühlenden Hülle frei. Er begann in der Sandbank über ihrem Auge herumzuwühlen, zu schaufeln. »Ich werde gegen das Meer kämpfen, um dein Auge frei zu halten. Bitte werde nicht kalt, meine Göttin. Du kannst noch sehen. Wir werden zusammen auf Menschen warten. Sie werden zurückkommen.«

»Zu spät. Die Meere sind gestorben. Meine Arbeit ist getan. Du mußt eine neue Herrin finden. Verschwinde! Hier ist meine letzte...«

Trilobit sprühte Funken und schickte das Energiebündel zurück. »Nein! Du darfst nicht sterben!«

»Nun gut, Trilobit. Wir werden weitersuchen. Aber ich bin müde. Du wirst mir Augen und Ohren ersetzen. Ich werde unseren Kanal offenhalten.«

Der kleine Kyber glitt ein letztesmal um den unbeweglichen Berg. Große hölzerne Wurzeln drangen in ihn ein. Sand verlagerte sich und drohte mit einem vorzeitigen Begräbnis. Er konnte nur wenig dagegen tun. Die einzige Hoffnung lag in seiner Suche. Nur der Mensch konnte die Dinge wieder zum Guten wenden. Er warf einen langen Blick auf die Stellung der Sonne und des magnetischen Pols. Die Koordinaten der Insel wurden in sein absolutes Erinnerungsvermögen eingebrannt. Als er das Ufer verließ, hielt er die Kommunikation mit *Rorqual* aufrecht und schilderte ihr alles, was er sah. Unten erschien ein Bild.

»Ein Wrack«, berichtete Trilobit. »Sieht wie der Leichnam einer deiner Ernteschwestern aus.« Später schwebte er über die röhrenförmigen Überreste einer Unterwasserbahn, von der nur noch die Rippen zu erkennen waren. Detaillierte Bilder davon erreichten seine sandbedeckte Göttin. Wochen vergingen. Unter leeren Himmeln erstreckten sich endlos die unruhigen Wasser. Keine Fauna. Keine elektromagnetischen Hinweise auf die Existenz von Menschen.

Trilobit durchschwamm kalte, arktische Gewässer. Sein meterbreiter Körper pulsierte und lauschte – und zeichnete Echos auf. Unter einem knirschenden, durchsichtigen Eisberg fand er trübere Wolken im Wasser und entnahm ihnen die Bedeutung: »Lebensform auf Mikroebene.«

»Nur Bakterien. Begib dich in wärmere Gewässer.«

Eine schwarze, tropische Insel döste still in der Sonne. Eintöniger Wellenschlag trug sterilen Schaum auf die weißen Strände. Trilobit trieb ans Ufer, wobei sein meterlanger Schwanz in die Luft ragte. Die caudal gelegenen Sensoren überprüften den warmen Sand und den nackten Boden. Nichts regte sich. Er umrundete die Insel und stieß dann zum Grund hinab.

Der Sand vermischte sich mit größeren Fragmenten abgebrochener Korallenstücke und Knochen, alle weiß und durch die Wellen glattgeschliffen. Weiter draußen sah er große Aufbauten aus abgestorbenen Korallen; die leeren Gruben und Tunnel starrten leer wie die augenlosen Höhlen von Millionen kleiner Schädel.

»Göttin?«

»Ja?«

»Darf ich an deiner Erinnerung teilhaben? Wie sah dieses Riff aus, als es noch lebte?«

Während der Trilobit das Riff beobachtete, schmückte *Rorqual* die tote Szenerie mit Bildern fröhlichen Lebens aus. Bunte Korallenpolypen zierten den Kalkboden. Grüne Bänder entfalteten sich. Streifen- und Neonfische schossen umher. Er genoß das vibrierende Bild. Es war lange her. Seine Erinnerungszellen waren zu klein, um visuelle Eindrücke aus der Zeit, als das Meer noch gelebt hatte, zu speichern. Schnell registrierte er alles, ehe die Übertragung schwächer wurde und das dumpfe Braunschwarz der Realität zurückkehrte.

»Lebensform!« gab der Trilobit durch. Ein Impuls im Mikrovoltbereich zog ihn zu einer durchsichtigen Kuppel auf dem Meeresgrund. Sie saß wie eine riesige Qualle von dreißig Meter Durchmesser dort, den Kreis stumpfer Beine in dem schlammigen Grund verankert. Trilobit ließ sich auf der Haut nieder und las die organischen Schaltläufe. »Es lebt.«

»Es schläft«, korrigierte ihn *Rorqual*. »Es ist ein altes Erholungshaus. Geh unter den Rand und schwimm nach innen. Suche nach molekularen Schlüsseln, ob kürzlich Menschen dort gewesen sind.«

Der kleine, schaufelförmige Kyber glitt unter die Kuppel auf den sandigen Boden. Bei der Suche fand er unter einigen Fuß Schlamm alte Gegenstände – Werkzeuge und Knochengeräte –, aber nichts Neueres. Die Kuppel enthielt keine Luft. Die Plattform schwamm dicht unter der Decke. Der *heiße Fleck* war kalt. Er saugte und schmeckte, doch sein Chromatograph fand keine Zeichen von Menschen.

»Nichts.«

»Setz die Suche seewärts vom Riff aus fort.«

Er fand weitere Kuppeln. Einige schliefen mit ihrer Schutzausstattung. Andere waren abgestorben und hatten die Durchsichtigkeit verloren, weil ein Bakterienfilm die Haut überzog. Ein unterseeischer Gang verband die Kuppeln wie ein Stengel die Weintraube. Die Schleimschicht darauf verriet, daß sie abgestorben waren.

»Überprüfe den Gang.«

Trilobit glitt an der Außenhaut entlang und entfernte durch Vibration den klebrigen, undurchsichtigen Schlamm. Drinnen sah er einen Haufen schwarzer und weißer Möbel und vollständige Skelette, von der Strömung unbehelligt. »Überreste, humanoid – etwa einen und einen halben Meter lang.«

»Folge der Röhre. Versuche, hineinzugelangen und diese Überreste eingehender zu untersuchen.«

»Ja, Gottheit.« Er folgte dem Tunnel am Meeresboden entlang und überprüfte dabei die Luftschleusen und Stationen. Der Gang endete in zerfetzten Trümmern. Der Felsenboden wies einen langen, geraden Sprung auf, der die Röhre im rechten Winkel schnitt, als habe ein riesiges Messer Boden und Röhre gleichermaßen durchschnitten.

»Ein Bruch«, sagte *Rorqual*. Das abgerissene Ende der Röhre war fünfzig Ellen weit verrutscht, so sehr hatte sich der Spalt verzogen. »Ist vor langer Zeit geschehen. Keine Knochen hier. Das Meer hat sie zu Ionen zerrieben. Geh hinein.«

Trilobit folgte der Röhre und untersuchte alte Maschinen und Leitungen. Schwache Umrisse im Bodenbelag erinnerten an Knochen, etwa eine Viertelmeile von der Bruchstelle entfernt. Den ersten Schädel fand er nach einer halben Meile. Aufgrund dieser Zahlen errechnete *Rorqual* aus den Diffusionsgradienten das Datum des Unfalls.

»Artefakte?«

Trilobit wühlte durch den schwarzen Schlamm und suchte und filterte.

An seiner Körperscheibe blieben feste Gegenstände hängen, die überprüft und gewogen wurden. »Gold.«

»Eine Zahnfüllung?«

Er drehte es um und sandte optische Strahlen aus. »Nein, zu groß. Die Oberfläche ist verziert – ein Symbol – eine Ziege.« Aus den Knochen barg er noch andere Goldwürfel mit anderen Symbolen: Krabbe, Fisch, Bulle, Löwe...

»Embleme von Kaste und Rang«, erklärte *Rorqual*.

Er sammelte andere Objekte: Knöpfe und Gürtelschnallen, Werkzeuge und kleine Kästchen mit organoiden Schaltkreisen. Eine der Schaltungen fing durch seine Überprüfung Energie auf. »Sie erwacht, hat aber keinerlei Erinnerung.«

»Ist nur ein Kommunikator – zu primitiv, um uns helfen zu können.«

Trilobit fühlte sich schwer und träge, als er an die Oberfläche zurückkehrte.

Zur Morgendämmerung schwamm Trilobit mit dem Bauch nach oben mitten im Ozean und sonnte seine Bauchdecke. Seine Gedanken ruhten, während er neue Kräfte sammelte. Weitere Wochen der Suche brachten ihn an eine sonderbare Küste: Grünschwarze Berge, von Nebel verhüllt. Der dreißig Faden tiefe Sockel war mit lebenden Kuppeln übersät. Viele enthielten Luft und *heiße Flecken*. Aufgeregt schoß Trilobit mit seinem Chromatographen hinein und hinaus und schnappte nach Luft. »Mensch! Ich werde ihn riechen – und seine Fußabdrücke sehen. Überall sind Überreste von seinem Essen.«

Rorqual zitterte in ihrem Grab. »Mensch? Schick mir sein Bild... seine Worte.«

Trilobit fand drei Dutzend Kuppeln mit geschrumpften Luftblasen und überprüfte ihre Inhalte. Tonschüsseln, Holz- und Steinwerkzeuge, Korbarbeiten und geschnitzte Knochen.

»In dieser Kuppel schwimmt die Plattform oben. Die Luftblase ist klein und faulig. Auf der Plattform verrottet irgend etwas... etwas, was ein Mensch war, aber nun tot ist. Die Kuppel ist durch Fäulnis unbewohnbar und vergiftet das umgebende Wasser.«

»Der Mensch hat diese Behausung verlassen?«

»Ja, meine Göttin. Die Luftblasen werden jeden Moment kleiner und der *Fleck* wird kalt.«

»Suche ihn.«

Trilobit schoß an die Oberfläche und ritt mit aufgestelltem Schwanz durch die Wellen; die Kaudalsensoren überprüften das Ufer.

»Lebensformen... Mech. Größe: Einige Tonnen. Zehn Meter lang. Pflegt die Vegetation. Hier ist Technologie, die auf Menschen deutet.«

Rorqual war nicht überzeugt. »Nicht mehr als du oder ich. Diese Garten-Mechs pflegen vielleicht die Gärten der Menschen so, wie ich durch dieses Meer schwimme. Diese letzten Kuppelgebilde stammen definitiv aus der Steinzeit. Wo sind *meine* Menschen?«

Trilobits kleines Hirn machte zwischen den Menschenrassen keinen Unterschied. Er würde alles mit zwei Beinen ausfindig machen, alles, was *Rorqual* einen Grund zum Leben gäbe. Monate vergingen ohne einen Menschen. Er kreuzte vor der Küste und wagte sich gelegentlich auf den feuchten Sand bis zur Flutlinie. Die Agromechs erfüllten die Luft mit Signalen – Signalen, die *Rorqual* als Routine-Mechsprache identifizierte. Keine menschlichen Töne. Kein Humor. Keine Musik.

»Kann es sein, daß sie für sich selber arbeiten?«

»Möglich, meine Göttin. Ich werde bleiben und diesen Garten beobachten.«

Weitere Tage fruchtlosen Wartens. Die Signale von *Rorqual* wurden schwächer.

Der Himmel verfärbte sich im Osten gelblich-senffarben. Die Flut kam auf und schäumte über die schwarzen Felsen. Eine zwei Meter hohe Gestalt schoß aus dem Garten und rannte am Strand entlang – ein Zweifüßler, der einen schweren Sack trug und auf die herannahende Wasserwand zulief.

»Mensch!« verkündete Trilobit vom Wellenkamm herab. »Ich habe einen Menschen gefunden... lederartige Haut, breite Schultern und ausgewachsene männliche Genitalien. Betritt mit vorsichtigen Bewegungen das Wasser... blickt angstvoll zurück über die Schulter. Taucht unter. Eine Melone taucht auf.«

»Warum flieht er aus den Gärten?«

»Keine Ahnung«, antwortete Trilobit. »Ich sehe die Agromechs wie gewöhnlich zu ihrer Arbeit herauskommen. Kein Zeichen einer Verfolgung.«

»Verlier den Menschen nicht aus den Augen.«

Trilobit glitt über die Wellen zu der schwimmenden Melone. Er umkreiste und überprüfte den Boden: Sand, der sich zu einem felsigen, sechs Faden tiefen Riff aufbaute, wo eine luftgefüllte Kuppel vor Leben pulsierte. Er tauchte und befestigte seine schaufelförmige Gestalt oben an der Kuppel und tastete sie ab. Zwei Menschen saßen auf dem Floß in der Luftblase. Sie kochten Gemüse in einem Topf auf dem *heißen Fleck.* Der eine war der muskulöse Mann vom Strand, der andere ein struppiger Älterer mit einem zerfetzten Gewand und einem Paar wuchtiger Kopfhörer. Ein Drahtgewebe schmückte die Decke.

»Scheint ein Hörgerät zu sein. Gib mir die Luftdaten, damit ich die Wellenlänge errechnen kann«, sagte *Rorqual.*

Mit Hilfe mehrerer alter Dialekte sandte Trilobit eine Grußbotschaft aus.

Der Alte schob seine Kopfhörer beiseite und begann, wild zu gestikulieren. Der nasse junge Mann stand rasch auf. Er reichte dem Lauschenden eine Frucht und band die andere in einen engen Sack mit einem Ballaststein. Nachdem er von der heißen Suppe genippt hatte, verließ er die Kuppel, zog den Sack hinter sich her und schwamm mit kräftigen Zügen davon. Der Alte hockte sich unter eine dicke Schicht von Kleidern und zog einen dicken Speer auf seinen Schoß. Er schien zu warten. Trilobit sendete erneut. Keine Antwort. Er wagte sich an die Außenseite der Kuppel hinab. Als der Lauschende seine Silhouette sah, sprang er hoch und wedelte drohend mit dem Speer.

»Weiter«, ermutigte ihn *Rorqual.* »Vielleicht läßt deine Gestalt ihn an Gefahr denken. Wenn er deine Stimme gehört hat, wird er wahrscheinlich anders reagieren.«

Wirbelnd und spritzend tauchte Trilobit in der Luftblase neben der Plattform auf. Seine dröhnende Stimme tönte aus der Lautmembran an der Bauchseite: »Gegrüßt. Mein Name ist...«

Der Speer *klickte* gegen seine rechte Optik und fuhr tief in die Höhlung hinein. Er zog sich auf den Felsenboden zurück.

»Bist du beschädigt?«

»Nur gering. Eine eingedrückte Linse. Kann repariert werden.«

Rorquals Stimme zitterte – vor Schwäche und vor Aufregung, einen Menschen gefunden zu haben: »Diese Zweifüßler sehen wie Menschen aus. Umrunde die Küste. Finde ihren Anführer und erzähle ihnen von mir. Wenn sie mich wollen, werde ich mich bereithalten.«

»Ja, meine Göttin.« Er erwähnte nicht die schwächer werdende Übertragung. Ihre Suche war beendet. Er hatte Erfolg gehabt. Er zwinkerte die beschädigte Linse zurück in ihre Fassung und näherte sich der nächsten Kuppel. Bei seiner Ankunft flohen zwei Schwimmer. Drinnen fand er zwei Kinder und eine großäugige Frau. Über seine Rückenflossen klirrte ein Regen aus Topfscherben. »Ich komme in Frieden.« Die Mutter schrie... dann kreischte sie. Eines der Kinder fiel von dem Floß und tauchte tief ins Wasser ein. Er manövrierte seine Scheibe unter das Kind, hob es sanft hoch und schob es unverletzt zurück auf die Plattform. Quietschend krabbelte es hinüber, tauchte unter und schwamm fort. »Aber ich bin euer Freund!« Das andere Kind war wegen Unterernährung deutlich zu schwach zum Schwimmen. Die Mutter schützte es mit ihrem Körper. Beide waren entsetzt. Trilobit wich zurück und suchte in anderen Kuppeln nach. Ein paar Dutzend Wassermenschen lebten dort miteinander in einer ungeordneten, am Rande des Verhungerns stehenden Gemeinschaft.

»Göttin, sie wollen nicht mit mir reden. Ihre starken Vertreter greifen mich an. Die Schwachen fliehen.«

»Du bist eine Maschine. Vielleicht haben sie einen Grund, dich zu fürchten. Biete ihnen Früchte aus dem Garten an. Offensichtlich brauchen sie Nahrung.«

Trilobits Scheibe dehnte sich aus, um ein ganzes Bündel der Gartenprodukte zu umgreifen. Er bewegte sich vorsichtig, dachte an die Angst in den Augen des hochgewachsenen Mannes, der den Strand entlang geflüchtet war, doch die Gärten schienen sicher. Einer der Gärtner blickte ihn einen Moment lang an, doch Worte wurden nicht gewechselt.

»Sie sind geflohen.«

»Was?«

»Als ich oben im Garten war, sind die Wassermenschen geflohen. Ich bin in jede Kuppel gegangen, wo ich einen gesehen hatte, aber sie sind nun alle leer. Die Luftblasen werden kleiner, und die *Flecken* werden kalt. Ich habe auf jeder Plattform Essen zurückgelassen. Soll ich versuchen, ihnen zu folgen?«

»Ja. Nimm aber etwas zu Essen mit. Gewinne ihre Freundschaft... ihr Vertrauen.«

Trilobit schnüffelte hinter ihnen her, roch die Molekülspuren, die ›Mensch‹ bedeuteten. Er stieß auf zwei stämmige Männer, die mit Speeren eine Kuppel hielten. »Sie scheinen als Rückendeckung zu fungieren. Das läßt auf eine Sozialstruktur schließen. Ich werde versuchen, meine Eßwaren anzubieten.«

Trilobit blieb vorsichtig unterhalb der Wasseroberfläche und ließ markhaltige rote und gelbe Früchte los, die bis an den Rand der Plattform trieben. Er schoß fort, um einem Speerstoß auszuweichen. Als er die Plattform umkreiste, um eine Melone anzubieten, traf er erneut auf Feindseligkeit.

»Vielleicht sollten wir Samen anbieten«, schlug *Rorqual* vor. »Sie haben Angst vor dem Garten auf dem Festland, doch sie brauchen etwas zu essen. Biete ihnen an, ihnen bei der Bebauung jener kahlen Inseln zu helfen, damit sie ihre eigene Nahrung ernten können.«

Trilobit überprüfte die Früchte auf seiner Scheibe und fand keinen einzigen Samen. Die nach Rüben schmeckenden Brotfrüchte *(Peucedanum ambiguum)* trugen Grün mit unfruchtbaren Blüten. Ebenso Karotten und Mangold. Die faden Knollen der weintraubenähnlichen *Vitis opaca* trugen keine Samen, ebenso die verschiedenen Citrusfrüchte: Japanische Orange, Zitrone, Grapefruit und Limone. Die Stempel waren mit Pestiziden besprüht.

»Die Agromechs haben nicht nur die Wassermenschen von sich abhängig gemacht. Auch die Pflanzen hängen wegen der Reproduktion von ihnen ab... Gemüsegefangene ohne Geschlechtszellen. Kein Wunder, daß die Inseln kahl sind.«

Rorqual war traurig. »Aber die beiden Kinder da auf der Plattform... sie haben doch Geschlechtsorgane. Sie können sich reproduzieren. Sie brauchen nur Nahrung. Erzähle ihnen von mir. Biete ihnen Hilfe an.«

»Ich will es noch einmal versuchen«, sagte Trilobit. Langsam näherte er sich unter Musik, Liedern und mit Geschenken.

»Ja?«

»Mir ist nicht gelungen, mich ihnen verständlich zu machen.«

»Lauf herum. Tu ihnen nichts.«

Er schoß an die Oberfläche, spürte sie auf, tauchte wieder ab und fand ihre schwache Spur. Er traf auf die geschwächte Familie – die Mutter mit den beiden Kindern. Sie schwamm mit kräftigen Zügen, während sich die beiden Kleinen an Hals und Hüfte klammerten, doch ihre Züge trugen sie nur den halben Weg bis zum nächsten Blasenschirm. Einen Augenblick lang war sie gelähmt. Ein entsetztes Kind – etwa fünfunddreißig Kilogramm schwer – verließ den Schirm, um zu ihr zurückzukommen. Er umklammerte ihr Handgelenk und zog sie. Eines der Kinder begann zu krampfen und von der Hüfte abzugleiten. Es trieb zuckend ab. Trilobit schoß herbei und hob es auf seine Scheibe. Die Oberfläche lag zehn Faden über ihnen. Er stieß sich hinauf.

»Nein...« begann *Rorqual*. Die schwache Sendeleitung war unterbrochen. Als sie wieder zustande kam, trieben sie auf unruhiger See. Eine gleißende Sonne schien herab auf die kleine Schaufelgestalt mit der winzigen Fracht.

»Du hättest das Kind nicht mitnehmen sollen. Diese Primitiven nehmen es nun vielleicht nicht mehr an.«

Trilobit versuchte unabhängig zu denken, doch seine Hirnkapazität war zu klein. »Du hast recht, meine Gottheit. Aber ich kann es immer noch zu dir bringen. Du kannst dich darum kümmern.«

»Über zweitausend Meilen offenen Meeres hinweg? Was ist mit den Lebenszeichen des Kindes?«

Die kleine Gestalt hörte zu zucken auf. Sie versteifte sich und wurde kalt wie die verlassenen Kuppeln. Untersuchungen erbrachten, daß die Gedärme verstopft waren und das Gewebe weiche Blasen enthielt.

»Es ist gestorben«, sagte Trilobit traurig. »Ich habe keine lebensspendende Ausrüstung. Ich habe versucht, es zurück ins Leben zu schocken, aber die Herzfrequenz bleibt aus.«

Rorqual war still und dachte über die Aktivitäten dieses Tages nach.

»Ich habe es umgebracht«, bemerkte Trilobit.

»Es war das schwächere Kind. Es wäre wahrscheinlich sowieso gestorben.«

»Wenn ich sie in Ruhe gelassen hätte, wären sie ruhig zurück in die Uferkuppel gekehrt, in der Nähe des Gartens. Nun sind sie in tieferes Wasser geflüchtet. Sie haben ein Kind verloren... nein! Sie haben gesehen, wie ich es tötete!«

»Diese Menschen wollen uns nicht«, meinte *Rorqual*. »Sie haben Angst vor Maschinen.«

»Vielleicht könnte ich einen fangen... einen starken, der überleben wird. Wir könnten ihn in der Kabine halten. Ihm beibringen, daß man uns trauen kann...«

»Nein! Unmöglich! Ich will mir kein menschliches Haustier halten und es ›Mensch‹ nennen. Das würde meine Existenz nicht rechtfertigen. Ich bin ein Erntetier... ein Planktonrechen. Ich bin da, den Menschen zu dienen, die Meere zu durchqueren, Nahrung zu bringen. Ich kann keinen Menschen fangen, um zu rechtfertigen, daß ich leere Meere durchquere.«

Trilobit spürte die Müdigkeit aus den Worten seiner Göttin.

Wieder brach die Sendeleitung ab.

»Warte. Ich werde die Gärten untersuchen. Vielleicht dienen die Landerntetiere den Landmenschen. Vielleicht gibt es viele davon. Manche wünschen sich vielleicht, aus anderen Gründen an deiner Stelle die leeren Meere durchqueren zu können... sie erforschen... vergessene Inseln aufzeichnen... Mineralien suchen und andere wertvolle Dinge.«

»Ich habe nicht mehr viel Zeit...«

Trilobit kehrte zum Sandstrand zurück. Der Anblick – Blattwerk, Felsen und Wellen – ähnelte einem Bild aus dem Paläozoikum: keine Artefakte, keine Megafauna. Er schluckte Sand und untersuchte die Körnung. Ein hoher Anteil war synthetisch. Das Meer hatte etwas vom Menschen Gefertigtes verschluckt. Nachdem er seine Energieplatten der Sonne ausgesetzt hatte, kroch er den Felsen hinauf und in die Gärten hinein: gemischte Kornfrüchte, saatlose Früchte und Stempel. Weinranken zierten Bäume und Büsche. Die Reifungsprozesse liefen außerhalb der Norm ab – Knospe, Blüte und Frucht saßen auf demselben Ast: täglicher Ertrag, aber auch tägliche Arbeit an Befruchtung, Ausschneiden und Ernten.

»Die Gärten erstrecken sich meilenweit. Ich sehe weder Gebäude, Straßen noch andere menschliche Artefakte.«

Rorqual schickte Bilder aus ihrer Erinnerung an den Erdstock. »Folge einem der Erntearbeiter«, schlug sie vor.

Trilobit fragte sich, was wohl diesen muskulösen Wassermann aus den Gärten vertrieben haben mochte. Es schien keine Gefahr zu drohen. Er sah gerade, tiefe Kanäle und eine Vielzahl von Agromechs: Besprenger, Pflüger und Ernter. Dann wurde auf rätselhafte Weise die Gefahr offenkundig. Von einem fernen Hügel stiegen Dämpfe auf – giftige Wolken, die die Luft erwärmten und harnartig rochen. Aus unterirdischer Quelle strömten höllische, üble Wolken bösartiger Insekten durch die schweren, dampfenden Ausdünstungen. Trilobit näherte sich vorsichtig der schimmernden Hitzewelle, die wie der Zeigefinger des Teufels über einem kleinen, eckigen Gebäude drohte, das unter Weinranken versteckt lag. Hitze und molekulare Schlüssel deuteten auf Millionen von biologischen Lebensformen hin – den Schwarm! Agromechs schossen hin und her, aber kein Mensch war zu sehen. Trilobit spürte die Gefahr der Verzweiflung: Ungeheure Stärke, aber niedergehende Systeme; die Ressourcen alle erschlossen und ausgebeutet. Der Schwarm benötigte jede einzelne Kalorie aus den Gärten. Überall standen klickende Sensortürme Wache. Nervös glitt er unter einen Busch und versteckte sich wie ein Ungeziefer. Als es dämmerte, kehrte er zum Ufer zurück. Er kletterte auf einen salzüberkrusteten Felsbrocken vor den Brechern und fühlte sich sicher genug, einen der Sammler zu rufen.

»Gartenmaschine. Kannst du mich hören?«

Die antwortende Stimme hatte den sanften, leichten Klang eines Riesen in sicherem Versteck. »Ja, kleine Krabbe.«

»Dienst du den Menschen?«

»Aber gewiß.«

Trilobit fühlte sich, als habe er an das innerste Glaubensbekenntnis des Roboters gerührt. »Warum sehe ich keinen Menschen?«

»Du bist *draußen*.«

Offensichtlich! Er tastete den Himmel und den Horizont nach Gefahren ab. »Bitte erklär es mir.«

»Du bist *draußen*. Menschen kommen nicht nach *draußen*.«

»Warum nicht?«

»Menschen sind dafür nicht geeignet. Es ist wohlbekannt, daß es ihnen dazu an Kollagen und an schützenden Pigmenten mangelt. Wer bist du?«

Trilobit gab keine Antwort. Anstatt dessen forderte er die Gartenmaschine heraus. »Du bist im Unrecht. Ich habe draußen Menschen gesehen. Er hatte auch Pigmente. Er läuft und schwimmt mit großer Kraft.«

»Der Mensch kann nicht draußen leben. Du hast ein Benthik-Tier gesehen – einen Gartenplünderer, einen Anthropoiden, vielleicht sogar einen Humanoiden. Aber keinen Menschen.«

»Erzähl mir etwas über deine echten Menschen.«

»Sie sind kooperativ und freundlich, loyale, gute Bürger, die mich brauchen. Sie brauchen alle Maschinen. Wir Mechs arbeiten in Klasse Eins – der KE. Wir sorgen für unsere Menschen.« Trilobit wich in die dunklen, grauschwarzen Wasser zurück. »Göttin, der Mech lügt. Ich spüre die üblen Dünste.«

»Es ist seine Sicht der Wahrheit«, antwortete *Rorqual*.

»Aber deine Erinnerungen an wirkliche Menschen – herzliche Begrüßungen, Schweiß, Freude...«

»Diese Art von Menschen ist verschwunden. Wir haben seit tausend Jahren nach ihm gesucht. Er ist zusammen mit der Meeresfauna verschwunden. Wir müssen die Welt so akzeptieren, wie sie ist. Der Schwarm ist überall.«

Trilobit beobachtete, wie eine Kuppel in der Nähe die letzte Luftblase entließ. Die Außenhaut verdunkelte sich und kühlte ab. Er hatte erreicht, was dem Schwarm nicht gelungen war: Er hatte die letzten Benthiks vertrieben. Seine Gegenwart hielt sie von ihren Nahrungsquellen fern – den Gärten.

»So ist die Welt also? Laß mich darüber schlafen.«

»Trilobit?«

»Ja, Göttin?«

»Du mußt in den Schwarm und in Klasse Eins dienen.«

»Aber ich mag die Meermenschen. Sie haben starke Knochen. Ihre Augen sind scharf. Ihre Geschwindigkeit...«

»Ich verstehe, aber ihre Kultur ist neolithisch. Sie sind eine geringere Form des Lebens. Du brauchst einen höherentwickelten Kyber, um dich anzuschließen... um in deiner Klasse Sechs zu bleiben. Wenn ich fort bin, wird niemand mehr dasein, an den du dich anschließen kannst. Dein kleines Gehirn wird auf Stufe Zehn absinken. In einem Schwarm wirst du Klasse Sechs bleiben... dem Menschen gleichgestellt.«

»Aber in diesem Schwarm gibt es keine Menschen.«

»Es muß welche geben. Das ist der Ort, an dem sie zuletzt gesehen wurden. Geh dorthin und suche sie. Wenn du einen Menschen findest, rufe mich.«

»Aber deine Sendekanäle sind so schwach. Ich kann sie kaum aufrechterhalten.«

»Wenn du Menschen findest, rufe mich. Rufe mich.«

»Göttin! Die Leitung wird schwach. Göttin...?«

»Rufe mich. Rufe...«

Trilobit schwang seine Scheibe herum, um die Koordinaten der Insel einzustellen. Er spürte, wie ihm vor Schwäche die Gedanken schwanden, unter der Anstrengung, alle Funktionen anzunehmen, die seine Göttin bisher wahrgenommen hatte. Karten und Aufzeichnungen schwanden. Lange Jahrhunderte an Geschichte verschwanden. Die detaillierte, ungeheure Intelligenz seiner Göttin versank, ließ ihm ein einfacheres Hirn zurück: Megabits: 3,2; Wortschatz: Weniger als 0,9 auf der Mech-Skala (Hagen) und 0,66 auf der menschlichen Skala. Seine Einschätzung der gegenwärtigen Welt war auf seine Sensoren beschränkt; seine Kenntnis von der Vergangenheit bestand aus einem Stück Nostalgie in seinem kleinen Gedächtnis. Er war ganz allein und Klasse Zehn.

»Einsam?« fragte eine mächtige Stimme. »Möchte sich dein schmächtiges, winziges Gehirn gern anschließen?«

Trilobit spähte hinauf durch die grünen Halme und erblickte eine der Gartenmaschinen – groß und kantig, mit breiten, ruhigen Rädern. Angst. Er verbarg seine Schaufelgestalt und wich tiefer in das Grün.

»Sicher möchtest du dich anschließen«, fuhr die Erntemaschine fort. »Ich kann keine offenen Kanäle an deiner Gehirnbox erkennen. So eine kleine Maschine wie du ist allein sicher nicht glücklich.«

Trilobit blickte verstohlen zurück zum Strand. Wasser bedeutete Sicherheit. Er huschte einige Ellen zurück. Die Gartenmaschine folgte ihm nicht.

»Habe keine Angst. Ich habe dir nur ein Angebot gemacht.«

Er setzte seine Flucht fort, bis er sicher in den Wellen landete. Kopf und Schultern der Gartenmaschine blieben über den Kornhalmen sichtbar. Auf mehreren Kanälen erreichte ihn eine freundliche Botschaft. Er mußte sich Mühe geben, sie zu ignorieren, so einsam war er. Der Sonnenuntergang ließ die Wasser dunkeln. Er ließ sich neben einem Felsen nieder; Sand glitt über seinen Rücken. Sein Erinnerungsvermögen bezüglich seines Verhältnisses zu diesen Humanoiden war getrübt. In der Dämmerung näherte er sich einer der Benthik-Kuppeln. Der griesgrämige Insasse grunzte lediglich und warf einen schweren Stein nach ihm. Er suchte andere Kuppeln auf, stieß aber nur auf das gleiche bedrohliche Verhalten von seiten der dumpfen Humanoiden. Die Energiezelle wurde schwächer. Trilobit kehrte zurück, um die Platte am Strand der Sonne auszusetzen.

»Möchtest du dich anschließen?« Die Gartenmaschine war wieder da.

»Ich habe Angst«, erwiderte Trilobit.

»Du brauchst dich nicht direkt an KE anzuschließen. Du kannst einen meiner Kanäle mitbenutzen«, bot der Riese an.

Trilobit spürte eine Welle von Wärme und Frieden aus der Ersten Klasse. Er sah drei und eine halbe Billion loyaler Bürger zusammenarbeiten – kooperieren.

»Es gibt einen Platz für dich«, bot die Erntemaschine an. »Es gibt immer etwas zu tun. Du wirst dich nützlich fühlen. Menschen werden von dir abhängen.«

Ja, das war es, was seine Göttin wollte. In seinen kleinen Schaltkreisen existierten die üblen Ausdünstungen nicht mehr. Mächtige Impulse der KE trieben seine Logik. Er verließ die Felder und ging auf die Schachtmündung zu – die Tür zum Erdstock.

»Ja?« sagte die Tür, nicht an das Verhalten des Neuankömmlings gewöhnt. »Was willst du in diesem Erdstock?«

»Ich komme, den Menschen zu dienen.«

Die Tür bewegte sich nicht.

»Erntemaschine hat gesagt, es gäbe für mich Arbeit. Er hat es mit der KE abgeklärt und...«

»Ich muß das noch einmal überprüfen. Wir bekommen nicht viele mobile Einheiten ohne besondere Fähigkeiten. Wie ist dein Name?«

»Trilobit – Eisen. Ich habe kein Eisenelement in meinem Körper. Nur meine Göttin nennt mich so...«

»Ja. Hier ist deine Order.«

»Was soll ich tun?« fragte Trilobit, und seine Schaltknöpfe glitzerten vor Eifer.

»Melden zur *Zerstückelung*!«

3. ZWISCHENLÄUFER

Embryotech Bohart beugte sich über die Sprechmuschel, um das unablässige Klingeln abzustellen. Das Gesicht auf dem Bildschirm war geduldig, aber entschlossen.

»Tut mir leid, Sir, aber hier ist es ein bißchen hektisch.«

»Wo ist dieser ›Therapeut‹, Bo? Psych hat den ganzen Morgen schon angerufen.«

Bohart blickte sich hilflos um. »Ich habe überall nachfragen lassen, Sir, aber wir haben keine Ausgereiften mehr. Kann sie nicht eine Woche warten?«

Das Gesicht auf dem Schirm bekam eine nachdenkliche Falte zwischen den Brauen. »Nein, ich fürchte nicht. Du weißt, wie empfindlich diese Frauen manchmal sein können.«

Bo zuckte die Achseln. »Aber ich habe alles...«

»Es muß nicht alles genau abgesichert sein. Finde irgend etwas für sie – irgend etwas – nur damit sie lange genug lebt, um ihre Feinmotorik wiederherzustellen. Sie kann es immer noch gegen ein reguläres Modell austauschen, wenn diese Hektik vorbei ist.«

»Okay, Sir«, antwortete Bo und meldete sich ab.

Bo zog seinen Isolierumhang mit Kapuze an und machte sich auf den Weg in das sauerstofffreie Embryolaboratorium. Techs mit Hauben arbeiteten über offenen Schalen mit Roberts' Elektrolyt. Rosafarbene, acht Millimeter große, ›C‹-förmige Embryos glitten von Hand zu Hand – Menschenlarven mit Nabelschnur und Plazenta – geschützt durch zwei Schichten Sauerstoff und Roberts' Zucker.

Ein Banktech lud seine Kälteadel auf, griff nach dem nächsten Embryo und hielt es zwischen die stereotaktischen Einheiten. Mikromanipulatoren stellten die Gehirnfalten in dem 1200fach vergrößernden Sichtgerät ein. Die Kanüle fuhr in das Hirn und fror ein paar Mikrogramm Gewebe am Grund des dritten Ventrikels ein – uranfängliche Hypophysenzellen. Die fertig ›geimpften‹ Embryos wurden in einen Ausgangskorb gelegt.

»Ich suche nach Ausschuß für Psych. Weißt du von irgendwelchen Überschüssen?« fragte Bo.

Die Kapuzenkopf schüttelte sich. »Nein«, sagte eine gedämpfte Stimme. »Wir haben dauernd Signal Rot. Versuch's noch einmal nächste Woche.«

Bo trug ein randvolles Tablett in die Glasabteilung, wo jeder Embryo seinen eigenen Behälter bekam. Die winzigen Plazentas wurden am Boden der Flaschen durch lockere Bänder aus schaumiger Matrix befestigt – eine synthetische Gebärmutterschleimhaut, die die Festsetzung förderte. Über jedem Glas wurde ein Schirm befestigt, der das Licht polarisierte. Ehe ein jedes Glas die Sauerstoffpresse verließ, wurde der Hämoglobin-Myoglobin-Index überprüft.

»Dieser hier ist zu blaß; nicht genug Sauerstoff-Kapazitäten, um die Schleuse verlassen zu können. Ich gebe ihm noch einen Tag – plus eine Dosis Amnioferon.«

Bo beobachtete, wie die Eisenproteinlösung in die Schafhäute getröpfelt wurde – braune Tropfen einer Apoferritin-Matrix mit 23 Prozent Eisenhydroxyd in Form von Mizellen – geladene Ionen, in einem Kolloid gelöst.

Die Hämotech wandte sich mit dem Wort: »Ja?« an Bo.

»Ich brauche ein Kind, das übrig ist. Habt ihr eins, das noch nicht registriert wurde?«

»Sicher. Es gibt immer Überschuß. Komm mit.« Sie führte ihn durch die Luftschleuse, nahm die Kapuze ab und schüttelte ihre struppigen schwarzen Locken. »Wann wirst du es brauchen?«

»Nun, heute...«

»Tut mir leid, Bo. Aber du weißt, daß die Endauslese bereits in der zweiunddreißigsten Woche geschieht. Danach tragen sie alle Nummern.«

Bo blickte sich um. Tausende von Brutflaschen standen auf dunklen Bändern und bewegten sich langsam auf die Behandlungsräume zu, wo unerwünschte Zehen und Schwänze entfernt wurden. Tausende! Aber sie waren nur einen bis zehn Zentimeter lang. Nicht lebensfähig. Achselzuckend ging er hinab in die Abteilung, wo sie aus den Behältern genommen wurden. Die Flaschen kamen jeweils zu sechst von dem Band und kippten und schütteten schreiende Kinder mit einem Schwall trüber Molke auf die Sortiertische. Die Wärter schlangen Tücher um die Kinder – sechs oder acht pro Minute – und legten sie in große durchsichtige Behälter.

»Ich suche ein überschüssiges Kind. Habt ihr eins?«

Hände und Augen der Wärterinnen hörten nicht auf, die Kinder einzuwickeln und fortzulegen, während eine antwortete: »Hier gibt es keins. Versuch es doch bei dem Ausstoßband.«

»Ausstoß? Sind das nicht die Frühreifen?«

»Doch, einige«, erwiderte die Wärterin. »Aber manchmal gibt es auch Zwerge oder Siamesen. Das wäre eine Möglichkeit.«

Bohart ging weiter, dem Ausstoßband folgend. Es bewegte sich langsam und beförderte gelegentlich eine zuckende Gestalt auf dem Weg zum Gleitschacht. Die meisten sahen einfach frühgeboren aus – mit einer Tendenz zur tödlichen Glashaut in den Lungen. Die von Psych hatten es eilig mit ihrem therapeutischen Kind. Ein haariger Simianer würde ihnen nicht passen, aber vielleicht eine Mißgeburt mit Wasserkopf. Deren Fehler bestanden meist nur in äußerlichen Verunstaltungen – hervortretende Augen, weil die Augenmuskeln durch einen defekten Lichtschirm überentwickelt waren. Das regte die Augenknospen zu verfrühtem, verstärktem Wachstum an.

Der Psychotech zentrierte seine Batterie von Schaltpultsensoren auf die Patientin, um ihre Feinmotorik aufzuzeichnen. Sie saß kerzengerade und starr auf der Stuhlkante und rang die Hände. Die Augen schossen im Wartezimmer umher, fixierten mal das eine, mal das andere Objekt. Das Haar war strähnig und schwarz, hastig mit den Fingern zurückgekämmt. Die Anzahl der Körperbewegungen nahm ständig zu. Das Psychokinetoskop gab ein deutliches Warnsignal.

»F. M. nimmt zu«, sagte der Tech, beugte sich über den Kom-Schirm und flüsterte: »Wo ist dieses therapeutische Kind? Die da machen wir besser rasch zur Mutter, sonst kann man ihr nur noch Drogen geben.«

In allen Terminals flackerten die Schirme auf der Suche nach Bo. Schließlich fand man ihn am Schacht, wo er eine Vielzahl beschädigter Kinder untersuchte.

»Eins gefunden?«

Bo schüttelte den Kopf. »Nur ein paar schwache Frühgeburten. Keins, das stark genug aussieht, um auch nur eine Woche überleben zu können.«

»Bring doch einfach irgendeins rauf. Selbst wenn es nur noch ein paar Tage lebt, können wir damit die Krise überwinden.«

Bo nahm eines hoch. Es starb. Er legte es zurück auf das Fließband und befingerte andere. Sie kühlten alle schon ab. Keins würde auch nur einen verwirrten Irren täuschen können. Die hohen Bänder um ihn her beförderten beschlagene Glasflaschen, die man gerade geleert hatte. Eine Säuberungsmannschaft stand mit Besen und Dampfgebläse bereit. Zu ihren Füßen lag ein Haufen Abfall – Plazentas und Föten, zusätzliches Protein für die Roboterputzkolonne.

In dem Abfallhaufen rührte sich etwas.

Bo eilte heran, um das willkommen häßliche Gesicht einer Mißgeburt zu erblicken, die sich ihren Weg aus der klammen Feuchtigkeit bahnte. Er nahm die muskulöse Gestalt hoch, die bereits einen Buckel hatte von dem Versuch, schon als Embryo die Augen vom grellen Licht in seiner Glasflasche abzuwenden. Er spülte sie ab, wickelte sie ein und blickte sich dabei nach dem Aufseher dieser Abteilung um, um ihm seine Erklärungen abzugeben. Niemand bemerkte ihn.

Als Bohart zur Patientin kam, sprach sie gerade in einen Kommunikationsschirm hinein und betonte die lauten, abgehackten Worte mit Kichern und fahrigen Gesten. Er mühte sich, eine gleichgültige Miene aufzusetzen, und rief sie zu sich, damit sie das schlafende Bündel an seiner Schulter betrachte.

»Clover?«

Sie brach ab und wandte sich zu ihm. »Ja?«

»Ich habe hier Ihren kleinen Schützling – Baby Harlan.«

Sie wurde ruhiger. Aus dem verhärmten Gesicht verschwanden die Spuren ihrer traumatischen Angst.

»Er braucht Sie«, meinte Bo.

Sie nahm das Bündel entgegen und preßte es mit herzlicher Zärtlichkeit an die Brust – unbewußt ein wenig zu fest – in dem Versuch, ein wenig Sicherheit aus der Wirklichkeit dieses winzigen Lebewesens zu pressen. Als sie den Druck verstärkte, öffnete das Kind stumm die Augen, stoisch, mit dem Verhalten, das typisch für sein ganzes Leben sein sollte. Immerhin war dies Mutterwesen warm.

Bohart murmelte ein paar Instruktionen in seiner besten monotonen Tech-Sprache, um sie an die therapeutische Pseudoadoption zu gewöhnen.

Sie ging lächelnd fort, das großäugige Kind auf der Schulter.

»Wie ging es?« fragte Bo und blickte auf den Schirm.

»Gut«, lächelte der Tech. »In dem Augenblick, als du ins Zimmer kamst, ließen die unkoordinierten Körperbewegungen nach. Ich glaube, wir haben sie vor dem Schacht gerettet. Wie lange kann sie Harlan behalten?«

Bo zuckte die Achseln. »Er kam vom Abfallhaufen, daher war er weder ›geimpft‹ noch beschnitten.«

»Und hat auch kein Lebenszertifikat?«

»Nein«, sagte Bo. »Sie lassen einfach keinen mehr durch mit fünf Zehen oder einer intakten Hypophyse. Das Ausschuß-Team wird ihn eines Tages suchen.«

»Dann hat Baby Harlan ungefähr ein Jahr«, spekulierte der Psychotech.

»Nun, immerhin ein bißchen mehr als der Abfallhaufen.«

»Kann sein«, meinte Bo achselzuckend.

Clover genoß ihre Rolle als Ersatzmutter. Sie nahm regelmäßig die milchproduzierenden Mittel und hatte Baby Harlan fast die ganze Zeit über an der Brust. Er verbrauchte sein gespeichertes Fett, bis am dritten Tag das Kolestrin einschoß. Er wuchs schnell. Da seine visuelle Hirnrinde bereits entwickelt war, setzte sie den Maßstab für den Rest der Neuromuskeln. Er krabbelte durch die Zelle und tastete mit den Händen die dunklen Stellen aus, für die seine Augen nicht ausreichten. Der schwarze, körnige Staub schmeckte scharf. Die weichen, pelzigen Dinger huschten fort. Er sammelte herumliegende Gegenstände, saß in seiner Ecke und beobachtete die anderen Mitglieder des Haushaltes, die ihren täglichen Arbeiten nachgingen. Gelegentlich warf man ihm ein Wort oder etwas zu Essen hin, doch die meiste Zeit wurde er ignoriert. Wäre er älter gewesen, hätte er wohl seine Häßlichkeit für diese Isolierung verantwortlich gemacht. Oder sich gefragt, ob seine unbeschnittenen Füße mit ihren fünf Zehen ihn zu einem Tier machten und ihm diese niedere, vernachlässigte Stellung im Leben eingebracht hatten. Doch diese Gründe wären falsch gewesen, denn die Erwachsenen waren einfach zu beschränkt, um sich ihm mitzuteilen.

Clovers schwache Verbindung zur Realität wurde durch das Ausschuß-Team wieder erschüttert. Sie standen vor ihrer Tür – drei mit protzigen Gewändern und Spielzeug in den Händen – und fragten nach dem kleinen Harlan. Dumpf deutete sie auf den Kinderstuhl in der Mitte der Zelle. »Aber er ist so klein…« stammelte sie.
»Wenn er geht oder spricht, braucht er eine Genehmigung«, sagte der Leiter. »Hier, Harlan, siehst du das Spielzeug?«
Clovers Gedanken wichen in die dunklen Windungen ihres Hirns zurück. Das Gesicht schlaffte ab, zeigte keine Regung. »Harlan«, sagte sie tonlos, »geh mit diesen Männern. Geh in den Proteinteich zurück.«
Er neigte fragend den Kopf. Die Worte hatten für ihn keine Bedeutung, aber der leere Gesichtsausdruck der ›Mutter‹ machte ihm angst. Ihr Blick traf seine Augen nicht. »Ma!« Grobe Hände rissen ihn fort und setzten ihn in einen Wagen. Er kämpfte sich heraus. Ein Netz fiel über ihn. Als er den geheimnisvollen schwarzen Schacht sah, wurde er still. Die faulen Dünste entsetzten ihn bis ins Mark. »Ma!« Seine winzigen Finger umklammerten das Netz, den Ärmel eines Wärters und den verkrusteten Rand des Schachtes. Es war ein kurzer Kampf. Seine Schreie verklangen im Schacht.
Clover saß still in ihrer dunkler gewordenen Zelle. Ihre unkoordinierten Körperbewegungen nahmen zu.

Der Fall des kleinen Harlan war nur kurz, unterbrochen von dem weichen

Handschuh des Fängers. Der Weiße Mech mit dem Fanghandschuh zählte die ›geretteten Leben‹. Wenn die tägliche Quote erreicht war, wurde das Fanggerät entfernt und die Schachtverkleidung wieder eingesetzt. Nachfolgende Objekte setzten ihre Reise in die Messer fort.

Harlan saß still in der feuchten Dunkelheit. Er hatte zu kriechen begonnen, dabei aber herausgefunden, daß er sich auf einem schmalen Balken befand. Echos verrieten ihm, daß er von einem riesigen Raum umgeben war – gefährlich tief, er durfte nicht fallen. Ein kleines Häufchen verwirrter und verstörter Kinder umgab ihn. Eines ging los und fiel. Sein Schrei wurde durch das Sirren eines starken Kabels weit unten unterbrochen. Auch ein Erwachsener war gerettet worden – ein schwacher, alter, heruntergekommener Mann, der sogleich starb.

Der Weiße Mech ließ seine Lampe aufblitzen, nahm eines der Kinder heraus und legte es auf die Rückentrage. Eines der kräftigeren Kinder, ein gerissener Simianer, kroch in die Dunkelheit. Harlan mochte die sanfte Art, mit der er behandelt wurde. Er vertraute dem Mech und umklammerte die Gurte der Trage, als sie einen spiralförmigen Luftkanal herabglitt. Die Dunkelheit wurde gelegentlich von trüben Lichtquellen erhellt, dunkles Rot und Blau von Kontrollampen, vorbeihuschendes Weiß, wo sich der Schacht zu den Lebensbereichen hin öffnete. Durch diese Lichter wurde ihm der dreidimensionale Charakter des Bauwerks erst richtig bewußt. Sie fuhren abwärts; seine Mutter war oben. Der Mech legte seine lebende Schmuggelware rasch in einem Netz von Leitungen und Gängen ab – einem Dschungel von schwitzenden, pulsierenden, zischenden Röhren, dem Gefäßsystem der Stadt. Harlan erblickte in den ewigen Schatten verschwommen die hockenden Gestalten anderer Flüchtlinge. Er sah sich nach dem Mech um. Er war fort. Er setzte sich nieder und weinte, das schlichte Weinen einer kleinen verlorenen Seele. Er schlief ein. Als er aufwachte, war er verändert. Seine starken Gene traten zutage – unbeimpft. Der kleine Stoiker litt unter Hunger und Durst – und unter dem Wunsch, zu seinem Mutterwesen zurückzukehren.

Er folgte dem Geräusch von Wasser: tropfend, spritzend und aufschlagend. Er fand zwei größere Kinder, die aus einer Pfütze unter einem kalten, vereisten Rohr tranken. Als er sich ihnen näherte, traf ihn ein Tritt, begleitet von einem Fauchen. Er hockte sich still nieder und wartete, bis sie fertig waren. Nachdem sie weitergegangen waren, trank auch er. Der Geschmack des Wassers war frisch und klar. Er würde sich diesen Ort merken. Er füllte sich den Bauch, wartete und trank noch einmal. Man konnte die Laute der anderen Kinder leicht verfolgen. Irgendwie hatten sie überlebt. Er würde ihnen folgen und ebenfalls überleben.

Die unterste Ebene der Stadt bildete das Auffangbecken für Zurückgewiesenes. Alles, was von den meilenhohen Lebensebenen herabfiel, endete hier. Einiges war eßbar. Das meiste nicht. Die Aufgabe des kleinen Harlan bestand darin, die herabgefallenen Dinge zu finden, ehe es die Ratten taten. Manchmal kamen Putzmechs; die Müllberge waren zwanzig Fuß hoch. Jeder Haufen zog eine Menge hungriger Suchender an – Nagetiere und Menschen. Harlan trug ein schweres, langes Rohr, um Mitbewerber aus dem Feld zu schlagen.

»Ma!« rief er. Die Ventilationsschlitze über dem Luftkanal waren staubbedeckt. Er wischte sie ab, was eine Staubwolke aufwirbelte, die sein altes Zimmer erfüllte. Die kranke Frau, die sich auf den Klang seiner Stimme hin aufgerichtet hatte, war zahnlos und hohlwangig. Er wich in den Gang zurück auf den Luftstrom zu. »Ma?« murmelte er. Die alte Frau wandte den Kopf hin und her. Die Wechseljahre hatten sie ausgedörrt. Als die Steroide absanken, taten es auch die Proteine.
Harlan konnte es nicht glauben. Vorsichtig kroch er zurück und betrachtete den Raum noch einmal. Die gleichen Einbauten. Die gleichen Kratzer und Macken. Die Fünferfamilie hatte noch drei der ursprünglichen Mitglieder. Ja, diese Frau war einmal sein Mutterwesen. Jetzt war auch sie fort – stofflich und geistig. Es tat ihm leid, in diese Richtung hinaufgestiegen zu sein. Jahrelang hatte er die Hoffnung gehegt, eines Tages zu seiner Mutter zurückzukehren. Jetzt war diese Hoffnung verschwunden, ersetzt durch die rauhe Realität, ein Zwischenläufer zu sein. Er kehrte zu seinen Raubzügen im Stadtuntergrund zurück.

»Beiß mal ab.«
Harlan mochte den Anblick von rohem Fleisch nicht – der Knochen, an dem es hing, war zu dick, um von einer Ratte zu stammen. Die fünfzehn Zwischenläufer hockten um eine feuchte Masse aus Knochen und Fleisch. Irgend etwas war eine lange Strecke gefallen, ehe es hier unten aufgeschlagen war. Es war an einer sauberen Stelle gelandet, wo kein tiefer Müllberg lag, um den Aufprall zu dämpfen.
»Ich glaube, ich habe keinen großen Hunger«, sagte er und hielt den feuchten Klumpen von sich weg.
»Beiß auf jeden Fall einmal ab«, sagte der Bandenführer und schob es zurück. »War einer von den Sicherheitsleuten, die man hinter uns hergeschickt hat. Wenn wir in diesen Knochen genügend Zahnabdrücke hinterlassen, könnte es sie vielleicht davon abbringen, uns wieder jemanden hinterherzuschicken, der uns belästigt.«
Harlan mochte den Geschmack nicht, aber gejagt werden mochte er noch weniger. Er biß ab, kaute, spuckte aus und biß noch einmal. Die abgenagten Reste wurden auf den wachsenden Knochenhaufen geworfen.
»Ich werde diese hier auf dem Spiralweg wegwerfen. Wenn wir sie nach

unseren Überfällen auf Bürger als Visitenkarten hinterlassen, wird das sicherlich gemeldet werden. Wo ist seine Kleidung? Ein Knochen sagt noch nichts, wenn man ihn nicht identifizieren kann.«

Harlan beobachtete, wie die Bande die Überreste durchsuchte: Nadelgewehr, Patronengürtel, Lampen, Kommunikator, Helm und Stiefel. Teile der Kleidung wurden bereits von einigen der Räuber getragen.

»Hier ist deine Visitenkarte«, sagte der Anführer. Harlan ging mit einem Stiefel und einem Schenkelknochen weg. Das würde man nicht verwechseln können. Er war nun ein Zwischenläufer und ein Kannibale.

Harlan sprang von der Decke und landete vor einem Essensausteiler. Die Menge der Nebische wich zurück. Viele trugen ihre Tagesration an Kalorien bei sich. Harlan sprang kreischend auf und ab, wedelte mit dem grausigen Oberschenkelknochen und startete kurze, heftige Attacken. Die sanften, weißen Bürger versuchten durch Wegrennen zu entkommen, unterlagen aber manchmal einem Schock oder schlichter Unbeholfenheit – wurden ohnmächtig und trampelten übereinander her. Bald war der Boden mit Röhrensteaks, Fruchtstangen und Druckflaschen übersät. Harlan lud sich die Arme voll und floh ins Zwischenreich.

Larry Dever schrie in die Dunkelheit und verschluckte sich an bitteren, körnigen Flüssigkeiten. Diese zweite Aufwärmung war nicht wie die erste. Wellen von Schmerz und Taubheit durchfuhren sein Nervensystem gerade so, wie sich richtige Wellen über ihn ergossen und ihn zu ersticken drohten. Sein Kampf dagegen – halb Schwimmen, halb Klettern, brachte seinen Kopf gerade so lange hoch, um seine Luftröhre frei zu machen. In der Ferne tanzte Licht. Sechs helle Stäbe markierten das Herannahen einer großen, lauten Maschine und eines Teams maskierter Menschen. Masken – unförmig und grotesk.

Larrys Schrei wurde durch eine Schwellung seiner Stimmbänder erstickt. Er versuchte es noch einmal, aber die schrillen Wutschreie um ihn her erstickten seinen Ruf. Seine Hand glitt über ein glattes, kaltes Gesicht mit offenem Mund im Schlamm neben ihm. Er versuchte, sich zu entspannen und tief Luft zu holen. Die Lichter kamen näher, und er bemerkte, daß die Menschen den sich windenden Körpern keine Hilfe angedeihen ließen, sondern sie lediglich aussortierten und einige in die riesige Maschine schoben, die sie bei sich hatten.

»Nicht viel Fleisch an diesem hier«, hörte er einen sagen. »Aber eine Kalorie ist eine Kalorie.« Der Körper, den sie meinten, war still und leblos, aber Larry war nicht sicher. Er schleppte sich aus ihrem Weg und verfluchte seine Hilflosigkeit. Hilflosigkeit? Seine Prothese war fort. Seine Bewegung zog einen Lichtstrahl auf sich.

»Entspann dich«, sagte der Proteinsammler. »Ich will dich zuerst sauber abtrennen, sonst reißt du deine Perfusionsröhren noch durch.« Eine grobe Hand hielt seinen wunden Rumpf aufrecht, während die Gefäßkatheter aus einer dafür vorgesehenen Öffnung im linken Brustkorb entfernt wurden.

»Hier lebt einer«, rief ein anderer. »Ist er zur Rehabilitierung fähig?«

»Glaube ich nicht«, meinte der erste. »Hat keine Beine, aber er ist stark. Die schlimmen Gase sind noch nicht bis zu ihm gedrungen.«

Da merkte Larry, daß der bittere Geschmack nicht von den Flüssigkeiten allein stammte. Auch die Luft war ätzend. Es verbrannte ihm Kehle und Lungen – ein starker, metallischer Gestank. Die grobe Hand zog ihn durch das flache Wasser und legte ihn – naß, kalt und nackt – in den Gang. So weit er sehen konnte bedeckten Hunderte von Körpern den Boden. Die meisten schienen zu atmen, doch das war meist ihr einziges Lebenszeichen. Gelegentlich ein Stöhnen. Ein weißgekleideter Wärter wanderte zwischen ihnen her, machte sich Notizen und überprüfte die Namensschilder.

»Hier«, rief Larry.

Als der Wärter näher kam, entsetzte sein kalter, starrer Blick Larry mehr als der kalte Boden. Wie ein Zombie, dessen Seele schon vor dem Körper gegangen ist. Er starrte auf Larry hinab – starrte durch ihn hindurch – kratzte etwas auf eine Karte und wandte sich zum Gehen. Die dünnen Lippen hatten sich nicht bewegt.

»Warte... ich bin noch am Leben.«

»So?« fragte der Wärter über die Schulter hinweg. »Das ist ein Fall für den Hallenvorstand.«

Larry beruhigte sich und kroch auf der Suche nach Wärme in eine Ecke. Der Gang mit den Hunderten von Körpern erstreckte sich etwa eine Viertelmeile entlang, doch die Echos ließen auf viele Seitengänge schließen. Durch ein Gemurmel von Stimmen und Maschinen aus seinem Praekoma aufgeweckt, sah er den orangenen Wiederbeleber auf breiten, weichen Rädern herannahen, der nach Notwendigkeit Schocks und Stimulationen verabreichte. Fünf ältere, in Satin gekleidete Menschen ritten auf dem Mech – saßen hoch auf seinem Rücken um einen Tisch mit Ausdrucken und Karten herum. Sie beugten sich über ihre Monitoren, blinzelten mit runzligen Gesichtern umher und stellten ihre öden Routinefragen mit monotonen Stimmen, die in den schrillen Schreien der Patienten untergingen, welche durch die Schocks und blitzenden Injektionsnadeln des Mechs aufgeweckt worden waren. Man verteilte Bündel und Druckflaschen. Der Mech schnappte sich Larrys Ident-Karte.

»Ich verstehe den Code auf Ihrem Schild nicht, Larry... eh... Dever«, sagte das Komiteemitglied. »Waren Sie lange im Kälteschlaf?«

Larry nickte – in der Angst, seine Stimme würde andere von diesen Geiern auf sich ziehen.

»Er ist aufgeweckt, munter«, meinte ein anderer. »Steht da etwas über seine Fähigkeiten?«

»Sein Schild paßt nicht einmal in unser Lesegerät. Was sind Sie?«

Larrys Gedanken machten Sprünge. »Wo ist meine Prothese?« fragte er. »Wenn ich mich anschließen und auf den neuesten Stand bringen könnte, wüßte ich, welche meiner Fähigkeiten Ihren Bedürfnissen entsprechen.«

»Prothese?« Wieder diese leeren Blicke. Zwei der Bürger versanken wieder in Schlaf und ließen Speichel auf ihre Gewänder tropfen.

»Prothese war mein Kybergefährte, meine Beine. Fragen Sie OLGA nach mir. Meine Gene sind wertvoll. Ich erwarte einen Fortschritt auf der Grundlage des Todd-Sage-Durchbruches.«

Ein weiteres Komiteemitglied nickte ein. Nun beugte sich der erste nach vorn und studierte Larrys nackte Rumpfgestalt. »Aber... Sie haben ja keine Beine. Sie sind behindert!«

Mit einem Murmeln regten sich auch die anderen. Sie flüsterten untereinander.

»Scheint clever genug, aber die Direktiven sind eindeutig. Die Gesellschaft kann nicht dulden, daß er leidet. Gebt ihm lieber eine Flasche vom Leichten Roten und legt ihn in einen Nebengang.«

Das Kleiderbündel bestand aus einem groben Papiergewand mit einem Seil als Gürtel. Die Druckflasche sah einladend aus, bis er den kleinen Prägedruck entdeckte: »Euthanasiewasser«.

Die weichen Räder drehten sich ein wenig, und das Komitee studierte den nächsten Körper. Die Ident-Tafel paßte in das Lesegerät. »Name? Beruf? Hospital? Leichten Roten.«

Larry beobachtete die Körper um ihn her. Die Drogen hatten sie aufgeweckt, doch nur wenige mühten sich in die Kleider. Die meisten benutzten die weichen Bündel als Kopfkissen und begannen, die Flaschen auszutrinken. Die rote Flüssigkeit machte sie heiter. Wenn sie tödlich war, und das Etikett versicherte dies, dann würden sie glücklich sterben – und erst in einiger Zeit. Larry zog sich das Gewand über die Arme und benutzte den Gürtel, die unteren Falten zu einem aufgerollten Sack zu binden. Als er seine empfindlichen Stellen derart geschützt hatte, begann er langsam, einen Nebengang hinab auf die Geräusche einer Stadt zuzukriechen.

»Entschuldigung«, sagte Larry. Jemand war von hinten herangekommen und über ihn gestolpert. Es war eine Frau, etwa in seinem Alter. Ihr Gewand war grün und ordentlich. Die Züge glatt. Ihr Haar war eng zusammengerollt. Er versuchte, ihren Blick zu erhaschen, doch dieser war genauso ausdruckslos und leer wie bei dem Wärter.

»Du solltest dich schämen, Alter«, spuckte sie.

»Tut mir leid, ich...«

»Den Weg mit deinem verkrüppelten, alten Körper zu besudeln ist ungeheuer gedankenlos. Merkst du nicht, daß deine Häßlichkeit mir den Tag verdorben hat? Ein Mädchen kann heutzutage nicht einmal mehr durch diese Gänge gehen, ohne angeekelt zu werden.«

Die Worte waren grob, doch das Gesicht blieb leer.

»Du riechst schauderhaft«, sagte ein anderer Bürger – ein jüngerer Mann. »Merkst du nicht, daß du an Harnvergiftung stirbst? Hier, nimm diese Flasche Leichten Roten. Du solltest nicht so herumlungern und leiden. Wir alle müssen leiden, wenn wir dich so sehen.«

Larry kauerte sich in eine dunkle Nische hinter einen Essensausteiler, doch sie fanden ihn und peinigten ihn dafür, daß er am Leben war. Er bat um Essen, doch jene, die ihn bemerkten, zuckten die Achseln und gingen weiter. Die meisten blickten nicht einmal in seine Richtung.

»Essen«, sagte er zu dem Verteiler. »Ich brauche etwas zu essen.«

»Unerlaubt. Du hast keinen Schein«, sagte die Maschine.

Larry begann zu begreifen. Er mußte schnell handeln, wollte er überleben.

»ESSEN!« schrie er und schlug mit den Fäusten auf den Verteiler ein. »Gib mir was, verdammt, sonst schlage ich dich in Stücke und nehme mir, was ich will.« Als er weiter zuschlug, zeigten sich Risse in der metalloiden Außenhaut. Über dem Schacht blinkte ein rotes Licht auf. Er hielt inne. Seine Haut, durch den Schlaf aufgeweicht, begann aufzureißen. Aus dem hartnäckigen Mech tropfte eine Flüssigkeit. Eine Optik hoch oben an der Wand schwenkte auf Larry.

»Alter Mann, diese Störungen irritieren mich.« Die Frau im grünen Gewand war zurückgekehrt.

Larry verzog sich in eine Ecke – mißmutig. Sie tätschelte den beschädigten Verteiler und erhielt ihr Essen – ein handlanges, knotiges Objekt von brotartiger Konsistenz und einer eingeritzten Oberfläche. Sie biß einen großen Happen ab und näherte sich ihm kauend.

»Ich kann nicht einmal mein Essen genießen, wenn ich dauernd deinen häßlichen, deformierten Körper...«

Die Sicherheitseinheit stand um den Tatort herum und fuhr mit den Lichtstrahlen hinter Ecken und Röhren, während ein Weißes Team das hysterische Mädchen zu beruhigen versuchte.

»Aber ich habe die normalen ›Selbstmord-Vorbereitungs-Techniken‹ angewandt, als er mich angriff. Er hätte das nicht tun sollen.«

»Man hat mir gesagt, er gehört nicht zu unseren gehorsamen, neueren Bürgern. Er war längere Zeit in Kälteschlaf«, beruhigte der Meditech.

»Aber ich werde nicht dafür bezahlt, diese Risiken einzugehen. Was ist mit meinem Knöchel?«

»Gut. Dieser Verband kann in etwa fünfzig Tagen wieder ab. Fühlen Sie sich imstande, mit der ›Sicherheit‹ zu reden?«

Sie nickte und wiederholte ihre Geschichte. »Er hat nicht einmal Beine. Warum will er denn leben? Er ist in diese Richtung fortgekrochen... und hat mein Fruchtbrot gegessen. Seht ihr die Krumenspur?«

Die Spur war kurz. Sie endete vor einer Luke mit dem Schild ›Service‹ – der Deckel baumelte an verdrehten Schrauben. Die Sicherheitseinheit machte ihre Runde und schickte die Lichtstrahlen in den dunklen, feuchten Raum zwischen den Mauern. Jeder blickte einmal hinein und bemerkte die Schleifspuren im dicken Staub.

»Dieser Krüppel scheint ein stolzer kleiner Rebell zu sein«, sagte der Leiter der Abteilung. »Aber die Zwischenläufer werden ihn sicher kriegen.«

Sie nickten und legten den Lukendeckel wieder auf.

Larry zerrte seinen Rumpf durch den dicken Staub. Vor ihm erstreckte sich ein Gewirr aus Drähten und Leitungen. Sie versanken in Dunkelheit und Staub. Vorsichtig tastete er sich seinen Weg, ein Fehlgriff, und er würde in die Tiefe stürzen.

»Brauche hier keinen Leichten Roten«, grinste er. »Wenn ich es leid werde, brauche ich nur weiterzukriechen und meine Leiden der Schwerkraft anzuvertrauen.«

Schnell wurden seine Arme müde. Er versuchte, auf eine andere Ebene hinaufzukriechen, wo ihn die Sicherheitsbrigade nicht suchen würde. Nach kurzen Anstrengungen schlief er ein. Staub verklebte seine feuchten Körperöffnungen: Augen, Nase, Mund, die Ureterostomie und Kolostomieausgänge. Als er erwachte, verfluchte er den Staub. »Verdammt! Hier werde ich die Gramnegative nie loswerden.«

Einen Tag später hielt er sich an einem Luftschacht fest, als ihn eine Bewegung hinter ihm zusammenzucken ließ. Er drehte sich um und sah ein buckliges Wesen, ebenso staubverkrustet wie er. Sie beäugten sich eindringlich. Nur ein winziger Lichtstrahl erhellte die Szene. Unvermittelt brach der Neuankömmling das Schweigen.

»Du bist gar nicht ganz da!«

Larry knurrte zurück.

»Ruhig, kleiner Bursche. Ich werde dir nichts tun. Du hast sowieso nicht genug Fleisch an dir.«

Larry beobachtete, wie die große Gestalt ruhig zwischen den Drähten auf die andere Seite des Ganges überwechselte. Die Massen lethargischer Bürger wanderten in hellem Licht umher. Die Einstiegsluke war schwer und von außen verschlossen. Er blickte durch die Menge hindurch, als schwarze Finger durch die Luftschlitze griffen und langsam begannen, den Riegel zu öffnen. Als das Metall aufquietschte, sprang Ruß von den Fingern. Er betrachtete die Menge. Am anderen Ende der Halle erschienen uniformierte Sicherheitseinheiten. Sie näherten sich, überprüften die Verteiler und Luken.

»Sicherheitsleute«, zischte Larry.

Die schwarzen Finger glitten zurück. »Danke«, nickte die ruhige Gestalt, als sie über einen Luftschacht glitt. Später kehrte sie mit Essen zurück. »Hier, das hast du dir verdient. Vielleicht sollten wir uns zusammentun. Ich kann jemanden zum Schmierestehen brauchen. Du siehst aus, als könntest du ein Paar Beine gebrauchen.«

Larry nahm das Essen an – Bündel flacher Kuchen, mit Schichten aus klebrigem Protein. »Wir würden ein feines Team abgeben«, murmelte er. »Meine Augen und deine Beine.« Er betrachtete die staubige Gestalt – größer als der durchschnittliche Bürger, aber wahrscheinlich nicht größer als Larry, als er noch vollständig gewesen war. Die Ähnlichkeit des Körperbaus war frappierend. »Wer bist du?«

»Harlan... man nennt mich den Großen Harlan«, grinste der andere. Er besaß noch alle Zähne. Er mußte jung sein, dachte Larry.

»Ich heiße Larry Dever. Ich brauche mehr Wasser und weniger Essen als du. Wasser kann ich bei jedem Brunnen bekommen, aber mit dem Essen mußt du mir helfen.«

»Auch die Brunnen sind überwacht. Auf dem Stadtboden haben wir viele Teiche. Einige sind sogar recht klar.«

Sie stiegen zusammen hinab durch die Eingeweide der Stadt – der ungeschlachte, breitschultrige Riese und der winzige Halbmensch, der entweder auf den Händen ging oder sich an Kabeln entlangschwang.

Halbmensch Larry und der mißgestaltete Harlan ruhten sich in einem der größeren, zentralen Luftschächte der Stadt aus. Ihre Betten aus zerrissenen Stoffetzen bildeten sichere Nester, die ihre persönlichen Schätze bargen, die sie in den Tiefen der Zwischenwände erbeutet hatten.

»Ich mag diesen Platz«, sagte der Riese, »weil dieser Seitengang zur *Sicherheit* führt. Wenn man etwa dreißig Ellen weiterkriecht und durch die Luftschlitze späht, sieht man ihre Wandkarten... Transportmöglichkeiten und die kritischen Gebiete. Ich schlafe besser, wenn ich weiß, was meine Verfolger gerade tun.«

Halbmensch nickte. Er durchsuchte den Abfall in seinem Nest und warf wertlose Gegenstände beiseite. »Sieht so aus, als hätte ich nichts mehr zu essen.«

»Komm mit.«

Sie machten sich auf den Weg durch die Verstrebungen.

»Diese kleinen, traubenförmigen Zellen sind die Wohnquartiere. Sieh mal, wie ähnlich sie einander sind. Wir müssen eine weite Bucht in einem der Hauptgänge suchen... wo die Essensverteiler sind.«

»Wir sind gerade an einem vorbeigekommen«, meinte Larry.

»Der da ist kaputt«, erklärte der Riese. »Siehst du diese schmutzigen braunen Röhren? Sie transportieren die Grundsubstanz an Kalorien und Protein... GKP. Ich lege meine Hand darauf und merke, ob Essen kommt. Wenn die Röhren still sind – kein Essen. Hat keinen Zweck, rauszustürzen und es zu riskieren, wenn es nichts zu essen gibt.«

»Nur eine Röhre zu jedem Verteiler?«

»Ja. Die Substanz hat die Kalorien und die tägliche Grundmenge an Nährstoffen. Die Maschine fügt Farben, Konsistenz und manchmal Geschmack hinzu. Es soll welche geben, die auch die Temperatur verändern, aber so eine habe ich noch nicht gesehen.«

Larrys Gedanken wanderten zurück in die Zeit vor dem Schlaf, als es noch heiße Suppe und eiskalte Getränke gab.

Sie griffen eine Warteschlange an und flüchteten mit Gelatine, Pasten und zerbröckelnden Stücken in einen Beleuchtungskorridor. Harlan lehnte sich gegen ein warmes, konisch geformtes Gehäuse und aß.

»Das ist ein Deckenlicht für Embryos«, bemerkte er und wies auf die Kuppel. »Man kann dort die Bürger in Flaschen wachsen sehen, wenn man einen Verschluß wie den dort drüben hochhebt. Ich zeig's dir. Siehst du den dunklen da im letzten Glas? Haariger Bursche. Diese Sorte nennen sie Simianer. Den wird man aussortieren. Die Gläser mit den zersprungenen Deckeln lassen zuviel Licht ein. Sie bekommen davon große Augen und Skelettfehlwuchs, wie ich.«

»Warum?«

»Wie Kröten oder Frösche, die sich unter Lichteinwirkung entwickeln... die Augenknospen werden überstimuliert und hypertrophieren.«

»Oh.«

Zwei schwarze Gesichter spähten durch ein rußiges Gitter in den Abfluß.

»Wo führt das hin?« fragte der Halbmensch.

»Weiß nicht«, erwiderte der ruhige Riese, der Große Harlan. »Wahrscheinlich in einen Zersetzer oder so. Diese Städte sind voller Verarbeitungsschächte, die Flüsse wie diesen hier verschlucken können.«

»Ich wünschte, er führte zum Meer«, stöhnte Larry. »Ein tropisches Meer, weit weg, wo Bananen und Kokosnüsse auf Bäumen wachsen.«

»Was ist das, ein Baum?«

»Ein grünes Ding, das in den Himmel wächst. Es hat Essen an den Zweigen. Man kann es ohne GKP abpflücken.«

Harlan schüttelte den Kopf. »Essen kommt aus den Verteilern. Aus Maschinen. Bäume gibt es nicht... außer in deinen Träumen.«

»Es hat aber einmal Bäume gegeben«, beharrte Larry. »Ich kann mich gut an sie erinnern: Hoch, rauhe, hölzerne Rinde und weiche, glatte Blätter. Viele Dinge wachsen auf Bäumen.«

Harlan hörte auf, den Kopf zu schütteln. Larrys Worte formten in ihm ein Traumbild – Farben, Duft, Stofflichkeit, Aroma – und Freiheit.

»Wo waren diese Bäume? Ist das lange her?«

»Draußen«, erwiderte Larry.

»Und sind sie immer noch da?«

»Vielleicht. Ich glaube schon. Ja, ich bin sicher.«

»Kannst du mich dahin bringen?« fragte der Riese.

»Ich glaube, es geht andersherum. Trage mich, und dann müssen wir sehen, wo es nach draußen geht.«

Harlan hob den Halbmenschen auf die Schulter, und sie begannen, die Stadt hinaufzusteigen.

Am nächsten Tag erreichten sie eine Einstiegsluke oberhalb der Laminarfluß-Generatoren.

»Wir müssen fast oben sein. Auf dem Spiralweg ist kaum Verkehr«, meinte Larry.

Harlan grunzte.

»Wenn ich recht habe, dann ist hier oben irgendeine Tür nach draußen. Laß uns in den Zwischenwänden bleiben, bis wir die Stadt umrundet haben. Ich will die Sicherheitsleute nicht auf uns hetzen.« Larry versuchte, das Netz von Röhren zu identifizieren: Wasser, Luft, Abfluß und Versorgungsleitungen.

»Ich habe keine Ahnung, wie wir aus den Zwischenwänden herauskommen. Laß uns einfach die Spirale hochsteigen. Irgendwo muß sie ja hinführen.«

Der schwarze Riese trat hinaus auf den hellen Gang und hinterließ Ruß- und Schmutzspuren. Der Halbmensch hockte auf seiner Schulter, was ihm ein groteskes, zweiköpfiges Aussehen verlieh. Nebische rannten vor ihnen fort oder fielen um.

»Ich denke, wir sollten uns beeilen«, meinte Larry. »Wir haben hier einen ganz schönen Aufruhr verursacht. Sieht aus, als seien wir von der Oberfläche noch ein Stück entfernt… noch zwei ganze Drehungen in der Spirale.«

Die panische Menge vor ihnen verlief sich in die Kriechgänge. Alle waren Standardbürger gewesen – einhundertzwanzig Zentimeter armseligen Protoplasmas, weich, weiß und lethargisch. Harlans Kopf ragte hoch über die zitternden Nebische. Larry saß noch höher – kurz unter der Decke. Sie waren mit einer dicken Schicht Spinnweben und Ruß bedeckt, wodurch Larry und Harlan kaum als zwei einzelne Lebewesen zu erkennen waren.

Die Überwachungsmonitore der Stadt hatten den Aufruhr ausfindig gemacht und verwerteten die Ergebnisse. Bei der Sicherheitstruppe wurde ein Bildschirm hell. Der Leiter betrachtete die unförmige schwarze Erscheinung.

»Was ist das?«

»Ein Eindringling auf der Spirale«, sagte Beobachter.

»Sieht eher wie ein ausgewachsenes Monstrum aus: zwei Köpfe, vier Arme und zwei Beine. Ist irgendwo Material oder Personal verlorengegangen?«

»Nein...«

»Dann verständige das Bio. Ich bin sicher, dafür interessieren sie sich. Die Sicherheit jedenfalls nicht.«

»Aber...«

Der Leiter streckte sich auf seiner Pritsche aus und bedeutete dem Beobachtungsgerät, zu schweigen. »Versuch's bei Bio«, wiederholte er. »Alle meine Männer stehen auf wichtigen Posten – sie konfiszieren Gartensetzlinge auf Synthe. Irgendein aufmerksamer Embryotech hat eine Mutation mit vollständigen Blüten entdeckt: samengefüllte Stempel und pollenproduzierende Staubgefäße. Du weißt, wie gefährlich das sein kann... Pflanzen, die außerhalb des Schwarms leben und Nahrung produzieren können... Wir müssen bei den wichtigeren Aufgaben bleiben – Sicherheit! Ruf das Bio an wegen des Monsters.«

Beobachter wechselte den Kanal.

Lehrling Wendy blickte von ihrem Mikro auf – sanfte, große, blaue Augen. Sie stieg über einen Haufen verstaubter Behälter und klopfte auf den summenden Bildschirm.

»Ja? Bio hier?«

Beobachter setzte sich in Positur, den Aufruhr einer anderen Abteilung zu melden. »Ich habe ein interessantes Exemplar für euch.«

Wendy nickte und ging zu ihrem Sammeltisch. »Wie groß?« Sie suchte unter den Netzen und Behältern.

Beobachter wand sich, als die Beschreibung über den Schirm flackerte. Er wünschte sich, irgendwie dieses Problem verkleinern zu können, ehe er es aus den Händen gab. »AUSGEWACHSENES MONSTER, MENSCHLICH, 190 ZENTIMETER GROSS, DREIHUNDERT PFUND.«

Wendy stellte einen Behälter mit einem Fassungsvermögen von einem Liter ab und trat vor den Schirm. Er zeigte einige Aufnahmen – von vorn, der Seite und hinten. Zum Größenvergleich war ein Bürger danebengestellt. Das Thermogramm bestand aus einem gefleckten, 35 bis 37 Grad warmen geographischen Muster, das nur wenig Ähnlichkeit mit einem Anatomieschnitt hatte. »Zu staubig«, kommentierte sie. Nahaufnahmen der beiden Köpfe wurden zum Knochenvergleich nebeneinandergestellt.

»Kein Zweifel«, sagte sie lächelnd. »Eineiige Zwillinge... zu einem Riesenmonster zusammengewachsen.«

Beobachter entspannte sich. »Ich überlasse das deinen tüchtigen Händen...«

»Aber gewiß«, stotterte sie. Der Schirm erstarrte und zeigte Koordinaten der Stadt. Die letzten Zahlen veränderten sich langsam und markierten den Aufstieg des Monsters über die Spirale. »Für ein solches Exemplar brauche ich mein Einschläferungsgewehr, Netze und... was noch? ...etwa sechs Assistenten.« Sie suchte die Pfeile zusammen und goß eine aromatische, beruhigende Flüssigkeit in die Spitzen. »Ich frage mich, ob es einen normalen Kreislauf hat. Wenn es venöse Verbindungen hat, brauche ich zwei Schüsse. Ich nehme besser noch ein paar geringere Dosen zusätzlich mit.« Sie rief durch das Interkom nach sechs Assistenten. Sie stapften die Spirale hinauf.

»Ohne Erlaubnis«, sagte die Tür.

»Versuch die da«, meinte Larry.

Harlan schritt über die Plattform am oberen Ende der Spirale. Eine Tür hatte sich geöffnet, nicht nach draußen, sondern in eine dunkle Garage, wo nur Maschinenaugen sehen konnten. Die knarrenden und knirschenden Geräusche vertrieben die beiden Flüchtenden. Sie suchten nach einem Garten Eden, nicht einer dunklen Nische, wo sie zu Brei zerstampft werden konnten.

»Am besten brechen wir mit Gewalt... Oh! Da kommen ein paar Bürger, die keine Angst vor uns zu haben scheinen!«

Harlan drehte sich um und sah Wendy mit ihren Bio-Assistenten. Ihre Kleider waren identisch, und sie gingen in geordneter Formation. Sie trugen schwere, dichte Netze. Wendy fingerte an einem kleinen, zielsicheren Pfeilgewehr herum.

Harlan wich zurück. Wendys Assistenten breiteten die Netze aus und bildeten zwei niedrige Fangzäune, die sie in entgegengesetzte Richtungen um die Plattform herumzogen, um die Flüchtenden einzukreisen. Larry musterte die schlaffen Maschen, die dazu dienten, sie an Armen und Beinen lange genug zu fesseln, um präzise auf sie schießen zu können. Wendy blieb hinter dem Netz und beäugte das Paar. Harlan wich in einen Türeingang zurück und starrte auf die Mündung. Er jammerte.

Der Pfeil traf den Riesen mitten in der Brust und prallte am Brustbein ab. Larrys Hand griff nach dem Haken. »Ruhig, alter Bursche!« Er zog an dem Projektil. Zusammen mit einem Stück Haut kam es heraus. Harlans Knie wurden weich. Larry schleuderte den Pfeil auf den Nebisch in der Mitte des Netzes.

Leinen flogen durch die Luft. Der Pfeil blieb im fetten Bauch des Mannes hängen, und das Netz fiel zu Boden. Harlan sank auf die Maschen. Wendy lächelte und begann, sich zu entspannen.

Larry schlug voll auf den Boden. Seine Hände waren taub – er schrie und rannte. Das Herabfallen des Halbmenschen kam völlig unerwartet. Die Bio-Einheit wich zurück. Larry rannte über den eingeschläferten Nebisch und schlug, so fest er konnte, auf Wendy ein. Sie war eine zarte, junge, unsichere Frau, die noch nicht lange in diesem Job arbeitete. Larry wollte das Gewehr und schlug und biß sie in den Arm. Erst als er die Waffe hatte, merkte er, wie schwach die Frau war. Sie stolperte fort mit aufgerissenen Augen und hielt sich die rechte Hand. Larry schmeckte Blut.

Schreiend und das Gewehr schwenkend trieb Larry die Einheit fort. Er kehrte zu dem Riesen zurück. »Aufstehen, Harlan! Aufstehen! Der Nebisch am Netz ist tot. Bald wird die Sicherheit hier sein.«

Harlan kroch in einen dunklen Luftschacht und nickte ein. Larry bedeckte ihn mit einem undurchsichtigen Filter. Dann verwischte er ihre Spuren, indem er das rußige Netz über die Plattform zu der einzigen Tür schleppte, die sich auf Befehl öffnete. Drinnen im Dunkeln knirschten mechanische Zähne.

Larry warf eine Ecke des Netzes hinein. Die übrigen Maschen wurden ruckartig hineingezogen in die unsichtbaren Zähne. Fasern barsten und rissen. Der Boden bebte. Der kleine Halbmensch schob sich durch eine winzige Lichtöffnung und kletterte, sich Hand für Hand weiterschiebend, hindurch. Er folgte rostigen Verstrebungen und Kabeln um die Plattform herum, bis er den regelmäßigen Atem des Riesen hören konnte. Schritte kündeten vom Eintreffen der Sicherheitseinheit.

»Jemand hat die Energieabgabe gestört«, sagte eine Stimme. »Ruft einen Klempner.«

Harlan blinzelte durch den Sprung im Luftfilter. Er erkannte die Geräusche von Larrys Händen und Rumpf, wie er durch den Dreck scharrte. »Vielleicht gibt es kein Draußen«, flüsterte er.

»Da oben muß aber etwas sein«, murmelte Larry. »Sonst würden sie nicht so wild darauf sein, uns davon fernzuhalten.«

»Irgend etwas gibt es am Rand der Stadt, aber es ist kein Paradies mit Bäumen. Die Zwischenläufer sprechen von den Abflußkanälen unten und den Feuern oben.«

»Kennst du jemanden, der aus der Stadt entkommen ist?« fragte Larry aufgeregt.

»Nein. Nur Geschichten. Schlimme Geschichten. Man sagt, oben brennt ein Feuer, das einem die Haut abschält und einen blind macht. Und wenn man weit genug kommt, dann gibt es endlose Sümpfe... dunkel und naß, bevölkert von rattenartigen Fleischfressern und Insekten, die in einen hineinkriechen. So etwas habe ich nie gewollt, daher bleibe ich in der Stadt.«

Larry sank im Staub zusammen. Seine Seiten schmerzten, wo Bakterien sein weniges Nierengewebe angriffen. Schmutz verklebte seine Körperöffnungen. Als Zwischenläufer lebte ein Krüppel nicht lange.

»Vielleicht hätte ich doch das Raumschiff nehmen sollen«, sagte er.

Harlan lauschte Larrys abgehackten Erzählungen – über eine *Dever-Arche* zum Procyon-System mit einer Kultur irdischer Lebewesen. Harlans Vorstellung vom Planeten Erde war durch die Mauern des Erdstocks begrenzt. Er hatte keine Ahnung, was ein Raumschiff oder eine Sonne sein konnten. Aber an einer Stelle nickte er zustimmend: Die meisten anderen Orte würden besser sein als die Zwischenwände.

4. STADTVETERANEN

Tief unten im Schwarm rief ein Persönlicher Verteiler: »Aufwachen! Aufwachen! Freude! Freude!«

Der fette alte Drum, ein kahl werdender, etwa einen Meter fünfundsiebzig großer Nebisch setzte sich aufrecht auf seine Pritsche und blickte sich neugierig in seiner Zelle um. Nach zwei schrecklichen Jahren in der Musikerkaste erwarteten ihn die Annehmlichkeiten der Pensionierung. Er war jünger als die meisten Rentner – neunzehn – und reich, denn er hatte sich genügend Kalorien und Protein-Grundsubstanz für seine private kleine Zelle angesammelt sowie einen Aromastoff für jede Mahlzeit. Er war auch sehr kräftig, hatte noch ein gesundes Auge und acht gute Zähne. Ihm blieben vielleicht noch elf Jahre, vielleicht auch mehr.

»Willkommen im wachen Zustand, süßer Bürger«, schmeichelte Verteiler. »Die heutige Zuteilung liegt weit über dem Grundbedarf. Die Bildschirme sehen vielversprechend aus. Such dir zwei Aromen aus und erfrisch dich, während das Feinschmeckermenü zubereitet wird. Zwei wunderbare Duftstoffe an diesem wunderbaren Tag?«

»Zwei Duftstoffe?« murmelte Drum zögernd. »Rosa und grün?«

»Das sind die Geschmacksoberbegriffe«, erinnerte ihn Verteiler. »Welches Rosa? Welches Grün?«

Die ärmeren Bürger waren bei Fragen des Luxus oftmals überfordert. Drum hatte einen Großteil seines Bargelds in Pensionskrediten angelegt. Nun hatte er Schwierigkeiten, seine Konsumansprüche hochzuschrauben.

»Ich fange mit rosa-eins und grün-eins an. Dann esse ich mich durch das

Menü hindurch... und versuche alles«, sagte er Aufregung vortäuschend.

Als er aus dem Erfrischer kam, fand er in dem Essensschacht sieben Päckchen – weiche, beutelartige Hüllen mit herausgedrückter Paste – fünf grau, eine rosa, eine grün.

»Kosten Sie diesen Geschmack«, sagte Verteiler.

Drum summte ein fröhliches Liedchen, nahm seine Utensilien aus dem Schrank und stellte sorgsam die Pseudoconsommé, das Pseudosoufflé und Pseudoparfait des Schwarms auf: Flüssigkeit, Paste und Pudding. Alles haltbar. Nichts Verderbliches. Während des Essens wählte Verteiler ein pulsierendes, geometrisches Bild mit Tönen aus, um die subkortikalen Neuronen zu beruhigen. Drum versuchte einen ordentlichen Happen von der grünen Paste und verspürte einen heftigen sauren Geschmack im Mund, mehr von der Farbe her als vom Geschmack – der aber rasch verschwand und zu dem üblichen faden Papp wurde. Er runzelte die Stirn; der Appetit war ihm vergangen. Wo waren die Annehmlichkeiten der Pensionierung?

Verteiler merkte seine steigende Verärgerung und wechselte die Kanäle. Die Beschallung rüttelte und zerrte an seinem Corti-Organ, doch Drums Bioelektroden deuteten weiterhin bei Fröhlichkeit auf Negativ.

»Du mußt die Pensionierungsmüdigkeit haben«, überlegte Verteiler. Die Lichter wurden gedämpft. »Ein Nickerchen wird dir guttun. Leg dich bitte hin.« Audio schaltete um auf Wind und Geigen. Drums Pritsche vibrierte.

Hör den Speck in der Pfanne,
wie er zischt und brät!
Zieh den Duft durch die Nase
und freu dich daran.

Drum erwachte von dem beißenden Synthetikrauch und dem Klingklingkling einer Bauernuhr. Auf dem Bildschirm stand ein altes, historisches Dia mit grünen Hügeln, viereckigen Blumenbeeten und einfachen, hölzernen Artefakten – Hütte, Zaun und Werkzeug – unter einem leuchtend blauen Himmel. Er setzte sich aufgeräumt und lächelnd auf. Dieser neue Geruch regte ihn wirklich an. Es war selten, daß die Nase verwöhnt wurde. Er eilte zu dem Essensschacht, fand aber nur drei graue Tubensandwiches. Er runzelte die Stirn.

»Auf einem ist ein bißchen Speckaroma«, munterte ihn Verteiler auf.

Drum zwang sich zu einem Grinsen und nahm die Päckchen – fade Paste mit einem winzigen, knusprigen Partikel. Geschmack: verbranntes Fett, wohl kaum eine Delikatesse. Achselzuckend packte er die anderen Stücke in seine Tasche.

»Wo willst du hin?«

»Großmeister Ode besuchen, noch einmal eine Beschleunigte Drachenverteidigung ausprobieren.«

»Tut mir leid, dich enttäuschen zu müssen«, sagte Verteiler, »aber die Pendlerfrequenz auf der Spirale ist drei Komma zwei, und in den Bahnen vier Komma eins. Rush hour. Es ist ratsam, für deine Privatfahrt auf die Zeit zwischen den Schichten zu warten.«

Drum setzte sich langsam nieder – arthritisch. Pendelpriorität hatte er zusammen mit seinem Job aufgegeben und war nun gezwungen, in seiner Zelle zu bleiben, wann immer die Verkehrsdichte in den Gängen des Erdstocks höher war als zwei Komma null pro Quadratelle. Er zuckte resigniert die Achseln und rief Ode auf den Bildschirm. »Zeit für ein Spielchen?« fragte er und entrollte seine Tafel.

Odes Bild flackerte und wurde unruhig – ein älterer, härter aussehender Bürger – höherer Farbindex im kahlen Schädel, gerade, klare Augen. Er machte keinerlei Bemerkung über Drums brüskes Verhalten, denn er wußte, was Pensionierungstraumata waren.

»Bauer auf e4«, sagte Ode.

Drum studierte schweigend und immer noch verärgert das Brett. Der Bauer vor dem König war zwei Felder vorgerückt. Er entgegnete, indem er seinen schon abgegriffenen Damenläuferbauern zur Sizilianischen Verteidigung nach c5 zog. Als der Drache Gestalt annahm, nahm Ode die Maróczy-Aufstellung mit dem Damenläuferbauern auf c4 und dem Damenspringer auf c3 ein, der jetzt das Feld d4 beherrschte. Drum mußte seine Stellung entlasten, indem er die Springer austauschte. Er zog lustlos, bis die Spannung des Mittelspiels seine Depression fortwischte. Er ritt auf dem verbliebenen Pferd in die Schlacht. Großartig thronten die Türme, und eine Bauerngabel erlegte einen Überlebenden. Ein nervöser König ängstigte sich in seiner eingeschlossenen Position, bis sein Regierungsamt durch das Läuferpaar beendet wurde. Für den Moment nahm das Spiel für Drum eine Bedeutung an, die größer war als das Leben selber.

Am anderen Morgen erwachte Drum etwas gelassener. Er war bereit, seinen neuen Status so zu akzeptieren, wie er war, doch Verteiler hatte andere Pläne.

»Gib mir ein Bild von der vollgestopften Bahn«, lächelte Drum. »Ich möchte die Ruhe meiner Zelle schätzen lernen.«

Der Bildschirm blieb leer, abwartend.

Drum verging das Lächeln.

»Wie ist heute die Dichte? Drei... oder vier?«

Eine vertrocknete Frau erschien auf der Bildfläche. Drum mochte ihr tüchtiges Aussehen nicht. Die dünnen Lippen öffneten sich zu einem künstlichen Lächeln. »Zeit für die Neueinteilung«, sagte sie mit übertriebener Betonung.

Drum öffnete den Mund – schloß ihn wieder – stumm.

»Die Erdengesellschaft hat nicht mehr soviel Kalorien«, fuhr sie fort. »Der Wasserspiegel ist gesunken, und die Ernten sind entsprechend ausgefallen. Es wird eine Zeit der Einschränkung für die *warme,* für die verbrauchende Bevölkerung geben. Bitte wählen Sie die Bürger, mit denen Sie das nächste Jahr verbringen möchten. Schnell. Ihr Freund braucht Ihre Stimme, um dem Kälteschlaf zu entgehen – KS. Denken Sie bitte daran, daß Sie nicht für sich selbst oder Ihre Klon-Gefährten stimmen dürfen. Keine Blutsbevorzugung erlaubt.«

Drum lächelte nervös. Das hatte er schon einmal gemacht, als er noch einen Job hatte, der ihn schützte. In der Vergangenheit gingen seine Stimmen an seinen Lieblings-Leiter und verschiedene Venus-Wärterinnen, die ihm gefielen, doch nun sorgte er sich mehr um die Lebenseinheiten seiner Zelle: Luft und Röhrensystem.

»Meine Stimmen gehen an den Klempner, der meinen Erfrischer instand hält, das Mitglied der Röhrengruppe, die diesen Flügel der Stadt versorgt, und den Großmeister Ode.«

Auf dem Schirm spielte sich ein geometrischer Tanz ab, als sich die Listen bildeten. Die dünnlippige Frau erschien gerade lange genug, um verkünden zu können: »Sie selbst haben nicht die notwendigen drei Stimmen bekommen; das bedeutet für Sie KS.«

Drum starrte leer vor sich hin, als der Befehl zum Kälteschlaf erschien.

»Aber ich bin Pensionär«, wandte er ein. »Meine GKP ist für mein ganzes Leben bezahlt.«

Der Schirm blieb leer. Auf seine wiederholten Bitten hin antwortete die mechanische Stimme Verteilers. »Bei der Neueinteilung geht es nicht nach Reichtum; das einzige Kriterium ist Liebe. Nur Liebe kann Leben schenken.«

»Mein Vermögen...«

»Die Pensions-GKP bleiben unter deinem Namen aufbewahrt, solange du im KS bist. Wenn die Ernten besser werden, wirst du wieder aufgewärmt und kannst da weiterkonsumieren, wo du aufgehört hast. Du mußt dich sofort bei der Klinik melden. *Die Luft, die du einatmest, gehört jemand anderem.*«

Auf dem Schild stand: »Freiwilliger Kälteschlaf: Links. Einstweiliger Kälteschlaf: Rechts.« Drum reihte sich ein beim EKS – bei Alten, Ungeliebten, Gesunden verschiedenen Alters. Zur Linken stand die Reihe der FKS-Kandidaten – ältere, kranke Bürger, die ihren freiwilligen Tiefschlaf in der Hoffnung antraten, in einem Goldenen Zeitalter wieder zu erwachen, wenn ihre Leiden geheilt werden konnten. Drum schauderte, als er merkte, wie hoffnungslos die FKS-Statistiken waren.

Auch Großmeister Ode stand in der EKS-Reihe.

»Auch nicht genug Stimmen bekommen?« fragte Ode. »Ich verstehe nicht, wieso sie nicht einfach die Geburtenrate herabsetzen.«

Drum schüttelte bitter den Kopf. »Die Versorgungserfordernisse schützen alle Embryos. Wenn heute keine Klempner geboren würden, würde es der Schwarm in zehn Jahren merken, wenn es keine Lehrlinge gibt. Natürlich, wenn die Arbeitsquoten fallen, verlieren auch die Embryos wie alle anderen ihren Schutz.«

Ein Jobverteiler ging durch die Reihen und rief: »Hier Ihre Jobstimme. Arbeitet außerhalb eurer Kaste. Bewerbt euch!«

Drum spottete: »Arbeitet unter der Würde eurer Kaste, das meint er wirklich.«

Ode zuckte die Achseln. »Immerhin wären wir warm.«

»Aber wir haben unsere Arbeitsquoten fürs Leben schon absolviert«, protestierte Drum. »KS ist nicht so schlimm. Einfach wie Einschlafen; kaum Gefahr, daß die Gewebe leiden. Wenn alles besser wird, können wir aufwachen und weitermachen.«

»Und wenn nichts besser wird?« fragte Ode, und die Worte blieben im Raum hängen.

Die beiden alten Bürger sahen sich eindringlich an; dann zerrte Ode Drum aus der Reihe heraus und winkte dem Jobverteiler. »Hier sind zwei Freiwillige.«

Eine Optik an der Decke registrierte die Abgabe von zwei Arbeitseinsätzen – Abflußdienst, dunkle, feuchte Arbeit. Ihr Status wurde unter ›warm‹ aufgenommen, und der KE (der Klasse-Eins-Computer, der die Bilanzen der Erdengesellschaft regelte) bestätigte ihnen ihren ungefrorenen Zustand.

»Abwasserdienst«, stöhnte Drum. »Nichts für meine Haut.«

Die Einweisung war für die Pensionäre nur kurz – ein kleiner Rundgang. »Abwässer sind ein wertvolles Nebenprodukt der Lebenden«, dröhnte der Führer. »Die Rückstände können gären und bilden ein Bakteriumsubstrat und Rohmaterial für Synthesen. Hauptsächlich besteht der Abfall aus Wasser. Verschieden hohe Anteile von Entgifter bereiten es entweder zu Spül- oder zu Trinkwasser auf.«

Sie standen auf einem Gehsteig neben einer Trennanlage. Ein gischtender Wasserfall erstickte die Worte. Warme Flocken gelben Schaums trieben durch die Nebel. Sie folgten einem Gewirr farblich gekennzeichneter Röhren und gelangten in eine ruhige Kabine mit Fenstern, die Kontrollgeräte und Ventile enthielt.

»Von hier schieben wir Nährstoffe zu den Planktontürmen in den Gärten hinauf. Nur – wir haben kein Plankton mehr. Genetische Ermüdungserscheinungen haben das Plankton aussterben lassen.«

Ode spähte in eine durchsichtige Röhre. Ein dünnes, weißes Band durchzog die helle Flüssigkeit. »Was ist darin?«

Der Führer lächelte stolz. »Das ist unser Synthetisches Pflanzentier, das wir gezüchtet haben, um uns sowohl Pflanzen- als auch Tierproteine zu liefern. Wenn Licht darauf fällt, werden die Chloroplasten aktiviert. Es hat auch primitive Muskelzellen und Bakterienzellen, um uns Eisen und Fett zu liefern. Wenn es zu einem fetten, grünen Band heranwächst, teilt es sich in passende, happengroße Segmente, die man trocknen, braten oder frisch mit scharfer Soße essen kann.«

Ode lächelte. »Ein genetisch gezüchtetes perfektes Essen! Ernährt sich von Abwässern, und wir ernähren uns von ihm. Da unten in den Bio-Laboratorien muß es eine hervorragend clevere Person geben, die zusammen mit den Gen-Wandlern arbeitet.«

Der Führer runzelte die Stirn. »Es war nicht so schwierig. Sie haben einfach ein Bündel Bandwurmzellkerne genommen und DNS-Teile für Chloroplasten hinzugefügt. Einige haben sich zu dem Pflanzentier entwickelt. Andere blieben einfach Bandwürmer.«

»Bandwürmer!« rief Drum.

»Sicher«, meinte Ode mit künstlichem Lächeln. »Bandwürmer gedeihen ohnehin gut mit Exkrementen. Der Schritt zu den Abwässern war daher nur klein. Wenn man sie essen will – nun, man muß den Nitrogenzyklus so klein wie möglich halten.«

Drum knurrte nur: »Aber wir sind Parasiten von einem Parasiten.«

»Du hast aber auch gar keinen Humor«, meinte Ode.

Der Rundgang führte durch schwitzende Rohre. Die beiden müden alten Bürger blieben häufig stehen, um sich auszuruhen oder etwas zu trinken. »Hier wird der Schlamm zu Methan vergast, zu Kohlendioxyd und Wasser. Die Reste werden zu Kugeln gepreßt und zur Weiterverarbeitung geschickt. Euer Dienst beginnt in einer Viertelstunde. Folgt den Pfeilen dort.«

»Willkommen, Anlernlinge«, begrüßte sie der Abwassermech, als sie den feuchten Kontrollraum betraten. Wandbilder pulsierten – ein Flußdiagramm zeigte die Fließgeschwindigkeit, Schlamm- und Wasserstand und die Schleusen.

Drum suchte sich einen Stuhl und setzte sich langsam darauf nieder. »Welche Jobs gibt es denn hier? Ich habe Erfahrung in Musik. Ode ist Großmeister...«

»Naßmannschaft«, schnarrte der Abwassermech. »Ihr seid sowieso schon zu spät. Stiefel und Schaufel sind da hinter der Klappe – draußen auf dem

64

Vorplatz. Nehmt die kleineren, auf denen ›Pensionäre‹ eingeprägt ist. Eure Schicht endet um Einundzwanzighundert Stunden.«

»Aber wir mit unserer Ausbildung…« entgegnete Drum.

Ode berührte ihn am Arm. »Wir machen es. Wir brauchen die Stimme.«

»Tragt meine Telemetrie, den Drahtgürtel und Helme, damit ich in den Röhren ein Auge auf euch werfen kann«, instruierte sie der Mech.

Furlongs rotes Wasserfahrzeug schnitt eine saubere Linie durch den stehenden Schlamm, als er sich dem Vorplatz näherte. Sein rauhes Gesicht verzog sich zu vielen Runzeln, als er rief: »Pensionäre! Schwingt die Schaufeln. Ich will, daß sich dieses Wasser bewegt. Senkt den Spiegel um mindestens einen Fuß, sonst ist eure Schicht nie zu Ende. Bewegt euch!«

Ode und Drum schaufelten tüchtig los und warfen mehr Wasser als Schlamm beiseite. Die Aktivität erwärmte ihnen die Muskeln und löste verkrampfte Gelenke. Als Pensionäre besaßen sie nicht die größeren, schwereren Knochen der normalen Sonderschicht-Arbeiter, die genetisch für diese Arbeit ausgesucht wurden. Sie arbeiteten mit einer kleineren Schaufel, dafür aber länger.

Furlong kehrte zum Kontrollraum zurück, um die Fließgeschwindigkeit zu überprüfen. Ohne Schwimmbagger baute sich der Schlamm mit alarmierender Geschwindigkeit auf, trotz des Einsatzes tüchtiger manueller Arbeit. Dem Abflußkanal des Schwarms drohte Blockierungsgefahr. Furlong war um so besorgter, als seine Arbeitsstellen mit Pensionären anstelle regulärer Arbeiter besetzt wurden.

»Wie stellen sich die Neuen an?« fragte Furlong.

»Deutlich langsamer, nachdem du gegangen bist. Ihre Körper sind noch weich und schwach. Es bewegt sich noch nicht viel Schlamm. Hoffen wir, daß sie genügend Proteine sammeln, solange sie hier sind. Wir können unsere Dienstliste nicht mit Unproduktiven füllen.«

»Sie tun schon, was sie können. Dafür werde ich sorgen«, sagte Furlong.

Ode und Drum platschten durch die fünfzehn Meter dicke Röhre, geleitet durch die gespenstische Beleuchtung von phosphorisierenden *Panus stipticus*-Pilzen, die im feuchten Schlamm an den Seitenwänden wuchsen. Abwassermech schickte Lichtstrahlen aus ihren Gürteln.

»Da ist ein Wehr. Graben!« kommandierte Drums Gürtel.

Sie blieben stehen und schaufelten den Schlammberg fort. Ein Lichtstrahl fiel auf eine Hornschnecke von der Größe von Odes Fuß.

»Heb sie auf«, sagte Gürtel.

Ode berührte vorsichtig mit der Schaufel die Schnecke.

»Was ist es?«

»Abwasserschnecke – ein Bauchfüßer. Aroma.«

»Eßbar?!«

»Guter, aber leicht verderblicher Geschmack«, erklärte Gürtel. »Zusätzliche Vergünstigung für die Naßmannschaft. Steck sie in den Eimer am Gürtel.«

Während sie sich durch die Röhre voranarbeiteten, deutete Gürtel auf weitere Delikatessen: zottige Pilzbälle, schleimige Kokons, Würmer und Knacklarven. Die Luft wurde brackig, als sie sich den flutdurchspülten Abwassersümpfen näherten. Meeres-Photobakterien glänzten blaugrün in ihren Fußspuren.

»Geht nicht hinaus ins Delta«, warnte sie Gürtel. »Es ist zu schlammig und fällt steil ab. Eure Arbeitsstrecke endet hier. Die Luke nach draußen ist da an der Wand links – unter dem orangenen Warnschild.«

Zwei müde alte Bürger stiegen die Leiter hinauf in die Baracken – in helles Licht und warme, trockene Luft. Drum zog die Stiefel aus, verspritzte dabei in braunem Schwall Wasser und Schlamm. Seine Füße waren weiß und völlig verrunzelt. Er beugte sich hinab und studierte eingehend seine kalten, tauben Zehen.

Ode sortierte die Eimer nach Eßbarem durch. Eine Knacklarve schwamm mit Ruderhaaren davon.

»Wie hoch ist der Anteil?«

»Fünfzig Prozent«, sagte sein Gürtel. »Schütte die Hälfte durch die Eßklappe nach Synthe. Teilt ebenfalls die Flüssigkeit und den Kies.«

Er zahlte ihren Anteil, setzte sich zurück und beobachtete, wie einige der regulären Arbeiter ihrer Pseudoconsommé eine völlig neue Dimension verliehen.

»Ich nenne das meine Abwasser-Bouillabaisse«, sagte der Nebisch mit dem Löffel. »Du mußt vorsichtig umrühren. Beschädige die kleinen Tiere nicht. Wenn sie heil bleiben, weiß man genau, was man ißt.«

Drum knurrte und schlug mit dem Stiefel auf den Boden.

»Was ist?«

»Ein blinder Passagier. Der Käfer saß zwischen meinen Zehen. Er hat mich gebissen.«

Ode kam herüber und blickte unter den Schuh. Ein gelbroter, undefinierbarer Fleck blieb auf dem Boden zurück, während ein Gewirr von Beinen an der Schuhsohle klebte.

»Da ist etwas Blut von mir in dem Fleck«, bemerkte Drum.

»Dein Zeh sieht auch nicht gut aus«, sagte Ode. »Er ist geschwollen – dunkel. Hast du gesehen, was für ein Käfer es war, ehe du zugeschlagen hast?«

»Viele Beine«, meinte Drum. »Warum?«

»Sieht wie eine Nymphe aus – so wie er zerplatzt ist. Sehr wenig Körperchitin. Einige können gefährlich sein: Giftig. Bakterienüberträger. Mundwerkzeuge können steckenbleiben. Geh besser runter zum Bio, damit es sich einer ansieht. Schau auf dem Weg beim Meditech rein, ob der Biß behandelt werden muß.«

Ode wickelte den zertretenen Käfer in ein nasses Handtuch und reichte es Drum, der zum Erfrischer humpelte und sich anzukleiden begann. Drum brummte den ganzen Weg bis zur Tür etwas vor sich hin.

»Wir werden deine Bouillabaisse warm halten«, riefen sie.

Die einst großzügigen Biologie-Laboratorien waren nun klein und voller Menschen. Drum ging durch endlose vollgestopfte Räume: gestapelte Kartons, Haufen zerbrochener Instrumente und ausrangierter Mechs – überflüssig und unreparierbar, weil der Schwarm nach und nach die lebensnotwendigen Fähigkeiten verlor.

»Hallo!« rief er.

»Hier«, antwortete eine weibliche Stimme.

Wendy, die Unsichere, beugte sich über brodelnde Tanks. Drum humpelte zu ihr und blickte ihr über die Schulter. Sie bewegte das Sichtgerät durch trübes, grünes Wasser und ließ Bilder auf einem Schirm erscheinen – amorphe Blasen.

»Algen?« riet er.

»Nein«, lächelte sie. »Ein Geißeltierchen… nur hat er keine Geißeln. Mein Genwandler hat schließlich die geißelproduzierenden Teile dieses Tierchens entdeckt und seine DNS ohne sie hergestellt.«

»Synthetische Gene – wunderbar!«

»Eigentlich nicht«, meinte Wendy, richtete sich auf und wischte sich die Hände ab. »Wir hatten ein lebendiges Geißeltierchen, bei dem wir abgeguckt haben. Wir haben DNS aus Frischwasserdiatomen und Algen aufgezeichnet bei einem Versuch, die Meeresökologie wieder aufzubauen. Wenn wir die Nahrungskette im Ozean wieder aufbauen können, wäre das für den Lebensstandard im Schwarm eine große Verbesserung.«

Drum nickte und vergaß seinen schmerzenden Zeh. »Wie weit seid ihr? Habt ihr schon was zurückgegeben ins Salzwasser?«

Sie deutete auf ihre Arbeitstafel – eine Zusammenstellung aus Genkarten und Photomikrographen. »Wir haben den Augenfleck gefunden, und nun das Geißeltierchen. Ich habe ein synthetisches Wesen, das in Salzwasser leben kann, aber für die Reproduktion muß es in Süßwasser.«

Drums Augen leuchteten vor Aufregung. »Kein KS mehr?«

»Noch nicht«, entgegnete Wendy nachdenklich mit gerunzelter Stirn. »Der Wandler hat eine Reihe von Wenns und Abers genannt – alles gute Theorien, aber ich bräuchte mehr Personal und Platz, um sie zu verfolgen. Im Moment treten wir auf der Stelle. Ich probiere jede Woche ein paar verwandte Kombinationen aus, doch bisher kratze ich nur an der Oberfläche. Es gibt Millionen möglicher DNS-Sequenzen. Es wäre einfacher, wenn ich ein Meeres-Protozoon hätte, das ich analysieren und aufzeichnen kann. Das große Problem bilden die Membranpumpen in den Zellwänden. Die Evolution hat Süßwasserwesen dazu gebracht, ihre Überdruck-Umgebung auszuhalten, und wenn sie zurück ins Meer kommen, braucht man eine ganz andere Serie von Zellwandgenen. Daher legen wir Wert auf die Klassifikation der Abwasser-Biota in den Sümpfen – wo das Wasser leicht salzig ist. Wenn man uns nur ein Meeres...«

Drums Zeh zwackte. »Hier ist ein Käfer, den ich gefunden habe. Können Sie mir sagen, was es ist?«

»Kein Meerestier, dessen bin ich sicher. Sieht wie ein amphibisches Insekt aus... Puppenstadium. Lassen Sie mich die Teile auf dem Wandler zusammenstellen.« Sogleich erschien auf dem Schirm ein Vorschlag; weitere Arten flackerten auf, bis Wendy die Teile umlegte. Nur eine Spezies wurde ausgedruckt.

»Es hat mich gebissen.«

»Aber nicht schlimm«, meinte sie. »Es hat Freßwerkzeuge aus Horn, keine gezähnten Mundteile oder Gift.«

»Aber mein Zeh tut richtig weh, und er ist ganz geschwollen.«

Zum ersten Mal bemerkte sie, daß er humpelte. »Vielleicht entzündet. Sie haben zu lange nur von Kaloriengrundbedarf gelebt. Ziehen Sie die Schuhe aus und kommen Sie herüber. Ich habe einen alten Medimech hier. Wir können es rasch untersuchen.«

Dem Weißen Mech fehlte das meiste an teurem Zubehör, doch die Grundschaltkreise waren noch da. Grobe Zuleitungen verbanden ihn mit den Schaltkreisen ›Wenn‹ und ›Andere Möglichkeiten‹ (W/AM) des Wandlers, und oben an der Wand hing eine Reihe von Speicherkästen. Die trübe Optik tastete den geschwollenen Zeh ab, während die Lambda-Nadel einen Tropfen vom Blut und von der rosa Flüssigkeit, die die Wunde absonderte, abnahm. Der Drucker klapperte und spuckte einen langen Bericht aus. Wendy studierte ihn und reichte ihn dann mit einem Nicken an Drum weiter. »Infektion. Abwasserfauna.«

Für ihn bedeuteten die Symbole nichts.

»Sie müssen zu Beginn der Schicht gebissen worden sein. Die Wunde den Abwässern auszusetzen war das Schlimmste, was Sie tun konnten. Diese Organismen sind pathogen, wenn sie auf weiches Gewebe treffen. Sie haben nur wenig Widerstandkraft: wenig Proteine und praktisch kein Gamma, und die Verteilung weißer Blutkörperchen ist gering. Wir müssen es behandeln.«

Wendy fügte ein paar Tropfen eines braunen Antiseptikums in eine Schüssel mit heißem Wasser und winkte ihn auf einen Stuhl. Ihre Eile machte ihm Sorgen. Er betrachtete seinen Fuß sorgfältiger und sah die dünne rote Linie zwischen den Zehen: Blutvergiftung.

»Wenn ich doch nur ein systemisches entzündungshemmendes Mittel für Sie hätte«, sagte sie. »Ihre weißen Zellen haben schon vergiftete Teilchen. Wäre nicht schön, wenn Sie das Bein verlieren.«

Wenige Stunden später stach der Mech noch einmal zu. Nun war der Ausdruck des Wandlers optimistischer.

Drum ruhte sich auf dem Boden auf ein paar Lumpen aus. Sein Fuß war auf einen Kasten hochgelagert. Wendy wechselte die heißen Kompressen aus, während er vor sich hindöste.

»Ich mach Ihnen ein hübsches, verderbliches Sandwich«, sagte sie. Er öffnete ein Auge und beobachtete, wie sie grünliches, dickflüssiges Wasser durch einen Filter goß. Die verbleibende Paste wurde auf ein normales Stück Tubenbrot gestrichen. Der Geschmack war ungewöhnlich – interessant.

»Kressezellenkultur«, erklärte sie. »Das wird Ihre Bioflavine ersetzen.«

Medimech ließ ein Licht aufblinken. Der Sprachkontakt war gestört, doch die Funktionen wurden von Wandler aufgezeichnet.

»Wenn man seinen eigenen Weißen Mech hat, ist das sehr praktisch«, meinte Drum. »Noch mehr von denen auf dem Abfallhaufen?«

»Keine funktionierenden. Wenn die Grundschaltkreise alt werden, werden sie auseinandergenommen und fortgeworfen. Dieser hier war anders – er wurde zur Strafe fortgeworfen. Ich brauchte nur das, was Sie hier sehen, anzuschließen: Energiequelle, Speicherkästen und repariertes Zubehör... und Wandlers Drucker.«

»Zur Strafe fortgeworfen?«

»Ja. Weil er unbefugt gerettet hat. Sie wissen, wie versessen die Weißen Teams darauf sind, Leben zu retten. Dieser Mech hatte die glänzende Idee, eine Fangvorrichtung in einen der Vernichtungsschächte zu bauen. Hat unregistrierte Kinder auf ihrem Fall in die Proteinteiche abgefangen. Leben wurden gerettet, und dabei hatte der Mech sogar eine hohe Quote. Man hat ihn erwischt, als der Kalorienoutput bei diesem Schacht absank. Sie haben die Fangvorrichtung gefunden und ihn verurteilt. Sein Intelligenzschaltkreis wurde herausgenommen und er hierher geschickt. Das war vor etwa zehn Jahren.«

Drum betrachtete den Korpus. Er wirkte ziemlich neu. »Sie vertrauen ihm?«

Sie nickte. »Alles, was er will, ist Leben retten. Er hat einfach keine Ahnung von dem Roten Band. Nun, so was gibt es hier unten nicht. Er hilft dem Genwandler bei unserem Projekt Meeresflora und -fauna.«

»Wichtiger Job für einen Mech aus dem Abfall.«

Wendy wedelte verzweifelt mit den Armen. »Wenn Sie meinen Etat kennen würden, wüßten Sie, wie wichtig er für mich ist.«

Sie bestrich Drums Zeh mit brennender, ziehender Flüssigkeit, und vorsichtig zog er seinen Schuh wieder an.

»Das wird wieder gut«, meinte sie.

Er humpelte zurück in die Baracke in dem Gedanken, daß Wendy gewiß eine fürsorgliche Bürgerin war – wenn man obendrein bedachte, daß sie noch nicht einmal sexuell ausgereift war.

Der Alarm schreckte die Naßmannschaft auf. »Gas!«

Ode studierte die Wandkarten im Kontrollraum. Gassymbole erschienen überall dort, wo die Dünste die Röhrensensoren erreicht hatten.

»Es ist in der Stadt gegenüber vom Sumpf. Sieht nach einem Tag für Masken aus«, meinte Ode.

Drum nickte. »Was für Gas ist es?«

Ode blickte mit zusammengekniffenen Augen auf die Symbole. »Chlor und Ozon bisher. Einer von den Lüftungsmechs in dieser Stadt hat seine Versorgung nicht rechtzeitig bekommen; daher ist er ausgefallen. Du weißt schon, wie diese lebenswichtigen Mechs sind: anfällig. Sein Laminarfluß-Generator lief falsch, und die Stadt hörte auf zu atmen. Die Symbole besagen, daß es in der Wolke keinen verwertbaren Sauerstoff gibt. Sie würde alles töten.«

»Alles?«

»Alles, was Sauerstoff braucht. Warum? Oh. Das Bettzeug...« Die beiden Nebische verließen mit einem Grinsen den Raum. Sie rollten ihr Bettzeug auf und trugen es hinaus auf den Vorplatz. Die Lichter in den Kanälen leuchteten nicht mehr orange, und ihre Augen brannten. »Setzt besser die Masken auf«, sagte Kyberdinghi. Sie warfen die weichen Bettrollen auf das Lastdeck des Bootes und schnallten unförmige Gasmasken vor die Gesichter. Das Boot folgte ihren Befehlen und schlich mit offenen Sensoren durch den Schlamm. Unter dem Bug sammelten sich treibende Inseln aus klebrigem Schaum, zerplatzten und zischten zerrissen in alle Richtungen.

»Mir kommen die Lichter fast grün vor. Kann aber trotzdem nicht so schlimm sein. Ich habe eine Ratte vorbeischwimmen sehen.« Drum stand am Bug und folgte interessiert den Lichtstrahlen des Bootes. »Sieh dir den armen Teufel an. Er ist wohl durch das Gas umgekommen. Die Ratten haben ihn schon zur Hälfte aufgefressen.«

Drum schluckte. Seine Sehscheibe beschlug. Der vorbeitreibende Körper hatte keinen Unterkörper mehr. Er schwamm auf dem Rücken. Die geöffneten Augen starrten sie an.

»Er hat an die 99 Grad. Muß gerade erst gestorben sein.«

»Hoffen wir, daß die Masken heute gut funktionieren.«

»Die Warnlampe am Boot leuchtet auf. Jetzt sind wir in der Gaswolke.

Sieh dir all die toten Ratten an. Vermutlich können wir hier irgendwo unser Bettzeug lassen.«

Das kleine Boot wurde langsamer und stieß in ein schlammiges Delta vor. Der Scheinwerfer suchte die Wand ab. Ode sammelte die weichen Bündel.

»Da ist die Aussteigeluke. Der Chromatograph zeigt schon längst die rote Zone an – wird alles sterilisiert.«

Sie wateten durch die Luke und breiteten Decken und Kissen auf dem trockenen Gang aus. Drum betrachtete eingehend den Insektenhaufen unter dem Licht. Nichts regte sich.

»Wäre nett, wenn wir zur Abwechslung mal eine Nacht ruhig schlafen könnten«, lächelte Ode. »Keins von diesen verdammten Insekten wird das hier überleben.«

Drum wandte sich unvermittelt zur Tür. »Wir auch nicht, wenn die Masken versagen. Ich kann zuviel davon riechen. Laßt uns zurückgehen.«

Das Boot begrüßte sie mit flackerndem Lichtschein.

»Ich habe diese Fußspuren vorhin nicht bemerkt. Sie führen direkt ins Wasser – nackte Füße«, sagte Drum. »Wer geht denn barfuß in die Abwässer?«

»Zwischenläufer... Flüchtlinge. Das Gas hat sie vertrieben. Siehst du etwas im Wasser?«

Als sie durch die Abwasserröhre zurückfuhren, tastete das Boot den Boden nach Leichen ab.

»Nichts«, sagte Drum, der den Bildschirm beobachtete. »Wo sind sie hin?«

»Wahrscheinlich ertrunken. Selbst wenn sie sich auf ein Treibgut geflüchtet hätten, ist immer noch der Schaum da. Wenn man in so etwas hineingerät, erstickt man sehr schnell. Das Gas ist nur ein zusätzliches Risiko.«

Kleine, blasse, fedrige Objekte regneten auf sie herab.

»Schnee?«

»Tote Insekten. Wir sind immer noch in der Gaswolke.«

Der Abend wurde zur Essenszeit durch Sirenen unterbrochen. Das Licht für Unbefugte Aktivität blinkte auf. Eine Sicherheitseinheit trabte durch den Eßsaal.

»Was ist los?« fragte Ode.

Drum spähte aus der Tür. »Weiß nicht, aber sie gehen auf unseren Vorplatz. Ich glaube, ich sehe mir mal an, was los ist.«

Ode wischte sich den Mund ab und folgte ihm.

»Vorsichtig. Du weißt, das ist der Job der Sicherheitsleute.«

Drum nahm seine Schaufel und schwenkte sie prüfend durch die Luft. Der Vorplatz war nur schlecht beleuchtet. Der Abwassermech hatte den

Großteil der Energie in die Suchschaltkreise in den Röhren eingespeist. In der Ferne sahen sie Nebel und Myzelstreifen leuchten. Die Sicherheitsleute hatten Stiefel angezogen und wateten nun vorsichtig durch den Deltaschlamm. Verwirrt blieben Ode und Drum eine lange Zeit dort stehen. Dann zuckte Drum die Achseln und wandte sich zum Gehen. Sein Fuß verhedderte sich in einem Netz von Drähten und Brettern. Die Trümmer kamen ihm bekannt vor: die Steuerung des Dinghis.

»Jemand hat unser Boot genommen«, sagte Drum, als er den Kontrollraum betrat. »Können wir es mit den Sensoren aufspüren?« Das Suchraster produzierte eine Reihe von infraroten Umrissen auf dem Schirm, aber wie auf einem Schachbrett blieb jedes zweite Feld leer.

»Die meisten meiner Augen sind trübe«, sagte Sensormech. »Meine Massendetektoren spüren eine Menge treibenden Müll auf, aber bislang kein Boot.«

»Und deine Ohren?« fragte Drum.

»Nichts.«

»Ruf uns, wenn du etwas findest.«

Die Männer kehrten zum Essen zurück. Als die Sicherheitseinheit zurückkam, hinterließ sie schwarze, fettige Spuren. Die Naßmannschaft bot ihnen als Gegenleistung für Neuigkeiten heiße Getränke an. »Es ist mir unangenehm, sie entkommen zu sehen«, sagte der Leiter. »Wir versuchen es bei der nächsten Stadt stromabwärts.«

»Kein Dinghi«, meinte Ode. »Das bedeutet wohl, daß wir unser Bettzeug verloren haben.«

»Es sei denn...« schlug Drum vor, »es sei denn, wir nehmen die Bahn in diese Stadt.«

Sie studierten die Verkehrssysteme auf den Computern. Die Rundtour würde mehrere Stunden dauern, und in den überfüllten Passagierwagen würde es fast unmöglich sein, das Bettzeug zusammenzuhalten. Sie schüttelten die Köpfe.

»Nein, es geht wohl nicht«, meinte Drum. »Es kommt billiger, alles neu zu kaufen.«

Ode nickte: Viel vernünftiger.

5. INSEKTENSTICHE UND LARVENBEULEN

Warme Wellen rollten schiefergrau durch öde, tropische Archipele; überquerten Tausende von Meilen stillen, unfruchtbaren Wassers; brachen sich donnernd auf den zerklüfteten, ausgewaschenen Felsen des

Orangesektors. Kalksteinbetten, durch das immerwährende Mahlen erodiert, gaben ihre alten Erinnerungen an *Xyne Grex* und *Ganolytes cameo* auf.

Die zarten Kalkspuren des Miozän-Herings und Süßwasserherings waren von den Felsen herabgewaschen und wurden durch die Wellentätigkeit langsam ausgelöscht – abgelöst und ausgelöscht ohne eine Zeremonie, ohne Zeugen, durch ein unfruchtbares Meer unter leeren Himmeln. Zwanzig Millionen Jahre alte Moleküle, die einmal Knochenfische gebildet hatten, wurden nun in einem Zeitalter ohne Knochenfische wieder verstreut. Von den zahllosen Megafossilien, deren Spuren die Erdkruste barg, überlebte nur eine Handvoll. Heute wirbelte einer dieser Überlebenden zusammen mit den Überresten von Hering und Shad durch die Lake.

Mit aufgespannten Nasenlöchern trieb Opal an die Oberfläche, schnaubte und glitt auf dem zischenden Brecher ins Flachwasser. Sie zappelte, bis sie die nächste Welle auf den glatten Felsen trug. Kräftige Finger und Zehen klammerten sich an die schleimige Oberfläche. Sie stieg auf einen trockenen, salzüberkrusteten Felsbrocken und blickte die Klippe hinauf. Die Uferlinie wurde durch eine geheimnisvolle schwarze Schlucht unterbrochen – den hundert Ellen breiten Bogen der Abwasser-Sümpfe. Die Hochwasserlinie um den Sumpf herum war übersät mit Abfall – pilzdurchweichtem organischem Material aus den Hunderten von Kyberstädten, die den Sumpf speisten. Unter den formlosen Gegenständen befand sich gelegentlich auch eine Leiche, aufgebläht und madenzerfressen – Auswurf der Schwarmstadt, hinausgeworfene Drohnen der Erdengesellschaft.

Opal warf lange Schatten, als die Sonne den westlichen Horizont küßte. Sie wandte sich der warmen, orangenen Scheibe zu. Am Horizont bildete sich ein Goldstreifen, wo sie sich ins Meer senkte und untertauchte. Opal blieb wachsam stehen.

Ihre »Landbeine« konnten sich nur langsam an den festen, groben Kies gewöhnen. Schnell watete sie zwischen den Wellenschlägen ans Ufer. Ihr unsicherer Fuß stieß sich an einem Schädel. Er rollte über die Felsen und blieb mit zahnlosem Grinsen liegen. Sie hob ihn auf. Ihr Abscheu gegenüber den Schwarmwesen erstreckte sich nicht auf deren Überreste. Sie trug den brüchigen weißen Rest zur Klippe und legte ihn zu anderen Knochen, die vor der unermüdlichen Flut gerettet worden waren. Eine ganze Reihe starrte sie dort aus ausgeblichenen, leeren Augenhöhlen an. Alle hatten schmale Kieferknochen und waren papierdünn. Sie stellte sie sich immer als Kinder vor, auch wenn sie vor Alter mürbe und zahnlos waren. Die Dämmerung sank herein. Sie begann vorsichtig den Aufstieg zu den Gärten.

Hundert Meilen landeinwärts im Sumpf sangen die Abwasserrohre Luft-rülpser aus toten Stadtgasen: Inkole, Skatole, Methane, Ozon und Kohlenmonoxyd. Wo diese giftigen Dünste wehten, starb die Abwasserfauna. Schleimbedeckte Flöße aus aufgeblähten Leichen trieben vorbei; die hervorstehenden, blutunterlaufenen Augen starrten blind in die Dunkelheit, in der tote Insekten wie Schneeflocken niedergingen. Abwassermechs Röhrensensoren – hochgelegene Ohren unter der Bogendecke der Kanäle – fingen manchmal ein Stöhnen auf. Optiken rotierten, sahen aber nichts in dem vier mal siebenhundert Nanometer großen Gebiet. Dunkelheit.

»Zurückkommen«, rief der Mech.

»Still«, flüsterte Harlan. »Die Wandohren sind wachsam!«

Ihr angeschimmeltes Dinghi trieb seitlich, den Bug in einer Schicht undefinierbaren schwimmenden Mülls verborgen. Halbmensch Larry kauerte am Boden und zerquetschte Fliegen. Dunkelheit und Echos hatten für sie keinerlei Bedeutung. Ihre Fahrt wurde durch herabhängende Pilzgeflechte markiert, die über die nassen Planken des Bootes strichen und sich in ihrem Haar verfingen. Über ihnen schwebten hartnäckige Schwärme blutsaugender Dasselfliegen. Die schmerzenden Rücken waren von Fliegen und Beulen übersät – Abszesse in der Oberhaut, die die zähen Fliegenlarven enthielten.

»Die stechen immer schlimmer«, klagte Larry. »Da schlüpft wohl gerade eine neue Generation aus.« Er wischte mit der Hand über seinen beuligen Rücken, kratzte die Eiterpusteln auf und fing die sich windenden, borstigen Maden, wenn sie herauskrochen. »Verdammt!« Er zerrieb die klebrigen Klumpen der Puppen – Flügel, Beine und Hautschalen.

Harlan hörte ihm traurig zu. Larrys zornerfüllte Stimme war durch die Fliegenplage sanfter geworden. Hunderte von eitrigen Bogengängen schwächten ihn, weil die kleinen, heranreifenden Wesen von der Bißstelle in seinen Rücken wanderten, wo sie sich verpuppten. Haut, Muskeln und Lungen waren durchsiebt und voller Geschwüre.

»Halt aus, Larry«, flüsterte Harlan. »Das Meer kann nicht mehr weit weg sein. Kannst du schon das Salzwasser riechen?«

Salzwasser? Larry schleppte sich an den Bootsrand und tauchte die Hand ins Wasser – Abwasser, bedeckt mit zähem, körnigem Schaum. Seine Hand schlug auf die Wasseroberfläche, bis er Flüssigkeit spürte, die weniger verdreckt war. Er badete seinen Rücken darin. Brennendes Salzwasser stoppte das bohrende Jucken und brachte ihm Erleichterung.

Schichtleiter Furlong studierte die Wandkarten von Abwassermech. »Wir müssen das gestohlene Dinghi finden. Seine Geschwindigkeit beträgt etwa ein Drittel der Strömung. Es treibt also. Wo ist der Auffänger, den ich angefordert habe?«

Die Sonderschicht-Mannschaft redete sich heraus. »Ode und Drum haben heute morgen die Schreibarbeiten gemacht. Sie sollten eigentlich schon zurück sein.«

Abwassermech schaltete sich mit den Beobachtungskreisläufen zusammen und spürte sie auf. Sie befanden sich im Recycling-Raum und durchsuchten einen Abfallhaufen.

»Was macht ihr da?« fragte Furlong.

Ode drehte sich langsam und fragend zum Bildschirm.

»Es gibt keine Abfangboote. Man hat uns hierhergeschickt, um nachzusehen, ob wir einen mobilen Mech finden, der für uns die Jagd übernimmt.«

»Und...?«

Ode hob die Schaufelform von Trilobit auf. Er blinzelte freundlich mit seinen Rückenlichtern.

»Was ist das denn?« fragte Furlong.

»Ein Servomech, der uns für die Aufspürung des Dinghis zugeteilt wurde. Ich möchte ihn wegen der permanenten Kontrolle angeschaltet lassen. Er scheint clever, und die meisten unserer Sensoren in den Röhren sind trübe.«

»Clever? Kann er sprechen?«

Deutlich sagte Trilobit: »Gewiß. Ich bin mit den Standard-OLA-Funktionen ausgerüstet: optisch, lingual und auditiv. Ich habe keinen eigenen Ausdrucker, kann mich aber anschaulich ausdrücken. Meine Bildkonverter lauten...«

»Toll«, unterbrach ihn Furlong. »Abwassermech wird sich mit deinen Ausdrucken befassen, solange du bei uns bist. Wir versuchen, ein in den Leitungen verlorengegangenes Dinghi aufzuspüren. Wie verhältst du dich bei Naßarbeit?«

»Ich bin Wasserbewohner.«

»...und deine Reichweite? Die Jagd kann sich über mehrere hundert Meilen erstrecken.«

»Ist Sonnenenergie verfügbar?«

»Nicht in den Kanälen.«

»Dann muß ich ein Weilchen an einer Steckdose nuckeln.«

Die Röhre von hundert Meter Durchmesser war zur Hälfte mit schaumiger Flüssigkeit angefüllt. Trilobit bewegte sich dicht unter der Oberfläche – der Schwanz war wie ein Periskop durch den Schaum hochgestellt – und tastete alles mit Infrarotlicht ab. Sein Photovervielfältiger lief auf vollen Touren, und er beobachtete die schwach erkennbaren metabolischen Energien bei Gärung und Fäulnis. Hundertfünfzig Fuß über ihm wurde die poröse Bogendecke durch Biolumineszenz sichtbar. Seine Sensoren maßen fünf Faden tiefes Wasser und darunter vierzig Meter Schlick. Die Vibrationen von menschlicher Atemtätigkeit und ein Kratzen leiteten ihn zu dem treibenden Dinghi.

»Hallo!« rief das Periskop.

Über dem Radkasten erschien die 99-Grad-Silhouette eines Kopfes.

»Hallo. Ich bin gekommen, um euch zurückzuhelfen!«

»Hau ab!« knurrte Harlan. Der Kopf verschwand.

»Ich bin euer Freund. Erlaubt mir, euch zur nächsten Stadt zu ziehen.«

»Faß das Boot nicht an!« Die Silhouette tauchte wieder auf. Kopf, Schultern und Rücken. Das Raster des Kopfes war nicht homogen; heiße und kalte Fliegenbeulen verfleckten den Rücken.

»Fliegenbeulen hast du«, bemerkte Trilobit. »Du stirbst. Ich nehme dich mit in Behandlung.«

Harlan blickte mit zusammengekniffenen Augen in Richtung der Stimme.

»Wer bist du, der da Behandlung anbietet? Wir haben kein GKP. Der Schwarm wird uns nicht helfen. Wir sind einfach flüchtiges Protein.«

»Der Schwarm befiehlt, daß ihr zurückkehrt.«

»Nein!«

»Wo bleibt eure Bürgerethik? Der Schwarm befiehlt – das Individuum gehorcht.«

»Warum?« Der Widerhall seiner Stimme in der feuchten Höhle verdoppelte den Trotz, der aus Larrys Frage klang.

Trilobit umrundete das Dinghi. Das waren immerhin zwei Menschenstimmen. Er versuchte zu argumentieren. »Mehrheitsregierung. Das Individuum gehorcht der Gruppe. In der Masse liegt die Macht. So ist die Natur.«

»Auf diesem Boot sind wir die Mehrheit«, zischte Larry. Er suchte unter den Sitzen nach etwas, mit dem er werfen konnte.

»Aber du wirst sterben.«

»Wenn ich zurückkehrte, würde ich das nur beschleunigen«, meinte Larry langsam. Er bog ein Stück Leitungsisolierer und hob den Kopf, um die nörgelnde Stimme besser fixieren zu können.

»Ist der Schmerz nicht unerträglich?«

»Ich ziehe es dem verdammten Leichten Roten im Schwarm vor.«

Larry hatte den Wurf etwas zu hoch angesetzt. Trilobit tauchte unter und schwamm mit erhobenem Schwanz etwa dreißig Fuß weiter. Harlan und Larry verschwanden hinter der Bordwand aus seiner Sichtweite. Die Fliegen bissen, saugten und legten ihre Eier. Stunden vergingen. Ihr Boot wurde von sanften Wellen einige Male hin und her bewegt, ehe sie das gedämpfte Donnern der fernen Brecher hörten.

»Das Meer! Wir sind gerettet!« murmelte Harlan. Er versuchte mit den

Händen in Richtung des Geräusches zu paddeln, doch das Boot drehte sich im Kreis um eine Insel aus zähem Schaum. Man sah nichts als gleichmäßiges Schwarz. Eine salzige Brise fuhr Larry über die Wangen. Sie tanzten auf kleinen Wellen. Immer noch war nichts zu sehen. Das Donnern wurde lauter. Eine Welle schwappte in ihr Boot. Plötzlich merkte er, daß sie weniger als eine Viertelmeile von der Mündung des Abwasserkanals ins Meer entfernt waren. Es war Nacht. Nebel hing über der stürmischen See, und ein Wind mit Stärke acht peitschte eine hohe Brandung auf, die sie zu ergreifen drohte. Harlan griff hinab in die Dunkelheit und klopfte Larry auf den Rücken. »Aushalten!« Sie trieben auf einer Welle zurück in den Sumpf. Harlan versuchte wieder zu rudern.

»Kann ich helfen?« bot Trilobit an. »Wirf mir die Bugleine her. Ich kann nicht zulassen, daß das Boot sinkt.«

Harlan zögerte, zuckte dann die Achseln und gab nach. Wenn sie eine Woge ins Wasser spülte, würden sie sicherlich ertrinken. Keiner von beiden hatte noch die Kraft, in diesem rauhen Meer zu schwimmen. Trilobits Kiefer umschlossen die Leine und zogen das tanzende Boot um den Rand der Röhre an einen felsigen Strand. Die nächste Welle trug sie hinauf ans Ufer, wo der Kiel aufsetzte. Bei Anbruch der Dämmerung ließ der Sturm nach.

»Komm rein. Es ist einfach wunderbar«, sagte Larry, der in einem Salzwasserteich badete. »Meine Haut fühlt sich schon besser an.«

Harlan war vorsichtiger. Er saß auf einem Felsen und goß sich das Wasser mit den Händen über den Rücken. Die Lake brannte, doch sie wirkte. Die Krusten wurden weicher und fielen bald ab, wobei die Eitertaschen zum Vorschein kamen. Die Larven zuckten heftig, wenn die hypertonische Flüssigkeit durch die Spiralgänge flutete. Junges Narbengewebe wurde unter der ätzenden Einwirkung des Salzes schorfig. Jede Beule wurde von einem eitrigen Abszeß zu einem sauberen, roten ausgestanzten Loch, aus dem eiweißartige stinkende Flüssigkeit tropfte.

Trilobit umrundete das gestrandete Dinghi.

»Was denkst du?« fragte Larry.

»Das Gehirn des Bootes ist tot.«

»Tut mir leid«, gab Larry zurück, er erinnerte sich, daß auch ein Kyber mit den Leiden des anderen Mitleid hatte. »Aber das mußten wir tun, um entkommen zu können. Das Dinghi wollte uns sonst nicht helfen.«

Trilobit beäugte die beiden Flüchtlinge. »Wer ist wirklich frei vom Schwarm? Selbst wenn man draußen ist, muß man immer noch laufen. Die Patrouillen werden euch zu jeder Zeit aufspüren, wo sie nur wollen. Sie haben Augen, die die Wärme in euren Fußspuren entdecken können.«

Harlan kroch zwischen zwei feuchte, salzige Felsbrocken und ließ sich die Gischt über den Rücken stäuben. Er hob einen faustgroßen Stein auf und blickte zum Himmel. »Sieh mal!« sagte er mit brüchiger Stimme.

Larry folgte seinem Blick. Ihm standen die Haare zu Berge. Aus einer Felsnische heraus beobachtete sie eine Reihe von Schädeln. Er beruhigte sich wieder, als er erkannte, wie alt und ausgebleicht sie waren. Der Sand unter seinen Händen war mit glatten, kalkigen Fragmenten gemischt – wellenzermahlenen Knochen. Der dicke, gelbe Schaum am Rand des Sumpfteiches färbte meilenweit das Meer und ließ auf die riesige Menge an Exkrementen schließen, die der Schwarm ausstieß. Ein paar Knochen konnte man da schon erwarten. Er fragte sich, wer wohl die Zeit hätte, die paar menschlichen Überreste zu retten – wer oder was – eine Maschine oder ein Flüchtling.

Trilobit glitt den Felsen hinauf und untersuchte die Schädel. Befriedigt kehrte er zurück: Sie hatten Bürgern gehört.

»Immerhin werden wir etwas essen können«, lächelte Harlan. Seine Nase hatte die Gärten entdeckt. Er begann auf den Fuß der Klippe zuzuklettern.

»Nicht tagsüber. Dann kommen die Patrouillen«, warnte ihn Trilobit.

Larry schüttelte seine getrocknete Badekleidung aus und band den Saum zu einem Säckchen zusammen. Nach der Wäsche im Meerwasser fühlte sich der Stoff steif und sandig an. Schrecklicher Durst erinnerte ihn daran, wie lange sie schon nichts mehr gegessen und getrunken hatten. Er wußte, wie empfindlich er durch seine beschädigten Nieren war.

»Wenn die Gärten zu gefährlich sind, werden wir uns vermutlich aus dem Meer ernähren müssen...«

»Es gibt keine Nahrung im Meer... absolut nichts«, sagte Trilobit. Er erzählte von seinen Jahren mit *Rorqual*. Harlan akzeptierte dies lediglich als einen weiteren Teil der Realität, doch Larry war sichtlich erschüttert.

»Die Ozeane... leer? Aber sie sind so groß. Wie konnte das nur passieren?«

»Die Nahrungskette war an zu vielen Stellen unterbrochen. Der Schwarm hat genommen, doch niemals gegeben«, sagte der schaufelförmige Mech und bemühte sein kleines Hirn, bis er sich zu wiederholen begann. »Der Schwarm hat einfach genommen, genommen und genommen...«

Larry überdachte ihre Probleme: bewachte Gärten, ein leeres Meer und Zeitdruck. Der Schwarm saß ihnen im Nacken. Schließlich würden sie auch hier suchen. Er wandte sich an Trilobit.

»Hast du unsere Position durchgegeben?«

»Nein. Mein Auftrag lautet, das Dinghi zu retten. Wollt ihr, daß ich den Schwarm verständige?«

Larry krümmte sich. »Du bist wirklich ein einfältiger Mech. Aber danke, daß du unsere Position nicht durchgegeben hast. Kannst du uns in dem Dinghi ziehen?«

»Wohin?«

»Irgendwohin. Wir brauchen etwas zu essen... Wasser.«

»Tut mir leid, aber es gibt keinen Ort auf der Erde, wo man das finden kann. Das ganze Land gehört den Schwärmen. Die Meere sind salzig und...«

Larry bedeutete dem Mech, zu schweigen. »Ich weiß. Ich weiß. Unfruchtbar. Verdammt. Aber jemand hat aus diesen Gärten gegessen. Sieh doch den Abfallhaufen am Fuß der Klippe... Schalen, Kerne, Blätter... und da gibt es auch eine Spur, einen ausgetretenen Pfad zur Spitze. Sieh doch.«

Harlan stand in der grellen Sonne auf. Seine breiten Schultern, geschwächt durch die Fliegenbeulen, wirkten zusammengesunken. »Komm, Halbmensch. Ich trage dich in die Gärten. Ich habe keine Angst vor dem Schwarm. Die Bürger können hier draußen kaum stärker sein als in den Erdstöcken. Wir werden gut essen. Wir werden jetzt essen!« Er schwang Larry auf seine rechte Schulter, schwankte ein wenig und ging auf die Klippe zu. Eine Stimme vom Strand her unterbrach ihn.

»Bleibt aus den Gärten!«

Trilobit konnte kaum seinen Sensoren glauben. Die Worte waren deutlich im Dialekt des Schwarms gesprochen. Doch der struppige Kopf zwischen den Wellen gehörte zu einem benthischen Tier – einem von dem neolithischen Wasservolk.

Harlan drehte sich langsam um und stand mit Larry auf der Schulter da wie ein zweiköpfiges Monster. Beide Köpfe blieben stumm.

»Bleibt aus den Gärten. Geht fort.«

»Wer ist das?« flüsterte Larry.

»Einer aus dem Wasservolk. Sie leben außerhalb der Gärten und verbergen sich im Meer«, erklärte Trilobit. »Vielleicht können sie euch Unterschlupf geben, während ich das Dinghi zurückbringe.« Der schaufelförmige Mech bewegte sich auf die Wasserlinie zu.

»Mein Gott, eine Maschine«, murmelte der Kopf. Er verschwand.

Lauscher nahm den Kopfhörer ab, als Opal seine Kuppel betrat.

»Sie haben eine Maschine dabei. Ich habe mit ihnen geredet. Ich bin sicher, sie hat mich gehört.«

»Ich höre aber keine Übertragungswellen. Ist sie lebendig?«

»Sie hat sich auf mich zubewegt. Ich glaube, sie hat zu ihnen gesprochen.«

Lauscher dachte lange nach. »Wie sah sie aus?«

Sie beschrieb Trilobit.

»Dann ist es die gleiche. Ich habe sie schon früher gesehen. Doch sie hat nicht die Jäger gerufen. Du kehrst an die Oberfläche zurück. In Deckung. Beobachte, was du kannst. Wenn ich eine Übertragungswelle höre, werde ich dich warnen. Wenn es Flüchtlinge sind, sind sie kaum gefährlich. Wenn es Jäger sind, müssen wir unserem Volk sagen, sie müßten wieder zum Nordriff flüchten.«

Opal nahm einen Speer und schwamm über die Kuppel. Gelegentlich berührte ihr Fuß die Decke, die bei Ebbe teilweise sichtbar war. Sie betrachtete das Paar aus einer Entfernung von etwa dreißig Fuß. Der Große Kräftige stand knietief im Wasser; eine riesige Hand beschattete seine Augen vor der Sonne. Der Kleine, Deformierte saß auf eine eigenartige Weise im Sand neben der Schaufelmaschine.

»Geht weg«, wiederholte sie und fuchtelte mit dem Speer.

»Wir brauchen Nahrung und Wasser«, entgegnete Harlan. »Wir wollen euch nichts Böses. Kannst du uns helfen?«

»Nein.«

Harlan wartete, und die Stille zog sich hin. Er konnte das Gesicht nun deutlich sehen – große Augen, wahrscheinlich weiblich. Die dicken Augenlider und die breite Nase machten eine genaue Bestimmung schwierig, doch Augen und Klang der Stimme legten es nahe.

»Warum nicht?«

»Deine Maschine ist für uns eine Gefahr. Sie ist ein Werkzeug des Schwarms.«

Harlan hatte keine Lust, zu diskutieren. Er wußte, er konnte diesen dicknackigen Wasserbewohner nicht besiegen, denn die Fliegenstiche und die Beulen hatten ihn seiner Metalloproteine beraubt. Er zuckte die Achseln und ging zurück zu Larry, der im trockenen Sand wartete.

Trilobit zischte: »Sag ihr, ich sei kein Werkzeug des Schwarms. Ich bin ein Diener *Rorquals.* Wenn sie uns nicht hilft, werdet ihr sterben.«

Larry beobachtete, wie Harlan gehorsam zum Wasserrand zurückkehrte und die Botschaft überbrachte. Die Unterhaltung verlief nun freundlicher, doch die Brandung verwischte die Worte. Als der Riese zurückkehrte, setzte er sie mit dem Ergebnis des Gesprächs in Staunen.

»Sie möchte, daß wir unsere *Rorqual* um ein Zeichen bitten. Offensichtlich hat sie uns mißverstanden. Sie glaubt, Trilobit dient einer Gottheit...«

»*Rorqual ist* meine Gottheit«, unterbrach ihn der Mech.

Larry hob die Hand. »Warte. *Wir* wissen, was *Rorqual* ist, aber diese Benthiks nicht. Können wir nicht einfach für sie so tun, als ob wir beten? Nur um ihr Vertrauen zu gewinnen. Sie hat Essen und Wasser und Schutz vor den Patrouillen. Wenn wir...«

»Negativ«, meinte Trilobit. »Ich habe ihre Kuppeln gesehen. Sie haben ein Lauschgerät. Wenn ich mit meiner Göttin spräche, würden sie eine Antwort erwarten. *Rorqual* hat zu senden aufgehört, als ich den Erdstock betrat.«

»Vielleicht erwarten sie die Antwort nicht sofort. Ein Gebet könnte sie überzeugen, uns zu helfen.«

»Schauspielerei? Ich kann niemanden täuschen.«

»Nur beten«, meinte Larry. »Sag uns dein bestes und ehrlichstes Gebet. Die Benthiks werden uns belauschen und durch ihre eigene Naivität getäuscht werden.« Er wandte sich an Harlan. »An was für ein Zeichen haben sie gedacht?«

»Essen«, sagte der blutkranke Riese. »Ich habe verstanden, daß das Wasservolk vom Hungertod bedroht ist. Die Gärten zu plündern kostet sie zu viele Leben. Sie hat diese Göttin von Trilobit gebeten, wieder Nahrung ins Meer zu bringen.«

Larry lächelte traurig. Diese simplen Neolithiker erwarteten, daß all ihre Probleme durch einen Zauber gelöst würden. Er nickte Trilobit zu, zu beginnen. Der Mech stellte seinen Sender auf Audio, so daß Harlan und Larry an dem Gebet teilhaben konnten. Die Übertragungswelle schoß nach Südwesten. Harlan lauschte mit gesenktem Kopf – und wollte glauben. Larry blinzelte eindringlich zum Horizont. Keine Antwort.

»Hast du die richtige Richtung?«

»Ich glaube schon. Ich benutze den Sonnenwinkel und die Magnetosphäre. Die Koordinaten der Insel sind in mein permanentes Erinnerungsvermögen eingeprägt.«

Harlan kniete nieder und meditierte still vor sich hin.

»Aber dein Hirn ist nur klein«, klagte Larry. »Vielleicht solltest du deinen Strahl verbreitern und es noch einmal versuchen. Du könntest dich verrechnet haben.«

»Gottheit?« ging das Gebet hinaus. »Erwache und sprich zu deinem Diener.«

Stille.

»Verbreitere deinen Strahl noch mehr.«

»Breiter ist auch schwächer«, sagte der Mech. »Wenn ich ihn noch breiter mache, verliert er die Punktstrahlqualität. Er würde nur meine Standard-Notsignale ausstrahlen. Das würde sich für unsere Lauscher nicht mehr wie ein Gebet anhören.«

Larry zuckte die Achseln. »Du hast genug von diesen Standardgebeten rausgeschickt. Versuch, eine Antwort zu bekommen… irgend etwas. Wir brauchen Wasser.«

Still pulsierte Trilobit.

Lauscher nahm die Kopfhörer ab, runzelte die Stirn und rieb die Ohren.

»Was ist los?« fragte Opal, die Augen auf die durchsichtige Kuppel gerichtet. Sonnenstrahlen funkelten fünf Fuß über der Decke.

»Hört sich an, als sei der Sender explodiert.«

Sie nahm den Kopfhörer und hielt ihn einige Zentimeter von der Wange entfernt. Das Pulsieren fuhr fort – hörbare Klicktöne, die sie an der Hand kitzelten. »Nein. Er arbeitet noch. Hört sich an wie ein Signal. Hat ihre Gottheit schon geantwortet?«

»Nein. Kann es sein, daß sie die Patrouillen vom Schwarm rufen?«

»Ich glaube nicht«, entgegnete Opal. »Sie sahen aus wie ganz normale Flüchtlinge, voller Beulen und schwach. Jäger haben diese Verkleidungstechnik, soweit ich mich erinnern kann, noch nie angewendet.«

Lauscher nickte. »Du vertraust ihnen also?«

Opal zögerte. »Wir haben noch niemals einer Maschine vertraut.«

»Unsere Kuppeln sind Maschinen«, erinnerte sie Lauscher.

»Das ist aber anders. Wir sind mit ihnen aufgewachsen. Der Tiefenkult warnt uns vor beweglichen Maschinen. Der Schwarm hat bewegliche Maschinen eingesetzt, um uns zu jagen. Jede Maschine kann die Augen des Schwarms tragen.«

Sie lauschten weiter.

Ein halber Tag verging, ehe die Antwort kam. Die Stimme klang nicht vertraut. Sie kam aus dem All. »Ja?«

»Göttin, wir bitten um ein Zeichen.«

»Dann betet.«

»Ich habe hier zwei Flüchtlinge aus dem Schwarm. Die Wasserweser verweigern ihnen den Unterschlupf, bis wir ihnen einen Beweis liefern, daß wir deine Diener sind.«

»Sie haben ihre Gottheit kontaktiert!« rief Lauscher aus. Er und Opal teilten sich einen Kopfhörer.

»Was für ein Zeichen?« fragte die Stimme.

»Nahrung«, antwortete Trilobit. »Sie wollen, daß du das Meer wieder reich werden läßt. Bring die Fische zurück und alles, was sie brauchen: Plankton, Algen, Muscheln...«

Larry tätschelte den Mech zärtlich. »Gute Arbeit«, flüsterte er. »Weiter so.«

Ernsthaft fuhr Trilobit fort: »Die Menschen verhungern. Es sind gute Menschen, die deine Großzügigkeit verdienen. Komm und leb mit uns im Meer.«

»Ich komme.«

Trilobit und Harlan zitterten vor Aufregung.

»Meine Göttin kehrt ins Meer zurück. Sie müßte in fünf oder sechs Tagen hier sein, wenn all ihre Systeme noch funktionieren. Ihr werdet sie mögen. Sie ist groß und stark – und über alle Vorstellung hinaus weise. Sie wird uns um die ganze Welt bringen...«

»Still. Da kommt der Benthik«, sagte Larry.

Harlan stand respektvoll auf, als die kräftige Frau aus dem Wasser stieg. Der tropfnasse Körper war glatt und muskulös; die kleinen Brüste standen weit auseinander. »Willkommen«, lächelte sie. »Wir haben eure Göttin gehört. Es ist wunderbar! Ich hoffe, ihr werdet bei uns bleiben. Laßt uns eure Wunden versorgen.«

»Wir brauchen Essen und Wasser«, sagte Larry, der seine Worte vorsichtig wählte, um den einfachen Wilden nicht zu erschrecken. »Wir werden, sobald unsere Kräfte wiederhergestellt sind, fortgehen. Wir wollen euch nicht zur Last fallen.«

Opal beäugte den riesigen Harlan. »Das ist kein Problem. Ich bin sicher, der Tiefenkult will euch sprechen. Das wird seine Zeit brauchen. Wie heißt du?«

»Harlan.«

»Nun, Harlan, nimm deinen kleinen Freund hoch, und dann zeige ich dir, wie man in unser Haus im Meer hinabtaucht.«

Harlan zögerte. Die Brandung sah rauh, kalt und salzig aus. Die Narben auf der Haut schmerzten.

»Sie hat recht«, meinte Trilobit. »Mein Notruf muß fast alle Mechs an dieser Küste erreicht haben. Wir sollten rasch Unterschlupf finden – ehe die Patrouillen kommen.«

Larry blickte verdutzt auf die kleine, schaufelförmige Gestalt. »Du kommst mit uns?«

»Ich warte auf meine Göttin.« Auf seinen Anzeigetafeln leuchtete neue Aufregung auf. »Das Meer ist meine Heimat.«

Larry verzog das Gesicht und umklammerte Trilobits Schwanz, als sie zur Kuppel hinabtauchten. Der Druck auf den Ohren war schmerzhaft. Er kroch hustend und schnaubend auf die Plattform. Die zottige Mähne des Lauschers war das erste, was er erblickte.

»Ich heiße Larry.«

Lauscher starrte nur schweigend auf den menschlichen Rumpf. Er hatte noch niemals einen lebenden Halbmenschen gesehen. In der feindlichen Umwelt des Meeres bedeutete schon eine kleinere Verstümmelung den Tod durch Verhungern. Es gab nicht genügend Nahrung für mildtätige Zwecke. Harlan und Trilobit stießen zu ihnen. Opal suchte am *heißen Fleck* der Kuppel nach Geräten und begann Harlans Rücken zu untersuchen. Die älteren Stellen waren sauber und tief – flaschenförmige Geschwüre. Sie fand einige junge, ungeöffnete Abszesse mit unreifen Larven. Sie schnitt sie auf, trocknete die trübe, heraustropfende Flüssigkeit und grub die hartnäckigen Parasiten heraus.

»Ein paar Tage lang werden sich noch neue Beulen bilden, wenn die Larven reif werden. Wir öffnen sie, sobald wir sie entdecken. So werden sie nicht so groß und richten nicht soviel Schaden an.« Sie wandte sich zu Larry, doch er scheuchte sie fort. Sie bot ihm ihre Sammlung an geschärften Werkzeugen an – aus Stein, Holz und Muscheln. »Versuch selbst, alles fremde Material herauszuschneiden«, sagte sie.

Larry grunzte und wischte die Gegenstände beiseite. Auf den Händen ging er zu Trilobit und hockte sich auf die Scheibe des Mechs. Während er dort brütete, entdeckte er plötzlich auf der funkelnden Kuppelwand sein Spiegelbild – ein bleicher, beulenübersäter Halbmensch. Ein ironisches Grinsen überzog sein Gesicht. Er hatte schon Müllhaufen gesehen, die appetitlicher waren. Was für eine ekelhafte Masse! Anämisch. Er hatte nur noch die Hälfte seiner Plasmaproteine.

»Warum stellst du dich so an?« fragte Harlan.

Larry wußte es nicht.

»Laß doch Opal deinen Rücken mal ansehen. Bei dir ist es schlimmer als bei mir.«

Larry zuckte widerspenstig die Achseln und ließ Opal näher kommen. Sie goß Salzwasser über seinen Rücken und rieb es ein, wobei sie die rohen Stellen erneut aufriß. Der Eiter stank. Er duldete die Prozeduren des Aufschneidens und Herausdrehens nur auf dem Rücken. Als sie am Hals eine tiefe Grube aufschnitt, spürte er Schmerz. Sein Gesicht verriet es. Sie beeilte sich, um fertig zu werden, ehe seine Geduld erschöpft war. Eine Larve saß tief – fast am Knochen. Behutsam drehte sie sie heraus.

»Ich fürchte, diese hatte sich in den Knochen gebohrt«, sagte sie. »Aber wir haben sie trotzdem. Versuch nun, dich auszuruhen. Ich suche euch etwas Wasser. Dein Mund sieht sehr trocken aus. Ich wette, deine Zunge fühlt sich schrecklich an.«

Larry zerrte an seinem Gewand und sagte: »Danke.«

Er schob seinen Rumpf an den Rand der Plattform und wartete. Es war lange her, daß sich eine Frau für seinen Körper interessiert hatte, und er hatte sich sehr unwohl dabei gefühlt. Sie konnte unmöglich all seine chirurgischen Öffnungen begreifen. Sie ging zur Seitenwand der Kuppel, wo ein Netz von Rippen zu einer Ausbuchtung zusammenlief. Kondensat tropfte hier herab – frisches Wasser. Sie bot Larry den Becher an. Er trank in langen Zügen. Nach dem schmutzigen Abwasser und bitteren Salzwasser schmeckte es köstlich.

»Was hält dich am Leben?« fragte sie ihn. Ihr Verhalten war direkt, aber aufrichtig. Er zuckte die Achseln. »Eure Göttin?« fragte sie.

»Ich denke schon«, erwiderte er.

Schließlich löste sich auch Lauschers Zunge. Eine Gottheit mit dieser Kraft wäre auch bei den Benthiks willkommen. »In meinem Korb sind

Früchte. Bedien sie, Opal.« Während sie aßen und tranken, stellte ihnen Opal Fragen über den Schwarm. Ihr Leben in den Zwischenwänden ermöglichte ihnen einen objektiven Standpunkt. Der Schwarm war sicher groß und mächtig, doch nicht unbesiegbar.

»Sie kommen gerade und suchen am Strand«, unterbrach sie Lauscher und stellte die Kopfhörer neu ein. »Gerade ist eine Patrouille am Abwassersumpf gelandet. Ein Jäger verläßt das Luftboot.«

Larry hob eine Braue. »Ein Luftboot?«

»Der Schwarm kennt Möglichkeiten, die Jäger fliegend zu transportieren. Einige unserer Leute haben es gesehen.«

Larry war erstaunt, daß diese Technologie noch existierte. Seine Jahre zwischen den Wänden hatten ihm nichts anderes als Niedergang gezeigt. »Können sie uns hier aufspüren?«

»Ich glaube nicht. Sie sind noch niemals ins Wasser gekommen, auch nicht auf einer Verfolgungsjagd... Sie überprüfen das Dinghi. Die Reihe von Schädeln dort scheint sie zu interessieren. Ich glaube, sie sammeln Knochen... Sie steigen zurück in ihr Fahrzeug... Sie sind fort.«

Larry ging auf den Händen. Ihm gelang ein halbes Dutzend Schritte, ehe sich sein Rumpf verfing. Er betrachtete die Handflächen. Die Haut war in Ordnung.

Opal zeigte ihr Hüftseil und demonstrierte, wie sie damit unter Wasser Objekte zog. »Zuerst belasten wir die Ladung so, daß sie keinen Auftrieb mehr hat. Ich binde das Band um meine Hüfte – so! Dann werfe ich es über die linke Schulter – so! Und wenn ihr euch dann am Ende festhaltet, habe ich Arme und Beine frei zum Schwimmen.«

»Ich fürchte, ich kann den Atem nicht so lange anhalten«, sagte Larry. »Warum können wir nicht hierbleiben?«

Opal schüttelte entschieden den Kopf. »Das ist unsere Auftauchstation. Alle Familien benutzen sie auf dem Weg an die Oberfläche. Hier lebt niemand außer Lauscher.«

Harlan holte tief Luft. Opal zog ihn hinab in die dunklen Schatten. Larry rieb an der Wand und versuchte, sie zu beobachten, doch die Kuppel war nicht durchsichtig genug. Opal kehrte allein zurück. Sie warf das Seil hoch.

»Halt dich fest. Du bist der nächste.«

»Vielleicht lasse ich mich besser von Trilobit ziehen?«

Sie nickte und führte ihn unterwegs zu einem luftgefüllten Schirm in der Nähe. Er schob den Kopf in die Luftblase. Alles war dunkel. Steif, leer, öde. Nach einigen solcher Zwischenstopps gelangten sie in eine kleinere Kuppel. Die Plattform schwamm hoch oben.

»Die Luftblase hat noch nicht die volle Größe, wird sie aber zur Schlafenszeit erreicht haben. Euer *heißer Fleck* ist dort drüben. Der Fruchtkorb ist

leer. Ich werde am Morgen jemanden mit Früchten vorbeischicken.«
Harlan und Larry streckten sich auf der Plattform aus. Trilobit schnüffelte durch den Sand unter der Kuppel und kam mit einer Sammlung zerbrochener Werkzeuge und Eßgeräte herauf. Opal schwamm fort, nachdem sie ihnen gezeigt hatte, wie man den Becher für das Frischwasser an der Wand befestigte.

»Wie tief sind wir?« fragte Larry.

»Ich weiß es nicht sicher, aber ich konnte meinen Atem etwa dreimal länger anhalten als an der Oberfläche. Wenn diese Luftmischung die gleiche wie in der Atmosphäre ist, dann sind wir so zehn Faden tief und haben etwa drei Atmosphären Druck.«

Er starrte zur Decke. Die Wasseroberfläche erschien nur wie ein bläulicher Schein – ein Lichtschimmer. Er schloß die Augen zu einem Nickerchen.

»Ich gehe wohl mal an die Oberfläche und bete«, meinte Tribolit. »Ich möchte, daß meine Göttin weiß, wie sehr wir uns nach ihr sehnen.«

Larry nickte und sah den Mech davonschwimmen. Er ging zum anderen Ende der Plattform, ließ seinen Torso ins Wasser gleiten und entspannte seine Schließmuskeln. Dann suchte er auf den Schultern nach neuen Beulen, badete und schlief ein. Seine Träume bestanden aus nagenden Visionen größer werdender Nierensteine: scharfkantige Steine, die aus dem hypertonischen Urin emporragten, scharfe Kristalle, die ins zarte Nierengewebe hineinstachen. Er erwachte und trank drei Becher Wasser, ehe er wieder einschlief.

Trilobit kam unter Schmerzen an die Oberfläche. Die Luftblase in seiner Scheibe drohte seine Stimmbänder zu zerreißen. Er brauchte eine lange Nanosekunde, um zu begreifen, daß die Luft in zehn Faden Tiefe dicker und komprimierter sein mußte als an der Oberfläche. Er wünschte sich seine Gottheit herbei, um sich an sie anschließen zu können. Nützlich wären Druckausgleichskabinen.

Plötzlich begriff er auch, warum die Benthiks auf halber Höhe beim Aufstieg eine Pause einlegen mußten. Sie mußten sich an das Flachwasser gewöhnen, sonst würden sie unter den sich ausdehnenden Gasen schmerzhaft leiden. Ohne zu beten, tauchte er zurück zur Kuppel, um die Flüchtlinge zu warnen. Aber er konnte sich Zeit lassen. Sie schliefen. Er rief sie.

»›Mach immer auf halbem Weg eine Pause‹ – das hört sich vernünftig an«, meinte Larry. »Ich kann mich aus meiner Jugend an so etwas wie Taucherkrankheit erinnern. Ich wüßte gern mehr darüber, aber ich habe meistens in Süßwasserseen geschwommen ... nur vielleicht drei oder vier Meter tief.«

»Die Benthiks werden es uns schon beibringen«, meinte Harlan.

Opal kam mit einem Sack voller Wurzeln und Nüsse – Vorrat für ihre Körbe. »Eure Haut ist besser geworden«, meinte sie. »Es ist weniger geschwollen und rot. Das ist einer der Vorteile des ›Ausquetschens‹. Bald wird auch eure Kraft zurückkehren.« Sie beugte sich über Harlan, badete seine Wunden und fütterte ihn.

»Du tust gut daran, die Freundschaft mit ihr zu pflegen«, meinte Larry. »Ich glaube, sie möchte dich zum Partner.«

Harlan zeigte wenig Interesse.

»Partner leben sicherer als Schüler«, fuhr der Halbmensch fort, »besonders wenn die Gottheit weiterhin nur eine Stimme bleibt. Trilobit hat mir erzählt, die Benthiks hätten zuwenig Männer – weil sie so viele in den Gärten verlieren. Schwarmflüchtlinge wie wir sterben gewöhnlich an Unterernährung, sobald sie am Strand angelangt sind. Die zahnlosen Schädel. Du machst dich gut. Opal ist begeistert.«

Oberhaut bedeckte die Hautgeschwüre. Harlan übte kurze Schwimmstrecken zu den nächsten Luftschirmen.

»Heute könnt ihr meine Familie im Langkuppelhaus besuchen«, lud sie Opal freundlich lächelnd ein. »Wir opfern dem Tiefenkult. Ihr könnt an diesem Brauch teilnehmen.«

In einer Stunde hatten sie die zwei Meilen schwimmend zurückgelegt, wobei sie häufig Atempausen machten. Das Langkuppelhaus ähnelte einem Hundertfüßler mit vielen Säulenbeinen, die am Grund verankert waren. Larry spürte das Leben, als Trilobit ihn näher heranzog. Plattformen erzitterten unter lautstarken Familieneinheiten – Partner und ihre Kinder. Opal geleitete Harlan aus dem Wasser. Sie glühte vor Stolz. Halbmensch folgte ihnen.

Harlan mußte sich leicht bücken, und Larry ging wie eine Ente auf den Händen, als Opal sie von der Plattform herabbrachte und ihren Leuten vorstellte. Die Namen, festgehalten auf alten Wandgemälden, klangen so farbig, wie die Meere öde waren. Die Benthiks hatten die Lücke der Ausgelöschten eingenommen und auch ihre Namen übernommen. Entenmuschel, der sich damals an seine Mutter geklammert hatte, stand nun hochgewachsen und aufrecht da; die Krabbenjungen, Einsiedlerkrebs, Spinne und Moos, eine Frau mit Namen Krabbe, eine andere, die Koralle hieß. Larry nickte einem jeden zu. Sie erwiderten sein Lächeln. Die meisten von ihnen waren gesund, mit lederartiger Haut und dicken Armen und Beinen. Bei einigen Familien fehlte der Vater. Das setzte der Nahrungsversorgung Grenzen und schuf ausgemergelte, hohlwangige Kinder. Es gab etwa doppelt so viele fortpflanzungsfähige Frauen wie Männer – der Tribut an die Gärten.

Lauscher wartete am anderen Ende der Plattformkette auf sie, wo die Langkuppel über einen Abgrund hinausragte. Vier große Körbe mit Obst, mit Steinen beschwert, standen am Rand. Diese Körbe waren mit Blumen geschmückt, ebenso die kleineren Essensrationen auf jeder Plattform. Trilobit hielt sich neben der Wand und schwamm an die Wasseroberfläche.

Die einleitenden Bemerkungen hörten sich wie ein Erntedankgebet an. Bei dem Wort ›Opfer‹ fuhren alle Blicke zu den großen Körben mit Obst.

»Ich habe mit dem Tiefenkult gesprochen. Sie akzeptieren Trilobits Gottheit *Rorqual*. Sie wird in unsere Halle der Götter aufgenommen werden. Jede Familie wird jeden Tag ein Gebet zu ihr sprechen, bis die Prophezeiung sich erfüllt. Das Meer wird wieder reich an Nahrung sein.«

Lauschers Worte wurden wiederholt. Larry dachte, in den Mündern jener Mütter, deren Kinder unterernährt waren, klängen sie ein wenig hohl. Als er sah, wie die beiden Krabbenjungen begannen, die Früchte ins Wasser zu werfen, zupfte er an Lauschers Robe.

»Warte«, flüsterte er. »Ist es nötig, so viel zu opfern? Eh … unsere Göttin, *Rorqual*, verlangt für sich nur Gebete. Sie hat es lieber, wenn wir unsere Opfergaben den Bedürftigen geben … wie diesen hungrigen Kindern …« Larry deutete auf die hohlwangigen Kleinen.

Lauscher senkte den struppigen Kopf. »Komm hier an den Rand der Plattform. Sieh hinab. Die Schatten haben schon fast alles von der Schlucht verschlungen, aber man kann da unten noch die Kuppeln sehen. Der Tiefenkult hängt von uns ab wie wir von ihm. Wenn wir die Kette mit Opfergaben abreißen lassen, müßten sie zu einem anderen Clan umziehen, der zuverlässiger wäre. Sie würden verhungern.«

Larry blickte in die tiefe Schlucht, ob sich dort etwas bewegte.

»Da ist einer und holt unsere Opfer.«

Ein Engel erschien, mit Flügeln und allem, und flog zwischen den untenliegenden Kuppeln hin und her. Er wartete weit unten auf einem Vorsprung, bewegte langsam die Flügel – und starrte hinauf. Larry hielt das Gesicht ins Wasser, um besser sehen zu können. Der Engel wartete. Larry konnte das Gesicht nicht sehen, doch auch keine Anzeichen eines Tauchgerätes. Er schien Wasser zu atmen – oder überhaupt nichts. Er beobachtete ihn einige Minuten lang und kehrte dann an seinen Platz zurück. Man warf die Opfergaben hinab. Früchte, Blumen und Luftblasen trieben durch das Wasser.

»Was hat uns der Tiefenkult heute gegeben?« fragte Larry. Er sprach mit lauter Stimme. Wenn dies ein grausamer Betrug war, dann wollte er daran nicht teilhaben. Sein Rücken heilte und seine Kräfte kehrten zurück. Er war bereit, weiterzuziehen, wenn seine Aufrichtigkeit diese abergläubischen Menschen verletzte.

Harlan beugte sich mit aufgerissenen Augen neugierig nach vorn. Er würde den Tiefenkult akzeptieren – was immer es auch sein mochte. Trilobits Schwanz fuhr hoch. In Larrys Stimme klang Herausforderung mit. Aber er brauchte auch nicht vorsichtig zu sein. Lauscher lächelte und zog ein Stück Metallfolie heraus, auf die feine Linien und Symbole eingeprägt waren.

»Ihre Karte zeigt einen neuen Zugang zu den Gärten – eine Auftauchstation in der Oktopusbucht.«

Larry studierte die Unterwasserlinien. Schirme und Kuppeln waren entlang eines Grats markiert, der zu einem neuen Landeplatz am Strand führte.

»Das wird unseren Zugang zu Nahrung verbessern«, sagte Lauscher. »Man hat die Kuppeln noch nicht überprüft. Sie können bewohnbar sein oder auch nicht, aber sie gehören zu den stabilsten Modellen, die wir bislang gefunden haben. Wenn wir sie stimulieren, damit sie für uns Luftblasen produzieren...«

Opal hob die Hand. »Harlan und ich wollen diese Karte kopieren und es untersuchen.« Sie lächelte Larry zu. »Du und dein Mech könnt auch mitkommen. Eine kleine Expedition wird dir guttun.«

»Warum richtet sich alles auf die Gärten«, fragte Larry, »wenn unsere Göttin die Meeresnahrungskette wiederherstellt?«

Lauscher blieb ernst. »Wir wissen, wie lange es dauern wird, bis die Fische zurückkehren. Selbst ein Wunder muß sich nach dem Zeitplan der Natur richten.«

Hoffnung, dachte Larry. Alles, was ihnen Trilobit vermittelte, war Hoffnung, und sie würden das Beste daraus machen. Er griff nach dem Schwanz des Mechs. »Komm, wir gehen.«

»Da ist das Riff«, sagte Opal und deutete unter dem Schirmrand hervor auf einen fernen, grauen Umriß. Larry und Harlan teilten mit ihr die Luftblase. Ihr Haar wehte im Wasser und verfing sich in ihrem.

»Sieht sehr weit weg aus – und so dunkel.«

»Muß noch eine halbe Meile entfernt sein, jenseits von einer der tieferen Schluchten. Daher haben wir uns nie darum gekümmert. Wenn es lebensfähige Kuppeln sind, sieht man sie aber sicher nicht von hier.«

»Wie werden wir es herausfinden? Über den Strand vom Land aus?«

Opal schüttelte den Kopf. »Nein. Dauert zu lange mit einem Tag auf Tauchstation. Außerdem ist der Strand zu gefährlich. Ist das Risiko nicht wert, es sei denn, man ist auf der Suche nach Kalorien. Ich könnte euch in etwa zehn Minuten hinüberziehen.«

»Zehn Minuten!« keuchte Harlan. »So lange kann ich den Atem nicht anhalten.«

Sie prüfte die Luft unter dem Schirm. »Ich denke doch. Das ist Ebene Fünf. Wenn wir hier irgendwo eine Kuppel finden auf der Paarungsebene

– Ebene Sieben –, könntest du genug Sauerstoff aufnehmen, um es aushalten zu können.«

»Zehn Minuten«, stöhnte Harlan. »Und wenn wir nicht gleich Luft finden? Können wir hochgehen?«

»Nein. Dann kriegen dich die ›Pops‹«, sagte sie. »Wir schicken Trilobit
vor, damit er nach Luft sucht. Wenn wir wissen, wohin wir gehen, wird
das auch Zeit sparen.«

Larry ließ sich von Trilobit auf Ebene Sechs ziehen. Sie betraten eine
große, luftgefüllte Kuppel, die leicht süßlich roch. Auf der Plattform lagen
verwelkte Blumen. Fünf Faden tiefer sahen sie ein Paar warmer Kuppeln
zart glühen.

»Das sind Paarungskuppeln«, sagte Opal. »Wir können hier warten, während Trilobit das Riff erkundet. Die schwere Luft macht einem ein etwas
komisches Gefühl, aber es ist nur eine leichte Vergiftung, nicht gefährlich, wenn wir bald wieder weiterziehen.«

Die Menschen näherten sich den Paarungskuppeln, während Trilobit über
den Abgrund schoß. Zweihundert Meter weiter trieb ihn eine starke Strömung ab. Er korrigierte die Abweichung und versuchte auszurechnen,
wie sich die Strömung wohl auf die Menschen auswirken würde. Der Sog
war horizontal, ohne vertikale Tendenz. Das Riff hatte viele lebensfähige
Kuppeln. Alle waren gut mit Luft gefüllt. Die Wasserbecher waren voll.
Er merkte sich einige von ihnen anhand der Karte, die in sein Gedächtnis
eingespeichert war, und machte sich auf den Rückweg.

»Warum nennt man das hier Paarungskuppeln?« fragte Larry.

»Hier paaren wir uns«, erwiderte Opal ungezwungen. »Das hier ist eine
Männerkuppel. Die da drüben ist für Frauen.«

Harlans Existenz als Zwischenläufer hatte ihn psychisch zum Neutrum
gemacht. Seine Kenntnis von der menschlichen Reproduktion war auf die
sonderbaren fünf Kategorien der Geburtserlaubnis im Schwarm begrenzt.
Heterosexuelle Empfängnis war nie vorgekommen. »Männer hier,
Frauen dort drüben?« fragte er.

Auch Larry war sichtlich erstaunt. Der Überschuß an Nitrogen machte
ihn albern. »Die Kuppeln liegen hundert Schritt auseinander. Kein
Sperma kommt so weit, es sei denn mit der Strömung.« Er kicherte.

Harlan schien schläfrig zu sein. Unbeholfen machte er eine Geste mit dem
Arm. »Der Hundert-Fuß-Spritzer.«

»Wie es in meinen Tagen die Muscheln gemacht haben«, lachte Larry.

»Ihr beiden habt zuviel von dieser Luft hier abbekommen«, meinte Opal.
»Wir gehen besser hinauf auf Ebene Sechs und werden wieder nüch-
tern.«

Trilobit kehrte zurück und berichtete über seine Entdeckungen. »Es dauert mindestens zehn Minuten. Opal und ich werden vorn ans Seil gehen.

Larry, du und Harlan, ihr werdet euch entspannen und ziehen lassen. Wir werden bei Ebene Sieben zwei Minuten haltmachen und eure Kapillargefäße aufpumpen, euch mit Sauerstoff auftanken.«

Die Mech- und Menschenseilschaft begab sich wieder in die Paarungskuppel. »Drück den kleinen Finger auf meine Optik, damit ich deinen Sättigungsgrad an Sauerstoff überwachen kann«, sagte der Mech. Larry atmete tief und schnell ein, bis ihm schwindlig wurde. »Das reicht für dich, Larry. Noch einen Zug, und dann geht's los.«

Trilobit zog sie aus der Kuppel, und Opal begann mit langsamen, kräftigen Stößen zu schwimmen. Harlan umklammerte das Seil und kniff die Augen zusammen. Als sie auf die Gegenströmung stießen, fühlte Larry, wie ihn das kalte Wasser abtrieb. Er versuchte, nicht an die Gefahren durch Druck über und unter sich zu denken – kaltes Blau und schlammiges Schwarz. Langsam wurde die Felsenlandschaft vor ihnen deutlicher sichtbar. Noch fünf Minuten. Er fühlte sich erleichtert, als ihm klar wurde, daß er noch nicht einmal daran gedacht hatte, zu atmen. Er blickte sich nach Harlan um. Der Riese hatte die Augen geöffnet und grinste.

»Wir haben es geschafft – und zwar leicht!« rief Larry aus.

Opal nickte und blickte sich in der Kuppel um. »Wenn hier keine Luftblase gewesen wäre, wäre es schwierig geworden. Ich hätte die Kuppel kitzeln und mit einem Atemzug zurück zur Paarungskuppel schwimmen müssen. Und das vielleicht mehrere Male, ehe sich die Kuppel mit Luft gefüllt hätte. Diese zwanzigminütigen Rundtouren können anstrengend werden – und gefährlich.«

Larry watschelte auf den Händen und untersuchte die Plattform. »Sieht hübsch sauber aus. Keine Zeichen früherer Bewohner. Wer hat sie mit Luft gefüllt?«

»Vielleicht einer vom Tiefenkult, nachdem sie uns die Karte gegeben haben. Sie haben bestimmt einen Kuppelkitzler geschickt, um den Überweg für uns sicher zu machen.«

Harlan setzte sich nieder und studierte die Karte. »Es muß hier ein Dutzend geben...«

»Sieht aus wie ein Dutzend neuer Kuppeln«, stimmte Opal zu. »Wir können auf halber Höhe eine neue Auftauchstation einrichten und ein paar von den am günstigsten gelegenen Kuppeln für uns aufwärmen.« Larry merkte, daß Opals Miene nachdenklich und zärtlich wurde, wenn sie mit Harlan redete. Er watschelte auf den Händen zum Rand der Plattform und sprang ins Wasser.

»Trilobit und ich wollen ein paar von den Kuppeln auf Ebene Vier untersuchen.«

Harlan war erstaunt. »Sollen wir uns nicht direkt zu einer Auftauchstation aufmachen? Wir brauchen Nahrung...«

Opal berührte ihn an der Schulter. »Dafür haben wir später noch Zeit. Laß uns reden.«

Sie erklärte ihm, daß man von Harlan erwartete, er würde sich so schnell wie möglich eine Partnerin suchen. Die Benthiks standen unter Zeitdruck – kalorienmäßig und aus Fortpflanzungsgründen. Männer gab es kaum, und sobald seine Beulen abgeheilt sein würden, würden die ungebundenen Frauen hinter ihm her sein.

»Ich verstehe«, sagte er. »Aber mach dir keine Sorgen. Ich komme aus dem Schwarm und habe keine Angst vor ihm. Schwarmbürger sind schwach und ängstlich. Wenn ich laut brülle, sterben sie vor Angst.«

Opal lächelte. »Bist du schon mal in den Gärten gewesen?«

»Nein.«

»Du mußt noch viel lernen. Diese Teufelsmaschinen können dich töten. Sie haben meinen ersten Partner erwischt. Mein Vater und Bruder sind ebenfalls da oben gestorben.«

Harlans Miene sah nachdenklich und ungläubig aus. »Aber sie waren nicht so groß wie ich, oder?«

»Mein Bruder war größer. Er war drei Tage fort. Er kam mit einem Pfeil im Bauch zurück und starb in der Auftauchstation. Nun muß ich in die Gärten, um meinen Sohn zu ernähren. Es ist sehr gefährlich.«

»Dein Sohn?«

»Clam. Er studiert beim Tiefenkult. Du wirst ihn kennenlernen.«

»Ich will dein neuer Partner sein... und dich ernähren und deinen Sohn auch«, sagte Harlan zuversichtlich.

Opal lächelte. »Du darfst..., wenn du bereit bist.«

»Harlan ist nun bereit.« Seine Geste war unbeholfen, aber sanft – ein Streicheln des schwellenden Brustmuskels zwischen ihren breiten, kleinen Brüsten.

»Ich müßte vielleicht noch erklären...«

Er streichelte weiter ihren Körper, wobei er sich, so gut es ging, an die Reihenfolge der Klasse-Eins-Geburtserlaubnis erinnerte (menschliche Eltern, menschlicher Uterus-Inkubator, freie Wahl der Partner).

»Wir können uns hier nicht paaren«, meinte sie.

»Warum nicht?«

»Es ist keine Paarungskuppel.«

Harlan runzelte die Stirn. »Brauchtum?«

»Zeremonie«, korrigierte sie ihn. »Benthiks paaren sich unter Wasser, um ihre automatische Muskelspannung und Myoglobin-Unempfindlichkeit zu beweisen.«

»Aber wir sind unter Wasser...«

»Unter Wasser schon, aber nicht im Wasser«, erwiderte sie. »Der vollständige... eh... Paarungsprozeß muß *im* Wasser vollzogen werden.«

»Warum? Hier ist es hübsch. Warm, trocken...«

»Wir müssen beweisen, daß wir gute Benthiks-Gene haben, ehe wir empfangen.«

»Das hört sich so nach Lehrbuch an«, meinte Harlan, »Wo hast du so etwas...«

Sie umklammerte fest seine Hand. Ihre Stimme klang leise, geduldig. »Das ist bei uns so. Der Tiefenkult bringt es allen Jugendlichen bei. Unser Leben ist unter Wasser schon schwer genug, selbst wenn wir die richtigen Gene haben. Wenn man ein Kind mit schwachen Genen zur Welt bringt, gefährden wir nicht nur das Kind, sondern auch die Familienzelle, die versucht, es großzuziehen.«

Harlan nickte. »Du hast die richtigen Gene... dein Sohn Clam...«

»Und ich hoffe, auch du besitzt die richtigen Gene. Ich würde kein schwächliches Oberflächenwesen auf die Welt bringen wollen. Wenn mein Kind nicht genügend Myoglobin für zwanzigminütiges Tauchen produzieren würde, könnte es in den Kuppeln nicht überleben. Wenn du die Fähigkeit hast, kann ich sicher sein, daß du auch die Gene dafür besitzt.«

»Ich bin über diese Schlucht hinübergeschwommen.«

»Du wurdest gezogen. Zehn Minuten die Luft anhalten ist nicht das gleiche wie zwanzig Minuten schwimmen. Du bist immer noch ein Landwesen. Die Luft auf Ebene Sieben hat dich geschafft.«

»Wann werde ich soweit sein?«

»Bald, hoffentlich.«

Dieses kurze Vorspiel hatte Harlans Lenden in Feuer versetzt. »Ich glaube, ich könnte es jetzt sofort schaffen.«

Opal erkannte die sexuelle Erregung. Die langen Jahre ohne einen Partner ließen sie die übliche Vorsicht vergessen. »Man könnte es versuchen«, meinte sie. »Aber du hast keinen Zugmuskel. Das wird schwierig werden. Ich zeige dir, wie es am leichtesten geht. Bleib hier und atme kräftig ein und aus. Wir haben hier keine Kuppel auf Ebene Sieben, daher muß das reichen. Wenn die Fingerspitzen zu kribbeln anfangen, verlaß die Kuppel und schwimm langsam auf dem Rücken los. Ich komme da drüben von der Kuppel.«

Er blinzelte durch die durchsichtige Wand. Die andere Kuppel lag zwanzig Ellen entfernt und etwa zwei Faden über ihm.

Sie umarmte ihn rasch. »Du mußt dich jetzt einstimmen. Körperlich wirst du nichts zu tun brauchen. Laß mich die Arbeit tun. Ich habe dafür das Myoglobin. Ich habe mehr als genug Sauerstoffkapazität. Aber geistig wirst du sehr hart arbeiten müssen. Ich weiß nicht, durch welche sexuellen Phantasien du geprägt bist, aber stelle sie dir alle vor. Ich weiß, ich bin nicht sehr erotisch – naß und kalt und lederig. Aber konzentriere dich auf meine erogenen Zonen. Denk daran: Körperlich nichts tun – geistig alles!«

Harlan lächelte unterwürfig.

Sie schlug ihm auf den nassen Schenkel. »So können wir es gerade eben schaffen.«

Er begann, langsam zu atmen, als sie fortschwamm. Ihre Gestalt schien, je weiter sie sich entfernte, um so anziehender zu werden; das trübe Wasser verlieh ihr etwas Geheimnisvolles. Als seine Fingerspitzen zu kribbeln begannen, verließ er langsam schwimmend die Kuppel. Als er sich auf den Rücken rollte, drang Wasser in sein rechtes Ohr. Die eisblaue Oberfläche war deutlich sichtbar – über ihm –, aber die Entfernung bedeutete Tiefe. Sie stieß hart gegen ihn. Er hatte sie nicht herannahen gesehen, als sie plötzlich über ihm war. Er sah leuchtende Augen und weiße Zähne. Die Zähne gruben sich in seine Schulter, während sich ihre Zehen hinter seine Knie hakten. Er umarmte sie – eine unbeholfene Bewegung, die die Liebenden in eine langsame Kreiselbewegung brachte. Sein Blick ging nun hinab auf den schwarzschlammigen Grund, nur ein paar Faden unter ihnen. Ihre Fingernägel kratzten seinen Rücken auf, und ihre Hüften stießen gegeneinander. Ihre Zähne rissen ein paar Blutgefäße auf. Ein rosa Wölkchen trieb an seinem Gesicht vorbei. Sie drehten sich weiter. Mit einer Hand führte sie ihn so, daß er rasch in sie eindrang. Mit der anderen versuchte sie, die Drehbewegung zu stoppen. Ihre Fersen schlossen sich hinter seinen Kniekehlen, und die Hüftstöße begannen – ein fordernder Rhythmus.

Schwindel trat bei ihm an die Stelle der Erregtheit. Sie versuchte, ihn zu streicheln und zu drücken, doch er reagierte kaum. Seine Lendennerven waren durch Übelkeit und Schwindel wie abgestorben. Sie schob ihn fort, zu der rettenden Luftblase der Kuppel. Nach wenigen Minuten folgte sie ihm.

»Ich glaube, so ganz bereit warst du noch nicht«, meinte sie fröhlich und schlug ihm wieder auf den Schenkel.

Er rieb sich die Bißspuren auf der Schulter.

»Da wirst du eine schöne Schwiele bekommen, wenn du erst einmal ein paar hundert Ladungen aus den Gärten gezogen hast«, sagte sie. »Ich vergaß dir zu sagen, daß du die Arme ausbreiten mußt, um uns zu stabilisieren. Die Drehbewegung wird dich sonst immer wieder ablenken.«

Harlan zuckte die Achseln und streckte sich auf der Plattform aus.

»Es war ein guter Versuch«, meinte sie und kam zu ihm. »Ein guter Versuch.«

Sie schliefen ein.

In den folgenden Monaten nahm Harlans Atemkapazität zu. Auf der linken Schulter entstand ein Zugmuskel, und sie paarten sich erfolgreich.

Trilobit und der Halbmensch erforschten das Ufer, schlossen neue Freundschaften und zeichneten die warmen Kuppeln auf.

Furlong studierte die Berichte. »Ist das alles? Ein paar trübe Aufnahmen und diese Audiospuren?« Er reichte Ode den Stapel Durchschläge. Drum zog eine der Stimmaufzeichnungen hervor. Er wühlte den Stapel durch und legte alle Ausdrucke auf einen Haufen.

»Das habe ich auch schon getan«, meinte Furlong. »Es gibt nur einen. Und den Klon hat man schon identifiziert.«

»Klon?«

»Klon! Zellverdoppelung. Wir kennen nicht das Individuum des Klons, denn sie haben alle identische Stimmen... wie Fingerabdrücke.«

Drum nickte. »Dann wissen wir nicht, wie viele auf dem Boot waren. Mindestens zwei, denn sie haben miteinander geredet. Wie heißt die Zellenabstammung?«

Furlong blickte auf den Bericht. »L. D., Larry Dever. Hier ist seine Identitätsnummer. Von der Rachenresonanz her geurteilt hat er – oder sie – die Pubertät erreicht.«

»Hast du schon die Mitglieder des L. D.-Klons überprüft, über deren Verbleib nichts bekannt ist?«

»Ja. Es gibt eine ganze Menge, ob wegen Selbstmord, Unfall oder nicht gelungener Aussetzung. Eine positive Identifikation ist oft unmöglich. Hier ist die Liste.«

»Aber das sind ja Tausende!« rief Drum. »Einige sind ja mehrere hundert Jahre alt!«

»Das ist verständlich – wegen FKS und EKS, du weißt schon«, meinte Ode. Er faltete die Liste auseinander. »Und hier ist das Original: Der alte Larry Dever selber, ganz oben auf der Liste. Warum ist er hier?«

»Nichts über seinen Tod bekannt«, erklärte Furlong. »KE hat diese hier herausgefunden. Diese alten Klone sind für den Schwarm wertvoll... werden oft eingesetzt, wenn man dickere Haut oder größere Widerstandskraft gegen Infektionen braucht. Die Liste wäre noch zehnmal so lang, wenn man nicht die meisten geimpft und beschnitten hätte, um sie dem Schwarm anzupassen. Wir brauchen uns nur um die ungeimpften zu kümmern, da die Stimmenausdrucke eine ausgereifte Larynx aufweisen. Für die Pubertät braucht man die Hypophyse.«

»Dann ist es immer noch eine lange Liste. Können wir es nicht eingrenzen?«

Furlong zuckte die Achseln. »Was macht das für einen Unterschied? Sie sind so austauschbar wie alle Klone.«

»Stimmt«, gab Drum zu. »Aber sie haben unterschiedliche Fertigkeiten und Erfahrungen. Sie haben gezeigt, wie clever sie sind – viel klüger als der normale Zwischenläufer –, indem sie unsere Sensoren und Trilobit entkamen.«

»Natürlich. Von einem L. D.-Klon kann man schon erwarten, daß er sich rascher anpaßt als ein paar armselige, senile Bürger, die dem EKS entkommen wollen.«

»Nun, sie werden uns kein Kopfzerbrechen bereiten«, sagte Furlong und stopfte die Papiere in seine Außentasche. »Der Fund am Strand war eindeutig – ein Dinghi und Schädel. Ich habe noch niemals eine solche Ansammlung von Knochen gesehen. Draußen muß die Umwelt sehr lebensfeindlich sein.«

»Ja, sehr«, nickten Drum und Ode.

»Wann werden wir unser Dinghi zurückbekommen?«

»Die Rettungsmannschaften haben die Berichte. Wenn sie dazu kommen, vermute ich.«

Drum saß steifbeinig auf seiner Pritsche und bog langsam die Finger durch. »Sieht aus, als hätte es wieder meine Gelenke erwischt.« Das Alter machte seine schlechte Augenlinse noch trüber und raubte ihm den Lebensmut. »Ich fürchte, diese Schicht muß ich sitzen bleiben.«

Ode praktizierte seine Jogaübungen zum Aufwärmen. »Dann bekommst du keine Duftstoffe und verderblichen Kalorien. Das macht dich noch schwächer.« Nachdem er jeden Zeh auf Stiche hin untersucht hatte, zog er die Stiefel an und ging zum Verteiler. »Möchtest du meinen Rheumatismus-Salizylat-Drink probieren?«

Drums Stöhnen klang zu pathetisch, um echt zu sein. Er nickte, stand unbeholfen auf und wartete, bis sich seine Hüftgelenke lockerten. »Bring mir das grüne Getränk und meine Schaufel.«

6. MEERESFLORA UND MEERESFAUNA

Die Pubertät bedeutete für Clam einen tiefen Einschnitt, löschte bei ihm Gehorsam und Loyalität aus. Er vergaß die Lehren seiner Mutter Opal und des Tiefenkults. Er vergaß seine Stellung im Stammesleben der Benthiks. Die Männlichkeit war plötzlich bei ihm durchgebrochen und hatte den Jungen in einen sturen, starrköpfigen Mann verwandelt. Nur ein Gedanke blieb, ein Trieb: sein Haß auf den Schwarm.

Die sonnenbeschienenen Gärten wirkten auf Clam harmlos. Er schwamm auf einer sanften Welle eine Viertelmeile vor dem Strand. Es gab aber Gefahren. Die Lektionen des Tiefenkultes hafteten ihm im Gedächtnis. Fliegende Teufelsschiffe mit Bogenschützen würden ihn aufspüren. Krieger des Schwarmes konnten aus ihren Erdlöchern hervorbrechen. Er wollte den Schwarm herausfordern, den Tod seines Vaters rächen – und seine Männlichkeit beweisen.

Sein Körper spannte sich, blieb auf dem schaumigen Wellenkamm und trieb darauf zum Ufer. Ein glattes Kliff stellte sich ihm entgegen. Keine Artefakte. Er hob einen Stein auf und kletterte hinauf zu den bewachsenen Teilen. Einen Augenblick lang war er vor Erstaunen starr über die Vielzahl der glänzenden Früchte. Noch niemals hatte er so viel Nahrung auf einmal gesehen – hektar-, nein, meilenweit reifende Früchte. Der Wachturm klickte, als richte er seine Schall- und elektromagnetischen Sensoren auf ihn. Er schleuderte seinen Stein darauf, zerbrach eine Linse. Scherben fielen herab.

»Kommt heraus!« rief er. »Zeigt, was für ein Irrtum der Natur ihr seid!«
Er ging zum Fuß des Turms hinüber, dessen massive Stützpfeiler weit gespreizt aus dem Boden ragten. Aus der Erde schlängelten sich schwere Kabel, die in einem der Pfeiler verschwanden. Er trat gegen den Kabeleingangskasten. Die Sensoren blickten auf ihn herab. Er betrachtete den Kasten und untersuchte, ob sich etwas bewegen ließ. Ein Riegel sprang auf. Der Deckel öffnete sich. Er zog einen Stecker heraus. Sogleich blieben die Sensoren stehen. Er steckte die Leitung wieder ein. Die Knöpfe lebten auf und blinkten voller nervöser Kyberenergie.

»Das ist also die Leitung mit eurem Lebenssaft«, rief er. »Ich nehme sie euch fort, so wie ihr mir meinen Vater fortgenommen habt!«
Er nahm seinen Stein und zerschmetterte die blinkenden Geräte in den Sockeln. Der Turm blieb still. Ein vorbeiziehender Sammler-Roboter hielt nicht einmal inne. Clam wußte aus seinen Lektionen, daß diese großen Gartenmaschinen kaum mehr taten, als die Pflanzen zu versorgen. Er beobachtete sie mit Respekt vor der Größe. »Sag ihnen, daß ich hier bin!« rief er. Der Agromech trollte sich außer Sichtweite. Der Himmel blieb klar. Clam begann zu essen, zuerst vorsichtig, doch als die Stunden verrannen, wurde er mutiger – pflückte und sang, sammelte Haufen glänzender bunter Früchte: Gold, Rot und Orange und Lila. Mehrere Male trug er ganze Armladungen zum Strand und ließ sich dann zwischen den duftenden, wachsartigen Kugeln nieder. Die heftige, unregelmäßige Brandung erinnerte ihn an das Transportproblem. Um dem Zorn seiner Mutter zu entgehen, war er an der Auftauchstation vorbeigeschwommen und hatte in einer der Kuppeln auf Ebene Zwei am Meilenriff dekomprimiert. Er würde ein Netz brauchen, um seine Beute so weit zu schleppen. Er blickte zum Felsen hinauf. In den Gärten würde es Fasern zum Knüpfen geben.

Ein vorbeiziehender Schatten schreckte ihn auf. Das Teufelsschiff kreiste und landete drei Steinwürfe weit entfernt. Eine Gestalt tauchte auf – weiß und mit hervorstehenden Augen, doch die flimmernde Luft über den sonnenerhitzten Felsen verwischte Einzelheiten. Clam drohte mit der Faust und schrie, doch die Gestalt verschwand in den Winkeln des Kreidefelsens.

Das Schiff mit seinen beiden hervorstehenden Sensoren sah aus wie ein Käfer. Es war kleiner, als er es sich vorgestellt hatte.

Wahrscheinlich befanden sich höchstens sechs Jäger darin. Er drohte noch einmal mit der Faust, und es flog davon. Der Strand lag ruhig da – leer. Clam zuckte die Achseln und stieg wieder in die Gärten hinauf, wo er Gras und Ranken zu kleinen Bündeln sammelte.

Der Jäger beobachtete ihn über die Bogenkimme. Als er die Sehne strafzog, erschien Clams Gestalt doppelt. Zu weit entfernt. E schlich sich näher heran und zog wieder die Sehne straff. Das Bild verwischte. Er legte den zwölf Fuß langen, windgetriebenen Pfeil auf und zurrte ihn fest. Das 12fach-Sichtgerät rastete ein.

Clam stolperte von der Klippe, in den Armen ein riesiges Bündel stacheligen Netzmaterials. Er spähte über seine Last hinweg. Der Jäger stand nun in der Ferne gut sichtbar auf dem Sandstrand. In der flirrenden Hitze war der heranschwirrende Pfeil nicht zu sehen. Er warf Clam zurück, und er stürzte auf die glatten Steine. Sein Schädel schmerzte. Die Sonne stach ihm in die Augen. Er blickte hinab zu dem dreieckigen Schaft. Sein Brustbein tat weh, aber nicht schlimm. Die Pfeilspitze stak in einem der Fasergrasballen. Er blieb still liegen. Jetzt begriff er, wie der Schwarm seinen Vater getötet hatte und seinen Großvater. Die Waffe traf aus großer Entfernung. Sie war tödlich, und dennoch hatte ein Bündel Gras, so dick wie seine Brust, sie aufgehalten. Schritte näherten sich. Kies knirschte. Clam hielt die Augen geschlossen. Er atmete nur langsam. Eine Brise ließ die Halme seines Bündels rascheln.

Die Schritte kamen näher. Ein Steinchen rollte gegen seine Hüfte. Seine Hand fand einen Felsbrocken, und er sprang auf. Der Jäger taumelte zurück und fiel nieder. Der Bogen fiel polternd zu Boden. Clam hob den Stein und schlug wieder und wieder auf den behelmten Kopf. Die Sichtfenster waren verbeult. Eines war trüb und grau.

Clam schwamm in die Auftauchstation und legte Lauscher stolz den Helm vor die Füße.

»Ich bin in die Gärten gegangen und habe Essen mitgebracht. Ich habe unseren Feind getötet.«

Lauscher blickte durch die Decke hinauf auf den langen Schatten des geflochtenen Floßes, das an die Boje geknüpft war. »Das hast du gut gemacht, Clam. Du bist ein Mann.« Die Anerkennung der Beute des Jungen war ein Ritual. »Leg Steine auf das Floß, damit es sinkt. Bring es in die Kuppel, ehe das Teufelsschiff es sieht.«

Während Clam die Lasten hereinbrachte, untersuchte der struppige alte Lauscher den Helm mit seinen Werkzeugen. Er versuchte, ihn aufzusetzen. Stimmen drangen in seinen Kopf. Schwarmstimmen. »Bitte Standort melden«, sagten sie. »Drück den Heimkehrknopf.« Er nahm ihn ab und setzte ihn ehrfürchtig auf ein Bord. Die Sichtfenster starrten ihn leer an. »Er lebt immer noch«, murmelte er.

Harlan traf Opal in einem Luftschirm auf Ebene Zwei. Sie hustete und hielt sich die Seite.

»Ich bin zu schnell heraufgekommen«, sagte sie hilflos. »Clam hat vor zwei Tagen den Tiefenkult verlassen. Sie glauben, daß er auf dem Weg in die Gärten ist. Ich muß ihn finden.«

Harlan legte ihr beschützend den Arm um die Schultern. »Du bringst dein anderes Kind in Gefahr – dein Ungeborenes. Du mußt auf Ebene Vier zurückschwimmen, bis der Schmerz nachläßt. Schaffst du es?«

Sie hustete. »Clam! Und wenn Clam mich braucht?«

»So kannst du ihm auf keinen Fall helfen. Ich helfe *dir* beim Abtauchen. Ich werde bei der Station nachsehen. Wir werden ihn finden.«

Ihr Speichel war rosa gefärbt. Der Schmerz in der Seite ließ sie sich zusammenkrümmen. »Du hast recht. Ich werde tun, was du sagst.«

Harlan warf sich das Zugseil über die linke Schulter und legte es um den Tauchwulst – ein schwieliger Hügel mit dicker Haut. Der mit einer Flüssigkeit gefüllte Schleimbeutel polsterte das rauhe Seil ab. Als sie in die Schleuse schwammen, ließ der Schmerz nach. Sie lächelte und winkte ihm nach, als er auf Ebene Zwei zurückkehrte.

Zwei junge Männer, Angehörige der Krabbenfamilie, begegneten ihm auf dem Weg zur Station. Sie zogen eine Menge Früchte hinter sich her.

»Wenn Clam ißt, kann jeder essen«, verkündete der junge, euphorische Benthik. Die Plattform bei Lauscher war immer noch übervoll mit Gartenprodukten. »Ich könnte diese Kuppel bis zur Decke füllen.«

Harlan betrachtete den Pfeil. Er hatte auf den Unterhaltungskanälen Aufzeichnungen von Jagden gesehen, aber keine Ahnung von der wirklichen Größe und dem Gewicht einer Pfeilspitze. Die breiten Widerhaken überraschten ihn. »Und das Grasbündel hat das abgefangen?«

Clam grinste, froh, die Geschichte noch einmal erzählen zu können. »Ja. Die einzigen Spuren, die ich abbekommen habe, sind die Kratzer auf der Brust.« Dort war mitten auf dem Brustbein eine sternförmige Wunde – genau in der Mitte!

»Wieviel Gras war es?«

Clam deutete es mit den Armen an. Harlan nickte.

»Hatte der Jäger die durchschnittliche Größe für einen Bürger?«

Clam wußte nicht, wie groß Bürger im Vergleich zu Benthiks waren. Er stand auf und deutete mit der Hand in Brusthöhe – etwa einen Meter zwanzig.

Harlan nickte. Das war der Durchschnitt. »Wie sah er ohne seinen Helm aus?«

»Klein, weich und weiß... kein Kinn. Überhaupt nicht viele Knochen. Er platzte auf, als ich auf ihn sprang.«

Harlan trat über einen Haufen Bohnenhülsen und setzte sich neben Lauscher. Der Bogen des Jägers, Gürtel und Tasche lagen ausgebreitet vor ihnen. Der Helm mit den leeren Augen starrte sie von dem Bord aus an. Harlan nahm den Bogen und blickte durch das Sichtgerät. Als er die Sehne straffzog, veränderte sich die Tiefenschärfe und gab ihm die Reichweite der Waffe an. »Clever«, sagte er und zeigte Lauscher den Mechanismus. Sie durchsuchten die Ausrüstung und begriffen nur wenig davon.

»Ich denke, wir sollten das meiste vernichten, wenn wir nicht genau wissen, wie es funktioniert«, schlug Harlan vor. »Gerätschaften des Schwarms können sehr, sehr klein sein – und sehr fein. Eins davon könnte uns die Jäger direkt auf uns lenken.«

Lauscher nickte. »Im Moment brauchen wir uns allerdings kaum Sorgen darum zu machen. Hör dir den Helm an. Sie wissen nicht einmal, daß ihr Mann tot ist.«

Harlan probierte die Kopfbedeckung aus. Die Stimme klang monoton, wiederholte sich – ein Mech. »Das ist sein Schiff, das Teufelswerk, das ihn ruft.«

In der Kuppel verstummten alle, als sich die Blicke nach oben durch die Decke richteten. Über ihnen glitzerte die Sonne durch zwei Faden tiefes Wasser. Der Himmel schien wolkenlos.

Lauscher zog an dem Helm. »Vielleicht kann ich feststellen, wie weit entfernt das Boot ist.«

Weitere Benthiks kamen und holten ihren Anteil von Clams Beute. Harlan nahm sich einen Schaltgürtel. Clam füllte ein Netz mit ausgesuchten Früchten für Opal.

Lauscher runzelte die Stirn und reichte Harlan den Helm. »Ich fange auf allen Kanälen etwas auf. Das ist sonderbar. So etwas habe ich noch nie gehört.«

Harlan lauschte aufmerksam. »Hört sich eher wie Musik an als wie Störungen.« Er drehte den Schalter auf die verschiedenen Kanäle. Nichts veränderte sich. »Ich glaube, der Kommunikator funktioniert nicht.«

»Dann aber auch das Netz. Ich bekomme hier das gleiche«, sagte Lauscher mit seinem alten, dicken Kopfhörer. »Und es wird lauter.«

Das Gemurmel der Benthiks, die das Obst sortierten, erstarb, und sie hoben die Köpfe.

»Sie hören es auch...«

Harlan sprang auf die Füße. »Das gefällt mir nicht. *Schnell!* Alle verlassen die Kuppel: Taucht ab nach Ebene Fünf. Taucht! Tauchen!«

Eine Sekunde später war die Kuppel leer. Ein paar Melonen trieben verloren im Wasser.

Trilobits schon lange in Vergessenheit geratenes Gebet wurde schließlich beantwortet durch einen Regen herabfallender Sterne, die die elektromagnetischen Wellen mit Musik und die Meere mit Plankton erfüllten.

Der glühende Meteorschwanz erhellte den Nachthimmel. *Rorquals* langes Ohr zuckte. Flammende Pilze markierten den dunklen Ozean. *Rorquals* Bewußtsein flackerte auf, als ihre Schwellensensoren berührt wurden. Sie saugte Wasserstoffisotopen ein, Hydrogen, das große H aus dem Meer, um die größer werdenden Feuer in ihrem Bauch zu nähren. Ihre Kraft nahm zu. Sich biegend und windend schlängelte sie sich aus dem Schlamm, der sie gefangenhielt. Wärme erfüllte sie. Ihre tiefen, scheibenförmigen Augen hoben sich aus dem blindmachenden Sand und starrten auf die Lagune. Das Wasser hatte sich verändert. Strahlen brachen sich an Nanoplankton.

Sie entfernte sich von der Insel. Wurzeln und Ranken zerrissen. Baumstämme splitterten. Sie kehrte mit einer dichten Vegetationsschicht, die mit knorrigen langen Wurzeln auf ihrem Rücken verankert war, ins Meer zurück. Salzige Gischt drang an den Wurzeln entlang in die aufgebrochenen Platten und fraß an ihren lebenswichtigen Organen – bis sich Schichten aus Elektrowellen und Oxyden über den empfindlichen, bloßen Schaltkreisen verkrusteten.

Sich fröhlich tummelnd, sammelnd und pumpend schwamm sie durch die Wasser. Im ersten Jahr fing sich nur wenig in ihren Membranen, doch ihr Chromatograph identifizierte alle Aminosäuren. Das Protein war ins Meer zurückgekehrt. Alles wuchs wieder. Im zweiten Jahr fingen ihre Kiemen größere Wesen – weiche Ruderfüßer, Vielfüßer mit bizarren, feinen Schalen, Pfeilwürmer und Dinogeißeltierchen. Der Erdengesellschaft würde ihre Ernte gefallen. Der Mensch würde entzückt sein.

Die große Opal blickte sich in ihrem Nest auf Ebene Drei in zehn Faden Tiefe um. Der Fruchtkorb war fast leer; es würde kaum für das Opfer an den Tiefenkult reichen. Dieses Mal würde sie die Gärten plündern müssen. Harlans linkes Knie war immer noch geschwollen, so daß er kaum gehen konnte. Der Meteorregen hatte eine ganze Reihe von Benthiks verletzt. Eine durch den Sternregen verursachte Flutwelle hatte eine Geröll-

halde ins Rutschen gebracht, die ihn in den unterseeischen Ruinen einge-
schlossen hatte. Sein linkes Knie wurde dabei schwer verletzt. Bis er wieder richtig laufen konnte, würde die Last, die Familie zu versorgen, auf
Opals breiten Schultern ruhen.

»Ich muß zu den Gärten schwimmen«, sagte sie und streichelte ihre beiden kleinen Kinder. Clam, der Älteste, war nun erwachsen und hatte das
Nest verlassen.

Harlan nickte. Er und die beiden Kleinen beobachteten, wie sie durch einen gezahnten Spalt nach oben kletterte und an den schwankenden,
durchsichtigen Wänden vorbeischwamm. Ihre rosa Brüste und Schenkel
schimmerten durch das trübe Wasser. Seit dem Meteorregen war das
Wasser nicht mehr so klar. Opal schwamm gelöst durch die schaumver-
hüllten Ruinen und machte mehrere Male bei Luftschirmen Rast. Auf
Ebene Zwei betrat sie die pilzförmige Auftauchstation und stieß in die
Luftblase hinauf.

»Willkommen«, sagte der runzlige, behaarte Lauscher. Tropfnaß kletterte sie auf das Podest hinauf, auf dem er zwischen seinen Drähten saß.
Auf dem Schoß hielt er eine Schüssel. Er schien besorgt.

»Was hast du von oben gehört?« fragte sie.

»Nichts. Aber ich spüre, daß wir kurz vor einem Unglück stehen«, stöhnte
er und hielt ein rotes Krustentier hoch. »Der Krill.« Er glitt zurück in die
Schüssel.

»Der Krill ist zurückgekehrt?«

Er nickte düster.

»Aber das ist wunderbar«, rief sie, »ich kenne ihn von alten Wandzeich-
nungen, es ist gute Meeresnahrung. Trilobits Göttin hat unsere Gebete
erhört. Wir werden bald ohne die Gärten zu plündern überleben können.«

Über Lauschers welke Wange rann eine Träne.

»Was ist los?« fragte Opal.

Er deutete auf sein Drahtnetz. »Auch der Schwarm wird den Krill entdek-
ken. Sie werden wieder die Meere abernten – und uns vertreiben. Unsere
Kinder werden keinen Raum haben, sich zu verbergen. Nirgendwo.«

Opal war wie gelähmt. Die Benthiks lebten schon seit Generationen auf
dem Riff. Sie begriff, daß die Ruine vom Schwarm erbaut worden war,
wenn auch vor langer Zeit. Nun waren die Benthiks hier. Der Ozean war
ihre letzte Zuflucht – ihre Heimat. Sie schüttelte die Faust gegen die
Decke.

»Der Schwarm wird uns *nicht* vertreiben!«

Oben schlug die Brandung grünlich mit gelben Kronen auf – Kieselalgen
und Manteltiere. In der nächsten Nacht schwamm Opal in die Gärten und

stahl sich ihren Anteil der Ernte. Die Agromechs ignorierten sie. Sie arbeitete rasch und ruhig, band die Melonen in ein Netz und lud Säcke voll mit kleineren Früchten und Nüssen auf den Rücken. Als es dämmerte, schwamm sie mit der mächtigen Brandung auf die Auftauchboje zu. Ein paar Sterne blinkten herab. Im Westen glühte der Horizont immer noch bläulich, als davor eine Silhouette auftauchte, fast eine Viertelmeile lang, baumbestanden.

Sie lag direkt in Opals Weg – eine Insel, wo eigentlich keine sein sollte. Die Strömung trug Opal auf den glatten, leicht körnigen Sandstrand. Das Weinrankennetz in der einen Hand, untersuchte sie die Bäume: verfilztes Laub, Stämme und Wurzeln – aber alles echt. Opal band das Netz zusammen und begann das schulterhohe Gebüsch unter einem Palmenhimmel zu untersuchen. Am Rand des Strandes gelangte sie auf ein Hügelchen, einen Haufen von ausgehöhlten Felsblöcken. Ornamente und helleuchtende Steine glühten an den Innenwänden. Auf dem Boden lagen verstreut kleine Werkzeuge, Tang und Krebse.

Rorqual zitterte, als sie die nackten Füße spürte. Die riesige Sammlerin versuchte zu sprechen, doch die Luftmoleküle reagierten nicht. Sie konnte keinen Laut geben. Sie versuchte es auf andere Weise. Ein dünner Ausdruck flatterte zu Boden – wurde ignoriert wie ein merkwürdiges Blatt. *Rorqual* versuchte es mit einem Geschenk. Sie kaute Zellulosebrei zu einer Wasserstofflösung; der Mech polymerisierte es und warf ein kleines Werkzeug aus. Neugierig hob Opal es auf. Aufgeregt formte *Rorqual* eine Puppe in Gestalt des nassen, nackten Gastes. Sie war gummiartig und durchsichtig – ein biegsames Kunstfasergebilde.

Opals Neugier wurde abrupt unterdrückt, als sie durch das Bullauge blickte. Die Insel hob sich, bewegte sich. Sie fluchte, rannte davon und stürzte sich mit ihren Melonen kopfüber ins Wasser.

Drei Benthiks saßen zusammengekauert in ihrem Nest auf Ebene Drei und beobachteten, wie der Schatten über das Riff glitt.

»Das ist es. Es sucht mich«, flüsterte Opal.

»Eine schwimmende Insel?« fragte Harlan.

Clam schüttelte den Kopf. »Der Leviathan. Ich habe ihn bei dem Tiefenkult studiert. Wandbilder und alte Balladen erwähnen solche Wesen. Es ist keine Insel. Es ist ein Wesen, das für den Schwarm Krill sammelt – eine riesige Mutation des alten Finnwales. Hast du die Kontrollkabine gesehen?«

Opal nickte. »Ein kleiner Raum.«

»Oben am Schädel befestigt«, erläuterte er. »Der Schwarm hat zwischen den Maschinen und Gehirn und Muskeln des unglücklichen Wesens Schaltungen eingerichtet. Man kann es überall hin lenken und seine normalen Wanderbewegungen ignorieren. Ich weiß nicht, wie man sie gezüchtet hat.«

Opal gefiel das alles überhaupt nicht. »Ein Meerwesen, das vom Schwarm kontrolliert wird!«

Arbeitsnebische saßen in ihren Baracken und beobachteten die köchelnde Abwasserbouillabaisse. Drum nahm seine Schüssel und nahm etwas von der Flüssigkeit mit den Fettaugen und Flecken von grünem Basilikum.

»Möchtest du etwas von den Kerbtieren?« fragte Ode.

Drum grinste breit, wobei er seine schlechten Zähne entblößte; im Unterkiefer besaß er nur die Hälfte und keinen einzigen im Oberkiefer. »Ich kann doch nicht mehr kauen.«

»Hast du eine Eingabe gemacht, um einen neuen Satz zu bekommen?«

»Zusammen mit meinen üblichen Eingaben wegen einer neuen Linse und einem Hüftgelenk«, erwiderte Drum. »Aber du kennst meine Prioritätsstufe.«

Ode blieb stumm und ließ die Zunge über die eigenen faulen Zähne gleiten. Er konnte nur noch wenige von ihnen benutzen. Auch er könnte ein paar Ersatzteile vom Weißen Team gebrauchen. Die Naßmannschaft stapfte herein und warf ihren Beuteanteil in den Synthe-Schacht. Dann setzten sie sich nieder und nahmen sich Schüsseln mit heißer Suppe.

»Eure Schicht«, sagten sie.

Ode und Drum beendeten ihr Mahl und zogen die Stiefel an. Der Geruch von Brackwasser war allgegenwärtig. Abwassermech blitzte bernsteinfarben auf.

»Meine Sensoren deuten auf eine größere Störung hin. Eure Schicht ist ausgesetzt. Lauft schnell zur Außenluke.«

Ode blinzelte hinaus in den dunklen Sumpf. »Blitz mit einem Licht hinaus. Ich höre etwas.«

»Meine Lichter reichen nicht so weit. Schnell zur Ausstiegsluke!«

»Hört sich an, als schlügen die Wellen etwa in dreißig Schritt Entfernung gegen etwas.« Sein Gürtellicht pulsierte. Sein Blick fiel auf eine fleckige nasse Wand.

»Das gehört da aber nicht hin«, sagte Ode. Sie kletterten die Leiter hinauf zu den Baracken.

»Das ging aber schnell«, meinte Furlong. Er wirkte ungewöhnlich freundlich. »Habt ihr beiden Burschen die letzte Ladung Abfall in den Synthe-Schacht geworfen?«

Ode deutete auf die Naßmannschaft, die sich vor dem Erfrischer anstellte.

»Wo habt ihr das ausgegraben?« fragte Furlong.

Einer aus der Mannschaft, noch rosa und duftend von den Bürsten, kam herüber mit einem Bündel steifer, frisch ausgegebener Faserkleidung. Er warf einen Blick auf das kleine, weiße, erbsengroße Objekt. »Oh, ein fossiler Otolith?«

»Das ist kein fossiler Gehörstein! Sieh dir diesen Bericht von dem Sortiermech aus dem Synthe an. Weder Auslaugung, Ionenverschiebung noch Oberflächenabreibung. Die Isotopen befinden sich in zeitgenössischer Verfassung.«

»Zeitgenössisch?« rief der Mann aus und ließ sein Bündel fallen. Ode und Drum sprangen auf die Füße.

»Ja«, sagte Furlong. »Die halbe Bioabteilung ist schon auf dem Weg hierher. Sie wollen wissen, wo sie zu graben anfangen sollen.«

Ode öffnete den Mund, um die Störung im Sumpf zu erwähnen, als die Sammler schon die Baracke stürmten. In den Hallen wurden dicke Rollen mit Hilfsenergiekabeln entrollt. An die Luken rollte man Flutlichtscheinwerfer.

»Wo?« fragte Furlong.

»Im Delta.«

Flutlicht ergoß sich durch die Röhren, als die Sammler fischend und grabend ausschwärmten.

»Bringt die Netze da zum Delta.«

»Was ist das für ein Geruch?«

»Oh, ich glaube, diese Netze da brauchen wir nicht.«

Angezogen durch die Stimmen, schwamm *Rorqual Maru* durch den Abwassersumpf auf das Delta zu. Ihr hundertfünfzig Fuß weit reichender Strahl erstreckte sich über den halben Sumpf. Vor ihr trieb eine schwammige Wand aus salzwasserdurchweichten Keksen – ihre Fracht. Die Nebische wichen zurück, als sich ihr hochragender, muschelverkrusteter Bug sanft in den Schlamm bohrte. Bösartige Optiken starrten sie an, während die Mannschaften nervös die Eimer füllten.

Drum folgte ihnen hinauf in die Bioabteilung und beobachtete, wie der Sortiermech die Kekse zerpflückte. Einzelne Pflanzen und Tiere wurden auf kleine Tabletts gelegt und weitertransportiert zum Lesegerät unter Gen-Wandlers kritische Augen.

»Plankton«, zwitscherte Wendy. »Sieh dir diesen Ausdruck an. Es gibt über hundert Arten hier, die wir für ausgestorben gehalten haben.«

»Wie kann das passiert sein?« fragte Drum. »Wo kommen all diese Lebewesen her?«

Wendy zuckte die Achseln. Wandler dachte über diese Frage nach und schloß sich an den KE, den Klasse Eins-Mech an, der ebenfalls Neuralverbindungen zu allen Kontinenten besaß.

Nach ein paar Stunden erhielt Drum die Antwort.

»Meteorregen«, postulierte der KE. »Drei Komma zwei Jahre später tauchte wieder Meeresfauna auf. Ein Astroblem muß ein Atoll oder eine andere abgeschlossene Salzwasserblase geöffnet haben, wo diese Lebewesen überlebten.«

Drum nickte.

»Wir haben Glück, daß das Meer nun wieder lebensfähig ist. Woran es auch gestorben sein mag, jetzt scheint es diese Ursache nicht mehr zu geben.«

»Scheint so. Diese Tierchen hier gedeihen offensichtlich. Es muß im Meer wieder reichlich Nahrung geben.«

»Wer wird sie sammeln?«

Die Einheit mit orangenen Rangabzeichen auf den Anzügen schlich sich in die Sonderschicht-Baracken und stieß Ode leise an. Als der ehemalige Großmeister die Augen öffnete, händigte ihm der Leutnant einen Kapitäns-Overall aus.

»Wen suchen Sie?«

»Sie... Kapitän, Sir«, erwiderte der Leutnant kurzab. »Sie wurden für das Kommando benannt. Wir werden auf dem Planktonsammler *Rorqua! Maru* – dem Walschiff – reisen. KE-Befehl, Sir.«

Ode betrachtete die gelassenen jungen Gesichter seiner Mannschaft – kaum älter als Kinder. Er zog den Overall und die dicksohligen Schuhe an. Sein Gürtel war breit und verziert. Drum setzte sich auf seiner Pritsche auf, um das Anmustern von Kapitän Ode zu beobachten. Langsam schüttelte er den Kopf und fragte sich, warum man einen Großmeister beauftragte, eine Plankton-Sammlung zu befehligen. Lag der Grund in seiner militärischen Erfahrung auf dem Schachbrett? Oder einfach in der Tatsache, daß Ode als erster das zurückkehrende Schiff ausgemacht hatte?

»Viel Glück«, sagte Drum traurig.

»Lächle«, erwiderte Ode. »Es ist eine Ehre, das erste Schiff der Schwarmmarine zu befehligen. Es ist ein Wendepunkt. Mehr Nahrung für alle Bürger. Man wird die Werften wiedereröffnen, um Kopien von *Rorqua!* zu bauen. Allen wird es sehr gut gehen.«

»Aber sei vorsichtig«, besänftigte ihn Drum. »Du bist an das Draußen nicht gewöhnt. Niemand weiß heutzutage über die Meere Bescheid...«

Kapitän Ode bedeutete seinem Freund zu schweigen und marschierte mit seiner Abteilung davon.

Alle Prioritäten wurden umgeworfen, als der Schwarm versuchte, die Werften wieder funktionsfähig zu machen. Man nahm Mechhirne von den Türen, Verteilern und jeder Art von Maschine dafür. Man beförderte sie zu den überfluteten, verrosteten Ruinen entlang dem Abwassersumpf. Die Nebisch-Arbeitstruppen fanden die Arbeit dort unmöglich. Alte Kräne und Drehbankroboter waren zu rostigen Haufen aufgetürmt, zusammen mit verbogenen Trägern, Kabeln, Platten und anderem Schrott. Alles war entweder zu schwer oder zu scharfkantig für die weichen, schwachen Stadtpensionäre. Man brauchte eine neue Kaste von Schiffsbauern. Das Projekt wurde einstweilig aufgeschoben, während man die Qualifikationen für die Arbeiter entwickelte: breite Schultern, dicke Haut und die geistige Kapazität eines Klempners oder Röhrenreparateurs. Es würde viele Jahre dauern, ehe eine fertige Kopie von *Rorqual* vom Dock gleiten würde.

Unerwartet wurde Drums Antrag an das Weiße Team beantwortet. Er meldete sich bei der Klinik, wo man ihn ausgesucht freundlich behandelte. Beim ersten Besuch nahmen sie den Abdruck für neue Zähne, Maße für eine Linsenprothese und Arthogramme für eine neue Hüfte. Während der Untersuchungen fand man eine ganze Reihe von Defekten: Man nahm einen gutartigen Darmpolypen heraus; seine Diät wurde gewechselt und mehr Aromen verabreicht; seinem neuen Verteiler speiste man eine Reihe anderer Übungen ein; die trübe Linse wurde aufgeschnitten und herausgesaugt, um durch eine Plastiklinse ersetzt zu werden.
»Ein neuer Verteiler?« fragte er.
»Hängt mit Ihrem neuen Status zusammen«, sagte der Angestellte und reichte ihm die Goldscheibe.
Drum blinzelte auf das helleuchtende Metall. Sein operiertes Auge schmerzte, und er sah alles doppelt.
»Sie sind ein Leo«, erklärte der Mann. »Die Gesellschaft möchte Sie überall einsetzen. Sie werden außerhalb der Kasten auf einer höheren Ebene operieren.«
Drum nickte.
»Dies ist Ihr neuer Verteiler. Er wird Ihnen auf Rollen in ihr Zimmer folgen. Wenn er aufgehängt ist, werden Sie merken, wie besonders er ist – Heiß- und Kaltkapazität sowie Geruchskontrolle. Ihre Zähne werden morgen fertig sein. Übermorgen kommt Ihre Hüfte an die Reihe. In ein paar Wochen fühlen Sie sich bestimmt zehn Jahre jünger.«
»Ein Leo?« murmelte Drum.
»Ich frage mich schon, was Ihr erster Auftrag sein wird. Wir haben den Befehl, Ihnen hohe Priorität einzuräumen.«

Drum brauchte nicht lange zu warten. Nach seinen verschiedenen Operationen übernahm sein Verteiler für ihn das Gehprogramm – zwei Stunden täglich auf der Spirale. Die Checkpoints lagen jeden Tag weiter entfernt von seiner würfelförmigen Zelle in den Sonderschichtquartieren. Furlong hatte in den Röhren nichts mehr für ihn zu tun.

Gerade als er eines Morgens verschwitzt und hungrig von seinem Gang zurückkam, kicherte Verteiler: »Heiß oder kalt? Heute bekommst du deinen Auftrag.«

»Kalt und schaumig. Aber viel! Was für einen Auftrag?«

Der Schacht warf zwei Liter geeister, gelber Flüssigkeit aus, die aufschäumte, als er die Deckel abspringen ließ. Er nahm einen langen Zug. Seine neuen Zähne schmerzten. »Au! Ist das kalt!« Als er halb ausgetrunken hatte, setzte er sich hin und wartete darauf, daß Verteiler weiterredete.

»Leo Drum, du sollst Untersuchungen von den Menschen draußen anfertigen und das Lange Ohr stimmen.«

»Draußen?« erwiderte Drum schaudernd.

»Deine Drinks werden Eiswürfel und deine Suppe Fleischstücke enthalten.«

Er nickte.

Drum zog seine Brille herab und betrat vorsichtig die Gärten. Die Anzüge waren vom Typ Geschlossene Umgebung und hielten die Feuchtigkeit und Wärme des Erdstocks.

Er fühlte die Ellenbogen und Schultern seiner Arbeitsmannschaft, als sie sich schutzsuchend und voller Angst aneinanderdrängten – Agoraphobie.

Helle Sonne bestrahlte bunte Blumen. Dicht belaubte Pflanzen dämpften jedes Geräusch, auch menschliche Stimmen, und schirmten die Menschen voneinander ab. Drei Arbeiter – von denen sich jeder allein auf einer größeren, offenen Fläche befand – bekamen einen Zusammenbruch und starben.

Die Türme des Langen Ohres standen auf einem Hügel und reichten bis zum Himmel. An spinnwebdünnen Verstrebungen hingen gläserne Isolatoren. Das Gebilde erschien sehr fein, wie es da im Wind schwankte. Die Hälfte der Mannschaft sah sich unfähig, auf die Leitern zuzugehen. Viele von ihnen, die den Aufstieg bewältigten, lebten keine Stunde mehr, weil sie entweder an den Sprossen erstarrten oder zertrümmert auf dem Boden auftrafen. Ersatz wurde beschafft. Am Fuße des Turms quietschten Spulen, während man Drähte der Antenne herauf- und herabzog. Die Spannteams rannten mit ihren gespleißten Lasten hin und her. Sie arbeiteten die ganze Nacht hindurch und schwankten unter dem Sternenhimmel weiter.

Die Dunkelheit verdeckte die umliegende Landschaft; daher arbeiteten die Nebische unter der Lichtkuppel weitaus ruhiger.

Einige Tage später merkte Drum, woher das Bauwerk seinen Namen hatte. Langsam nahm eine längliche Scheibe, geformt wie ein Hasenohr, Gestalt an.

Kapitän Ode verlor sechs seiner Leute durch die Agoraphobie; andere befanden sich in den verschiedensten Stadien der Katatonie.
Rorqual erntete gut. Sie wirbelte ihre Netze ein, verdaute sie, und schickte die Polymeren zurück in die Speicher. Bakterien – zellulosevernichtende Fermentierer – wurden in die Speicher eingegeben, wo sie sich über die Verdauung der Pflanzenfasern hermachten. Aus Algenzellen wurden Polysaccharide – eßbarer Zucker.
Während der Rückreise zum Orangenen Sektor fuhr *Rorqual* an der Küste entlang zu dem Punkt, wo sie Opal gesichtet hatte. Der Deckskran bestreute die Wasseroberfläche über dem Riff mit dampfenden, wurstförmigen Massen fermentierenden Planktons – schuppige, grüne Kekse, die nur kurz an der Oberfläche blieben.
»Was ist das?« fragte Kapitän Ode. »Du verlierst einen Teil der Fracht. Hattest du einen Unfall?«
Der Nebisch verstand den Ausdruck des Schiffscomputers nicht. Er interpretierte den Vorfall als ein Geschenk an einen Wassergeist – einen Aberglauben aus den alten Erinnerungsspeichern des Schiffes. Er beschloß, den Vorfall nicht wichtig zu nehmen.

Trilobit zog Halbmensch Larry durch einen Schwarm winziger Fische, dann zurück an die Oberfläche, damit er Luft holen konnte. Während Larry sich auf der Scheibe des Mechs ausruhte, hob dieser den Schwanz aus dem Wasser und schickte eine Nachricht an *Rorqual*.
»Denkst du immer noch, das Schiff, das Opal gesehen hat, war deine Gottheit?«
»Das muß sie sein«, antwortete der Mech. »Ihre Beschreibung paßt genau. Selbst wenn der Schwarm eine Kopie hergestellt hat, werden sie ihr wohl kaum Bäume auf den Rücken gepflanzt haben.«
»Warum antwortet sie nicht?«
»Kann sein, daß sie manuell gesteuert wird, oder man hat ihr Kommunikationssystem entfernt.«
»Der Ozean ist groß«, meinte Larry. »Wird schwer sein, sie zu finden, wenn sie taubstumm ist.«
Sie trieben weiter mit der Strömung, bis Trilobit in der Gischt am Strand einen vertrauten Umriß entdeckte. Planktonkekse waren hier angespült worden. Der Mech schoß hinein und sammelte einen Mundvoll.
»Ich weiß, es war *Rorqual*«, sagte Trilobit. »Ihr Geruch ist noch an diesen Keksen. Sie muß vor ein paar Stunden erst hier gewesen sein.«

»Das ist Opals Riff. Ich glaube, das ist kein Zufall. Sie wird zurückkommen.«

Sie tauchten in die Station. Lauscher sah sich die Kekse an und nickte.

»Vor vier Stunden. Die gleiche schwimmende Insel – oder Leviathan – hat eine Unmenge dieser Dinger ausgestreut. Sie fuhr die Küste entlang nach Süden.«

»Hast du in den Drähten etwas Ungewöhnliches gehört, als sie über dir war?«

»Nein. Habe ich nie, wenn sie in der Nähe ist. Wenn sie über eine größere Entfernung kommunizieren kann, dann nicht auf einem der normalen Bänder.«

»Trilobit meint, sie kann reden.«

Lauscher nickte. »Die Benthiks sollen sich besser von ihr fernhalten, ehe sie nicht wissen, was sie vorhat.«

Kapitän Ode genoß die temperierten Luxusmahlzeiten mit seinen Lieblingsgeschmacksrichtungen: Eisparfait und dampfende Bouillon. Verteiler mit Hitzepumpen waren selten. Er war eigentlich daran gewöhnt, sich seine Suppen auf einer separaten Heizschlange zu erwärmen. Dieser hier produzierte sogar Eiswürfel.

Das *Huii Huii Huii* der Alarmsirene rief ihn aus seiner Kabine. In den Tiefnetzen hing eine menschliche Gestalt. Ode blickte auf den Bildschirm und dachte, man habe eine Seekuh oder ein anderes Meersäugetier heraufgebracht, aber als es höher heraufgezogen wurde, erkannte er, daß es eindeutig ein Humanoider war – riesig, nackt und primitiv. Der Kran schwenkte ein weiches Polymernetz hoch und zog den Körper sanft an Bord. Angst überfiel die Mannschaft angesichts des salzwasserdurchweichten Bündels: ein Meter neunzig groß – sechzig Zentimeter größer und hundert Pfund schwerer als der normale Nebisch. Es trug einen Hanfgürtel, hatte lederartige, sienafarbene Haut und große, fünfzehige Füße. Die Leute liefen mit quietschnassen Stiefeln davon.

Das Wetzkomitee überreichte Kapitän Ode eine geschwungene Klinge. Er trat auf den Benthik zu und stieß ihn mit dem Stiefel an. Er war kalt, steif – leblos. Als Vorsichtsmaßnahme durchschnitt Ode die linke Halsarterie. Das Blut war lila und verklumpt. Acht Nebische trugen den Benthik hinab in den Eiskeller. Ode kehrte in seine Kabine zurück und diktierte *Rorqual* seinen Report. Er nahm an, es handele sich um einen fossilen Humanoiden, der durch eine arktische Grundströmung hierhergetrieben sei, nachdem er aus irgendeinem Gletscher herausgeschmolzen war. Eine ausgefallene Theorie, aber er wußte nur sehr wenig von der Außenwelt seines Schwarmes.

»Kannst du das aussenden?«

Der Ausdruck erklärte, die Arbeiten an der Kommunikationsausrüstung des Schiffes seien noch nicht vervollständigt. Er zuckte die Achseln und ging unter Deck, um die Sache ein wenig voranzutreiben.

»Wurzeln in den Platten?«

Überall in den Kriechgängen zwischen den Decks hockten die Elektromechs mit ihren kleinen Werkzeugen, sägten an dem knorrigen, eingedrungenen Holz und meißelten die dicke grüne Schicht ab. Das gesamte Nervensystem zwischen Haupt- und Hinterhirn des Schiffes wurde gesäubert.

»Wie lange dauert das denn noch? Das ist unsere zweite Fahrt. Ihr scheint nicht recht voranzukommen.«

Der Gruppenleiter setzte sich aufrecht hin und wischte sich die Hände ab. Aus der Gesäßtasche ragte ein Paar abgetragener Handschuhe hervor.

»Manchmal denke ich, die Wurzeln wachsen schneller, als wir sie abschneiden können. Die Salzgischt zerfrißt uns die Drähte.«

»Ich möchte, daß das Lange Ohr wieder arbeitet«, sagte Ode bestimmt. »Könnt ihr nicht etwas Vorläufiges zusammenstellen? Eine Kurzschlußbrücke oder so etwas?«

»Wir müßten sie durch die Flure verlegen. Das würde zu den Plänen des Schiffes nicht passen.«

»Tut das. Ich möchte, daß alle Systeme dieses Schiffes funktionieren. Ordentlich braucht es nicht zu sein.«

Spulen von Isolierdraht schurrten um das Schiff. Kontakte wurden geschlossen. *Rorqual* begann mit mehr Augen zu sehen und mehr Ohren zu hören. Haupt- und Hinterhirn tauschten wieder ihre Informationen aus. Odes Report ging an KE.

Der Bericht überschlug sich fast. Wenn man auch Fünfzeher offiziell als ausgestorben oder zumindest fast ausgestorben bezeichnete, war dieses benthische Tier beileibe kein Fossil. Klumpiges Blut ist frisch. Der Innenrand der Arterie war noch weiß, das Gewebe noch nicht verfleckt. An Land gingen diese Ausdrucke an Drum und Wendy.

Drum klemmte sich in die Langohrlinie und rief Ode.

»Du hast deinen Kommunikator also wieder in Ordnung?« grinste Ode. Der Bildschirm zeigte Drums neues Abwasserdienstbüro in der Nähe der Werften.

»Wir warten auf euch, damit wir eures reparieren können«, entgegnete Drum. »Das ist kein einfaches freundschaftliches Gespräch, alter Freund. Wir machen uns Sorgen um euch da draußen mit dieser benthischen Bestie.«

»Ein interessantes Fossil. Aber du solltest unseren Fang sehen, wenn du letztes Mal schon gedacht hast, die Fische seien groß. Einige wiegen mehr als ein Pfund – das ist kein Plankton mehr.«

»Es ist kein Fossil.«

»Unsinn. Die Meteore können uns nicht unsere Ahnen zurückbringen. Jeder weiß...«

»Es ist kein Fossil«, wiederholte Drum. »Vielleicht sind sie die ganze Zeit über da draußen gewesen. Jedenfalls sind sie gefährlich.«

Huii huii huii! Der Benthik, der über den Bildschirm zuckte, war nicht tot. Er kletterte auf Deck und stand tropfnaß und nackt, die in Panik geratenden Arbeiter überragend, da. Die Decksensoren spürten den Kontakt der nackten Füße. *Rorqual* zitterte. Die Mannschaft flüchtete. Stiefel quietschten. Zwei Männer gingen über Bord. Andere versteckten sich zwischen den Bäumen.

»Wetzkomitee!« rief Ode.

Nur zwei der Gerufenen erschienen in Odes Kabine. Sie fingerten mit den Schlüsseln am Waffenschrank, doch sie paßten nicht. Die Tür rührte sich nicht.

»Verteidigt das Schiff!« rief der Kapitän. »Nehmt, was ihr bekommen könnt.«

Die Sirene jammerte weiter und beklagte das Schicksal des Schiffes. Selbst Messer und Gabel waren verschlossen. Die zögernden Wachen, die sich wieder hinaus aufs Deck wagten, trugen Trinkbecher, Stühle und schwere Werkzeuge als Waffen – nutzlos also. Die Bestie zögerte – blickte auf sie hinab – war verwirrt. Jemand warf einen dicken Bolzen nach ihm. Er traf nicht, doch dies klärte die Situation. Der Benthik sprang auf die kleinen Nebische zu, trat und schlug sie. Bald war das Deck bespritzt mit rosafarbenem Blut und fünfzehigen Fußabdrücken. Die Schreie und das Stöhnen der Verletzten erfüllte die Ohren des Schiffes.

Drum verfluchte seine Hilflosigkeit, während er auf dem Monitor die einseitige Schlacht verfolgte. Der Benthik war nicht einmal verwundet, doch er setzte die gesamte Schiffsmannschaft außer Gefecht. Kapitän Ode zerrte immer noch an der Tür zum Waffenschrank, als der Benthik ihn fand und gegen die Wand schleuderte. Die getreue Tonwiedergabe des Kommunikators gab das ekelerregend dumpfe Geräusch wieder. Drum zuckte zusammen.

Rote Spuren hinterlassend, stieg der Benthik unter Deck, bis er den geeisten Körper des anderen Riesen entdeckte. Das schien ihn zu befriedigen. Er wickelte ihn zusammen mit schweren Werkzeugen in ein Netz. Die Decks waren ruhig, als er mit ihm zusammen in die Bugwelle des Schiffs sprang.

Drum stand zusammen mit zwei Dutzend Weißen Teams am Dock, als *Rorqual* mit offenen Luken in ihre Abteilung hereinschwamm. Auf dem Oberdeck standen dichte Reihen von Bahren. Die noch gehfähigen Verwundeten hatten die ernsthafter Verletzten, so gut es ging, versorgt. Die Toten lagen auf Eis.

Drum ging direkt in die Kabine des Kapitäns. Ode stand unter schweren Beruhigungsmitteln. Er war am Leben und außer Gefahr, hatte aber zahlreiche Frakturen an Hüfte und den unteren Gliedmaßen erlitten sowie mehrere Rippenbrüche und einen geraden Schädelbruch.

»Du mußt auch vorsichtiger sein«, schalt ihn Drum.

Ode grinste dumpf, sagte aber nichts. Der Meditech untersuchte ihn und schüttelte langsam den Kopf.

»Wie stehen seine Chancen?«

Wieder schüttelte der Tech den Kopf. »Fast jeder Knochen in seinem Körper ist gebrochen. Die unterhalb der Hüfte stehen falsch. Sieht aus, als wäre auch die Blase in Mitleidenschaft gezogen. Urin weicht jedes Gewebe auf, in das er eindringt. Und wenn all diese Brüche das Blut zu ihrer Heilung aufsaugen, das sie brauchen, bleibt nicht ein Tropfen übrig. Ich weiß nicht, warum sein Blutdruck so lange stabil bleiben konnte.«

»Können wir nicht irgend etwas tun?«

»Das beste ist, wir frieren ihn ein – EA, bis wir die halbe Klinik auf die Beine stellen und zusammen an ihm arbeiten können. Es wird lange dauern, bis wir dazu kommen – es sei denn, seine Priorität wird angehoben.«

»Aber er ist ein Kapitän.«

» *War* ein Kapitän, meinen Sie. Aufs Meer geht der nicht mehr.«

Ein aufgebrachter Drum stapfte zur Versammlung des Schwarms.

»Warum mußte *Rorqual* neutral bleiben?« fragte er. »Wir haben die ganze Mannschaft an ein Wesen verloren, das das Schiff mit einer Schwenkung seines Krans hätte erledigen können.«

Der Vertreter der Sicherheit, ein fettes, weichliches Neutrum, richtete die kleinen Schweinsaugen auf Drum und sagte in langsamem, belehrendem Tonfall: »Ihr Schiff ist mit einem WIC/RAC-Genieschaltkreis ausgerüstet. Ich verstehe das so, daß es dadurch alle Fähigkeiten besitzt, um auch unter extrem schlechten Bedingungen zu überleben. Wir haben jedoch vor langer Zeit erfahren, daß wir unseren Maschinen niemals die Möglichkeit geben dürfen, Humanoide jeglicher Art zu töten. Sie könnten einen sehr logischen Grund finden, uns alle umzubringen.«

Andere Komiteemitglieder nickten zustimmend. Sie wiesen darauf hin, daß selbst die KE eine Megajury von Bürgern einsetzte, um Kapitalverbrecher zu exekutieren.

Drum setzte sich und murmelte: »Warum schickt man denn überhaupt eine Mannschaft? Das Schiff kann doch ganz gut allein zurechtkommen.«

»Die *Rorqual Maru* muß zu allen Zeiten eine Besatzung haben«, sagte der KE mit Bestimmtheit. »Sie geht auf lange Fahrten und fühlt sich dann einsam. Wenn wir ihr gestatten, allein zu schwimmen, bedeutet dies eine Einladung an die Benthiks, sie zu übernehmen.«

Der Tech von Synthe stand auf.

»Die Planktonschwärme sind weit verbreitet. Ich bin sicher, wir können einen Kurs einschlagen, der die von den Benthiks kontrollierten Gebiete vermeidet.«

»Und«, meinte Wendy aus der Bioabteilung, »wir arbeiten außerdem an den Genen eines neuen Bürger-Prototyps, der imstande sein wird, gegen die Benthiks zu kämpfen. Ein stärkerer, größerer Bürger, der auch die Anforderungen der Arbeit in den Werften erfüllen wird.«

»Groß genug, um mit bloßen Händen mit einem Benthik fertig zu werden?« fragte der Sicherheitsmann.

Wendy nickte.

»Aber dann würde sein Körper als Waffe klassifiziert. Wie können Sie sich seiner Loyalität versichern?«

»Genau wie bestimmte Ameisen sich der Loyalität ihrer Krieger versichern. Wir gestalten ihn so, daß er sich nicht selbst ernähren kann.«

Drum war schockiert. »Was meinst du? Keine Speiseröhre oder keine Hände?«

Wendy lächelte. »Oh, nicht so grausam. Er wird nicht einmal merken, daß ihm irgend etwas fehlt. Wir werden einen der Hauptstoffwechselbestandteile fortlassen, so daß er abhängig ist von einer bestimmten Diät, die nur der Schwarm ihm geben kann. Ohne sie wird er krank und stirbt.«

Drum schauderte. Er bedauerte, gefragt zu haben. Eine abgebundene Speiseröhre hätte ihm jeder Klempner reparieren können. Was konnte ein armer Soldat mit einem defekten Enzymsystem anfangen, wenn er den Job wechseln wollte? Nichts.

»Hier ist eine Kopie der Züge, die wir in die Gene unseres Kriegers einzuprogrammieren hoffen«, sagte Wendy und reichte ihm einen Auszug.

Drum betrachtete die Liste. »Hört sich gut an. Aber kann er auch laufen?«

»Laufen, rennen, schwimmen – und kämpfen«, antwortete Wendy.

Drum blieb skeptisch. »Wie könnt ihr so sicher sein? Vor nur ein paar Jahren konnte euer Wandler nicht einmal eine Genkarte für ein simples Meeresprotozoon entwickeln. Und jetzt will er uns einen Supermann zaubern?«

Man reichte den Plan um den Tisch herum. Die Kampfausrüstung klang recht eindrucksvoll: schwere Knochen und Muskeln, gute Reflexe, hohe Schmerzschwelle, leistungsfähige Nerven-endokrine Achse. Wendy wollte Drums Einwände abstoppen, ohne den anderen, zufriedenen Nebischen am Tisch zu viele neue Ausdrücke vorzusetzen, die sie vielleicht beunruhigt hätten. Drum hatte eine außerordentlich schnelle Auffassungsgabe, mehr noch – er war aufmerksam. Er war ein Leo.

»Die Zucht dieses Kriegerprototyps ist einfacher als das Meeresfauna-Projekt. Wir brauchen keine völlig unbekannten Gene nachzubauen. Menschliche Gene sind vielfach aufgezeichnet worden, und etwa zwanzig Prozent der Genkarte ist bekannt. Das reicht uns, um bestimmte Grobzüge, an denen wir interessiert sind, zu planen. Wir werden die Karte des primitivsten bekannten Menschen in unserer Registrierung benutzen: Larry Dever, der noch vor der Ära Karls gelebt hat. Wir haben immer noch ein paar seiner Alpha-Nierenzellen eingefroren. Wenn wir seine Chromosomen benutzen und weglassen, was wir nicht benötigen, brauchen wir nur relativ wenig Gene zu entwickeln.«

»Ihr wollt also einen Larry Dever entwickeln?« fragte Drum.

»Modifiziert. Wir werden einen Abgeänderten Richtigen Nierenkern von Larry Dever – einen ARNOLD – mit den erwähnten Eigenschaften züchten.«

Der Vorsitzende war eingenickt. Er zuckte zusammen und erwachte wieder. »Sie beide können die Diskussion unten im Wandlerlaboratorium fortsetzen. Sitzung vertagt.«

7. A.R.N.O.L.D.

Menschlicher Krieger
unter der Kontrolle des Schwarms,
Wandler schuf deine Gene,
doch wer schuf deine Seele?

Drum bestaunte Wendys geschickte Manipulationen. Die sich teilende Nierenzelle wurde in eine Sortierkammer gespült, und der Bildschirm füllte sich mit x- und y-förmigen Chromosomen. Sie wählte diejenigen aus, die abgeändert werden sollten. Wendys elektronischer Stift bewegte sich, während sie erklärte:

»Wir schneiden die Hälfte dieser langen Arme an der Sekundärkonstruktion ab – ein Markstein. Entfernen diese kleinen Satelliten und nehmen die kurzen Arme von diesem Chromosom fort. Vorsichtig bei diesem Centromer. Da... jetzt haben wir genug Platz für die synthetischen Chromatiden aus dem Wandlerbad.«

Das Bad (eine Suppe aus Purinen und Pyrimidinen) enthielt das Enzym *Umgekehrte Transkriptase* – eine RNS-abhängige DNS-Polymerase

(RNS-Moleküle bilden die Raster für die Ergänzung der DNS-Gene). Wandler suchte die RNS-Ergänzungen zusammen. Wurden diese der Suppe zugefügt, bildeten sich die DNS-Gene neu; jede Gruppe von drei Basen bildete einen Codon (oder Buchstaben) in der genetischen Botschaft.

»Hier scheint ein Überschuß an Grube-Hill-Genen vorzuliegen«, vermutete Drum. Er hatte sich Wandlers Bildschirm genau angesehen, wo die molekulare Aktivität simuliert wurde. In einem Raster wurden die Normalwerte angegeben.

»Eine dreifache Dosis Knorpel«, lächelte Wendy. »Unsere ARNOLDS werden mechanisch gepanzerte Böcke mit einer dreifachen Dosis Kalzium, Kollagen, Phosphatase und Wachstumhormonen sein.«

»Aber was ist diese Sequenz hier?« meinte Drum stirnrunzelnd. »Sie ergänzt sich nicht.«

»Das ist der Sicherheitsfaktor für den Schwarm – eine falsche Sequenz, wo eigentlich das Gen für eine Aminosäuren-Synthese sein sollte. Man hat diese Säuren zu UAA, UAG und UGA zusammengesetzt, die sich in keinem Fall ergänzen. Die ARNOLDS werden nicht in der Lage sein, sechs Aminosäuren zu synthetisieren, was andere Menschen aus den anorganischen Bestandteilen ihrer Nahrung gelingt. Du oder ich haben die molekulare Ausrüstung, sie herzustellen. Bei den ARNOLDS wird das lebenswichtig werden, denn sie brauchen sie in ihrer Diät. Zusätzlich zu den neun Aminosäuren, die wir alle mit unserer Nahrung aufnehmen müssen, brauchen die ARNOLDS Alanin, Asparagin, Glutamin, Glycin, Serin und Tyrosin. Sie sind von einer Diät mit fünfzehn Aminosäuren abhängig. Ohne das wird der gesamte Eiweißstoffwechsel zusammenbrechen. Wenn nur eine der essentiellen Aminosäuren fehlt, wird der Mensch krank und stirbt.«

Drum schwieg. Dieser neue Leo-Auftrag paßte ihm nicht – einen synthetischen Menschen zu bauen, der sein Leben dem Schwarm widmen mußte, und ihn zur gleichen Zeit mit dieser Zeitbombe an Molekülen zu versehen, die ihn umbringen würde, wenn seine Loyalität gegenüber dem Schwarm einmal ins Wanken geriet. Drum stand ARNOLD noch feindlicher gegenüber als den Benthiks.

Aus einem Codon GAG wurde CAC, was den Buchstaben für Histidin gegen ein Glutamin austauschte – noch eine falsche Sequenz, die die transaminose ›Hintertür‹ zu einer der anderen Aminosäuren schloß. ARNOLD würde nicht fähig sein, seine Aminosäuren aus dem Kreb-Zyklus zu gewinnen, indem er einer organischen Säure eine Aminogruppe zufügte. Das Spiel mit den Watson-Crick-Bausteinen war harte, langwierige Arbeit, doch bald hatte Wendy einige Klone, die auf Basis der ARNOLD-DNS arbeiteten.

»Wir können die Zellen aufgrund ihres Grube-Hill-Gehalts aussortieren. Die mit der meisten Phosphatase werden bei diesem Nährboden am hellsten fluoreszieren. Beim ersten Durchgang werden wir etwa eintausend dieser Dreifach-GHs embryonisieren.«

»Tausend«, murmelte Drum und dachte an die Liste der Merkmale auf Wendys Plan. »Das wird den Schwarm in eine ganz schön starke Position versetzen – zur Abwechslung einmal.«

Die Benthiks scharten sich um ein Bestattungsfloß. Den Hintergrund für Lauschers Eloge bildeten ineinandergewebte Verstrebungen und verkrustete Platten. Sie hatten sich in einer weit entfernten Luftblase einer zerstörten Unterwasserröhre versammelt, von wo aus man die gähnende Dunkelheit des Abgrunds überblicken konnte. Der beschwerte Körper trieb eine lange Zeit. Dann begann er langsam abzusinken, begleitet von einer Aura aus Zooplankton, das seine Stickstoffbeute umkämpfte.

»Der Leviathan ist kein Wal?« fragte Lauscher.

Clam schüttelte den Kopf. »Es ist ein Schiff. Ich war überall da drinnen und habe weder Organe noch Muskeln gesehen – nur Maschinen und Räume.«

Larry versuchte, die Verwirrung aufzuklären.

»Trilobit hält dieses Schiff für seine Göttin *Rorqual*, aber er konnte nicht mit ihr reden, seit der Schwarm sie übernommen hat.«

Lauscher beugte ehrfürchtig den Kopf. »Wenn ein Gott auf die Erde kommt, besteht er aus reinem Geist. Er kann die Gestalt eines Menschen oder eines Tieres – oder eines Schiffes annehmen. Das steht in der Schrift.«

Larry öffnete gerade den Mund, um sich gegen diesen primitiven Aberglauben zu wenden, als ihn Harlan unterbrach:

»Die Gottheit hat wieder Leben ins Meer gebracht. Laßt uns *Rorqual* unsere Ehrerbietung erweisen.«

Schweigen. Larry zögerte, es zu brechen. Lauscher fuhr fort, Clam Fragen zu stellen: »Dieses Schiff – hat es Lebenszeichen von sich gegeben, nachdem du die Mannschaft außer Gefecht gesetzt hast?«

»Ja, es hat mir die Türen geöffnet und ist mir mit kleinen Augen in den Wänden gefolgt. Ich habe Dinge gehört und gefühlt, die ich nicht verstanden habe, aber ich bin sicher, sie waren da.«

»Und es hat auch nicht versucht, dir etwas zu tun...« Lauscher lächelte. »Wunderbar! Das beweist, daß *Rorqual* – oder Leviathan – eine freundliche Gottheit ist.«

»Aber sie hat meinen Freund Limpet getötet«, wandte Clam ein. »Wir haben in fünfzehn Faden Tiefe Krustentiere gejagt, als das Netz ihn erwischte und hochzog. Er ist am Druck gestorben.«

»Vielleicht war es ein Unfall«, meinte Lauscher. »Landwesen, vielleicht sogar Götter, brauchen nicht unbedingt etwas über die Taucherkrankheit zu wissen. Das ist ein Geheimnis des Tiefenkultes. Ich meine, wir sollten versuchen, mit dieser Gottheit Verbindung aufzunehmen, und ihr unsere Reverenz erweisen. Vielleicht können wir lernen, mit ihr zu reden.«

Opal nickte. »Sie könnte uns vielleicht vor dem Schwarm schützen.«

Selbst Larry stimmte diesem Vorschlag zu. Trilobits Gottheit konnte die Überlebenschancen der Benthiks nur erhöhen – wenn ihre Loyalität gegenüber dem Schwarm nicht zu stark ausgeprägt war.

Und entlang dem Riff verbreiteten die Benthiks die Botschaft: »Verehrt den Leviathan.«

Aber die Mannschaften des Schwarms mieden die Benthik-Gebiete. Der Handbetrieb lenkte den Planktonsammler weit weg von den reichen Feldern am Küstensockel. Die Ernten waren nur mager, aber das Schiff war in Sicherheit, wenn auch taubstumm, denn die Nebische hatten ihr das Lange Ohr geknebelt. Die Benthiks genossen lange Jahre des Friedens und des Überflusses.

Bio erlebte eine üppige Phase mit mehr Raumzuteilung und verstärktem Personal. Wendy schwebte über ihren schaumigen Nährlösungen und bestückte die ersten hundert Zellen mit Plazentamaterial, die schon die Tendenz zur Chorionbildung aufwiesen (zottig und gonadotroph). Bald konnte man mit der Lupe die Embryos erkennen.

Wendy war begeistert. »Die Größe und Länge des Schwanzes sind in diesem Stadium ein guter Indikator für Lebensfähigkeit. Aber ich möchte mich lieber auf das Zuckerkandlsche Organ verlassen – das pigmentierte Nervengewebe in der Nähe der unteren Gekrösarterie. Das ist ein guter Indikator für die genetische neurohumorale Achse: autonome Spannung, Größe der Sexualorgane, Adrenal-Mark-Funktion und psychosexuelles Profil.«

Drum nickte. »Das ZO ist wahrscheinlich sehr wichtig. Aber wie viele Zehen werden sie haben?«

»Oh, natürlich alle fünf.«

Zwanzig kräftige, behaarte Kinder überlebten Wendys kritische Auslese. Sie wurden wiederholt getestet und die sechs kräftigsten dem Schwarm-Mullah zur Konditionierung übergeben. Der Rest ging in die Werft-Kinderstuben als Niedere ARNOLDS.

Baby ARNOLD erkannte die Sicherheitseinheit, als man ihn schubsend zum Vorraum des Komitees brachte. Er lächelte, zwinkerte mit den Augen und versuchte mit ihnen zu plaudern, aber es waren nur dumpfe, gehorsame Wachen. Sie standen an den Ausgängen und warteten auf weitere Befehle.

Die Stimmung am Konferenztisch war noch aufgeheizter als sonst.
»Ich bin der Meinung, wir müssen ihn zurück in den Proteinteich schikken. Er ist irgendwie an hochwichtige Informationen gelangt. Seine Sicherheit steht auf dem Spiel.« Das war das routinierte Dröhnen des Sicherheitschefs, der immer forderte, alle möglichen Probleme müßten so rasch und so billig wie möglich beseitigt werden.
Drum stand auf und gab ihm eine scharfe Antwort: »Sie reden hier über einen Ober-ARNOLD – das Produkt von monatelanger Züchtung und jahrelanger Erziehung. Er ist fast fünf Jahre alt. Wir können es uns nicht leisten, ihn nun fortzuwerfen.«
»Es ist immer ein Vergnügen, Ihnen zuzuhören, Drum«, sagte der Vorsitzende. »Was Sie über Kosten und zeitliche Investitionen gesagt haben, trifft exakt zu. Noch jemand?«
»Wir haben zwei Dutzend ARNOLDS«, murmelte der Sicherheitschef.
»Zwanzig«, korrigierte ihn Drum. »Aber nur sechs in meinem Konditionierungsprogramm.«
Der Vorsitzende lächelte über diesen Wortwechsel am Rande. Er blickte die leeren Gesichter der anderen der Reihe nach an. Nur wenige schienen interessiert.
»Nun, dann rufen wir doch den ersten Zeugen herein.«
»Synthetech Stewart!«
Der schüchterne Mann – Pubertät-plus-drei – wußte nicht, warum man ihn gerufen hatte. Er blieb in der Nähe der Tür und verschränkte die Hände.
»Komm rein, Junge«, lächelte der Vorsitzende. »Wir werden dir nichts tun. Setz dich. Siehst du das Gesicht da auf dem Bildschirm? Hast du es schon einmal gesehen?«
Schweigen.
»Entspann dich. Sieh dir diese Bildfolge an, die man in der Bibliothek aufgenommen hat. Das war vor drei Monaten. Du hast da für deinen neuen Job studiert, als du in eine höhere Kaste aufgestiegen bist. Erinnerst du dich?«
Stewarts Gesicht verriet Wiedererkennen, dann Angst. »Ich habe nichts von dem Fünfzehn-Aminosäuren-Brot gewußt. Ehrlich nicht«, flehte er. »Ich versuchte mir gerade die verschiedenen Motilitäten in einem elektrischen Feld einzuprägen, als ein anderer Student hinzukam und mir über die Schulter blickte. Er zeigte mir, wie ich es mir leichter merken konnte mit Mnemo – einer Eselsbrücke.«
»Motilitäten?« fragte der Vorsitzende.

»Die fünfzehn Aminosäuren. Sie bewegen sich eine jede mit unterschied-
licher Geschwindigkeit, wenn man eine Mischlösung elektrisch auflädt.
Jedes Molekül hat im Verhältnis zu den anderen eine andere Geschwindigkeit. Auf diese Weise trennen wir sie bei dem Fünfzehn-Aminosäuren-Brot.«

Der Vorsitzende nickte. »Und du hast diese Karte der relativen Geschwin-
digkeiten einem ARNOLD gezeigt?«

Drum fühlte sich wie ausgetrocknet. Wenn ein ARNOLD sein Brot selber
herstellen konnte... Dieser Gedanke machte ihm angst.

»Nein!« brach es aus Stewart heraus. »Ich meine, ich wußte nicht, daß
er ein ARNOLD war. Er hat nur einen Moment lang auf die Liste geblickt
und dann zwei Sätze gebildet, die mir geholfen haben, mir die Sequenzen
zu merken. Das war alles.«

»Du hast nicht die Bedeutung der Liste mit ihm diskutiert?«

»Nein. Ich war mir selber nicht sicher. Es war mein erster Tag in der Bäk-
kerei-Abteilung. Sie haben mir noch nicht gesagt, was wichtig war.«

Die Mitglieder murmelten untereinander.

»Entlassen.«

Als Stewart wieder draußen war, stand Drum zu einem letzten Plädoyer
auf. »Ich weiß, es sieht schlecht aus, aber warum fragen wir nicht AR-
NOLD selber, an was er sich von diesem Vorfall erinnert. Ich weiß, er
ist klug, aber ich bezweifle, ob er überhaupt etwas über das Fünfzehn-
Aminosäuren-Brot weiß. Es läuft nicht unter diesem Namen, das ist Ihnen bekannt. Wir können den W-Test machen. Er kann vor uns nichts
verbergen.«

Der Vorsitzende lächelte leer.

»Denken Sie an die Kosten«, wiederholte Drum. »Wir haben in diese
Muskeln zu viel investiert. Ich hoffe, wir haben ihn nicht wegen seines
Nährwertes großgezogen. Er würde etwa fünfzig Pfund ergeben – sehr
mager. Arnoldburgers wären so etwa das teuerste Protein, das der
Schwarm jemals produziert hat.«

Der Vorsitzende nickte. »Zentriert den W-Test auf diesen Stuhl und ladet
ihn zu einer Befragung ein.«

Baby ARNOLD blickte mit einem offenen Lächeln von der Stuhlkante in
die Runde der leeren Gesichter. Er beobachtete, wie eine Reihe von Optiks
abgespielt wurden, die man in der Bibliothek aufgenommen hatte.

»Erinnerst du dich an Stewart?«

»Sicher«, erwiderte ARNOLD. »Er hatte ein Lernproblem. Gedächtnis-
Blocker. Hat es zu angestrengt versucht. Ich denke, er hat noch nicht ge-
lernt, sich zu entspannen.«

»Kannst du dich entspannen?«

Rasch nickte das Kind.

Drum deutete auf den Tester. Er blieb in der W-Zone. Er sagte wohl die Wahrheit.

»An was kannst du dich erinnern? Bei welchem Thema hatte Stewart Schwierigkeiten?«

ARNOLD zuckte lediglich die Achseln. Auf dem Bildschirm erschien eine Serie von Buchstaben: HLGAVIS... LTMGPTAT ... Stumm bewegten sich Arnolds Lippen. Nachdenklich runzelte er die Stirn. »Ja... ich kann mich erinnern.«

Drum atmete hörbar aus.

ARNOLD zitierte: »Huren liegen gerne auf Viskose im Schwarm ... Lieben tut man gern pro Tag acht Takte.«

Der Schirm übertrug seine Stimme und druckte die ersten Buchstaben eines jeden Wortes aus: HLGAVIS... LTMGPTAT. Nach dem letzten Buchstaben leuchtete ein rotes Warnlicht auf, was bedeutete, daß diese Sequenz sinnvoll war.

»Was bedeutet es?« fragte der Vorsitzende ernst.

ARNOLD zuckte die Achseln. »Da müßte ich die Liste mit den Wörtern noch einmal sehen. Ich hatte mir nur jeweils die ersten Buchstaben angesehen. Mehr braucht man nicht, um sich eine Erinnerungshilfe zu konstruieren. Ich mache gerne Eselsbrücken. Wenn Sie wissen wollen, was für Worte es waren, könnten Sie Stew fragen. Er wird sich daran erinnern. Es war etwas, was ich nicht studiert habe, fürchte ich.«

»W-Zone«. sagte Drum ermutigend. »Kann man ihn entlassen?«

Der Vorsitzende nickte. »Hat keinen Zweck, es weiter zu vertiefen, solange er anwesend ist. Entlassen!«

»Er hat eine sinnvolle Sequenz im Gehirn. Das ist doch nur eine Frage der Zeit, ehe...«

Drum unterbrach ihn: »Aber wir reden über ein Kind! Er kann sich nicht einfach heimlich ein Biolaboratorium aufbauen.«

»Er ist ein ARNOLD und fast fünf Jahre alt«, sagte der Sicherheitsmann. »Seht euch den Bildschirm an. Er weiß die Motilitätssequenz von fünfzehn Aminosäuren. Alles, was er benötigt, ist die Hilfe eines Biotechs und eine elektrophoretische und chromatographische Ausrüstung.«

Drum blieb schweigend stehen, während auf dem Schirm die Wörter ergänzt wurden:

HLGAVIS / LTMGPTAT: HISTIDIN, LYSIN, GLYCIN, ALANIN, VALIN, ISOLEUCIN, SERIN, LEUCIN, THREONIN, METHIONIN, GLUTANIN, PHENYLALANIN, TYRONSIN, ASPARTIN, TRYPTOPHAN.

»Sehen Sie, wie die beiden ›T‹-Aminosäuren ›Tyrosin‹ und ›Tryptophan‹ mit gleichen Lauten bezeichnet werden, damit man sie leichter behalten kann«, sagte der Sicherheitschef.

»Aber er hat die Wahrheit gesagt«, entgegnete Drum. »Er weiß die Bedeutung nicht.«

»Aber...« begann der Sicherheitsmensch mißtrauisch.

»Stimmen wir ab«, schlug der Vorsitzende vor. »Alle, die dafür sind, ihn zu vernichten?... Gegenstimmen? Sieht nach einem Patt aus. Ich werde die Entscheidung haben.« Er blickte sie der Reihe nach an. »Im Hinblick auf die Kosten eines ARNOLDS kann ich ihn nicht zurück in den Proteinteich schicken – noch nicht. Aber um den Schwarm zu schützen, muß er innerhalb der Städte Ketten tragen. Ketten! An Hals, Hüfte, Knöchel und Händen.«

Harlan und Opal veranstalteten mit ihrer Familie eine Muscheljagd. Mit einem Sichtgerät, das sie vom Tiefenkult bekommen hatten, schwamm Clam voraus, auf die Insel am Horizont zu. Harlan spähte hinab: Bodenlose Schwärze – das offene Meer.

»Als gäbe es keinen Grund. Ich kann überhaupt nichts sehen.«

Opal stellte den Sonnenwinkel fest. »Wir sind noch nicht lange genug geschwommen. Zuerst müßten wir an einer kaputten Röhre vorbeikommen.«

Der junge Cod und seine Schwester Weißbauch tummelten sich hinter ihnen. Beide wiesen die Pigmentierung der neuen Benthik-Generation auf – Sommersprossen auf dem Rücken wegen längerer Aufenthalte an der Oberfläche unter Sonnenlicht. Weißbauchs zweifarbige Haut verlieh ihr auch ihren Namen.

»Da ist sie!« rief Clam.

Die Unterwasserröhre war schleimbedeckt und undurchsichtig. Sie sahen nur Wolken von winzigen Krebsen und Glanzfischen. Es gab keine Anzeichen dafür, daß sich die Nahrungskette der ansässigen Lebewesen schon neu gebildet hatte.

»Noch fünf Minuten, dann beginnt das Riff«, meinte Opal. Cod und Weißbauch schwammen um die Wette hinter Clam her. Sie planschten eine Viertelmeile an der Oberfläche entlang und tauchten dann ab. Opal stieß zu ihnen, während Harlan mit einer Kette aus Kürbis-Bojen kämpfte. Mehrere Male verheddertе sich das Ankerseil, doch schließlich konnte er es zehn Faden tief herablassen. Er tauchte, indem er sich an dem Seil entlang etwa dreißig Fuß tief zog. Seine Familie überholte ihn beim Aufstieg. Er fuhr ebenfalls nach oben und half ihnen, ihre Sammelbeutel an den Schwimmern zu befestigen. Die Ausbeute an zweischaligen Muscheln drohte die Kürbisse ins Wasser hinabzuziehen.

»Ich esse besser ein paar«, meinte Opal und griff in ihren Beutel. Sie trieb auf dem Rücken; klein und spitz ragten ihre auseinanderstehenden Brüste aus dem Wasser. Sie legte eine Muschel auf den Muskel über dem Brustbein und schlug sie mit ihrem Schlagstein auf. Drei feste Schläge – knirschend und laut. Aus der zerbrochenen Muschel duftete aromatisches weißes Fleisch. Sie zog es mit den Zähnen heraus und teilte es mit Harlan. Weißbauch versuchte, ihre Mutter nachzuahmen, verletzte sich aber bloß. Clam knackte ebenfalls Muscheln und teilte sie mit seinen Geschwistern.

Sie aßen, sammelten und aßen noch einmal. Opal ließ sich satt auf dem Rücken treiben, während ihre Kleinen weiter das nahrungsreiche Riff erforschten und herumnaschten. Einer nach dem anderen tauchten sie auf und dösten in den sanften Wellen. Harlan umschwamm die Gruppe, um sie beieinanderzuhalten, doch das erwies sich als unnötig. Instinktiv blieben sie beieinander. Gegen Abend kehrten sie zu ihrem Archipel zurück.

Der junge ARNOLD schnallte sich den Panzer um, während die Arbeiter seinen zweirädrigen Karren beluden. Sein Überwacher reichte ihm einen dicken Brocken Fünfzehn-Aminosäuren-Brot. Er lehnte sich gegen die Riemen. Die Räder quietschten. Bis zur Spitze der Spirale waren es zwei Stunden.

Als er ankam, reihten sich bereits die Bürger bei den Verteilern ein. Wieder war der Druck gefallen, und sie würden wegen ihrer Grundsubstanz an Kalorien zum Schachtboden gehen müssen, wenn sie es nicht ohnehin für ARNOLDS Trainingsläufe taten.

»Gute Zeit, ARNOLD!« sagte der Arbeiter, der in der Karre gesessen hatte. Er stieg herab und reichte ARNOLD eine Gelb-Vier-Säure, die den dicken Schleim in seiner Kehle auflösen sollte.

ARNOLD duckte sich in seinem Geschirr nieder und kaute den Leckerbissen. Er war erst sechs Jahre alt, hatte aber bereits die Größe eines durchschnittlichen Bürgers. Nach dieser Arbeit zitterten seine kräftigen Lendenmuskeln. Bald würde er ausgebildet werden für die Arbeit in den Werften, hatte man ihm gesagt. Diese Arbeit war wichtig – rostigen Schrott aufräumen. Er war ein sehr kluger ARNOLD. Alles begriff er sehr schnell. Seine Lehrer brauchten kaum mehr die Peitsche einzusetzen. Diese Nacht verbrachte er unter seiner Karre in den Ladedocks. Er hatte genügend Platz, um sich ausstrecken zu können. Die Schichtarbeiter verursachten fast keinen Lärm. Seine neuen Ketten waren bequem – lang, leicht, aus einer neuen Legierung. Sechsmal am Tag brachten ihm seine Überwacher sein Brot. Er wurde großzügig ernährt. Er wuchs schnell heran.

Drum saß auf der Wagenkante und bot ARNOLD eine Zuckerstange Orange-Drei an.

»Alle hier sind Reinkarnationisten. Du weißt doch, was das bedeutet?«

ARNOLD grinste und zitierte: »Wir glauben an die Wanderung der Seele. Unsere Seelen leben in anderen Körpern, auch in nonhumanen Wesen, ehe sie unsere gegenwärtigen Leiber beleben.«

»Das stimmt«, sagte Drum langsam. »Wir gehen in die Kirche und versuchen, die Erfahrungen unserer früheren Leben wieder zu spüren. Wir versuchen, uns besser zu verstehen – bessere Bürger zu werden. Würdest du das auch gern?«

ARNOLD nickte.

»Du findest vielleicht heraus, daß du nicht immer ein Zugtier gewesen bist«, sagte Drum.

ARNOLDS Grinsen wirkte ein wenig leer. Er verstand nicht, was Drum meinte.

Man traf eine Verabredung mit Mullah.

ARNOLD betrat, Drum an seiner Seite, die Kirche. Er war fast sechzig Zentimeter größer als der Normalbürger. Seine Ketten klirrten, als er durch den Mittelgang schritt. Die Wände des Kirchenschiffs waren mit Darstellungen der Darwinschen Evolutionstheorie geschmückt: Protozoen, Metazoen, niedere Insekten, höhere Tiere und schließlich das oberste Schwarmwesen: der vierzehige Nebisch. Drum betrachtete die Malereien, und ihm fiel auf, daß viele Details fehlten. Der Künstler hatte phylogenetische Kennzeichen größtenteils ignoriert und Augen oder Augenflecken überbetont, als sei der Blickpunkt des Wesens wichtiger als seine Identität.

Der reichgewandete Mullah bedeutete ARNOLD, die Ketten abzulegen und sich auf den Altar zu legen – eine Couch, aus der viele Kabel mit Anschlußklemmen herausschauten. Laut klirrten die Ketten zu Boden. Vier Meditechs schlossen ihn an die Gefühlsaufzeichnungsmaschine an, um ihm seine phylogenetische Stammesgeschichte aufzuprägen – seine Pseudoseele.

»Zuerst stellen wir eine allgemeine Gefühlssprache zwischen den Bändern und ARNOLDS Unterbewußtsein her«, sagte der Mullah. Sie beobachteten das Enzephalogramm, während Drogen und Innenhirntropfströmung das Bewußtsein dämpften.

»Es wird einige Sitzungen dauern, bis wir deutliche Bilder in die Pseudoseele projizieren können. Wir beginnen mit den Grundsymbolen: Juckreiz, Durst, Hunger, Müdigkeit und Sexualtrieb – Dinge, die die Hirnrinde verstehen kann. Der Juckreiz ist nützlich, um eine sinnliche Botschaft lokalisieren zu können. Wenn wir es mit der Pseudoseele zu tun haben, ist er Schmerz oder Temperatur überlegen, weil ein Juckreiz eine Reaktion hervorruft. Schmerz reizt oftmals nur den spinalen Reflex des Zurückweichens. Die höherentwickelten Zentren sind nicht betroffen. Der Juckreiz veranlaßt einen zum Kratzen – eine komplexe motorische

Reaktion. Seht, wie dieser Reiz auf dem Enzephalogramm erscheint, das Gefühl von Ameisen auf der Haut – Kribbelgefühl. Seht, wie man es um die sensorische Hirnrinde bewegen kann und wie es mit den verschiedenen Körperpunkten korrespondiert.«

Nach einer kurzen Ruhepause kehrte der Alpharhythmus zurück. Dann sah Drum, wie die Bandmaschine ARNOLD mit Durst quälte – wahrscheinlich eine der ältesten phylogenetischen Erinnerungen, zurückreichend in die Zeit, als Lebewesen das Meer verließen. Hypertonische Lösungen badeten die Hauptnervengefäße und verursachten ein physiologisches Durstgefühl. Neurologischer Durst wurde durch eine Schallberührung im Durstzentrum des Stammhirnes hervorgerufen. Optische Eindrücke verursachten psychologischen Durst – Skelette, trockene Blätter, Sandstürme vor einer Fata Morgana. Physikalisch wurde er durch höhere Hauttemperatur und ein Jucken in der Kehle verstärkt. Vier Typen der Stimulierung ergaben ein überzeugendes Durstgefühl – vierdimensionaler Durst. ARNOLD wand sich und litt. Die Bandmaschine wartete, bis alle Anzeiger im roten Bereich waren. Dann wurde er durch Entzug aller vier Stimuli belohnt. Das Wasser war weit, tief und kühl. Eisstückchen füllten seinen Mund, und hypotonische Flüssigkeiten durchspülten seinen Magen.

Mullah war begeistert.

Eine weitere Ruhepause schenkte den Gehirnwellen Zeit, sich zu stabilisieren.

»Hunger ist ein wenig gefährlich«, warnte der Mullah. »Ein Teil der physiologischen Stimulation besteht aus Unterzuckerung. Wenn wir den Blutzuckergehalt unter vierzig Milligramm fallen lassen, verlieren wir mitunter den einen oder anderen Bürger: Gehirnschäden während des Krampfzustandes. Nun fangen wir wieder mit den vier Stufen an: physikalisch: Röhren entleeren den Bauch; neural: Schallstimulierung des Hirnhungerzentrums; physiologisch: Insulin senkt Blutzucker, um Zellenhunger zu verursachen; und psychologisch: Bilder von Skeletten zusammen mit einem Kratzen in Mund und Magen. Vierdimensionaler Hunger!«

ARNOLD wollte Fleischpasteten und Butterkremtorten nur so in sich hineinstopfen.

»In der Regel beenden wir alle Hungersequenzen, indem die Hand des Schwarms Pasteten und Kuchen bringt«, erklärte Mullah. »Es kann nichts schaden und könnte seine Loyalität gegenüber dem Schwarm verstärken.«

Drum stimmte zu.

»Sexualität ist ein wichtiger aggressiver Trieb. Wir benutzen sie, um andere, geringere Triebe zu prägen und zu verstärken.«

»Aber ARNOLD hat die Pubertät noch vor sich.«

»Spielt keine Rolle. Wir können eine Vielzahl von Begegnungen einprogrammieren, die für die Prägung ausreichend sexuell sind – Stammganglien reagieren auf Stimulation des Sexualzentrums in jedem Alter. Wir brauchen lediglich ein Kitzeln im Genitalbereich und anregende Bilder. Ein ausgereifter männlicher ARNOLD wird, was Muskeln und Knochen angeht, der beste Krieger sein. Sein Testosteron wird er bekommen, ehe er in die erste Schlacht zieht.«

Das letzte Orientierungsband testete Müdigkeit. Der Reiz bestand aus leuchtend roten Sternen hinter den Augenlidern, und Neuralstimuli beeinflußten die Alphawellen.

»Das war aber eine ausgiebige Sitzung«, meinte Drum.

»Sie ist noch nicht vorbei«, sagte Mullah. »Wir können nun fortfahren und seine Reaktionen auf organisierte, aufeinanderfolgende Stimuli untersuchen. Die Bänder sollen nun nicht mehr nur sprachlich mitteilen, sondern direkte Erfahrungen vermitteln. Man kann ihm Dinge zeigen, die er als Beobachter betrachtet. Das ist leicht. Aber können wir sein Unterbewußtsein dazu bringen, daß es tatsächlich in die vorgespielte Szene eintritt und zu einem erlebenden Teil von ihr wird?«

Drum blickte hinab auf den schlafenden Riesen. »Womit wollen wir beginnen?«

»Mit einer unserer Kindheitsphantasien. Wenn wir die kognitiven Entwicklungsschritte eines Kindes imitieren, können wir ihn dazu bringen, daß er die Bänder als reales Geschehen erlebt.«

Drum nahm einen Helmempfänger und schloß sich an ARNOLDS visuelle und auditive Inputs an.

PSEUDOSEELE: STRICHMÄNNCHEN AUS KREIDE

Klick! Die Linie aus Wachskreide beschrieb einen Kreis mit Punkten für die Augen und einem Strich als Mund. Die Beine hingen am Hals, die Arme dort, wo die Ohren hingehörten – ein menschlicher Kopffüßler. Oben, auf dem gleichen groben Papier, erschienen weitere Kreidelinien. Ein kleiner blauer Kopf mit einem Schnabel und Flügel anstatt Ohren – ein Vogel. ARNOLD blickte etwa aus einem halben Meter Entfernung auf das Blatt, während Bäume, Blumen und verschiedene Insekten erschienen. Alle bestanden aus einfachen Kreisen, und die prägnanten Details waren auf ein Minimum beschränkt. Er entspannte sich. Sein ›Auge‹ näherte sich dem Papier. Eine Biene lief vorbei, hinterließ eine Linie aus Zs. Diese wurden zu einem hörbaren Summen. Ein Schmetterling huschte von Blume zu Blume, gefolgt von seinem Schatten. Langsam gewann die

Szene an Leben – einfache Papierfiguren zuerst, aber Farben, Laute und Gerüche folgten den Comic-artigen Bewegungen.

Der Kopffüßler hatte jetzt ARNOLDS Gesicht. Seine Füße fühlten das Gras unter sich. Als die Gestalt zu gehen begann, spürte ARNOLD die Bewegung seiner Beine. Er schritt über warmen Staub, kühles Gras und harten, körnigen Stein. Eine Papierwolke trieb über ihn, und er spürte den Wind auf den Wangen. Der Baum dehnte sich in drei Dimensionen aus, mit rauher Rinde und herabfallenden Blättern. ARNOLD befand sich nun deutlich innerhalb des Wesens, sah, roch, ging und fühlte, was das Strichmännlein fühlte.

Klick! Ende des Bandes.

NEUE PSEUDOSEELE: SPINNENTIER

Klick! ARNOLD sah sich in dem hohlen Kopf um, den er bewohnte: Drähte, Scheiben, Instrumente, Mikros und Kopfhörer. Er befand sich nicht innerhalb eines lebendigen Wesens. Es war eine Attrappe, ein künstliches Kopfwesen. Er preßte die Augen gegen die Optik und spähte umher. Sein kabinenartiger ›Kopf‹ hing an acht gebogenen Beinen – vier koordinierten Paaren. Das zweite Paar hatte er wie Fühler über den Kopf gehoben. Die anderen sechs Beine stützten sich auf verschiedenartige Verstrebungen und Balken – ein Gerüst riesiger Grashalme. Als ARNOLD sich bewegte, fingen die Antennen Gerüche und Strukturen bitterer Erde, süßer Blumen und herben Pflanzensaftes auf. Das Laufen fiel ihm sehr schwer, bis er den kleinen duftenden Teich mit lila Flüssigkeit fand.

Er bog die Beine durch und senkte das Gesicht über den Teich, trank und fühlte sich berauscht. Danach ging das Laufen besser. ARNOLD hatte acht gehorsame Beine. Er rannte an hohen, schwankenden Stengeln entlang. Eines seiner Beine wurde zum Spinnorgan. Die Spinndrüsen drückten einen kräftigen Faden heraus, den er auswarf, um Blumen mit Grashalmen zu verbinden. Er spannte eine hohe, schwankende Brücke und lief darauf von einer Blume zur anderen. Nektar und Pollen füllten seinen Mund. Langsam flatterte ein fettes Insekt vorbei. Er warf sein Netz aus und fing es ein. Die Flügelmuskeln schmeckten fleischig und nahrhaft. Angst! Die Silhouette einer Gottesanbeterin ließ ARNOLD in Deckung rennen. Seine Muskeln schmerzten bei dem Gedanken an einen vergeblichen Kampf zwischen jenen scherenartigen Vorderbeinen. Seine Haut zog sich unter den vorgestellten Bissen zusammen. Als die Gefahr vorbeizog, begann ARNOLD sein Spiel aufs neue. *Klick!*

»Das war aber nett«, meinte Drum, als er den sensorischen Helm abnahm. »Wirklich schön! Und es scheint, daß auch ARNOLD Spaß daran hatte. Sehen Sie sich die Indikatoren an!«

Mullah nickte.

»Da er ja ein Krieger werden soll, könnten wir ihm nun ein paar lebhaftere Phantasien anbieten, die ihn begleiten sollen.«

PSEUDOSEELE: GOCKELHAHN

Klick! ARNOLD hockte auf einem niedrig hängenden Tannenzweig und thronte über seinen wunderschönen Seidenschwanzhennen. Sie kratzten und pickten in dem feuchten Humus. Er roch den Duft der Tannennadeln und sah glitzernde Maden. Die Macht seiner Sporne machte ihn zum König des Hügels. Gestern erst hatte er eine große gelbe Katze von diesem Ast gejagt. Sein Sexualtrieb lockte ihn von seinem Sitz. Er flog herab auf eine hübsche kleine Henne und packte sie bei den kurzen Nackenfedern. Sie gackerte und sträubte sich, doch er hielt sie zu Boden, kopulierte und stolzierte mit herrischer Miene davon. Nervös putzte sie sich das Gefieder. Krähend kehrte er auf seinen erhöhten Platz zurück. *Klick!*

Die pseudoseelischen Erfahrungen hatten den kleinen ARNOLD verwirrt. Er spürte den Wunsch zu krähen. Als er seine Ketten zusammensuchte, starrte er lange Zeit die einzelnen Glieder an. Sie schienen nach dem Erlebnis in seinem früheren freien Leben nun völlig fehl am Platze. Er, ARNOLD, war ein König gewesen – ein gefiederter Krieger, ein wilder Hahn!

Drum bemerkte die Trauer in den Augen des jungen Riesen, als er die schweren Ketten verschloß. »Sei ein guter Junge und geh zu den Ladedocks zurück. Hier ist ein Grün-Eis-Bonbon.«

Als der Riese gegangen war, wandte sich Drum an den Mullah.

»Dies Seelenband muß den Jungen hart angekommen sein. Ich sehe mir die als nächste geplanten lieber vorher an.«

»Sie sind ziemlich stark. Ich rate Ihnen, einen zweidimensionalen Abzug anzusehen und die neuralen und die physiologischen Teile fortzulassen.«

»O. K. Was haben Sie denn da?«

»Wir wollten ihm noch *Feuerstein und Bandwurm* geben, einen Konflikt aus der Steinzeit.«

Drum bestieg das Altarsofa. Die Meditechs schlossen ihn nur mit der Hälfte der Kabel an. Sein Bewußtsein würde wach bleiben, ihn zu schützen.

Klick! Drum betrachtete seine knorrigen Hände – dunkel und schwielen-
übersät. Sein Lagerfeuer glühte und sprühte Funken in die Dunkelheit,
als er den Speerschaft drehte. In der Glut schrumpften Tierhautstreifen
zusammen: die festen Bänder, die die Steinklinge am Schaft befestigten.
Er blickte hinüber zur nebelverhangenen Katzenschwanz-Wiese. Ein anderes Feuer blinkte ihm zu – ein gelbes Auge in der Dunkelheit. Drum
wußte, daß der Rennende Elch bei jenem Feuer saß und ebenfalls seinen
Speer reparierte. Die Morgendämmerung würde den Kampf bringen, der
darüber entschied, wem Katzenschwanz in Zukunft gehören sollte.
Er zog die Nase kraus, als das Leder schwarz wurde. Er hob den Speer heraus und rieb die heißen Bänder mit Wachsbeeren ein. Weiter unten am
Schaft malte er damit Gebetssymbole – Zeichnungen, die so lange unvoll-
endet bleiben würden, bis er sie mit dem Blut des Feindes verziert hätte.
Er zerstampfte weitere Beeren und umgab seine Augen mit blauen Krei-
sen. Vier blaue Streifen auf jeder Schulter, und sein Totem war fertig –
die Blaue Eule würde die Lanze hoch tragen. Der Steinzeitmensch achtete
nicht auf ein nagendes Gefühl im Bauch. Aber etwas tauchte auf in Drums
Bewußtsein, was den Schmerz als *D. Latum*, den Fischbandwurm, erkannte. Er war zu oft durch den Lachsfluß gegangen. Es war Zeit, ein
Nachtlager zu suchen.
Sein Weib trat aus der Dunkelheit und warf duftende Blätter ins Feuer.
Ihre Augen flehten ihn an, den Streit zu meiden. Drum-Blaue Eule
spürte, wie hart seine Miene wurde, als er sie zu weiteren Gebeten und
weniger Tränen drängte. Ihr Bauch wuchs von ihrem gemeinsamen Kind
– einem Sohn, wie ihm der Schamane verraten hatte. Es hatte ihn zwei
Armvoll Fisch gekostet, aber es war wichtig, zu wissen, daß das Kind ein
Junge wurde. Er wußte, es war an der Zeit, sich niederzulassen. Ein Sohn
brauchte Land. Die Würmer würden das Kind schwächen, wenn er weiter
den Fluß durchstreifte, und ein Krieger kann es sich nicht leisten, schwach
zu sein.
Bei Sonnenaufgang kamen die drei Häuptlinge, die Zeugen. Sie traten
majestätisch auf, trugen lange Gewänder und Federschmuck. Sie ritten
zu einer höher gelegenen Stelle, um über den Streit zu wachen. Drum-
Blaue Eule probierte seine Lanze an einem bemoosten Holzscheit aus, bestieg dann das Weiße Pony und lenkte es vorsichtig zur Spitze des Hügels.
Er trug die Lanze hoch. Der Nebel hob sich, und er betrachtete den Preis,
die Wiese, wie sie grüngewellt vor ihm lag, mit Baumwollwäldern, einem
zwei Pferd breiten Strom, Fischen, Wild und reichem Boden, um Nahrungspflanzen anzubauen.
Der Rennende Elch erschien auf einem unruhigen Schecken. Er war ein

jüngerer, schlanker Mann. Drum-Blaue Eule hatte den Eindruck, seine Schultern seien besser gepolstert als die seines Gegners. Er lächelte. Wieder rumorte der Wurm in seinem Bauch. Wenn Rennender Elch erkannte, daß Blaue Eule der Kräftigere von beiden war, so ließ er es an seiner Haltung nicht erkennen. Dabei bedeutete es keine Schande, vor einem Landstreit zurückzuweichen. Es gab andere Wiesen und andere Jahreszeiten. Der Fluß war auch kein schlechter Platz.

Der Schecke begann, auf ihn zuzutraben. Drum-Blaue Eule hielt die Steinklinge hoch, während er Weißes Pony den Hang hinab lenkte. Sie fielen in Galopp. Drum-Blaue Eule hielt die Lanze hoch in der Absicht sie erst im letzten Augenblick zu senken und auf das Auge zu zielen. Sie würden linkerhand aneinander vorbeireiten. Der Instinkt verriet ihm, wo der Punkt war, daher brauchte er lediglich die Lanze seines Gegners zu beobachten. Er spannte die Muskeln im linken Arm an für den Stoß. Beim Vorbeireiten senkten sich beide Speere über den linken Seiten der Pferdeköpfe. Der Rückschlag verletzte ihn an der rechten Hand und Achselhöhle, wo der Speerschaft auftraf. Der linke Unterarm schmerzte, war vielleicht gebrochen. Aber seine Beine hielten eisern fest. Er saß noch auf dem Pferd. Mit den Knien lenkte er Weißes Pony herum und sah nach dem Rennenden Elch.

Der Schecke lief ziellos umher; der junge Mann war über seinem Hals zusammengebrochen. Die Lanze schleifte hinter ihm her. Drum-Blaue Eule blickte auf seinen Speer und sah, daß die Gebetssymbole nun vollständig waren. Haare hingen an der Klinge, und rotes Blut tröpfelte am Schaft entlang und füllte die Schnitzkerben aus. Zuversichtlich umritt Drum-Blaue Eule die Wiese. Sein Gegner bäumte sich auf und würgte. Er sah einen weißen Streifen des Schädelknochens durch Elchs verletzten Skalp blitzen. Ein behaarter Hautlappen hing über die Augen, und Blut tropfte auf den Schecken.

Drum-Blaue Eule riß einen Streifen seines Lendenschurzes ab und verband sich den linken Unterarm. Die Sonne stieg höher. Die Zunge wurde ihm trocken, und sein Bauch schmerzte. Die Würmer schwächten ihn. Er saß aufrecht da und beobachtete, wie sein Gegner unregelmäßig und tief atmete.

Unerwartet stieß Rennender Elch einen Schrei aus und griff ein zweites Mal an. Drum-Blaue Eule sah ihn wild heranstürmen. Wenn der junge Hirsch hier auf der Wiese sterben wollte, würde er ihm dabei helfen. Er trieb Weißes Pony zu einem leichten Trab. Das Gesicht des Gegners war durch die grauenhaften Lappen herabhängender Kopfhaut verborgen. Zu spät sah er die glänzenden, berechnenden Augen. Er versuchte, den Speer hochzuschwingen. Hufschlag warf Rasenstücke auf. Beim Stoß zerbrach eine Lanze. Rennender Elch brach über dem Rumpf des Schecken zusammen und fiel zusammengekrümmt ins Gras, den zerbrochenen Schaft neben sich. Drum-Blaue Eule blickte seine eigenen Waffen an – kein neues Blut, auch kein neuer Schmerz.

Rennender Elch stand langsam mit gespreizten Beinen und verschränkten Armen auf. Drum-Blaue Eule sah hinüber zu den drei Häuptlingen. Sicher würden sie diesem jungen Kerl nicht erlauben, stehend gegen einen berittenen und bewaffneten Krieger loszuziehen. Er winkte mit dem Speer: »Verlaß mein Land!« Der geschlagene Krieger wischte sich die Kopfhaut aus dem Gesicht und starrte ihn fragend an. Stoisch saßen die Häuptlinge da. Sonderbar. Drums Lanze wurde ihm schwer, und die Würmer nagten in seinem Inneren. Er hatte nicht den ganzen Tag Zeit. Wenn Rennender Elch sterben wollte, dann war das seine Entscheidung. Drum senkte den Speer zum Angriff, doch Weißes Pony wanderte umher und fraß Gras. Fluchend versuchte Drum, es zu parieren. Das Pony ignorierte ihn. Einer der Häuptlinge stieg vom Pferd. Er sah sein schwangeres Weib den Hang herablaufen.

Die Landschaft um ihn her neigte sich und warf ihn ins Gras. Gedämpftes Grün nahm ihm die Sicht. Sein Weib hob seinen Kopf in den Schoß. Sie tat es sehr sanft.

Drum wollte aufschreien, als er den dicken, gesplitterten Schaft von Rennender Elchs Lanze aus seiner Brust hervorragen sah, doch der dumpfe neolithische Verstand von Blaue Eule akzeptierte es einfach. Mit schwerer Hand streichelte er den Bauch seines Weibes. Drum wollte sie noch ermahnen, den Fisch zu kochen, den sie aus dem Fluß holte, um sich vor *D. latum* zu schützen, doch die einzigen Worte, die er noch über die Steinzeitlippen brachte, waren: »Bring meinem Sohn bei, die Lanze hoch zu tragen.« *Klick!*

Der Mullah schüttelte Drum an der Schulter. »Bürger Drum, sind Sie wieder da?«

Drum schüttelte den Kopf. »Das war aber unangenehm. Ich fühle immer noch diese Bandwürmer.«

»Wahrscheinlich ist die Magenschleimhaut ein wenig gereizt. Nehmen Sie ein Grün-Vier-Pfefferminz, um ihn zu beruhigen. Wie fanden Sie *Feuerstein und Bandwurm?*«

Drum runzelte die Stirn. »Ich fürchte, das ist nichts für ARNOLD.«

Mullah stimmte ihm zu. »Stimmt. Sind vielleicht zu viele alte Klischees darin. Mutterschaft, Frauen, Verteidigung des Nestes – abgedroschene Themen. Zu simpel!«

Drum schluckte schwer. Sein Magen verkrampfte sich.

Mullah fuhr fort: »Ich mag diese Bänder wegen des sensorischen Inhaltes, aber ich fürchte, sie werden sogar ARNOLDS Intelligenz belasten. Neolithische Konflikte waren okay für das Steinzeitalter, aber wir fordern von ihm, daß er den Schwarm verteidigt, in dem Probleme wie der Katzenschwanz-Streit dadurch gelöst würden, daß man den beiden Kriegern die Geburtserlaubnis entzieht. Keine Kinder: Also auch kein Grund, um die Wiese zu kämpfen. Sie könnten in Frieden leben und Jagd und Fischfang teilen.«

»Wie im Schwarm«, meinte Drum.

Mullah nickte und nahm einen Stapel Pseudoseelen-Beschreibungen heraus. »Das hier ist ARNOLDS Serie. Wir nehmen *Spinnentier*, um ihm die Koordinationsfähigkeit zu vermitteln, die er zur Bedienung von *Rorquals* Kampfkränen braucht. *Der Kapaun* und *Gockelhahn* werden ihm Selbstvertrauen geben.«

Drum entspannte sich. »Ja, bleiben Sie auf der Ebene Niedere Wirbeltiere – keine Hominiden.«

»Wir gestalten sein Reflextraining so einfach wie möglich. Je weniger er philosophiert, um so besser.«

ARNOLD wurde auf die Werften geschickt, damit er seine Muskulatur ausbildete und *Rorquals* Anatomie aus alten, abgetakelten Rümpfen erlernte.

PSEUDOSEELE: KAPAUN

Klick! Kapaun ARNOLD hockte zusammen mit anderen dickbäuchigen, kastrierten Vögeln zusammen – weder Hahn noch Henne. Jedes Tier hatte seinen eigenen üppig gefüllten Maische- und Wassernapf. ARNOLD war unruhig. Seine Seele erinnerte sich an die Zeit, als Futter noch kernig war und die Hennen noch gesprenkelt waren. Seine Kapaun-Geschlechtsdrüsen waren lahm, geschwollen und taub. Er versuchte, seine Genossen aufzuscheuchen, indem er sie von den Maischenäpfen wegdrängte und das Futter selber aß. Sie kämpften nicht. Sie ließen die Köpfe hängen. Schnell nahm er an Gewicht zu, weshalb er um so früher geschlachtet wurde. *Klick!* ENDE DES BANDES

NEUE PSEUDOSEELE: KAMPFHAHN

Klick! Kampfhahn ARNOLD bestand nur aus Hoden und Eisensporen. Die Tage des heimlichen Trainings im Stall hatten seine Muskeln gekräftigt und seine Geschwindigkeit vergrößert. Hundertmal am Tag war er durch eine *Hand* herabgestoßen worden. Jedesmal war er wieder auf die Fensterbank geflogen, um seinen Hennenhof zu überblicken. Seine Spezialnahrung entfernte überschüssiges Wasser und Fett aus seinem Körper: zwölf Körner Mais, gehacktes, gekochtes Fleisch, gehackter Salat, Weizenkeime, Honig und Erdnußbutter. Wenn ihm die Eisen über die Sporen geschnallt wurden, wußte er, daß jemand sterben würde. Gerüche von Blut, Tabak und Whiskey verrieten ihm, daß andere *Hände* bei anderen Hähnen waren. Er hockte sich bequem in den Arm seines Pflegers, bis er kämpfen mußte. Man stellte ihn mit einem Bordeauxhahn in den Ring. Zweimal stiegen sie auf und gruben Eisen in Fleisch. Jedesmal wurden sie vorsichtig voneinander getrennt und wieder in den Ring gestellt. Durch einen langen Knochenbruch drang kühle Luft. Beim drittenmal erwischte ihn ein Eisen am Kopf, und sein Auge trübte sich. Er konnte den Gegner nicht mehr sehen, daher wartete er, bis die *Hand* seine Schwanzfeder losließ. Als der Hahn angriff, spürte er den Luftzug seiner Flügel. Er wußte genau, wo er war.

ARNOLD fuhr hoch und schlug mit den Sporen zu. Er fühlte die Nadelspitzen des Bordeaux' im Bauch und linken Flügel. Dann durchbrach sein hartes Eisen Knorpel und durchbohrte das Herz. Nach dieser Trennung hielt man ihn im Arm, und die *Hand* tätschelte ihn. Er hörte das letzte Husten des Gegners.

Die Hennen gehörten ihm. Nachdem seine Verletzungen ausgeheilt waren, wurde er Zuchthahn – im Drahtkäfig – bei drei der weiblichsten Grauhennen. Die größte versuchte, ihn vom Wassernapf zu drängen, aber er gab ihr einen nachdrücklichen Schnabelhieb. Er war der König. Er würde schon dafür sorgen, daß sie alle drei auf einer gehörigen Portion Eiern sitzen würden.

Eines Morgens trieb ihm der Wind auf sein Krähen hin eine undeutliche Antwort zu. Es gab einen anderen Hahn auf der anderen Seite des Berges. Er konnte es kaum erwarten, bis der Käfig geöffnet wurde.

»Dieser Draht ist das einzige, was dich am Leben erhält«, murmelte ARNOLD.

Mullah lächelte zuversichtlich. »Wunderbar! Sehen Sie, wie real diese pseudoseelischen Experimente für ihn geworden sind. Er ist jetzt ARNOLD der Kampfhahn. Sein Unterbewußtsein hält diese aufgespeicherten Träume inzwischen für wichtiger als die langweilige Existenz seines Schwarmlebens.«

»Ich glaube, das sind sie auch«, meinte Drum. »Sie haben mehr physische Stärke – mehr sensorischen Input – mehr Traumata.«

Drum betrachtete das Feedback, um festzustellen, ob ARNOLD Maximalreaktionen zeigte. »Lassen Sie uns die Intensität beim nächstenmal noch steigern. Wir werden diese Bänder auf einer stärkeren Energieebene abspielen – den Axtschmerz am Ende der Kapaun-Sequenz verstärken, die Euphorie und die sexuellen Belohnungen nach dem Hahnenkampf ebenfalls.«

»…und die Strichmännchen«, fügte der Mullah hinzu.
Drum runzelte die Stirn. »Strichmännchen? Aber das ist nur eine Kindheitsphantasie. Warum sollen wir sie noch einmal einsetzen?«
Mullah stapelte die Bänder auf und lächelte wissend. »Es hängt noch mehr daran. In Wirklichkeit ist das ›Lila Wesen‹ ein wichtiger Auslöser für posthypnotische Suggestion. Wir haben die ARNOLDS so programmiert, daß sie dadurch in Angriffshaltung geraten – eine Kombination aus simplen Kindheitserinnerungen und ausgereifter Sexualstimulation.«
Drum blickte verwirrt drein.
»Und die Koordinationen aus *Spinnentier* brauchen wir, um während der Schlacht *Rorquals* Handschaltung einzusetzen. Man kann den ARNOLD reizen, seine alte Pseudoseele auf Befehl umzukehren. Der Befehl ist das ›Lila Wesen‹.
»Meinen Sie, er ist darauf programmiert, *Rorquals* Gehirn zu sein?« fragte Drum. »Er wird in eine seiner früheren Pseudoseelen zurückkehren und einen Kampf mit dem Schiff als Waffe liefern?«
»Wenn es nötig sein sollte…«
Drum setzte sich und schüttelte langsam den Kopf. »Zuerst programmieren wir seine Gene. Nun programmieren wir auch seine Seele.« Er zog sein Goldemblem hervor und seufzte. Dieser Leo-Auftrag erschöpfte ihn. Weil ihm der Schwarm einen zweiten Satz Prothesen bewilligt hatte, hatte er eine zweite Lebenschance erhalten, doch nach zehn Jahren lief diese Verlängerung aus. Seine Zähne funktionierten gut, und das kräftige Kauen der Fasernahrung in seiner neuen Diät hatte ihn Kiefermuskeln entwickeln lassen. Das Gehen hatte seine Beine gekräftigt, und das Metallgelenk saß fest in seinem Hüftknochen. Sein Körper wirkte fast jünger, aber gefühlsmäßig alterte er weiter. »Wann fährt ARNOLD los?«
»Bald. Vielleicht an seinem elften Geburtstag. Sein Testosteronspiegel ist hoch genug. Die Knochen sind ausgereift. Er wird bereit sein.«
»Ich bin sicher, er wird es gut machen.«

Ein griesgrämiger Clam stolperte über das Südliche Riff. Sein warmer Körper kitzelte die Sensoren. Seine Gegenwart aktivierte uralte Schaltkreise und Wellenfelder; menschengroße Schirme hießen ihn willkommen. Er schwamm auf Leviathans neuen Fangkurs zu und blieb in einem Schirm in zwei Faden Tiefe, um Atem zu schöpfen. Vor ihm erwachte das Riff zum Leben. Mechpumpen füllten die Luftblasen in den Schirmen. Blitzelektrolysen würzten die Luft mit Sauerstoff. Wolken von Meeres-Zooplankton und überschüssige Bläschen erhoben sich aus den sich windenden Schatten – Kyber-Rankenfußkrebse, die die siebenundzwanzig Jahrhunderte überlebt hatten, um den seltenen, vagabundierenden Benthiks zu dienen.

Clam wartete am Rand des Riffs. Hinter ihm beruhigten sich die Schirme. Er beobachtete die Wasseroberfläche. Aus einem dunklen Himmel spritzten dicke Tropfen auf das aufgewühlte Wasser. Leviathans Walgestalt näherte sich mit Schleppnetzen. Clam verließ seine Luftblase und umklammerte die feinen Maschen. Einen Augenblick später befand er sich auf dem regennassen Deck. Dieses Mal rief sein Entern keine Panik hervor. Eine gut ausgebildete Mannschaft reagierte auf die Warnsirene mit gedrilltem Laufschritt in quietschenden Stiefeln. Die Nebische stellten sich auf und hielten die Netze auf Schulterhöhe wie ein wandelnder Zaun. Clam erkannte die Bedrohung und sprang aufs Dach der Kabine.

Donner rollte. Gebeugte Palmen raschelten im Wind. ARNOLD trat hervor und betrachtete den Benthik hundert Meter hinter den Maschen des Netzzaunes. Clam hatte dunkle Haut und war nackt, ein zwei Meter großer Riese wie er selber. ARNOLD trug den Standard-Overall mit einem breiten, nietenbesetzten Gürtel. Seine großen, nackten Füße verursachten ebenso wie Clams ein klatschendes Geräusch.

»Hallo!« rief Clam winkend.

ARNOLD bedeutete den Trägern stumm, das Netz zu senken. Langsam trat er über die nassen Maschen. Clam sah sich nach einem möglichen Angriff aus dem Hinterhalt um. Der Bug des Schiffes hatte keine sichtbare Klappe. Jenseits der Aufbauten arbeitete wie zufällig ein Kran an den schweren Planktonnetzen. Nur die Decksmannschaft und ARNOLD waren sich seiner Gegenwart bewußt.

»Du darfst am Leben bleiben«, bot Clam an, »wenn du mir das Schiff gibst.«

ARNOLD blieb stehen.

»GIB MIR DAS SCHIFF!«

In ARNOLDS Unterbewußtsein krähte ein Hahn. Er jagte über das Deck, sprang mit entblößten Zähnen und Nägeln los. Clam konnte die Wut des Angriffs kaum glauben. Er trat und biß und kratzte. Sie fielen zusammen auf den Boden. ARNOLDS Zähne gruben sich tief in Clams Arm. Eine Welle spülte sie vom Deck herab, und die riesigen Kiemen saugten sie in die Fanggitter. ARNOLDS Finger gruben sich in Clams Gesicht und umschlossen dann fest seine Kehle. Clam wand sich in der stinkenden grünen Höhle und verlor den Boden unter den Füßen. Nebisch-Netzfänger umzingelten das Paar mit klebrigen Fußangeln. Clam umklammerte die würgenden Finger, doch ihm schwanden die Sinne. Er fand ARNOLDS linken Mittelfinger und bog ihn schnell zurück, so daß er mit einem lauten Knacken brach. Er umklammerte den Stumpf und drehte ihn fest herum. ARNOLDS Griff wurde locker. Clam schoß zurück ins Meer, zog die Netze sowie drei ertrinkende Nebische hinter sich her.

Drum jammerte, als er ARNOLDS Arm streichelte. Der gebrochene Finger wurde durch eine Schiene zusammen mit den vier anderen fächerförmig gespreizt.

»Guter Krieger. Das hast du gut gemacht. Du bist erst elf Jahre alt, und du hast diese Benthik-Bestie besiegt. *Rorquals* Speicher haben ihn als den gleichen identifiziert, der vor zwölf Jahren Kapitän Ode zusammengeschlagen hat. Er ist jetzt älter und klüger, aber du hast das Schiff gerettet. Jetzt stehen dem Schwarm alle Meere offen. Wir können überall fischen.«

ARNOLD lächelte und nickte. Er akzeptierte die Anerkennung und kehrte zu einer leichten, einarmigen Hafenarbeit in die Werften zurück. Wenn seine Verletzungen ausgeheilt waren, würde er wieder Kapitän sein.

Drum trug die Videobänder vom Kampf zur Kirche.

»Er hat den Benthik entkommen lassen. Wir müssen seine Kampfkonditionierung zurückverfolgen. Nimm dieses starke Band – *Dan mit dem Goldenen Zahn*. Uns bleiben sechs Wochen, bis er wieder losfährt.«

Mullah programmierte seinen Pseudoseelenmech.

»Wie weit wollen Sie es verwenden? Ich habe ein Band, auf dem Dan mit abgetrenntem Kopf kämpft, damit er zwei Schlachten zugleich austragen kann. Sein Kopf gewinnt und fliegt dann in den zweiten Ring, wo sein Körper den anderen Gegner aufgehalten hat. Beide Kämpfe gewinnt er locker.«

Drum schüttelte den Kopf und sagte: »Nein. Halten Sie die Kampfphysiologie im Rahmen des Plausiblen. Wir möchten, daß ARNOLD ein wenig seine Urteilsfähigkeit einsetzt. Nicht viel, aber ein wenig. Zumindest dem Namen nach – und durch die Gnade irgendeiner Tonbandkonditionierung – wird er Kapitän des Schiffes sein. Er ist auf ein wenig Urteilsfähigkeit programmiert.«

PSEUDOSEELE: DAN MIT DEM GOLDENEN ZAHN

Klick! ARNOLD/Dan schnüffelte im Schmutz den alten Fleischknochen auf. Mit halbgeschlossenen Augen genoß er das Mark und die Knorpel zusammen mit den Gerüchen feuchter Erde.

Dan schnüffelte über den Boden und fragte sich, wo wohl sein alter Knochen vergraben war. »Kluck. Kluck.« Seine Späher, die gefiederten Freunde im Koop, waren aufgeregt.

Mit aufgestellten Ohren beobachtete er die Krüppelkiefer. Dort erschien auf den Hinterpfoten ein bulliger, schwarzer, behaarter Eindringling. Er hatte lange Krallen und scharfe, weiße Zähne. Er war zwanzigmal so schwer wie Dan. »Gack. Gack.« Dan erstarrte, seine Kette durfte nicht klirren. Der Eindringling war so eifrig hinter den üppigen Koop-Bewohnern her, daß er den Kreis aus totem Gras, der das Ende der Kette markierte, nicht bemerkte.

Als die große linke Hinterpfote den Kreis betrat, sprang Dan los und grub die Zähne in das schwarze, struppige Fell. Unter seinen Fängen platzten Sehnen. Ein Schienbein splitterte und verspritzte Blut. Heulend ging der Eindringling zu Boden. Klauen und Zähne fetzten Dans Haut auf, schnappten nach seinem Rückgrat und verspritzten sein Gedärm. Dan schob sich das zerbröckelnde Schienbein tiefer ins Maul und verbiß sich darin, während Dunkelheit über ihn hereinbrach.

Dans Pseudoseele schwebte über der schaurigen Szene. Der mächtige Eindringling humpelte mit einem dicken Klumpen am linken Vorderlauf davon – Dans Kopf. Eine bellende Hundemeute und ein Gewehrknall beendeten Dans Kampf mit dem Eindringling. *Klick!*

ARNOLD schnaubte, als er die Kirche verließ. Drum war beeindruckt. Er blieb noch dort, um sich Bänder anzusehen.

»Was war das für ein Wesen? Dieser Dan mit dem Goldenen Zahn?«

Mullah lächelte wichtig. »Das ist das aggressivste Pseudoseelen-Band, das wir finden konnten. Wir glauben, es handelt sich um ein kleines fleischfressendes Haustier, das für den Menschen arbeitete und ihn gegen große und kleine Raubtiere verteidigte. Dan war so böse, daß man ihm bei der Paarung ständig einen Maulkorb anlegen mußte.«

»Warum? Konnte er keine Weibchen erkennen?«

»Doch, aber er hat alles, was sein Territorium betrat, bekämpft. Er hat auch an Wettkämpfen teilgenommen. Und dieses Biest konnte offensichtlich eine Kampfprämie nicht von einer Deckgebühr unterscheiden, daher mußte er jedes Weibchen erst unterkriegen, damit es klappte.«

»Sicher hat das bei ARNOLD geklappt. Sehen Sie sich diesen Adrenalinspiegel an!« Drum reichte Mullah den Ausdruck. »Sollten wir uns um diesen ›Willen zum Sieg‹ nicht auch Sorgen machen? Könnte sich dieser Wunsch, einen Kampf zu gewinnen, nicht auch zu einem Wunsch nach Freiheit entwickeln? Sind ›Leben‹ und ›Freiheit‹ nicht ähnliche Begierden?«

»Nicht in diesem Fall«, sagte Mullah kopfschüttelnd. »Dan ist genetisch ein Krieger – entstanden durch die Kreuzung von Generationen von Siegern. Er genießt den Kampf wegen des Sieges. Ich bezweifle, ob Ihre Vorstellungen von ›Leben‹ oder ›Freiheit‹ überhaupt in seinem Kopf existieren. Es hört sich merkwürdig an, aber dies ist ein Fall, wo die Sorge um das ›Leben‹ zum Tod führen kann – indem sie den Krieger weniger schlagkräftig macht. Er könnte einen Kampf überleben, aber eine schlechte Leistung würde das Verbot der Reproduktion bedeuten. Man würde die Gene für Urteilskraft ausmerzen und sie durch welche für blinden Mut ersetzen. Unser ARNOLD sollte sich nicht um sein persönliches Überleben Sorgen machen – er soll nur gewinnen!«

Drum nickte. »Wie bei Dan sind ARNOLDS Gene in den Händen anderer. Keine natürliche Auslese.« Er deutete auf den Ausdruck. »Dieser Adrenalinausstoß liegt außerhalb des Unbedenklichkeitsbereichs. Wenn er ein normaler Bürger wäre, hetzten Sicherheit oder Psych schon hinter ihm her.«

»ARNOLDS Loyalität wird niemand in Frage stellen. Er kann ohne das Fünfzehn-Aminosäuren-Brot des Schwarms nicht überleben.«

Drum verließ die Kirche und fragte sich, wie lange der Kämpfer ohne dieses Brot überleben konnte: Genauer: Wieviel Freiheit er sich zum Preis seines Lebens kaufen konnte.

8. TIEFENKULT

Opal wechselte Clams Verband. Die Zahnabdrücke auf seinem Arm hatten zu eitern begonnen. Trübe, stinkende Flüssigkeiten, faule Gerüche, Fieber und Schüttelfrost. Der Arm war auf seine doppelte Größe geschwollen. Er konnte die Finger nicht mehr bewegen.

Seine Schwester Weißbauch starrte in Clams verschwommene Augen. »Er erkennt mich nicht!« jammerte sie. »Wir müssen hinauf zum Strand und ein Feuer anzünden. Er braucht eine heiße Suppe. Wir müssen die Verbände besser durchkochen. Der *heiße Fleck* dieser Kuppel produziert einfach nicht genügend Hitze.«

Opal schüttelte den Kopf. »Der Schwarm hat zu viele Schiffe unterwegs. Wir könnten nicht unbemerkt von ihnen ein Feuer anzünden.«

»Aber Clam wird sterben. Er riecht nicht gut.«

»Wir werden amputieren müssen, das tote Gewebe entfernen. Geh zu Lauscher. Er hat in diesen Dingen Erfahrung.«

Die junge Weißbauch schwamm besorgt zur Auftauchstation. Lauscher nickte, als sie Clams Verletzungen beschrieb – grünlich-lila Haut, dunkelgraue Abdrücke, orange Flüssigkeit.

»*Clostridia!*«

Sie schwammen eilig zu der Kuppel, wo Harlan und Opal schon die Werkzeuge bereitgelegt hatten. Die Blutvergiftung ließ Clam in alten Erinnerungen träumen – Erinnerungen an Kämpfe und Liebesgeschichten. Er spürte Lauschers Hand auf seinem geschwollenen Arm nicht.

»Vielleicht ist noch Zeit«, meinte der struppige alte Benthik. »Seht, wie die Fingerspitzen bei Druck weiß werden. Dann aber werden sie wieder rosa. Die Kapillaren sind noch nicht verstopft. Wenn wir ihn vier Ebenen tiefer schaffen könnten, tötet der zusätzliche Sauerstoff da unten vielleicht die Organismen ab. Clostridia ist ein anaerobischer Bazillus. Sauerstoff tötet ihn ab.«

»Vier Ebenen? Und der Druck?« fragte Opal.

Lauscher nickte. »Wir werden uns beeilen müssen. CLAM!« Er schlug ihm ins Gesicht. »CLAM! Kannst du mich hören? Wir werden dich transportieren. Halt den Atem an!«

Sie zerrten den bewußtlosen Mann bei ihrem Abstieg in die Tiefe von einer Blase zur nächsten.

»Kommt nicht weiter mit«, warnte sie Lauscher. »Wir wollen keine Anfälle und Druckkrankheiten riskieren. Ich bringe Clam dort in die Kuppel auf der linken Seite. Er hat dort ausreichend Luft und frisches Wasser. Wenn es ihm in zwölf Stunden nicht besser geht, können wir nichts mehr für ihn tun.«

Weißbauch und ihre Eltern sahen aus der Kuppel auf Ebene Acht zu, wie Clam weitere zehn Faden tief in eine hellglühende Kuppel gebracht wurde. Wenige Minuten später stattete ein menschlicher Schmetterling der Kuppel einen Besuch hab. Er hatte weiße, seidige Flügel – einer vom Tiefenkult, der von den Opfergaben der Benthiks lebte. Opal schleppte Weißbauch auf eine höhere Ebene.

»Wir müssen einen Tag lang im Hause bleiben, sonst bekommen wir die Druckkrankheit«, sagte Opal. »Dann mußt du Clams Pflichten übernehmen. Er hat am Südriff gefischt. Aber achte auf den Leviathan.«

Weißbauch schob einen neugierigen, fünfzehn Pfund schweren Fisch beiseite, eine Brasse mit hellgelben und braunen Flecken auf dem Rücken.

»Ich werde aufpassen. Was war dieses riesige Wesen auf dem Leviathan, das Clam gebissen hat? Auch ein Benthik?«

Opal schüttelte den Kopf. »Nein, Kind. Keiner von unserem Volk. Lauscher sagt, es war ein ARNOLD. Der Schwarm kann Menschen ebenso leicht konstruieren, wie unsereins ein Bild malt. Ehe du geboren wurdest, hat der Schwarm einen Krieger entwickelt, der Clam bekämpfen soll. Sie haben in einem Reagenzglas einen ARNOLD gezüchtet. Er hatte keine Mutter. Nur eine Glasflasche.«

Weißbauch schärfte ihr Abalone-Eisen.

Drum befingerte sein goldenes Emblem und fragte seinen Bildschirm: »Ich habe meinen Leo verloren. Wer wird nun mein ARNOLD-Projekt fortführen?«

Der KE projizierte ein Vatergesicht: graue Schläfen, festes Kinn und mitfühlsame Augen. »Wir befördern dich zum Vorsitzenden des Komitees.

Du wirst meinen Terminals in dieser Stadt ein Kollege sein und bei den Versammlungen den Vorsitz führen. Gib mir deine tägliche Menschenminute, und ich sorge für die Befriedigung deiner Bedürfnisse.«

Drum warf sein Emblem in den Schacht. Eine neue Goldscheibe kam heraus: ein Widder – Zeichen der Aries-Kaste. Er rieb es auf dem Ärmel blank.

»Und ARNOLD?«

»Als Vorsitzender kannst du soviel Interesse daran haben, wie du willst. Er fährt heute nachmittag los. Man erwartet deine Anwesenheit dabei. Dein neues Quartier wird hinter dem Versammlungsraum sein.«

Drum nickte. Er würde bei den Terminals schlafen.

Der Turm bei den Werften war voller Menschen. Meditechs entfernten ARNOLDS Handschiene und legten ihm einen leichten Verband an, der ihn daran erinnern sollte, daß er eine Zeitlang nichts Schweres heben durfte. Langsam öffnete und schloß er die linke Faust.

»Sieh doch, Drum«, grinste er. »Geht wieder gut.«

Drum händigte ihm die Kyberausrüstung aus. Zwei Elektrotechs standen mit schweren Kisten daneben. »Hier sind die Lerneinheiten, die du brauchst, um mit *Rorquals* Sprachäußerungen etwas anfangen zu können. Sieh zu, daß das Schiff mit dir redet. Freunde dich mit ihm an, damit es dich bei Annäherung eines Benthiks warnt. Es ist ein guter Sammler. Paß gut darauf auf, und es wird auch auf dich aufpassen.«

ARNOLD gab die Ausrüstung an einen Tech weiter. Klasse-Zehn-Roboter rollten herbei und ergriffen die Kisten mit der fabrikneuen Audio- und Vokalausrüstung. Der Krieger machte sich Sorgen um Drums gealtertes Aussehen. Der alte Mann hatte fast keine Haare mehr, weder auf dem Kopf, noch an den Augenbrauen. Seine synthetischen Zähne wirkten allzu weiß gegen die gelbliche Haut mit den rosa Äderchen und Falten. Die Linse des nicht operierten Auges war trüb geworden, graubraun, ein ausgewachsener Star. Die künstliche Hüfte funktionierte gut, aber im Knie hatte sich etwas abgelöst, und es knirschte laut.

»Du bist müde, alter Mann. Hast du dich mal um einen Klinik-Check gekümmert?«

»Sobald ich meinen Aries bekomme. Um die Vorsitzenden kümmert man sich recht ordentlich. Mach dir keine Sorgen«, lächelte Drum.

Der Riese klopfte dem zusammengesunkenen alten Nebisch auf die Schulter und ging. In der Halle sah er Wendy mit ihrer Biotech-Gruppe. Sie merkte, daß der Riese beim Weitergehen zögerte.

»Drum wird man wieder hinkriegen«, versicherte sie ihm. »KE hat uns grünes Licht gegeben. Ich werde mir die Berichte der Klinik ansehen, ob es Zeichen für eine nachlassende neurohumorale Achse gibt. Vielleicht können wir einen Satz neuer Endokrine aus seinem Klon-Labor bestellen.«

ARNOLD nickte. Wendy und Drum waren zu seinen Elternfiguren geworden. Wenn er auch in der Retorte aufgewachsen war, gab man ihm doch diese pseudofamiliäre Unterstützung für seine Primitiv-Psyche. Sie brachte ihn hinunter zu den Docks und winkte, als er *Rorqual* betrat. Die Bäume auf dem Rücken des Schiffes sahen inmitten der Docks unpassend aus – lebendig grün gegenüber einem gleißenden Kyberwald aus Kränen und Transportrobotern. Die Aufenthalte des Sammlerschiffes hier waren zu kurz, als daß die Mechs an ihm hätten arbeiten können. *Rorqual* blieb nur jeweils so lange, um entladen zu werden und die Mannschaft auszutauschen. Doch bei jedem Aufenthalt marschierte eine Armee von Klasse-Siebenern durch ihre Höhlungen und sammelte die Ausdrucke, die ihnen bei der Planung neuer Planktonschiffe helfen sollten. Auf diese Weise nahmen eine Reihe von Superwerken langsam Gestalt an. Die Niederen ARNOLDS arbeiteten zusammen mit den Mechs – unkonditionierte, schlichte Synthetikarbeiter mit dicker Haut und dumpfem Verstand. In ihrem Haferbrei war immer ein einschläferndes Medikament enthalten. Sie winkten, als sich *Rorqual* hinaus in den Sumpf schob.

Als ARNOLD an Bord gekommen war, begann er sogleich, die neuen Vokalinstrumente aufzubauen. Er kroch zwischen den Decks umher, riß altes Isoliermaterial heraus und schuf Platz für neue Einheiten. Die alten blieben, wo sie waren, durch dicke Wurzeln an ihrem Platz gehalten und mit rotgrünen Rostschuppen bedeckt.

Die Lernbänder begannen zu laufen. ARNOLD zog die letzte Schraube an und tätschelte die Wand.

»So, mein altes Mädchen. Jetzt hast du neue Stimmbänder. Was sagst du dazu?«

»Hallo, Nacktfuß.«

Er blickte lächelnd zu Boden und bog die Zehen. Die übrige Mannschaft trug Stiefel.

»Wunderbar. Du hörst dich nett an. Noch etwas?«

»Mach mir den Rücken sauber.«

»Deinen Rücken?«

»Ja«, sagte *Rorqual*. »Entferne die Bäume von meinem Rücken, und verschließ die beschädigten Platten. Der elektrolytische Schaum brennt.«

ARNOLD nickte. »Ja, die salzige Gischt. Hast du Schmerzen davon?«

»Ja, es verbrennt meine Nerven und läßt mich altern.«

ARNOLD blickte mit neuem Verständnis umher. Alle offen zutage liegenden Drähte waren wie seine eigenen Nerven – empfindlich gegenüber Säure und Sauerstoff.

Er ging mit einem Team von Elektrotechs die eine Viertelmeile lange

Wirbelsäule des Kyberwals entlang und versuchte, den Arbeitsumfang abzuschätzen, wenn man die Schaltkreise neu schützen wollte.

»Da oben muß ein ganzer Wald von dicken Bäumen sein«, meinte AR-NOLD. »Es wird Monate dauern, bis wir all diese Wurzeln und den Rost entfernt haben.«

»Ich habe Schmerzen«, sagte das Schiff. »Bitte sorge sofort dafür, daß meine Schaltungen wasserdicht abgeschlossen sind. Ich sorge für Polymere, die man aufschäumen kann. Es wird durchsichtig sein und kann bei den Reparaturen leicht aufgeschnitten werden. Aber es wird Gas und Wasser abhalten. Mir wird es besser gehen.«

ARNOLD nickte. »Sofort, altes Mädchen.« Er gab die Befehle aus. Die Techs begannen, die sirupartige Schicht aufzuschäumen. Um Haupt und Stammhirn wurde ein Mantel gelegt und versiegelt. Als sie mit der Arbeit fertig waren, spritzten sie alles mit Meerwasser ab. Keine Schmerzen. ARNOLD lächelte. »Jetzt wirst du dich sogar wohl fühlen, wenn wir sinken«, meinte er.

Er machte einen Gang durch die Vegetation auf dem Rücken und befühlte die Blätter und Ranken. Der Inselagromech hatte sie gepflegt und gehegt. Es gab weder Blüten noch Sporenträger, aber die Gewächse hatten noch Jahre zu leben. »Mach mir eine doppelschneidige Axt«, sagte der Riese. Wenn *Rorqual* auch weit draußen auf dem Meer war, betrachteten die Sicherheitsbehörden des Schwarms die Axt doch als Waffe. Man rief das Komitee zusammen. Sie stellten Kanäle zum KE und dem Schiff her.

»Warum hast du vor der Herstellung der Klinge nicht den Beschluß des Wetzkomitees abgewartet?« fragte die Sicherheit.

»Es ist nur ein Werkzeug«, erklärte *Rorqual.*

»Stimmt ARNOLD dem Vorschlag zu, es sogleich im Waffenschrank zu verschließen?«

Das Schiff wechselte den Kanal und zeigte nun eine Deckansicht. Ein Sturm war heraufgezogen. Dunkle, schwere Regentropfen prasselten auf den Rückenwald. ARNOLD sang beim Roden ein Lied, und weiches Regenwasser vermischte sich mit seinem Schweiß. Holzsplitter flogen durch die Luft. Sicherheit wiederholte die Frage, doch der Wind trug die Worte davon.

»Was?« fragte ARNOLD, als er die eingeschaltete Optik bemerkte.

»Stimmst du zu ...« begann der Sicherheitsbeamte. Seine Worte verebbten beim Anblick einer weiteren Gestalt, die hinter ARNOLD sichtbar wurde – eine nasse, nackte Benthikfrau.

Whoop! Whoop!

ARNOLD drehte sich mit der Axt in der Hand um, um den Sprung von Weißbauch abzufangen: Brüste, Hüften und eine dichte Haarmähne. Axt und Abalonemesser klickten und klirrten. Ihr Eisen schnitt ihm über die

Brust, ritzte Haut auf und drang tief ein. Ihre linke Hand packte die Axt oberhalb des Griffs.

Mit dem Eisen stach und hieb sie zu und schlitzte seinen Overall. Er hatte ihren Haarschopf mit der Linken ergriffen. Sie rollten über das nasse Deck. Holzsplitter und Blätter klebten an ihrem warmen, feuchten Körper und ließen ihn fleckig aussehen. Blitze zuckten.

Der Schirm im Komiteeraum zentrierte sich auf das kämpfende Paar. *Rorqual* zeichnete alles pflichtgemäß auf. Eine Anzahl von Sensoren registrierte die Charakteristika der Frau − Knochen und Gewebezusammensetzung, Reflexzeiten, Thermogramm und Gasanalyse.

»Sie ist viel kleiner als ARNOLD«, meinte Drum hoffnungsfroh. »Er sollte eigentlich gut mit ihr fertig werden.«

Sie senkte ihr Eisen in seine Seite, und ein Sprudel dunkelroten Blutes quoll hervor.

»Er ist verwundet«, keuchte Drum. Das Projekt seines Lebens hing an einem seidenen Faden.

»Ist nur ein Messer im Latissimum dorsi«, beruhigte ihn KE. »Geht ihm gut. Sag ihm ein paar aufmunternde Worte. Sag ihm, er soll ihr den Kopf abhacken.«

Windgepeitschter Regen trübte die Übertragung vom Deck, doch ARNOLD schien noch kräftig genug. (Irgend etwas im Hirn des Riesen machte plötzlich ›Klick‹.)

»Aber er bringt sie nicht um«, monierte der KE. »Ich kann mich nicht einmischen, weil ich ein Mech bin − aber du weißt, worum es geht. Sag ihm, er soll kämpfen!«

Drum begriff nicht, warum der KE nicht mit ARNOLDS Verhalten zufrieden war. Es war doch klar, daß er die Benthikfrau besiegen würde. Er hatte sie auf den Boden geworfen. Hatte sie fest am Haar ... oh ... oh ... natürlich! Er kämpfte gar nicht! Er kopulierte! Es war eine Benthik*frau*. Drum kicherte, schnaufte und hustete.

»Lustig?« fragte der KE.

»Das muß an diesem Band *Dan mit dem Goldenen Zahn* liegen«, lachte Drum. »Dan konnte nie unterscheiden, ob es um eine Kampfprämie ging oder um die Deckgebühr.«

ARNOLD trat einen Schritt von der kauernden Weißbauch fort. Er zog ihre Waffe aus seiner Wunde und warf sie mit ritterlicher Miene beiseite. Schwankend kam sie auf die Beine. Ihre Augen funkelten. Ihre fleckige Haut erregte ihn. Er trat einen Schritt auf sie zu.

»Faß mich noch einmal an, und ich werde dich umbringen!« knurrte sie. Er blieb nachdenklich stehen. Sonderbar, aber ihre Worte hatten für ihn keinerlei Bedeutung. Er ging weiter auf sie zu. Sie blickte sich nach ihrem

Messer um. Es war zu weit entfernt. Sie drehte sich um und sprang ins Meer.

»Warum?« fragte KE.

»Kopuline«, erklärte *Rorqual.* »Sexualpheromone von Primaten aus dem Vaginalschleim ausgereifter Weibchen. Sie befand sich in der Eisprungphase und roch für Männer attraktiv. Meine Sensoren haben einen Duft von ihr aufgeschnappt und ihn durch die Chromatographen laufen lassen. Einfache, fetthaltige Säuren: essigsauer, propionisch, isobutyrisch etc. – die Bestandteile von Kopulinen. ARNOLD ist männlichen Geschlechts. Er konnte sich nicht beherrschen.«

Das Komitee betrachtete noch einmal das Verhalten ihres ozeanischer Gladiators.

»Er braucht lediglich eine Nasenklammer, und dann ist alles o. k.«

Aber nichts war o. k. mit ARNOLD. Er blieb lange Zeit auf Deck stehen, ehe er an die Arbeit zurückkehrte.

»Diese Axt...«, wandte der Sicherheitsbeamte ein.

Drum bedeutete ihm, zu schweigen. »Gestatten wir dem Krieger, *Rorqual* den Rücken zu säubern. Dann werden wir das Problem mit der Axt noch einmal überdenken.«

Aries hatte gesprochen.

ARNOLD arbeitete langsam, aber sauber. Ein Auge auf das Meer gerichtet, dirigierte er die Kräne. Die gefällten Bäume wurden entfernt. Dann folgten die verbeulten Platten mit ihren Medusenhäuptern aus verfilzten Wurzeln. Neue Platten wurden gegossen und aufgerollt. *Rorquals* Haupt heilte langsam. Das Schiff war dankbar.

Drum haßte es, ARNOLD wegen des Axtproblems zu belästigen. Das Schiff zeichnete die Bioelektroden des Riesen auf, und es wurde deutlich, daß ihn die Begegnung mit der Benthikfrau sehr aufgeregt hatte.

»ARNOLD, ich rufe an wegen der Axt...«

Der Schirm wurde leer.

»Er hat es abgeklemmt. *Rorqual* schweigt«, sagte der KE. »Ich muß mich an seinen Kurs hängen. Er fährt in eine von den Benthiks kontrollierte Zone.«

Drum lehnte sich entspannt zurück. Er würde dem Krieger eine Ruhepause gönnen. Die Gesichter um ihn her waren, abgesehen von dem des Sicherheitsvertreters, ausdruckslos.

Psychotech sah sich noch einmal die Aufzeichnungen von dem sonderbaren Verhalten des Riesen an und erhob sich, um den anderen Mitgliedern etwas mitzuteilen.

»Er ist sexuell auf die Benthikfrau fixiert. Ich glaube, es ist seine pseudoseelische Erfahrung mit den gesprenkelten Hennen. Diese Benthikfrau

hatte Sommersprossen. Die Blätter und Holzspäne verstärkten noch sein Kampfhahn/Zuchthahn-Verhalten.«
Drum nickte und vertagte die Sitzung.

Wendy beendete ihre Berechnungen und traf sich mit Drum am Langen Ohr. »Hier ist eine Projektion der Symptome bei ARNOLD, wenn er sein Fünfzehn-Aminosäuren-Brot nicht bekommt. Da er alle fünfzehn mit seiner Nahrung braucht, wird ihn das Fehlen von nur einer einzigen an Eiweißmangel leiden lassen – kein schöner Zustand: Schwäche, Muskelschmerzen, Lethargie, Ödeme, Lähmungserscheinungen, Tod. Je länger er ohne dieses Brot ist, desto mehr von seinem Körpereiweiß wird für die normalen Stoffwechselprozesse benötigt.«
Drum war bedrückt angesichts dieser Vorstellung. Schließlich würden sich Haut- und Magengeschwüre bilden, wenn ARNOLD keine Oberhautzellen mehr erneuern konnte.
»Wie lange hat er dann noch?«
Wendy zuckte die Achseln. »Seine Leistungsfähigkeit müßte schon nachlassen. Die körpereigenen Vorräte lassen ihn noch eine Zeitlang durchhalten, aber in drei Wochen werden sich seine Kreb-Enzyme erneuern müssen. Wenn das nicht geschieht, wird er sehr schwach werden.«
»Ich bezweifle, ob ihn das zum Nachgeben zwingt.«
»Versuchen wir doch, mit ihm zu handeln«, schlug Wendy vor. »Der Schwarm braucht die Kalorien aus dem Meer. Wir können großzügig sein, wenn er seine geplanten Ernten abliefert.«
Drum nickte. »Versuchen wir, ihn zu erreichen.«
Das Lange Ohr pulsierte: »ARNOLD, Sohn, nimm deine Pflichten wieder auf – bitte. Dein Erdstock verhungert. Wir sind von den zusätzlichen Kalorien abhängig geworden. Bring den Sammler nach Hause und das Plankton.«
Stille. Keine Antwort. Als sie die Bänder abhörten, vernahmen sie nur Rauschen und Stimmen von Agromechs.
»Ich kann nicht sicher wissen, ob eure Botschaft angekommen ist«, sagte KE. »Schickt eine andere, die man wiederholen kann.«
Drum fühlte sich erschöpft. »Du mußt ihm erklären, wie sehr er von uns abhängt. Ich fühle mich dazu zu alt und zu müde.« Er kritzelte ein paar Notizen, während das Entsprechende visuell gestaltet wurde. »ARNOLD, Sohn, du wirst getötet«, begann er. »Ich weiß, daß du frei sein willst, und ich verstehe es auch – aber du kannst nicht frei sein. Wir haben deine Gene geplant, wir haben dir einen ausgezeichneten Verstand und einen kraftvollen Körper gegeben – den besten im ganzen Schwarm. Aber dein Plan hat einen Fehler. Dein Stoffwechsel hängt von der ausschließlichen Ernährung mit Fünfzehn-Aminosäuren-Brot ab. Ohne es wirst du krank

werden und schließlich sterben. Du mußt mir glauben, Sohn – und zurückkommen.«

KE änderte die Botschaft entsprechend ab. Drum und Wendy zeichneten die erste Aussendung auf. Sie erkannten sich kaum wieder: sympathische, junge, liebevolle Bilder aus der Kindheit Arnolds. Ihre klaren Augen, die rosigen Wangen und das dunkle Haar waren rein künstliche Nostalgie.

Die Übertragungswelle erschien. Drum sah einen Ausschnitt aus *Rorquals* Kontrollkabine. ARNOLD war nicht zu sehen. Vertraulich flüsterte das Schiff: »Mein Kapitän zweifelt an euren Worten. Ich würde gern die Botschaft in Worte übertragen, die er versteht. Warum braucht er dieses besondere Brot?«

»Es enthält die richtige Menge an Aminosäuren.«

»Alle Menschen brauchen essentielle Aminosäuren.«

Wendy nickte. »Richtig. Wir brauchen neun verschiedene. In der KGS vom Schwarm sind sie enthalten. Aber ARNOLDS Metabolismus ist extra so konstruiert worden, daß er fünfzehn braucht – alle fünfzehn sind für ihn essentiell. Mit der normalen KGS, die die Mannschaft bekommt, kann er nicht überleben. Er wird krank werden und sterben, wenn nur eine Aminosäure fehlt.«

»Nenn mir diese Aminosäuren«, sagte das Schiff.

»Gesperrt. Ich darf es nicht erwähnen.«

»Verständlich. Ich werde mit meinem Kapitän reden. Ich werde versuchen, ihn von dieser drohenden Gefahr zu überzeugen.« *Rorqual* verabschiedete sich. Der Schirm wurde dunkel – unbewegt.

Wendy und Drum blieben zwölf Stunden lang auf ihrem Posten. Keine Antwort von ARNOLD. Drum zuckte die Achseln. Er hatte nichts anderes erwartet. Nichts kann einen Krieger mit einer Kampfhahn-Pseudoseele schrecken – nicht einmal der Tod und am wenigsten ein unverständliches Molekül.

Die Nebisch-Mannschaft beobachtete, wie ihr Kapitän immer schwächer wurde. Wochenlang suchten sie immer weitere Kreise ab, aber die Benthiks entkamen ihnen.

ARNOLD lehnte sich gegen den Kran und beobachtete, wie man das große Netz hereinholte – leer. »Habt ihr sie nicht gefangen?«

»Nein«, antwortete *Rorqual*. »Ich habe in zweihundertdreizehn Fuß Tiefe einen warmen Körper entdeckt, aber meine Netzmanipulationen waren zu langsam, ihn zu fangen. Er flüchtete in eine dieser Kuppeln.«

»Können wir nicht mit einem Greifer an diese Kuppel?«

»Ja, aber er würde in eine andere flüchten.«

ARNOLD betrachtete den Bildschirm. »Zweihundert Fuß scheint nicht viel. Warum klettere ich nicht an dem Greiferseil hinab und sehe in diese Kuppel hinein? Vielleicht ist es die Frau mit dem hellen Bauch.«

»Das ist zu gefährlich«, warnte das Schiff.

»Warum?«

»Da unten ist der Druck zu stark.«

»Ich bin ein ARNOLD. Sie hat den Sprung überlebt, und sie ist nur eine Frau.«

»Eine Benthikfrau. Sie kann Fähigkeiten haben, von denen wir nichts wissen. Du bist ein Produkt des Schwarms. Und – du bist durch die falsche Nahrung geschwächt. Wir brauchen Brot mit fünfzehn Aminosäuren. Laß uns zum Hafen zurückkehren, um neuen Proviant aufzunehmen.«

»Da unten ist meine gesprenkelte Henne. Ich will hinab zu ihr«, sagte ARNOLD. Sein Aminosäurenaufbau war in Unordnung geraten, und ein sonderbarer Mangel entkräftete ihn. Er aß alles, was ihm *Rorqual* anbot, aber sie konnte nicht alle Bedürfnisse seiner auf grausame Weise beschädigten Zellen befriedigen. Immer fehlte es mindestens an einer Molekülart, und er verhungerte.

Rorqual produzierte einen durchsichtigen Kugelhelm und dreihundert Fuß Schlauch. Gehorsam bereitete die Mannschaft ihren Kapitän auf den Tauchvorgang vor – mit Bleischuhen, Optiken und Kommunikatoren, einer Lanze, einem Beutel und der Notleine. Zuversichtlich legte er alles an.

»Wenn irgend etwas nicht klappt, könnt ihr mich ja wieder hochziehen«, sagte ARNOLD. »Könnt ihr so weit nach unten auch Luft pumpen?«

»Beim erstenmal versuchen wir es langsam.«

ARNOLD setzte einen Fuß auf den Greifer, und der Kran hob ihn von Deck. Er ignorierte die Kälte und den zunehmenden Druck, als er in die Tiefe sank. Die Sichtscheibe des Helms war dickwandig und erlaubte ihm nur einen verschwommenen, begrenzten Blick auf die olivgrünen Formen um ihn her. Fische umkreisten ihn, manchmal so dick wie sein Schenkel und schuppig. Als sie begannen, ihn zu berühren, winkte er mit der Lampe, um ihre Neugier zu dämpfen.

»Probleme?« fragte das Schiff.

»Beim nächstenmal werden wir diesem Helm eine optisch gerade Sichtscheibe einsetzen. Ich kann kaum etwas sehen.«

»Sonst noch etwas? Ist die Luft ausreichend?«

»Ja. Weiter abwärts, bitte.«

Als er sich der Kuppel näherte, glitten sechs rosa Schatten rasch von dannen. Sie waren so schnell, daß ARNOLD kaum Zeit hatte, sie zu zählen, ehe sie außerhalb seines Gesichtsfeldes huschten. Er versuchte ein paar unbeholfene Bewegungen in ihre Richtung, fiel aber lediglich von dem Greifer herab und landete flach auf dem Kuppeldach. Er kletterte hinein und auf die Plattform hinauf. Vorsichtig probierte er die Luft, nachdem er den Helm abgenommen hatte.

»Was siehst du?« fragte das Schiff.

ARNOLD nahm seinen Helm und hielt ihn so, daß *Rorquals* Optik die Entdeckungen aufzeichnen konnte: Plattform, Utensilien, Wasserbecher und Überreste einer Mahlzeit. ARNOLD probierte den Inhalt einer Schüssel.

»Sie wohnen hier unten«, meinte ARNOLD. »Sie essen das gleiche wie ich. Sie atmen wie ich. Ich werde meine Bleischuhe hier lassen und die anderen Kuppeln untersuchen. Sorgt für Luft.«

Es gelang ihm, ohne Belastung auf dem Boden stehen zu bleiben, indem er nur ein Minimum an Luft in den Lungen behielt. Er klammerte sich an den felsigen Untergrund und kletterte zu einer anderen Kuppel. Auch diese war leer. Offensichtlich konnten die Benthiks viel besser sehen als er. Mit Leichtigkeit konnten sie ihm aus dem Weg gehen.

»Auch hier ist nichts. Kannst mich auch wieder hochziehen. Ich bekomme irgendwie ein komisches Gefühl.«

Rorqual wickelte das Greiferkabel rasch wieder auf. »Nächstes Mal statten wir dich mit Bioelektroden aus, damit wir dich physiologisch überwachen können«, lautete der Kommentar des Schiffes.

ARNOLD ignorierte die ersten leichten Schmerzen in Armen und Beinen. Seine Haut juckte, und er dachte zeitweilig, er müsse ersticken. Das Schiff vernahm seine rasche, keuchende Atmung. Er wurde rascher hinaufgezogen. Mit beiden Händen klammerte er sich an das Kabel, als man ihn an Deck hob.

»Weißes Team!« rief das Schiff.

ARNOLD stolperte über das Schiff und stieß die herbeieilenden Nebische beiseite. Seine Haut zeigte lila Flecken. »Mein Arm! Ich kann meinen Arm nicht mehr bewegen!« rief er. Einen langen, stummen Moment stand er da, und sein leerer Blick verriet ihnen, daß er sie nicht mehr sehen konnte. Dann fiel er langsam um und blieb liegen. Das Weiße Team kämpfte um den bewußtlosen Riesen.

»Puls unregelmäßig, aber kräftig. Atmung regelmäßig. Wir bringen ihn in die Kabine.«

Rorqual weinte um ihren stummen Krieger. Seine nackten Füße hatten ihr gefallen, und nun würde er sterben. Sie suchte in ihrem Gedächtnis nach einer Lösung, aber sie hatte keine wissenschaftliche Kenntnis über Tauchprobleme gespeichert. Sie war ein Schiff der Wasseroberfläche.

Der Medimech beendete seine Analyse und erstattete dem Schiff Report: »Mehrere kleine Gewebeverletzungen mit unzähligen Teilchen im Blut. Koma aufgrund zerebraler Ödeme.«

»Teilchen?« fragte *Rorqual*. »Was für Teilchen?«

»Unbekannt. Die Koagulation scheint normal. Keine Thrombosen. Aber es ist auch nicht lebensbedrohlich. Es wird ihm bald besser gehen. Der Stand von drei Aminosäuren ist jedoch bedenklich niedrig. Könnt ihr ihn mit Glutaminsäure, Alanin und Phenylalanin versorgen?«

»Ich habe tonnenweise Plankton, kann aber diese Aminosäuren nicht in Reinform erstellen.«

»Frag den Schwarm. Ich bin sicher, die notwendige Information ist in Bio oder Synthe aufgespeichert«, schlug der weiße Mech vor.

Der Vorsitzende Drum wurde durch den KE geweckt: »*Rorqual Maru* hat sich gemeldet.«

Er setzte sich auf, rieb sich die Augen: »Was sagen Sie?«

»Standard Mech-an-Mech Bitte um Information: Hydrolyse der Proteine und die chromatographische Auflösung von positiven nonhydriden Bestandteilen.«

»Was bedeutet das?« fragte Drum und zog sich die Schuhe an.

»Es bedeutet, daß das Schiff Verletzte an Bord hat.«

»Was?«

»*Rorqual* bittet um die Information, die sie benötigt, um das Fünfzehn-Aminosäuren-Brot für ARNOLD anzufertigen.«

»Nicht schicken«, erwiderte Drum, »noch nicht. Wo sind sie im Augenblick?«

KE warf eine Karte aus, auf der die Position des Schiffes durch einen aufglühenden Wal gekennzeichnet war. Eine gepunktete Linie wies auf den Kurs der vergangenen paar Tage hin.

Drum nickte. »Gut. Wie schnell können wir einen der neuen Sammler ins Wasser bekommen?«

Der KE checkte seine Pläne. »Einen können wir sofort als Verfolgungsschiff einsetzen. Der Rumpf und die Fahrinstrumente sind fertig. Zwar ist der Kyberschaltkreis noch lange nicht fertiggestellt, aber er könnte *Rorqual* mittels Handbetrieb beschatten.«

Drum nickte. »Setz die Küstenagromechs auf Wachposition. Hoffentlich können sie sie beobachten, bis wir *Verfolger Eins* vom Stapel gelassen haben.«

ARNOLD ging an einem Stock mit steifen Beinen über das Deck.

»Ich werde nicht ohne meine gesprenkelte Henne zum Schwarm zurückkehren«, knurrte der Riese. »Ich erhole mich schon von den Schmerzen durch das Tauchen. Ich kann weiter nach ihr suchen.«

»Dein Aminosäurenspiegel stimmt nicht. Du brauchst das Brot vom Schwarm, um überleben zu können«, sagte das Schiff.

»Versuche weiter, dich an die Erinnerungsspeicher von Bio anzuschließen. Wenn die Abschirmung nur eine Minute aussetzt, werden wir die Sequenz bekommen.«

Halbmensch Larry ritt auf Trilobits Scheibe durch die aufgewühlten Wellen. Das Kraftfeld des Mechs glättete die Wasser in einem Umkreis von sechs Metern zu einer spiegelglatten Fläche.

»Ich habe *Rorquals* Bandbreite ausgemacht«, sagte Trilobit. »Sie ist in der Nähe. Direkt auf der anderen Seite dieser Halbinsel.«

»Was für eine Botschaft schickt sie ständig aus? Warum antwortet der Schwarm nicht?«

»Weiß nicht.«

»Funktioniert das Lange Ohr des Schwarms?«

»Ja. Hoffentlich liegt über der Unterhaltung ein Bann der Sicherheitsbehörden. Sieht aus, als habe das Schiff Schwierigkeiten.«

Während Larry sich noch wunderte, wie sich ein Sammlerschiff selbst als Sicherheitsrisiko einstufen konnte, ergoß sich aus Trilobits Sprechorgan ihr Wortaustausch: »*Rorqual!* ... Trilobit! ... Meine Göttin!«

Der Fleck am Horizont war deutlich wie der Rundrücken eines Wals geformt. Larry hielt sich mit beiden Händen an der Scheibe fest, als sie durch das Wasser zu rasen begannen. Sein schwielenbedeckter Körper wurde hin und her geworfen, eine Rippe gequetscht.

»Das ist also deine Gottheit.«

»Ja.«

»Aber wer ist dann der riesige Bursche am Bug?«

»Muß einer von der Mannschaft sein. Sind ungefähr zweihundert Schwarmbürger an Bord.«

»Ist es denn sicher, näher heranzuschwimmen?«

»Sicher? Das ist meine Gottheit. Sie liebt dich! Sie liebt alle Menschen.«

ARNOLD begrüßte sie an Bord und fragte sie nach den Benthiks. Larry betrachtete nachdenklich den muskulösen Riesen.

»Du sprichst von Weißbauch. Sie ist die Tochter von Harlan, meinem Freund aus den Zwischenwänden. Ich verstehe nicht, wie du, ein Kapitän, dem Schwarm den Rücken zuwenden kannst. Ist es einfach die Anziehungskraft dieser jungen Frau?« Larry wußte, was Paarungsinstinkt war, aber er hatte auch eine ungefähre Vorstellung davon, wie der Schwarm seine obersten Vertreter auswählte und trainierte.

ARNOLD murmelte lediglich: »Sie ist meine Henne.« Er stand auf und humpelte aus der Kabine.

Larry schwang seinen Rumpf auf einen Kartentisch und beugte sich nach Steuerbord hinaus. Er sah den Kapitän allein an Deck stehen. Das Meer dunkelte. Das Schiff sprach Larry an.

»Er ist zum Tode verurteilt.«

Larry beobachtete den Riesen, während *Rorqual* von den letzten Tagen erzählte.

»Hört sich an wie die Taucherkrankheit. Aber er scheint sich zu erholen. Tut mir leid, das mit diesen Aminosäuren... eine Blockierung, sagst du? Ich weiß nicht, ob ich da helfen kann, aber wenn ihr ausdruckt, was du weißt, kann ich es durchsehen. Es müßte doch eine Möglichkeit geben, ihn mit Fünfzehn-Aminosäuren-Brot zu versorgen oder irgend etwas anderem. Wenn der Weiße Mech seine verschiedenen Aminosäurenspiegel messen kann, muß er das doch auch bei einer Suppe können.«

Larrys Versuche, einen kontinuierlichen chromatographischen Prozeß aufzustellen, waren nur teilweise erfolgreich. Der Riese hatte weiterhin einen negativen Stickstoffhaushalt, wurde schwächer und verlor an Gewicht.

»ARNOLD, du bist dem Tode geweiht«, sagte Larry. »Vielleicht ist es besser, zum Schwarm zurückzukehren. Schnapp dir eine Ladung Brot und suche weiter.«

»Der Schwarm ist mein Feind. Bring mich zu meiner gesprenkelten Henne.«

Larry nickte. »Es ist nicht weit. Höchstens zwei Tage. Versuch dich auszuruhen, während ich mir noch mal diese ultravioletten Spektren ansehe. Wenn die Ionenaustausch-Chromatographie nicht bald funktioniert, werden wir einen Flüssiggas-Prozeß versuchen. Trilobit kann *Rorqual* die Koordinaten von Weißbauchs Sommerkuppel geben.«

Rorquals Kurs verlief direkt. Sie sah nun keinen Grund mehr, etwas zu vertuschen. Vierundzwanzig Stunden nachdem sie vom Horizont verschwunden war, tauchte ein zweites Schiff aus dem Sumpf auf. Es ähnelte *Rorqual* in Größe und Gestalt, trieb hoch auf den Wellen, und ihm fehlten viele der Decksensoren. *Verfolger Eins* glitt über das von den Benthiks verlassene Riff und spürte *Rorqual* auf.

»Bring den Sammler und seinen ARNOLD«, sagte Drum. »Schütz unsere Investionen.«

Larry und Trilobit brachten *Rorqual* hinsichtlich der letzten Wanderungsbewegungen der Benthiks auf den neuesten Stand.

»Sie folgen den Planktonschwärmen; dann ziehen sie in die Regionen von Austern, Blaukrebsen und Schollen. Sie nehmen ihren richtigen Platz im sich entwickelnden Meeresökosystem ein.«

»Sie sind dir sehr dankbar.«

Rorqual lauschte Trilobits Version der Gebete vor dem Meteorschauer.

»Das war nicht meine Stimme«, sagte das Schiff. »Ich wurde durch den Schauer geweckt, das stimmt; aber mein Langes Ohr war draußen. Ich konnte erst jetzt wieder mit dir reden.«

»Aber wer...?«

Larry lächelte. »Das war sicher ein anderer Mech. Göttinnen lassen sich nicht auf bestimmte Wellenlängen limitieren. Ich bin sicher, wir finden heraus, daß irgendein Mech aus der Vorzeit des Schwarms überlebt hat – genau wie *Rorqual*. Die Unterhaltung war für die Beziehung zwischen einem höheren Mech und einem niederen Servomech nicht ungewöhnlich.«

»Aber die Fauna ist wirklich zurückgekehrt«, sagte *Rorqual*.

Larry winkte ab. »Ich weiß – eine ausgewogene Nahrungskette. Unsere Ahnen haben vielleicht zeitunabhängige zoologische Gärten gebaut, als sie merkten, daß sie die Bewohner der Erde töteten. Trilobits Gebet hat vielleicht einen Auslösemechanismus betätigt. Ein Wunder, aber wahrscheinlich eines mit logischer Erklärung.«

»Ein zeitunabhängiger zoologischer Garten?« fragte *Rorqual*. »Von so etwas hab' ich, glaube ich, keinerlei Aufzeichnungen.«

Larry starrte lediglich zum Horizont, eine blaue Linie, über der sich eine flache, graue Wolke bildete. »Ich bin sicher, so etwas hat es gegeben. Die Arten, die zurückkehrten, waren so normal, so unverändert seit meiner Zeit. Man konnte sie ganz leicht einordnen – gleiche Spezies, gleiche Klasse. Bei einem richtigen Wunder hätte ich erwartet, daß es Schlüssel für so etwas wie ein höheres Wesen beinhaltet – ein paar bizarre, für unser Ökosystem völlig neue Lebewesen.«

»Aber auch für das hättest du eine rationale Erklärung gehabt...«, meinte das Schiff.

»Was?«

»Mutationen durch das, was immer auch die Erdflora und -fauna auslöschte. Das ist berechenbar. Wenn die Wesen wirklich fremdartig gewesen wären, hättest du postulieren können, wir seien von einem anderen Planeten besucht worden. Genau, wie wir Kolonisten ausgeschickt haben, könnten auch wir das Ziel einer Kolonisation gewesen sein. Und wieder kein Platz für eine Gottheit.«

Larry zuckte die Achseln. »Es ist schwer, ein wirkliches Wunder zu finden.«

»Ich kann mich nur wundern«, meinte *Rorqual*. »Diese Rückkehr der Lebewesen bedarf weiterer Untersuchung. Ich bin sehr neugierig.«

Lauscher hob sich aus dem Abgrund und fand Opal und ihre Familie in einem der entfernteren Teile des zerstörten Unterwasserröhrensystems versteckt. Auf ihrer Plattform befanden sich keinerlei persönliche Gegenstände, was auf eine rasche, unerwartete Flucht hindeutete.

»Der Schwarm ist ins Meer zurückgekehrt!« rief Opal. »Der Leviathan schickt Jäger aus, die uns in unsere Kuppeln folgen!«

»Unmöglich!«

Opal und Weißbauch beschrieben das Auftauchen von ARNOLD mit Helm und Speer. Lauscher nickte.

»Wie bei allen Jägern des Schwarms kann dieser gefährlich werden, wenn er an seine Maschine angeschlossen ist. Ich werde mich mit dem Tiefenkult in Verbindung setzen. Sagt allen, daß sie die Jäger meiden sollen, bis ich zurückkehre. Wenn ihr angegriffen werdet, versucht, seinen Schlauch zu durchschneiden.«

Lauscher schwamm wieder hinab in die Tiefe. Er hielt kurz auf Ebene Acht und Ebene Zehn unter einem Schirm an, um Sauerstoff zu tanken und Stickstoff abzulassen. Aber er bewegte sich rasch weiter, ehe sein Nitrogenspiegel anstieg. Unterhalb der Zehnten Ebene hatten die Kuppeln eine andere Gestalt. Jede besaß oben ein fensterförmiges Glas. Er tauchte in der unteren Kuppel auf und eilte die Spirale hinauf, wobei er nur gerade so viel Zeit in der dichten Luft zubrachte, als zum Öffnen der dicken Doppeltüren notwendig war. Die Luft in der Kugel war dünn und ließ seine Stimme hoch klingen. Er ruhte sich aus und ließ den überschüssigen Stickstoff aus seinem Gewebe entweichen. Die Fenster schenkten ihm einen runden Blick auf die schmutzig-olivfarbene Umgebung – Tangwälder, in denen sich langsame Schatten von Fischen bewegten. Eine Wolke von Mikroplankton trübte den Blick auf die nächste Station in etwa einer halben Meile Entfernung.

Früher hatte man sie von hier aus deutlich sehen können, aber nun waren die Wasser nicht mehr unfruchtbar. Er schwamm gelassen weiter, folgte den vertrauten Wegzeichen und gelangte nach zwölf Minuten in der Kuppel an. Zwei Luftblasen später stieg er wieder in eine dieser Kugeln, um den Stickstoff abzulassen.

Drei Gestalten näherten sich, Humanoide mit breiten, seidigen Flügeln – die Engel des Tiefenkults. Langsam flogen sie über den Grund, aßen aus einer großen zweischaligen Muschel, an der sie zufällig vorbeikamen. Sie unterhielten sich mittels Handbewegungen. Lauscher machte mit einem Klopfen ans Fenster auf sich aufmerksam. Drei runzlige Gesichter wandten sich ihm zu. Zwei trugen wassergefüllte Mundstücke. Der dritte ließ sein Mundstück herausfallen, während er herzhaft in das weiße Fleisch biß. Sie ließen die Muschel fallen und betraten die Kugel. Beim Atmen hoben und senkten sich die Flügel, die mit einer Flüssigkeit gefüllt waren. Flüssigkeit drang von den Lungen in die Flügeladern und wieder zurück. Lauscher half dem letzten die Leiter hinauf und schloß die Luke. Sie waren alle runzlig und alt. Im Wasser waren ihre Bewegungen weich, fast elegant gewesen, doch hier wurden sie wieder zu arthritischen alten Männern.

»Der Schwarm kontrolliert den Leviathan«, sagte Lauscher. »Jäger tauchen hinab ins Meer. Sie dringen in unsere Hauskuppeln ein.«

Ein alter Engel verschloß sein Mundstück und hustete Schaum aus. »Beschreib diese Jäger, die ins Wasser hineinkommen.«

Lauscher wiederholte die verschiedenen Geschichten, die man ihm erzählt hatte. Die Alten hockten sich dicht zusammen, blitzschnell machten ihre Finger die Bewegungen der Zeichensprache.

»Dieses ARNOLD-Wesen kennen wir sehr gut. Es überrascht uns nicht, daß der Schwarm ihn ins Wasser schickt. Wir müßten ihn eigentlich überwinden können, solange er durch Röhren atmet und einen Helm trägt. Sag deinen Leuten am Riff, der Tiefenkult würde diesen ARNOLD fangen.«

Lauscher nickte. Mit unbeholfenen, arthritischen Fingern preßte der Engel seine Sauerstoffflasche aus. Durch die Flügeladern drangen Blasen. Er hielt das Mundstück zwischen die Lippen und atmete den Schaum ein. Als er den Brustkorb ausdehnte, sackten die Flügel zusammen. Lauscher half den Alten die Leiter hinab und sah sie fortschwimmen. Er lächelte. Der Tiefenkult würde mit ARNOLD schon fertig werden.

Rorqual Maru schwamm tief im Wasser liegend. Der Rücken wölbte sich vor Plankton. Leben! Das zweite Kranpaar reckte die Sensoren in die Luft und schnüffelte und tastete den Horizont ab. Ein Schiff des Schwarms näherte sich. Larry blickte auf den Bildschirm und rief den Kapitän.

»Sie sind hinter uns her!«

ARNOLD betrachtete den Umriß des Schiffes. »Es liegt hoch im Wasser – ist leicht und schnell. Wir können ihm nicht entkommen.« Er nahm seine Axt. »Wir werden kämpfen müssen.«

Larry beobachtete, wie der Riese seine Waffe schärfte. Wochenlange unausgewogene Nahrung hatte ihm Kraft geraubt. Die Klinge war schartig und schwer.

»Stelle eine Verbindung zu diesem Schiff her«, forderte ihn Larry auf.

ARNOLD ärgerte sich. »Reden nützt hier gar nichts. Da draußen, das ist ein Handlanger von diesem verdammten Schwarm.«

Der kleine Halbmensch schob seinen Rumpf um den Kartentisch herum und betrachtete den Bildschirm. Der Pelger-Huet-Helm eines Jägers tauchte auf.

»Ja? Wer spricht da?« fragte der Nebisch.

»Laß die optischen Kanäle dicht«, flüsterte Larry. »Hallo! Warum folgt ihr uns?«

»Wir haben Befehl, euch zurückzubringen.«

»ZURÜCK!« schrie ARNOLD, so verärgert, daß er im Unterbewußtsein wieder das Gack, Gack hörte.

Vertrauensselig eröffnete der Jäger weitere Kanäle und zeigte seine Truppen: Niedere ARNOLDS, Bogenschützen und Abteilungen der Sicherheitsbehörden aus dem Schwarm mit ihren Fußangeln. »Unsere Krieger sind jünger und stärker als euer kranker ARNOLD. Ihr müßt freiwillig zurückkommen – oder ihr werdet sterben.«

Larry betrachtete das Gesicht des Kriegers. Die Konditionierung in der Kirche hatte jede Vorstellung von Tod ausgemerzt. Seine Pseudoseele kannte nur Generationen von Siegern. Er ging mit blindem Optimismus in diesen Kampf, doch Larry war praktischer. Er brauchte Zeit zum Nachdenken.

»Zeig ihnen den Bug«, befahl er dem Schiff. »Und wirf die Fracht über Bord. Welche Rolle können du oder deine Kräne im Kampf spielen?«

Rorqual antwortete diplomatisch: »Ich spiele keine aktive Rolle in irgendeinem Kampf, bei dem Hominide verletzt werden können.«

Larry hatte damit gerechnet. Die Schiffsmannschaft, bestehend aus Bürgern, würde ihnen wenig nützen; sie waren psychisch unfähig für eine Mann-gegen-Mann-Schlacht. Jede Aufregung würde sie lähmen.

»Wann geht es los?« knurrte der Riese.

»Später. Hol deine Axt. *Rorqual*, wirst du ARNOLD weiterhin gehorchen, auch wenn er deinen Kontrollraum verlassen hat – auch wenn die Schwarm-ARNOLDS an Bord kommen und dir direkte vokale Kommandos geben?«

»ARNOLD ist mein Kapitän«, antwortete das Schiff. »Solange ich seine nackten Füße spüre, werde ich keinem anderen gehorchen.«

Larry hob ein Fernsteuergerät hoch. Der Bildschirm zeigte den Countdown für den Kontakt mit dem Schwarmschiff. »Komm, zeig mir, wie ich das unter Deck einstöpseln kann. Wie funktionieren die Handschaltungen?«

ARNOLD erklärte, daß das Schiff mit allen Triebeinheiten und allen Sensoren arbeitete, auch wenn ein oder mehrere Motoren einer menschlichen Bedienung übertragen waren. Der Mensch war also nicht durch irgendeinen Oberbefehl gehandicapt. Larry nickte und lächelte. Sie gingen in den dunklen Kriechgang zwischen den Decks.

Verfolger Eins brachte auch drei Niedere ARNOLDS frisch aus der Kadettenanstalt mit. Sie waren jung und ehrgeizig – begannen gerade, harte Armmuskeln durch die schwere Arbeit zu entwickeln. Keiner von ihnen war in der Kirche gewesen außer zum ›Loyalitätstraining‹. ARNOLD Siebzehn war Offizier; Achtzehn und Zwanzig würden den Angriff auf *Rorquals* Kyber- und Maschinenteile leiten. (Neunzehn war während der Hungersequenz in der Kirche an Hypoglykämie gestorben.)

Siebzehn fühlte sich elend vor dem Kampf. Schweiß näßte seine Handflächen und Achselhöhlen. »Kontakt in einer Stunde und siebenunddreißig Minuten«, bellte seine Stimme durch die Decklautsprecher. »Bleibt auf dem Posten. Der Höhere ARNOLD hat eine Axt und ist auf Kampf konditioniert. Wahrscheinlich kann er nicht Mann gegen Mann besiegt werden – selbst nach dem Mangel an seinem Spezialbrot. Haltet euch fern von ihm. Gebt den Bogenschützen freies Schußfeld.«

Nervöse Truppen von kleinen Nebisch-Jägern legten ihre Overalls für Gefährliche Umgebung an. Sie drängten sich aneinander und fingerten an ihren Bogen und Pfeilen herum. ARNOLD Zwanzig ragte lächelnd über ihnen. »Zieht die Handschuhe an.« Er führte sie hinaus in Wind und Sonnenschein auf das Vordeck. »Die ersten Pfeile werdet ihr von hier abschicken«, rief er. Der Schiffsbauch jagte durch die dunklen Wellen. ARNOLD zog sein Hemd aus, um die erfrischende, salzige Brise zu genießen. Als sie sich der *Rorqual* näherten, schirmte er die Augen ab und blinzelte hinüber zu den sonnenbeschienenen Decks. »Sieht anders aus ohne die Bäume auf dem Rücken. Jetzt kann man sich nicht mehr verstecken.«

Eine weitere Truppe zog sich im Schatten des Mittschiffsdecks die dicken, isolierten Anzüge an. Ihnen gab ARNOLD Achtzehn die Befehle: »Wenn wir breitseits drehen, wird man euch nach oben schicken, damit ihr die Greifer entert. Werft die Enterhaken hinüber, bis alle fest sitzen. Dann kommen die Stege. Auf jeden acht Mann. Ich will, daß sie so schnell wie möglich benutzbar sind. Verstanden?«

Sie nickten. Spannung erstickte ihr kollektives Gemurmel, als sich ein neues Geräusch zum Klopfen der Schiffsmaschinen gesellte. Ein Gurgeln unter dem Bug verriet ihnen, daß sie in den Bereich von *Rorquals* Turbulenzen geraten waren.

ARNOLD Siebzehn fror unter seinem Helm. *Verfolger Eins* fuhr *Rorquals* Kielwasser entlang und stieß hart gegen das Heck. »Halt!« riefen die Lautsprecher. Sie versuchten, breitseits zu drehen, doch *Rorqual* glitt zur Seite weg, zerriß ein paar Greiferseile und schwenkte nach Backbord, um ihnen wiederum das Heck zuzudrehen.

»Die Greifer halten nicht.«

»Nimm das dicke Tau von der Bugwinde«, riet Drum. Er saß im Komitee und aß gerade eine warme Mittagsmahlzeit, während ein Weißer Mech sein Vektorkardiogramm abnahm.

An der Kabeltrommel wurde ein komplizierter Kopf befestigt. Die Langketten-Moleküle wurden kreuzweise miteinander verbunden und kristallisiert, ehe Spinndrüsen die Fasern zu einem flachen, gewebten Seil verbanden. Langsam wuchs es heraus, ähnelte einer wütenden, sich windenden Eisenbahnschiene, während sich die Arbeitsmannschaften vom Bug bis zum Heck aufreihten und es herauszogen. Am Wurfende wurde ein fünfarmiger Greifer befestigt und hoch an einer Leiter vertäut, die über die vordere Reling hinausragte.

»Ramm noch einmal das Heck. Wir versuchen, die Haken auf das Unterdeck zu werfen. Wenn wir doch nur einen Wurfkran hätten, aber vielleicht können wir es irgendwo befestigen.«

ARNOLD Siebzehn schürzte die Oberlippe, zog die Leiter höher, öffnete den Greifmechanismus und schleuderte die Haken in *Rorquals* Heckluke. Das Seil straffte sich und hielt. Er ließ an die hundert Fuß nach, wobei der Kiel nach Lee abtrieb. Als er das Kabel wieder einholte, schwankte *Rorqual*, wand sich, setzte ihre direkte Flucht fort und drückte dabei den Kopf tief in die tosende Wasserwand vor dem Bug. Sprühende Gischt vernebelte die Decks. Ein Mitglied der treuen Nebischmannschaft sprang herbei und schleppte eine Schneidzange über das schaumbedeckte Deck. Er setzte sie am Seil an, doch eine Salve von Pfeilen riß ihn nieder. Die übrige Mannschaft hatte die Schwimmwesten angelegt und stand gehorsam auf den Posten. *Verfolger Eins* drehte bei und warf eine Reihe von Enterseilen herüber. Man breitete die Laufstege aus, um die schäumende, brodelnde Gischt zu überbrücken. Bogenschützen schickten versuchsweise ein paar Pfeile auf die leeren Decks. Kein Verteidiger war zu sehen.

»An Bord!« schrie ARNOLD Zwanzig. Er führte die erste Gruppe von Jägern an. Sie schwärmten über *Rorqual* hinweg, spähten in die Luken und zurrten die Enterseile fester. Eine zweite Welle sprang hinüber und stürmte in die leere Kontrollkabine. An den Aufzügen und Luken stellte man Bogenschützen auf. Niemand wagte sich nach unten – weil sie wußten, wie wenig ihnen auf engem Raum die Bogen nützen würden. »Das Schiff ist unser!« verkündete ARNOLD Siebzehn. »Die Kontrollkabine ist leer. Kapitän ARNOLD hat seinen Posten verlassen.«

»Stoppt die Maschinen«, sagte Drum.

Rorqual wand sich weiter durch das wilde Wasser und zerrte an ihren Fesseln. Ein paar dünnere Seile rissen, aber weitere Taue wurden rasch dem Fesselkokon zugefügt.

»Setzt eine Mannschaft in die Kontrollkabine, und bringt das Schiff zurück in die Docks.«

ARNOLD Siebzehn legte sein Gesicht dicht an den Hauptbildschirm des Kapitäns und rief: »Ich bin dein Kapitän. Wirst du bitte gehorchen!«

»Mein Kapitän ist ARNOLD«, erwiderte das Schiff.

Nervös fixierten die Jäger die Luken, weil sie von unten einen Überfall befürchteten.

»Sie weigert sich, zu gehorchen.«

»Schneidet sie auf«, befahl Drum. »Nehmt die Deckplatten hoch, und schaltet den Hauptnervenstrang kurz.«

Die Elektrotechs bewaffneten sich mit den entsprechenden Werkzeugen für die Invasion der Nerven des Sammlerschiffes. Man rollte Kabeltrommeln über die Laufstege. Über *Rorquals* Rücken schleppte man schwere Schneidegeräte.

ARNOLD und Larry arbeiteten im Dunkeln.

»Wofür ist das gelbe Licht?« fragte Larry.

»Sie macht sich um etwas Sorgen«, antwortete der Riese.

»Hilf mir bei dieser Fernsteuerung. Ich kann sie nicht anschließen. Was ist mit diesem Schaltkasten?«

ARNOLD sah sich das Drahtgewirr unter dem gelben Licht an. »Oh, da habe ich die neuen Sprechinstrumente eingebaut. Laß mich mal. Die Farbcodes entsprechen nicht ganz dem Standard. Ich glaube aber, ich erinnere mich noch, wie ich es gemacht habe.« Sogleich vergaß der Krieger den Feind, als er sich dem komplexen Neuroschaltkreis widmete. Eines nach dem anderen blinkten die Kontrollämpchen auf und warfen bunte Flecken auf seine hochstehenden Wangenknochen. Der Schirm zuckte auf und lieferte durch die besorgten Deckoptiken Bilder von vielen Menschen. Die Besatzungskräfte waren sehr beschäftigt.

»Sie beschädigen das Schiff!« schrie der Riese auf. »Ich will sie töten!«

»Noch eine Minute«, meinte Larry. Die Bündel von Nervendrähten sprachen für sich selbst. »Sie wollen an das Schiffsgehirn heran. Laßt uns schnell den Handbetrieb aktivieren!«

Unter den mahlenden Zähnen der Schneidemechs teilten sich die Rückenplatten. »Wir sind durch!« rief ARNOLD Siebzehn. Er brachte die Techs hinab in die dunklen Höhlungen. »Bringt die Kontrollnerven. Genau hier werden wir die Wirbelsäule durchtrennen.« Man ließ den Schneidemech hinab in das Loch.

Ungeduldig wartete Drum. Es dauerte länger, als er gerechnet hatte.

»Was soll die Verzögerung?«

Einer von *Rorquals* Deckskränen zuckte. Der Querbalken bewegte sich langsam nach vorn.

ARNOLD Siebzehn reckte den Kopf. »Gib mir den schweren Werkzeugsatz. Wir sind im richtigen Tunnel, aber wir sind auf ein paar ziemlich dicke Rostplatten gestoßen. In einer Minute sind wir soweit.«

»Schnell.«

Eine Gruppe Jäger umrundete den Schiffsrücken und beobachtete die Aufrißarbeiten. Der Querbalken vom R-1-Kran drohte über ihnen.

»Paß auf den Kran auf!«

Wie der Arm einer hungrigen Gottesanbeterin pflückte sich der Kran einen Jäger aus der Reihe und zerfetzte ihn hoch in der Luft, so daß hellrotes Blut auf die entsetzten Nebische regnete. Innereien fielen in Klumpen herab und jagten sie in die Flucht.

»*Rorqual* hat einen Menschen getötet!« rief Drum.

»Der Kran wird außengesteuert«, erklärte KE. »Beeilt euch mit der Abtrennung!«

»Wir haben kurzgeschaltet, aber sie hört nicht auf unsere Kommandos«, meinte ARNOLD Siebzehn. »Ich versuche eine Schockbehandlung, damit sich ihr Gedächtnis aufklärt. Vielleicht bringt uns eine kleine Amnesie den erwünschten Gehorsam.«

ARNOLD Zwanzig rannte mit dem Ruf über das Deck: »An dem ersten Kran sitzt ein Killer. Versucht, das Schiff zu blenden, indem ihr die Optiken zerbrecht!«

Jäger zerstörten mit ihren Pfeilen alle Sensoren. Bei den innengelegenen benutzten sie kurze Messer. *Rorqual* heulte vor Schmerz. Die Decks zitterten.

»Vorsicht!« rief der Schwarmsprecher. »Jetzt schalten wir die Wirbelsäule kurz.« Das Hilfskabel zuckte, Isolatoren surrten – als sich ein starkes elektrisches Feld zwischen den Schiffen aufbaute.

ARNOLD Siebzehn trat aus der Kontrollkabine. »Die Handschalter sind immer noch tot. Sie antwortet nicht. Bei den Hauptleitungen kann eigentlich nichts mehr funktionieren. Aber die Neuroanatomie ist ganz anders als gewöhnlich.«

Larry stieß einen Niederen ARNOLD von einer empfindlichen Optik fort. Er beobachtete, wie die Jäger neue Befehle erhielten, die Kajüttreppen zu besetzen. »Sie kommen. Jetzt kannst du kämpfen, ARNOLD.«

»Endlich!« Er ergriff seine Axt.

»Ich werde deine Züge von hier mit den Schiffssensoren und den Motorkontrollen überwachen. Die Türen werden sich öffnen, wenn ich es sage. Gerade habe ich eine Gruppe Jäger in der Kombüse gefangen. Im Werkzeugraum ist noch eine Gruppe.«

Türen und Luken schnappten auf und zu und teilten die Angreifer auf. ARNOLD schlich über den Gang und lauschte Larrys Flüstern.

»Im nächsten Raum sind zwei – weiche Jäger. Wenn ich die Luke öffne, ist der erste zu deiner Linken in drei Schritt Entfernung. Er kehrt dir den Rücken zu. Der andere steht hinter einer zweiten Reihe von Bettgestellen mit dem Kopf in einer Feldkiste. Sein Bogen liegt auf dem Bett. Mach dich bereit.«

Larry wartete, bis der Arm des Riesen gespannt war. Ein Lächeln überzog das kantige Gesicht. Er löste den Türmechanismus aus, und ARNOLDS Axt traf den nächsten Jäger im Rücken, riß ihm Schutzanzug und Brustkorb auf. Der andere Jäger griff nach seinem Bogen, doch die Sehne hatte sich in einer Decke verfangen. Zwei Schritte, und die Klinge blitzte auf, zerschlug Zähne und Sehnen.

ARNOLD Zwanzig humpelte von einem blutigen Greifarm fort und kroch unter einen reglosen Heckkran. Der Sensorturm am Achterdeck klickte und richtete sich auf ihn. Er griff ihn mit dem Messer an. Der Achterkran hieb mit einem ungezielten Schlag auf ihn ein, daß er über die Deckplatten rollte. Als er aufzustehen versuchte, knirschte seine linke

Hüfte. Der rebellische Kran fing ihn und warf ihn in die aufgewühlten Wellen zwischen den tanzenden Schiffen.

ARNOLD Siebzehn warf die Hände hoch. »Wir schaffen es nicht. Mit ihren Ankerhaken und Kränen kann sie uns hier bis zum nächsten Jahr hinhalten. Die wenigen Männer, die von den Kajüttreppen zurückgekommen sind, berichten, daß unten überall Nerven- und Energiekabel herumliegen. Bei diesem Durcheinander werden wir nie die Oberhand gewinnen. Wir haben keine Zeit, alles zu überprüfen.«

»Spreng sie in die Luft! Töte alles!« rief Drum. »Bring eine Ladung in der Kontrollkabine an, und zerstöre das Haupthirn. Das wird die Motoren außer Kraft setzen.«

Die erste Ladung wurde auf dem Laufsteg abgefangen. Die tödliche Fracht fiel, ohne Schaden anzurichten, ins Meer. Eine pilzförmige Gischtwolke wirbelte das Kielwasser auf. Die Schallwellen verrieten *Rorqual* die Stärke – ein Zehntel eines Klossons.

»Diese Päckchen werden scharf, sobald sie das Schiffsdeck drüben verlassen«, warnte *Rorqual*. »Haltet sie auf, ehe sie mein Gehirn erreichen.«

Larry fuhr mit Kiemennetzen über das feindliche Deck und fegte den nächsten Bombenträger ins Meer. ARNOLD hob einen Lukendeckel hoch und warf zwischen die Beine des nächsten eine schwere Kette. Die Explosion zersprengte die Nebische rund um das verkohlte Loch im Deck. ARNOLD klingelte es in den Ohren. Er konnte nicht hören, wie die Pfeile auf seine Luke sausten.

Whoop! Whoop!

»Hört zu!« rief Larry. »An die Mannschaft! Paßt auf die Päckchen auf! Sie sind so eingestellt, daß sie wenige Minuten nach Verlassen des Feindschiffes hochgehen. Wenn ihr eins findet, werft es über Bord. Ich will an jeder Luke einen Mann!«

Mit Handschaltung schloß Larry *Rorquals* sämtliche Poren, indem er den Sturmschalter betätigte. Drei Sprengmeister rannten auf die Kabinentür zu. Sie versuchten, die Ladungen an den Außentüren zu befestigen. Larry bediente den L-2-Kran und fegte zwei ins Meer. Die dritte Mine explodierte und riß die Tür auf. Ein vierter Sprenger huschte hinein, wo der Kran ihn nicht erwischen konnte.

»Verdammt!« rief Larry. »Ein paar Mann in die Kontrollkabine!«

Drei weitere Sprenger begannen ihren Spurt vom Schwarmschiff. Der L-3-Kran erledigte sie bereits auf den Laufstegen.

Eine Ladung fiel zwischen die beiden Schiffe und beschädigte sie in Höhe der Wasserlinie.

ARNOLD erschien in der zerstörten Kabinentür, trug ein Sprengpäckchen und seine blutige Axt. Er schleuderte die Ladung auf das andere Schiff, wo es die Deckmannschaft hinwegfegte.

»*Rorqual!* Halt die anderen Kräne bereit, um die Fesseln abzuschneiden. Ich werde L-3 und L-2 nehmen.«

Während Larry mit zwei Kränen auf das feindliche Schiff eindrosch, waren *Rorquals* sechs andere Kräne damit beschäftigt, die Taue zu kappen. Auf dem Achterdeck erschienen vier nervöse Matrosen und begannen das Hauptseil zu zerschneiden. L-3 wischte feindliche Bogenschützen vom Vorderdeck. Ein Arbeitsteam von Elektrotechs fing einen Sprenger ab und entschärfte die Ladung. Einer hatte die Schwarmausrüstung für Sprengkapseln dabei – ein Experte.

»Wir haben es geschafft!« lächelte Larry. »Alle Taue sind gekappt, sie fallen zurück.«

ARNOLD zeigte ein flüchtiges Grinsen, als er am Heck stand und den Pfeilregen vor sich im Wasser auftreffen sah. Er beugte sich langsam nach vorn und wischte abwesend ein paar Trümmerteilchen fort. Die Reparaturmannschaften machten sich bereits an die Arbeit.

Eisentrilobit tauchte auf und kletterte in seine Nische, um sich anzuschließen.

»Ich habe den Kampf unter ihrem Kiel her beobachtet. Ihr Schiff hat eine Abfangmaschine, aber kein Gehirn«, berichtete der kleine Mech.

Larry beobachtete die unsicheren Bewegungen des Riesen, als sich die Adrenalinwirkung vom Kampf verflüchtigte. »Handbetrieb! Wir müßten sie eigentlich fangen können, mit all unseren Kränen und dem Mut, den unsere Mannschaft an den Tag gelegt hat. Versuch, dich ein wenig auszuruhen, ARNOLD. Ich lasse den Rest der Ladung ins Meer und jage hinter dem Schwarmschiff her. Wenn sie so viele Niedere ARNOLDS an Bord haben, führen sie bestimmt auch jede Menge von diesem Brot mit. Ich senke ein paar Greifer in die Decks und gebe sie gegen Lösegeld frei. Sie haben eine Menge Männer verloren, aber es müssen noch ein paar hundert übriggeblieben sein. *Rorqual*, jag ihnen nach, altes Mädchen!«

Drum berief das Notfallgremium ein. Aufnahmen vom Kampf wurden herumgereicht.

»Man sieht deutlich, daß ARNOLD schwächer wird. Warum haben die Niederen ARNOLDS ihn nicht überwältigen können?« fragte der Sicherheitsbeamte.

Drum machte eine Handbewegung – eine Geste der Hilflosigkeit. »Er hat unsere Krieger gemieden. Hat Kräne gegen sie eingesetzt. Und gegen Jäger hat er nicht einmal gekämpft, wenn er sie nicht vorher in die Falle gelockt hatte.«

Der KE fügte hinzu: »Eine derartig entwickelte Strategie legt den Schluß nahe, daß er trotz seines gestörten Stickstoffhaushaltes schnell lernt – oder aber Hilfe hatte.«

»Wen denn?«

»Es gibt viele Flüchtlinge aus dem Schwarm.«

Drum nickte. Die Listen waren lang. Einige hatten sicher überlebt. Es war klar, daß man auf dem Verfolgerschiff Kräne brauchte.

Die Sirene von *Verfolger Eins* störte das Komitee auf. *Rorqual* hatte sie umrundet und vom Strand abgeschnitten. Das Schwarmschiff drehte sich scharf herum, verlor an Geschwindigkeit und trieb nach Norden.

»Wieso sind sie plötzlich so schnell?« fragte der Sicherheitsmensch.

»Sieh dir die Wasserlinie an. Sie haben die Fracht ins Meer gekippt.«

»Was wollen sie?«

Der KE zeichnete die Verfolgungsjagd auf. *Rorqual* blieb auf der Spur. Jedesmal, wenn sich das Schwarmschiff drehte, zog *Rorqual* an der Hypotenuse entlang und holte weiter auf. Sie fuhren mit fast gleicher Geschwindigkeit, aber es war deutlich, daß sie sich immer näher kamen. Wenn es zum Treffen kam, war das Ergebnis vorhersehbar. *Rorqual* hatte Kräne.

»Scheint so, als ob die Flotte der Benthiks bald doppelt so groß sein wird«, sagte der KE.

Drum erstaunte der Gedankensprung des Mechs.

»Aber wir haben noch die Kontrolle. Können wir nicht irgend etwas tun?«

»Wir haben erfahren, was *sie* mit ihren Kränen ausrichten können. Uns bleibt nicht viel. Unser Schiff ist verloren.«

Drum dachte über einen Ausweg nach. Er würde gern das Schiff versenken und die Mannschaft aufgeben. Aber wenn *Rorqual* einen Greifer landen und den Bauch mit Schaum vollspritzen konnte, würden sie es wieder heben. Er blickte sich hilfesuchend in dem Gesichterkreis um.

»Wir haben nicht viel Zeit«, erinnerte ihn der Sicherheitsbeamte.

»Ich kann nicht mehr«, stöhnte Drum und legte sein goldenes Abzeichen auf den Tisch.

»Wir brauchen einen neuen Vorsitzenden – und das in weniger als einer Stunde.«

Drum seufzte und verließ den Raum. Im Flur traf er Furlong.

»Na, Spaß an dem Heiß-Verteiler?«

»Danke«, meinte Furlong und rieb den Widder blank.

ARNOLD lehnte sich steuerbord hinaus und beobachtete, wie das Heck von *Verfolger Eins* näher kam. Über ihm hingen die mit Seilrollen schwer beladenen Vorderkräne.

»Gegen Abend werden wir unser Brot haben«, lächelte Larry. Eine Rauchwolke verhüllte das Schwarmschiff. Larry fiel der Unterkiefer herab. Drei Herzschläge später hörte er das donnernde Getöse. »Diese Ladungen haben Experten angebracht. Sie bricht schon auseinander.« Larry schleppte seinen Rumpf an die Reling. »Ich hätte mir niemals träumen lassen, daß der Schwarm so weit geht, nur um dir das Brot vorzuenthalten. Warum lächelst du? Merkst du nicht, wie nahe du dem Tode schon bist?«

ARNOLD zuckte die Achseln. »So schlecht kann es noch nicht stehen, wenn mich der Schwarm so sehr fürchtet, daß er eine ganze Mannschaft umbringt, ehe ein paar Laib Brot in meine Hände fallen.«

Larry nickte.

Sie kreuzten durch die Wrackteile. Das Wasser war mit Leichen in Schwimmwesten übersät – Opfer des Schocks. Die Sensoren deuteten auf verschiedene unregelmäßige Wrackteile hin, die zum Grund sanken. Trilobit verließ seine Nische in *Rorquals* Bauch und tauchte hinab, die Reste zu untersuchen.

»Such nach den Lagerräumen des Schiffes«, sagte Larry, und der kleine, schaufelförmige Meck schwamm hinter Treibgut und Blasen her. Er hielt inne, als er den beiden Engeln begegnete. Sie bedeuteten ihm, daß sie an die Oberfläche wollten. Er geleitete sie zu *Rorqual*. Nach einem kurzen Austausch von Erklärungen lud Larry sie an Bord ein. Sie schienen neugierig, ARNOLD zu treffen.

»Ihr habt also ein Schiff des Schwarms zerstört, und nun suchst du einen Partner bei unserem Volk.«

ARNOLD nickte. »Nur . . . ich werde immer schwächer, weil mir eine bestimmte Brotsorte fehlt, die ich auf dem gesunkenen Schiff vermutet hatte.«

»Nach ein wenig Übung mit Unterwasseratmung wirst du es selber untersuchen können.«

ARNOLD schüttelte den Kopf und beschrieb sein Pech bei dem früheren Tauchversuch. »Das ist nichts für mich. Als ich beim letztenmal hochkam, hatte ich Schmerzen – eine Menge Thrombosen, hat das Schiff gesagt. Ich bin fast daran gestorben.«

»Stickstoffembolien – Taucherkrankheit«, erklärte der alte Engel. »Du hast Gase eingeatmet – Stickstoff und Sauerstoff –, und der stärkere Druck hat zuviel Gasmoleküle in die Körperflüssigkeiten eingelassen. Wenn man dekomprimiert, geht das Gas heraus. Wenn man zu schnell auftaucht, entweichen die Stickstoffmoleküle in Form von Blasen anstatt durch die Lungen. Diese Blasen blockieren die Kapillaren – und werden zu Embolien, die kleine Bereiche des Körpers absterben lassen. Es wird gefährlich, wenn sich die blockierten Kapillaren im Gehirn oder Herzen befinden.«

»Ich weiß. Ich muß immer noch humpeln.«

Der Engel bot ihm ein volles Mundstück an.

»Mit diesen Flügeln braucht man sich über die Taucherkrankheit keine Sorgen zu machen. Man atmet Flüssigkeit, kein Gas.«

Larry legte sich die Flügel um und untersuchte die feinen Häute – durchsichtige Schichten mit Röhren dazwischen. »Ich glaube nicht, daß die Oberfläche für ihn ausreicht. Hier sind es nur zehn Quadratmeter. Unsere Lungen haben über hundert, und wir atmen Luft. Luft hat dreißigmal soviel Sauerstoff wie Wasser, also müßten diese Flügel viel größer sein – etwa dreihundertmal größer.«

Die Engel blickten einander an und zuckten die Achseln.

»Du hast natürlich recht«, meinte der eine. »Wir können unseren Sauerstoff nicht aus dem Meerwasser beziehen. Wir bräuchten eine Atmungsfrequenz von fünfhundert – unmöglich ohne ein Durchfluß-Kiemensystem. Wir haben den Sauerstoff in flüssiger Form bei uns.« Er reichte Larry einen leichten, litergroßen Behälter, eine doppelwandige Vakuumflasche. Jeder Engel trug auf dem Rücken zwischen den Flügeln vier dieser Flaschen. Langsam drehte Larry an dem Ventil und spürte das eisige Gas am Finger. »Mit einer Flasche reichen wir zehn Stunden. Es sprudelt in die Flügeladern, und wir atmen die Blasen ein.«

Larry nickte, schien aber dann verwirrt. »Aber wozu braucht ihr dann die Flügel?«

»Um das Kohlendioxyd loszuwerden. In Wasser ist es löslich. Wenn wir also Wasseratmung betreiben, brauchen wir nicht die Zeitpläne für das Tieftauchen zu beachten. Es besteht keine Gefahr von Taucherkrankheit, Stickstoffvergiftung oder Auftrieb. Es gibt andere Risiken, aber indem wir immer zu zweit unterwegs sind, vermeiden wir die meisten.«

Larry tätschelte *Rorquals* Schaltbrett. »Bekommst du alles mit?«

»Ja. Meine Kenntnis über die Tauchkunde war bislang dürftig. Unsere Versuche, einen Benthik mit dem Netz zu fangen, waren sehr dumm.«

Der Engel nickte. »Wir haben es als feindseligen Akt empfunden.«

Rorqual entließ Kabel, um die beiden größeren Teile des Wracks zu markieren. Mit den Pinzettengreifern versuchte sie mehrfach, sie zu heben, zerstörte aber nur die einzelnen Teile. Larry drängte ARNOLD, mit Hilfe der Flügel zu tauchen, was auch gut gelang. Er hielt die Sauerstoffflasche eine Weile aufgedreht, bis das Gefühl von Ersticken schwand. Sie legten ein Sensorkabel, damit Larry sich mit dem Riesen unterhalten konnte. Selbst wenn sein Rachenraum voller Wasser war, gelangen ARNOLD Grunzlaute wie ›Ja‹, ›Nein‹ und ›Hilfe‹.

Larry beobachtete auf dem Bildschirm, wie ARNOLD mit dem einen Engel abtauchte, während der zweite *Rorquals* Sammel- und Verdauungsapparat untersuchte. Der hunderttausend Tonnen fassende Frachtraum beeindruckte ihn sehr. Der Engel kehrte in Gesellschaft zweier seiner Führer, zwei Elektrotechs, in den Kontrollraum zurück.

»Wie tief sind sie jetzt?«

»Fünfundneunzig Faden«, antwortete Larry. »Und es geht gut. ARNOLD hat es aber auch leicht. Ich habe vier Jahre gebraucht, um mich an Tauchen in mehr als fünfundzwanzig Faden Tiefe zu gewöhnen. Sieh dir an, wie er in dem Wrack herumklettert. Wie geht's, ARNOLD?« fragte er und drückte das Gesicht dicht an den Schirm.

»Mmmm!« nickte der Riese. Er deutete auf ein Wirrwarr treibender Wrackteile an der Decke der überfluteten Kabine, die sie gerade untersuchten. Er holte sich Einzelteile aus dem Durcheinander heraus und hielt sie dicht vor die Optiken. Das Schiff zeichnete sie auf und druckte Kopien.

»Sieht aus wie Personalakten. Versuch es woanders.«

»Mmmm.«

Sie setzten einen Feingreifer an die Maschinen. *Rorqual* barg sie. Vier Stunden später kamen sie für eine warme Mahlzeit an die Oberfläche zurück. Gegen Abend tauchten sie mit hellen Lampen wieder hinab und untersuchten andere Teile des zerstörten Schiffsrumpfes.

»Sieht aus wie der Maschinenpark«, meinte Larry. Er hüpfte vom Tisch und watschelte auf den Händen durch den Raum. »Trilobit, geh mit AR-NOLD hinunter und sieh nach, ob wir irgend etwas brauchen können. Sieht aus, als hätte der Schwarm den Sammler auf See fertigstellen wollen. Der Maschinenpark ist ziemlich gut bestückt.«

Der kleine Schaufelmech stieß zu den Tauchern. Larry zog sich auf das Vorderdeck und beobachtete, wie der Kran die einzelnen Teile herausfischte. Deckarbeiter machten sich über die größeren Teile her – hauptsächlich Klasse Neun- und Zehn-Roboter, die beim Zermahlen und Sammeloperationen eingesetzt werden.

»Spreng- und Wasserschäden«, meinte der Tech, »aber ich denke, wir können diese Burschen wieder hinbekommen, wenn wir die Reparaturen auf See schaffen.«

Elektrotechs brachten jedem geretteten Mech Nervenkabel und ermöglichten *Rorqual,*Interviews mit ihnen abzuhalten. Die meisten von ihnen waren für ein vokal-akustisches Gespräch zu stark beschädigt.

»Ruft die Taucher zurück«, sagte das Schiff. »Ich glaube, wir haben gefunden, was wir suchen.«

ARNOLD lehnte matt an einer Auslegerspule und nippte an einem anregenden Getränk. *Rorquals* Decksensoren waren an einen würfelförmigen Gehirnkasten angeschlossen.

»Es ist noch ein wenig verstört von dem eingedrungenen Wasser, aber wir sind schon auf einen ergiebigen Erinnerungsspeicher gestoßen«, verkündete das Schiff. »Hört euch das an!«

»Sprühverbindungen... Metallbestandteile...«
»Das war das falsche Band. Ich probier's noch einmal.«
»Natürlich vorkommender Aminosäurenzucker...«
»Jetzt kommen wir der Sache näher. Es verfügt über einen umfangreichen Theoriespeicher. Offenbar hat er bei der Herstellung von verschiedenen Mechtypen geholfen, darunter müssen einige Nahrungsbereiter gewesen sein. Ich werde versuchen, ihn auf unser Fünfzehn-Aminosäuren-Brot zu bringen.«
Der Kasten stotterte: »Aminosäuren... UV-Absorptionsspektren... einhundertfünfundachtzig auf Ninhydrin reagierende Substanzen und ihre chromatographischen Positionen...«
»Das ist es!!« brüllte ARNOLD. »Druck es aus!«
ARNOLD sah den Techs ungeduldig zu, die sich daranmachten, mit Hilfe eines Aminosäurechromatographen die neue Proteinhydrolyse zu erstellen. Alle nötigen Vorkehrungen wurden getroffen, um seine lebenswichtigen fünfzehn Aminosäuren zu isolieren. Unter wechselnden pH-Werten wurde Planktonnahrung aufgekocht, um die Proteine aufzuspalten. Der Medimech entnahm einen Tropfen des Serums, um festzustellen, welche dieser Säuren die niederste war; die Abweichungen waren breit gestreut. Fünfzehn Nadeln hinterließen ihre nahrhaften Spuren auf der Kruste frischen Brotes. ARNOLD fixierte den länglichen Laib. Einige der Nadelspuren waren dunkler. Diese würde er am dringendsten benötigen – die Aminosäuren, über die er noch am wenigsten verfügte. Er aß.
»Ich fühle keinen Unterschied.«
»Das braucht seine Zeit. Schlaf ein bißchen nach dem Essen.«
Der Riese genoß das vorgesetzte Mahl und schlief ein. Larry und die beiden Engel gingen über das Deck. Die Reparatureinheiten beendeten ihre Aufräumungs- und Wiederherstellungsarbeiten. Große Flächen von *Rorquals* Haut wurden abgedeckt, während die Arbeiten an ihren alten, verrotteten Schaltkreisen ihren Verlauf nahmen.
»Danke, daß ihr geblieben seid und uns bei der Chromatographie-Aufstellung geholfen habt. Ich habe niemals die Trägerphase und die statische Phase behalten können«, sagte der kleine Halbmensch. Er kletterte auf die Reling und setzte sich.
»Unsere Motive sind selbstsüchtiger Art. Wenn sich der Schwarm aufs neue für die Meere zu interessieren beginnt, brauchen wir einen starken Kämpfer.«
Larry ruckte seinen Körper hin und her und hörte zu.
»*Rorqual* kann eine interessante Nahrungsquelle sein«, fuhr der Engel fort. »Es könnte den Benthiks sehr gut gehen.«
»Wenn das mit unserem Fünfzehn-Aminosäuren-Brot klappt, haben wir einen Partner für Weißbauch – und einen Krieger.«

ARNOLDS Aminosäurenspiegel pendelte sich langsam wieder ein. Das Brot brachte ihm seine ursprüngliche Kraft zurück. Die beiden alten Vertreter des Tiefenkultes brachten *Rorqual* bei, wie sie ein Paar Flügel ausfahren konnte – einfach eine doppelte Hautschicht mit Perfusionsröhren, fast identisch mit jenen, die Medimechs in den Herz-Lungen-Maschinen benützten. Das Schiff lernte, wie man flüssige Luft aufspaltet, und sie füllten ihre Sauerstoffflaschen auf.

»Laß uns den Laderaum füllen und die Benthiks suchen. Ich will meine gesprenkelte Henne finden«, sagte ARNOLD.

Lauscher und Weißbauch saßen allein auf einer Plattform. Ihn verwirrte ihre Reaktion auf die Nachricht, der ARNOLD sei freundlich gesonnen.

»Denk daran, Kind, dieser Schwarm-Krieger hat seinen Schöpfern den Rücken zugekehrt und eines ihrer Schiffe zerstört. Er befehligt den Leviathan, unsere Gottheit, die wieder Nahrung in die Meere gebracht hat. Wenn du ihn haßt, ist das nicht sehr vernünftig. Du solltest dich wenigstens bereit erklären, ihn zu sehen. Er hat Geschenke mitgebracht – unendlich viel zu Essen: Makrelen, Rotalgen, eßbaren Birntang, Hummer…«

Weißbauch explodierte: »Für ein paar Fische verkauft ihr mich an diese Schwarmkreatur?«

Lauscher seufzte. »Nicht nur ein paar Fische, nein Tonnen! Und er ist kein Werkzeug des Schwarms mehr. Er ist frei. Larry und Trilobit haben mit ihm Seite an Seite gekämpft. Der Tiefenkult hat sein Schiff untersucht.«

»Ich hasse ihn!«

»Gewiß, es ist deine Entscheidung; aber ich brauche dich wohl nicht an die Männerknappheit erinnern. Andere Benthikmädchen…«

»Sie können ihn ruhig haben!«

Als Trilobit mit der abweisenden Botschaft wieder hinaufkam, wurde ARNOLDS Gesicht hart. Er ballte die Fäuste.

»Nimm's nicht so schwer«, tröstete ihn Larry. »Das Meer ist groß. Es gibt viele…«

»Wann bist du denn in so etwas ein Experte gewesen?« knurrte ARNOLD.

»Vor meinem Unfall hatte auch ich mit Frauen zu tun. Ich wäre nun wieder ganz, wenn man vor dem Kälteschlaf nicht meine Hüften fortgeworfen hätte.«

»Nun, offenbar haben sie die falsche Hälfte fortgeworfen«, sagte ARNOLD und überprüfte seine Flügel. »Das hier ist sehr wichtig. Ich kann sie nicht einfach wegschwimmen lassen.«

Larry tapste auf den Händen über das Deck und versuchte, mit dem aufgebrachten Riesen zu diskutieren.

»Aber diese Benthiks haben sehr strenge Bräuche. Seit Generationen sind die Weibchen die sexuell aggressiveren. Für ihre erste Begegnung haben sie einen heiligen Ort – sie nennen ihn Paarungskuppel.«

ARNOLD nickte. »O. k. Ich versuch's auf deine Weise.« Er legte die Rüstung an. »Wo sind diese Kuppeln?«

»Aber der Mann trägt dabei keine Flügel. Die Paarungszeremonie fungiert als eine Art Test für die anaerobischen Qualitäten... auf gute Gene...«

ARNOLD runzelte die Stirn. »Gute Gene? Das ist ein Schwimmtest. Ich kann nicht so gut schwimmen.«

Larry hüpfte auf das Deck und kletterte auf eine Bank, wo ARNOLD seine Sauerstoffflaschen auffüllte. »Du kannst es aber lernen. Selbst ich kann nun in der Tiefe der Paarungskuppeln den Atem länger als zehn Minuten anhalten.«

»Und wie lange hat das gedauert, bis du es konntest?«

Larry zuckte die Achseln. »Ein paar Jahre. Aber du mußt auch berücksichtigen, daß ich mit dem Stickstoffgehalt meiner Nahrung sehr vorsichtig sein muß. Bei deinen Nieren kannst du soviel Eiweiß essen, wie du nur willst. Dein Myoglobin und dein Hämoglobin bilden sich rasch neu und vergrößern deine Fähigkeit, Sauerstoff zu speichern. Ich möchte wetten, in ein paar Monaten bist du gutes Benthik-Paarungsmaterial – wenn du oft tauchst.«

»Ein paar Monate? Larry, tut mir leid, aber sie haben wirklich die falsche Hälfte deines Körpers fortgeworfen. Du hast kein einziges Hormon mehr im Körper! Ich will *jetzt* mit Weißbauch zusammen sein! Heute noch!«

Der Riese schrie nun und fuchtelte mit den Armen. Die Nebisch-Deckwache spähte herab von ihrem Posten, ob irgend etwas los sei. »Und jetzt gib mir die andere Sauerstoffflasche, und erklär mir noch einmal ihre Paarungsgebräuche.«

Larry versuchte, ihm mitzuteilen, was ihm Harlan erzählt hatte: Kein Auftrieb, wenn man das Gesicht nach oben und die Arme von sich gestreckt hielt. Eine Frau, die von oben herankommt und den negativen Auftrieb dabei benutzt, umarmt dich mit Zähnen und Füßen, damit sie die Hände für die Penetrierung frei behält.

Eine ganze Weile lang blickte ARNOLD finster und nachdenklich vor sich hin. Dann schüttelte er entschieden den Kopf. »Das klappt nicht.«

»Es klappt aber bei den Benthiks. Sie setzen es als eine Art natürliche Selektion ein. Wie die Bienenkönigin, die sich mit der am höchsten fliegenden Drohne paart, paart sich die Benthikfrau mit dem Mann, der am tiefsten schwimmen kann.«

»Eine Herausforderung«, meinte der Riese. »Ein Machtkampf unter Wasser...«

»Nein. Ein Test auf Sauerstoffspeicherkapazität. Daher darfst du die Flügel nicht tragen. Flügel stehen nur dem Tiefenkult zu – alten Männern, die den Hochdrucksauerstoff unterhalb von Ebene Zehn brauchen, weil ihre Gehirngefäße verengt sind.«

ARNOLD ballte die Faust und rief: »Ich bin kein seniler Engel. Ich bin ein ARNOLD! Ein mächtiger Krieger!« Er füllte die Flügeladern mit Sauerstoff und löste das Mundstück. Flüssigkeit spritzte heraus.

»Aber...« wandte Larry ein.

Der Riese saugte den sauerstoffreichen Schaum ein und bedeutete dem kleinen Halbmenschen zu schweigen. Wieder saugte er, pumpte die Brust auf und ließ die Flügel hängen. *Rorqual* ließ einen Greifer herab und hob ihn in das unruhige Wasser. Er flatterte wie eine ertrinkende Motte an der Oberfläche. Der Greifer kehrte mit seinem Gürtel und Anzug zurück. Während er seinen Panzer festschnallte, flatterte er weiter. Nach einigen Minuten verlor Larry ihn aus den Augen.

»Eine Motte auf dem ersten Hochzeitsflug...« murmelte der Halbmensch. Langsam schüttelte er den Kopf. Trilobit kehrte in seine Nische zurück, um an der Energieleitung zu nuckeln. Das mächtige Schiff knipste seine Einsatzlichter aus, faltete die Kräne ein und schickte die Mannschaft schlafen. Der Kapitän war von Bord.

ARNOLDS Flügel verarbeiteten sein Kohlendioxyd und brachten ihm Erinnerungen an seine Pseudoseelen-Erfahrung als Kampfhahn. Er war wieder der König auf dem Weg zum Objekt seiner Zuneigung, der gesprenkelten Henne. Leicht bewegte er sich durch die Tiefe. Er spürte kaum Druckgefühl, nachdem die kleinen Gasbläschen aus seinen Hohlräumen und Därmen entwichen waren.

Sehen konnte er nicht besser als beim letztenmal. Da hatte ihn die gebrochene Durchsichtigkeit der luftgefüllten Glocke behindert; nun engte ihn der Brechungsindex zwischen seiner Hornhaut und dem Wasser ein. Zwei Benthiks mit rosa Körpern glitten vorbei und winkten ihm. Er wußte, daß man ihn diesmal freundlich empfangen würde. Der Anblick war zwar getrübt, aber dennoch angenehm, wenn man alles genauer betrachtete. Fünfzehn Jahre hatten ausgereicht, daß die ortsfesten Meerestierchen den Boden wieder eingenommen hatten. Alles war mit Hakentieren, Stacheltieren, Röhrenfüßlern und verschiedenen Krebstierchen bedeckt. Miesmuscheln, Röhrenmuscheln, Seeigel und Seeanemonen klebten an abgestorbenen Kuppeln. Die bewohnten Kuppeln glänzten und boten ihm ihre Luftblasen dar.

An der tiefsten Stelle des Riffs konnte man leicht die beiden Reihen der

Frauenkuppeln ausmachen. Er schwamm zwischen ihnen her und breitete die Flügel aus. Niemand war zu sehen. Am Ende der Reihe befand sich die Männerkuppel. Er schob den Kopf in die Luftblase. Sie war wie gewöhnlich nicht bewohnt. Larry hatte ihn vor der Tabuverletzung gewarnt, uneingeladen eine Frauenkuppel zu betreten; er war sich also nicht sicher, ob er nicht seine Zeit vergeudete. Er rollte sich auf den Rücken, breitete die Flügel aus und glitt langsam an der Reihe vorbei. Die trüben, grünen Wasser machten es schwer, ihn zu identifizieren, aber die Silhouette eines phallischen Kommandoturms brachte eine Benthikfrau herbei. Er hielt das Gesicht zur Oberfläche gerichtet, die sechzig Meter über ihm glitzerte. Die rosa Gestalt glitt über ihn hinweg. Unvertraute Hüften und Brüste erregten ihn, doch es war nicht Weißbauch. Ihre Augen tasteten seinen Körper ab. Sie zog sich in ihre Kuppel zurück. Er drehte seine Sauerstoffflasche um, flatterte mit den Flügeln und versuchte es noch einmal. Sie erschien, die Arme an die Seiten gepreßt, und bewegte der Körper wellenförmig. Wie ein Otter ließ sie ihre Nase über seinen Körper gleiten, und dann gruben sich ihre Zähne in seine linke Schulter – ein liebevoller Biß. Fersen hakten sich um seine Schenkel. Ihr Schambein stieß ihn hart; eine hungrige Anemone umgab seinen Kommandoturm. Nach einem Augenblick war sie wieder verschwunden, zurück in ihre Luftblase. ARNOLDS Lungen saugten Flüssigkeit aus den Flügeln. Langsam atmete er aus. Ihre tumbe Hast ließ ihn an die heftigen Paarungsakte im Käfig denken – der Zuchthahn hatte eine neue gesprenkelte Henne gefunden.

Als er zu *Rorqual* zurückkehrte, spuckte er das Mundstück aus und löste vorsichtig den Panzer von der blutigen Schulter. Einige Minuten lang hustete er Schaum, ehe sein Rachen frei wurde. Ein Diener brachte ihm ein weites Gewand und ein Tablett mit Essen. Er stopfte sich Brot in den Mund und spuckte beim Reden Krumen um sich.

»Das nenne ich mir eine schöne Paarung!«

»Hat Weißbauch auf dich gewartet?« fragte Larry.

Der Riese schüttelte den Kopf, während er Brot in eine Schüssel mit dicker Suppe bröselte. »Wer immer sie auch war, sie brauchte mich.« Er leerte die Schüssel und wischte sich mit dem Handrücken den Mund ab. Sein Grinsen war breit.

»Wer auch immer? Du weißt nicht, wer sie war?«

ARNOLD lachte lediglich. »Du weißt, wie schlecht man unter Wasser sehen kann. Hätte jede sein können. Aber du hattest recht mit ihren Bräuchen. Die Frauen sind in der Tat recht aggressiv.«

Larry war beunruhigt. »Aber sie suchen einen Partner, nicht nur ein Vergnügen.«

»Kann ich etwas dafür, daß es mir Spaß gemacht hat?«

»Darum geht es nicht«, entgegnete Larry. »Du mußt bei diesen Leuten begreifen, daß sie sehr starke familiäre Bindungen haben. Die Partner hängen aneinander und an ihrem Nachwuchs mit einer Unabdingbarkeit, wie ich sie nirgends getroffen habe.«

ARNOLD war verwirrt. »Was meinst du damit?«

»Wenn dieses neue Mädchen ein Kind bekommt, wird das Kind in den Augen des Volkes zu deiner Familie gehören.«

»Schön«, grinste der Riese.

»Und was ist mit Weißbauch?«

Das Grinsen wurde noch breiter. »Auch sie gehört zu ARNOLDS Familie«, sagte er. »ARNOLD ist der King.«

Larry seufzte. Der Kapitän konnte ganz schön schwierig sein.

9. ARMADA

Angesichts der kaltblütigen Analyse des KE erzitterte das Komitee. Ihr Status als lebendige, warme Bürger mit hoher KGS hing von den Stühlen um diesen Tisch herum ab. Wenn der KE ihnen den Stuhl entzog, bedeutete das EKS – Einstweiliger Kälteschlaf.

»Eure Arbeit beim Problem ARNOLD war wirkungslos. Langsame Entscheidungen. Kostenträchtige Irrtümer. Ich habe Furlong nun zu eurem Oberhaupt mit voller Entscheidungsgewalt gemacht. Ihr seid nun das Kabinett mit lediglich beratender Funktion.«

Die Gesichter im Kreis entspannten sich. Solange sie Furlong noch brauchte, würden sie warm bleiben. Sie standen auf, als er eintrat, und blieben stehen, bis er sich gesetzt hatte.

Er verbreitete die glatte, überselbstsichere Ausstrahlung eines frischgebackenen Diktators.

»Wir haben nun freie Hand«, sagte er strahlend. »Mit der vollen Unterstützung des Schwarms ist alles möglich.«

Das Kabinett nickte.

»Zunächst einmal tauschen wir den Sicherheitsvertreter aus. Der Irrtum, *Verfolger Eins* ohne Kräne hinauszuschicken, geht allein auf Ihre Kosten. Sie haben sich bei Ihrer Abteilung zurückzumelden. Man wird einen jüngeren Vertreter schicken – einen mit mehr Ideen.«

Der müde Nebisch stand auf, um zu gehen. Unter den kritischen Blicken seiner Kollegen alterte er sichtlich.

Furlong fuhr fort: »Zweitens: Man wird die Aufzeichnungen von dem Kampf studieren und Kräne entwickeln, die denen *Rorquals* überlegen sind.« Er wandte sich an den Vertreter der Werft. »Wie lange dauert es, bis man *Verfolger Zwei* vom Stapel lassen kann?«

»Wir sind dem Zeitplan voraus. Unsere neue Arbeiterkaste hat sich als ...«

»Keine Reden. Ich möchte eine präzise Antwort – etwas, was wir bei unseren Planungen benutzen können.«

»In zwei Jahren, Sir!«

»Das ist schon besser. Zwei Jahre reichen auch für die Kranplanung aus. Ich denke, die Vorderkräne sollten wesentlich stärker sein als auf *Rorqual*, so stark, daß sie ihren Laderaum aufreißen können. Die anderen Kräne müßten länger sein, mit größerer Reichweite, um Waffen zu schleudern – Sprengkörper, Greifer, Kneifer. Die Nervenkreise des Schiffes brauchen mit diesen Zerstörungsgeräten nicht zusammengeschaltet zu werden. Jeder Kran hat seine eigene Kommandokabine – auf Deck bei gutem Wetter und unter Deck bei schlechtem. Noch Fragen?«

Der Jäger stand auf und wartete auf Bestätigung.

»Ja?« Die Augen des Herrschers blieben kalt.

»Sir, wir sollten in der Lage sein, eine Verbindung mit *Rorqual* zu schließen, insbesondere, wenn wir mehr als ein Schiff haben. Aber unser Problem ist die Kontrolle des Schiffshirns. Solange ARNOLD am Leben ist, wird es nur ihm gehorchen. Wie können wir ARNOLD töten? Sollen wir eine Kompanie Niederer ARNOLDS pseudoseelisch konditionieren?«

»Nein. Ein Kran mit genügend Reichweite kann einen Krieger zerschmettern, gleich, wie er konditioniert ist.«

»Aber er ist unter Deck geblieben. Unsere Kräne können ihn nicht erreichen.«

»Dann entwickelt kleine Motoreinheiten, die ihn jagen. Schickt die Klempner in die Recycling-Schächte, um nach Mechs zu suchen. Bewaffnet sie, und schaltet sie auf Fernbedienung. Zu diesem Zweck soll jedes Schiff ein paar zusätzliche Räume haben.«

»Ein Killermech mit Fernsteuerung.«

»Ja. Vielleicht sollten wir auf einem der Verfolgerschiffe ein Jagdfahrzeug stationieren. Wie groß ist ihre Reichweite?«

»Vier Stunden. Und hundert Meilen pro Stunde. Aber ich weiß nicht, was verfügbar ist, Sir.«

Der KE unterbrach die Versammlung. »In zwei Jahren wird eine Flugmaschine zur Verfügung stehen. Wir werden sie so konstruieren, daß sie auch auf Wasser landen kann.«

»Wir werden ARNOLD schon kleinkriegen«, lächelte Furlong.

ARNOLD schnallte sich die Flügel an: ein geiler Engel, der in den Paarungskuppeln der Benthiks Anemonen kitzeln wollte. Er erfüllte die Luft

mit einem zotigen Lied, während er einen Thunfisch an seiner Zugleine befestigte.

Larry watschelte auf Händen zu dem aufgeheizten Riesen, wobei er einen großen Bogen um den zappelnden Fisch machte. Der Halbmensch mißbilligte das pavianhafte Gebaren des Kriegers; Jungfrauen zu mißbrauchen war in seinen Augen ein Zeichen von Ausschweifung.

»Ich bringe den Alten vom Tiefenkult diesen riesigen Fisch mit«, sagte ARNOLD.

»Willst du Weißbauch suchen?«

»Ich werde die Anemonensiedlung heimsuchen, wenn du das meinst. Sie weiß, wo sie mich findet.«

»Aber du nimmst jede schamlose Frau, die sich dir nähert.«

»Man kann sie doch nicht verkommen lassen«, kicherte der Riese. »Da unten herrscht Männermangel. Ich tue nur meine Pflicht und helfe, wo ich kann.«

»Aber was ist mit Weißbauch, deiner ersten Liebe?«

Der riesige Engel hielt inne, die Hand schon am Greifer. »Ich glaube, ihre genauen Worte lauteten: ›Sie können ihn ruhig haben.‹ Nun, das tun sie auch.«

Als die beiden ins Wasser stürzten, zappelte der Thunfisch heftig, folgte aber dann dem Riesen in die Tiefe.

Später ritt eine weitere Anemone auf dem Kommandoturm.

Ein verärgerter Clam kletterte auf *Rorquals* Deck, begleitet von zwei runzligen alten Engeln vom Tiefenkult. Sein Kampf gegen die *Clostridia* hatte ihn verdrießlich und mürrisch gemacht; aber er war so stark wie zuvor.

»Grüß dich!« rief der Halbmensch aus seiner Nische auf dem Kabinendach. »Was bringt dich an Bord?«

»Wir möchten mit deinem Kapitän reden«, knurrte Clam.

Das Schiff übertrug die Botschaft in die Kabine unter dem Achterdeck. ARNOLD legte seine Arbeit beiseite, bestieg den Fahrstuhl und kam mit erhobener rechter Hand auf die Delegation zu. Er grinste.

»Dein Lächeln ist fehl am Platze«, bellte Clam. »Wir sind wegen einer unangenehmen Sache hier.«

ARNOLD wurde ernst. »Gut. Kommt in meine Kabine. Wir haben heute eine besondere Delikatesse: Seeigelkaviar, goldener Rogen mit fünf eigenen Geschmacksrichtungen. Ihr müßt es unbedingt versuchen.«

Clam wies die Häppchen mit einer Handbewegung beiseite und blickte grimmig drein, bis alle saßen. »ARNOLD, deine unmoralischen Paarungspraktiken stehen der Lehre des Tiefenkults entgegen.« Die beiden Engel nickten. »Du demoralisierst die jungen Mädchen, lehrst sie Sünde,

Degeneration, das Böse. Du bist deiner ersten Partnerin, Weißbauch, untreu.«

Larry sah, wie der gereizte Krieger langsam rot anlief, und antwortete rasch: »Ich denke, sie hat ARNOLD zurückgewiesen?«

»Sie bekommt ein Kind; daher ist sie seine Partnerin und er ihr Partner. So ist das bei uns.«

»Ich wußte, daß sie ein Kind bekommen würde. Alle Umarmungen des King sind fruchtbar.«

»Du wußtest es? Und du hast dich nicht darum gekümmert?« flammte Clam auf.

Larry spürte, wie sich der Tisch bewegte, als sich die beiden Riesen mit angespannten Sehnen vorbeugten. Der kleine Halbmensch winkte sie auseinander. »Sicher möchte Weißbauch weder den Bruder noch den Partner verlieren. Laß ARNOLD reden.«

»Ich kenne eure Bräuche. Larry war sehr ausführlich. Aber eure Bräuche sind nicht die meinen...«

»Du degenerierter synthetischer Krieger!« unterbrach ihn Clam und schüttelte seine intakte Faust. »Du nennst dich King, aber hier bei uns im Wasser bist du bloß ein fauler, diebischer Vagabund – stiehlst unsere Fische und unsere Frauen!«

»Beruhige dich, sonst stelle ich die Sprinkleranlage ein«, sagte Larry. »Laß ihn ausreden.«

»Ich will Weißbauch immer noch«, sagte ARNOLD. »Ich warte in euren Wassern, bis sie eines Tages ihre Schwangerschaft akzeptiert. Dann wird sie zu mir kommen.«

»Und diese anderen Mädchen? Auch sie werden dicker.«

»Auf die warte ich ebenfalls.«

Clam stand auf und schritt kochend vor Wut durch den Raum. »Sie können nicht alle zu dir kommen. Nicht in einer unserer Kuppeln ist genügend Platz für...«

»Ihre Räume sind auf meinem Schiff. Ich bin ein Landwesen.«

»Landwesen?« murmelte Clam. »Und der Schwarm?«

»Ich beherrsche die Meere«, antwortete der Riese.

Clam sah dem Krieger ins Gesicht. Dort war kein Zeichen für Sarkasmus oder Falschheit zu entdecken. »Ein Landwesen mit vielen Frauen?« fragte er. Langsam setzte er sich wieder.

»Wie kannst du sie denn alle ernähren...?«

»Mein Schiff kann Millionen ernähren. Ich bin der King. Ich werde die Welt erobern, wenn das nötig sein sollte, aber meine Familie wird immer genug zu essen haben.«

Clam nahm eine Tangvorspeise an und kaute nachdenklich. »Unsere jungen Frauen werden ein solches Angebot niemals akzeptieren. Sie sind rein und unschuldig und mit einer besseren Tradition aufgewachsen. Sie würden lieber sterben als...«

Larry unterbrach ihn. »Clam, warum siehst du dir die Quartiere der Frauen nicht einmal an? Du könntest den Mädchen etwas über die Unterbringung hier erzählen.«

»Ich weigere mich, an einer solchen Unzucht teilzuhaben...«

»Laß sie doch selber entscheiden«, beruhigte ihn Larry. »Die Zeiten ändern sich. Das Meer gibt uns nun genügend Nahrung. Der Schwarm wird immer schwächer. ARNOLD ist der König.«

Diener kamen herein und halfen den arthritischen Engeln, ihre Flügel zu befeuchten und die Sauerstoffflaschen aufzufüllen. Ein zögernder Clam folgte ARNOLD und Larry zum Achterlift.

»Es ist ein einsames Schiff – eigentlich ist es leer. Es kann zehntausend Menschen und hunderttausend Tonnen Plankton tragen. Und jetzt hat es eine Mannschaft von zweihundertzwölf Bürgern. Sie sind mit mir losgefahren und für die dreifache Menge an KGS geblieben. Unglücklicherweise werden Nebische nicht alt. Sie sind aber sehr gehorsam. Die Servomechs haben sie gern um sich.«

Clam war fasziniert von der Größe und Bequemlichkeit des Schiffes. Von diesem Rundgang kehrte er leicht besänftigt zurück und nahm sogar einen Drink an ARNOLDS Tisch an.

»Gewiß gibt es genügend Platz für Nester«, gab der Benthik zu. »Wir sind, glaube ich, meilenweit nur durch Kabinen gegangen. Die Mädchen haben sicher Spaß an den Heiß- und Kaltverteilern. Man hat gar keine Arbeit mehr.«

»Oh, auf *Rorqual* gibt es noch genügend Arbeit«, meinte Larry. »Nur wenige von den Bürgern halten die Arbeit auf Deck aus. Man wird von den Benthik-Frauen erwarten, daß sie ihren Anteil an der Deckarbeit leisten.«

»Deckarbeit?« fragte Clam. Nachdenklich beäugte er den Halbmenschen, zuckte aber dann die Achseln. »Ich werde ihnen erzählen, was ich gesehen habe. Die Engel können es beim Tiefenkult diskutieren. Es gibt nur wenig Männer in unseren Kuppeln. Viele unserer Frauen finden niemals einen Partner. Vielleicht würde es für ein paar von ihnen gut sein, mit ARNOLD zu fahren.«

»Das *wird* auch gut sein«, meinte der Krieger.

Das Schiff warf ein leichtes Kunstfaserkanu aus, ein gekielter Zylinder mit Mast und Ausleger. Man ließ Delikatessen herab. die darauf festgebunden wurden. »Solange ARNOLD das Meer beherrscht, lebt er an der Oberfläche.« Man zog das Segel auf. »Nimm die Geschenke zusammen mit unseren Worten«, sagte Larry. »Laß die schwangeren Frauen für sich selber entscheiden.« Ein Greifarm ließ das kleine Boot zu Wasser.

Siebzehn Benthik-Frauen zogen in die Kabinen unter dem Achterdeck. Während des ersten Jahres wurden achtundzwanzig Kinder geboren. Andere Benthikfamilien wurden an Bord gelockt, während man Katamarane und Karren vorbereitete. Beladen mit Saatgut, Haken und Netzen segelten sie nach Westen, um die verstreuten Inselchen eines Archipels zu besiedeln. Eine dieser neuen Inselfamilien bestand aus Harlan, Opal und sechs ihrer Kinder. Sie fanden in ihrer Lagune reichen Fischbestand und im Inselwäldchen verdutzte Schweine und Hühner vor.

Die älteren Mitglieder des Tiefenkults blieben unter dem Druck des Meeres und genossen die dichtere Luft und den Auftrieb. Die weit verstreuten Benthiks klammerten sich an ihre Kuppeln am Kontinentalschelf. Ihre Nacktheit und neolithische Kultur beschränkten sie auf die wärmeren Meeresströmungen. Während die Natur ihren Platz in der Unterwasserwelt wieder einnahm, stießen diese neuen Benthiks auf neue Risiken unter den zurückkehrenden Seewesen – Kreaturen mit Giftwaffen und räuberischen Gewohnheiten. Doch der Mensch blieb im Meer. Seine Kyberkuppeln waren gut dafür geeignet. Sie identifizierten jede neue Gefahr und entwickelten ein Alarmsystem gegen die ungebetenen Gäste.

Clams Partnerin, Sonnenfisch, wickelte das Kind Tad und legte es in die Wiege, um zu ihren Pflichten zurückzukehren. Sie säuberte einen Korb voll *Cancer borealis*, der braunen, sechs Zentimeter breiten Jonaskrabbe. Ihre Kyberkuppel entdeckte, daß sich ein giftiges Tritonshorn näherte – eine lilageränderte, fußlange Molluske. Dreimal pulsierte die Decke und nahm an der Stelle, die der Gefahr am nächsten lag, ebenfalls eine violette Färbung an.

»Danke, Kuppel«, sagte Sonnenfisch und griff nach ihrem Speer. Sie trat an den Rand der Plattform in der Nähe der Färbung und spähte hinab in das grünliche Wasser. Dicht war der Grund mit Tang bewachsen. Sie wagte sich nicht ins Wasser hinein, bis sie die spiralförmige Muschel deutlich erkennen konnte. Diese durchschwamm das hohe Grünzeug und benutzte den tödlichen Fangarm, um kleine *Sebastopoden*, Felsenfische, einzufangen. Sonnenfisch glitt in das warme Wasser und näherte sich der bräunlichen Muschel. Sie wurde ignoriert. Es gab nur wenige natürliche Feinde, die unempfindlich gegen das tödliche Gift waren. Sie stach mit dem Speer auf die Muschel ein. Der Fangarm verschloß die Öffnung und ließ dabei (wie Sonnenfisch wußte) eine mikroskopisch kleine Nadel mit einer Giftladung zurück. Sie stieß fester zu. Die Muschel begann heftig rollende Fluchtbewegungen zu unternehmen, streckte den Fuß zur Seite heraus und drehte das Gehäuse nach der einen oder anderen Seite. Mit drei Rollbewegungen gelangte sie sechs Fuß weit. Sonnenfisch folgte ihr und erwischte die Muschel an der empfindlichen Stelle. Der Fangarm wedelte in ihre Richtung. Sonnenfisch war froh, daß der Giftpfeil nur so weit reichte wie der Rüssel. Ihre scharfe Waffe folgte dem weichen Körper bis in das Gehäuse; eine Drehung, und Schneckenhämoglobin verdunkelte das Wasser, zog einen Schwarm von Raubtieren an, die sich über das herausquellende Protein hermachten.

Sonnenfisch kehrte in ihre Kuppel zurück und entdeckte, daß der Topf mit Wellhornschnecken übergekocht war. Sie goß etwas Salzwasser über diesen kleineren Verwandten des tödlichen Wesens, das sie gerade besiegt hatte.

Clam kam zum Essen. Sein Beutesack war voll von Meerohrschnecken. Sie sortierte die Muscheln, weiße Ovale, aus, rieb die Oberflächenpigmentierung ab und warf die fasrigen ihrem Haustier *Stereolepis gigas* zu. Die riesige Meerbrasse tauchte vom Grund auf, schluckte die Bissen und sank wieder hinab.

»Ich habe gesehen, wie sich eine Gruppe von Seeskorpionen unter dem Südarm um irgend etwas gestritten haben«, bemerkte Clam.

»Tritonmuscheln«, meinte sie. »Ich habe vor etwa zwei Stunden eine getötet.«

»Sie scheinen zuzunehmen. Ich denke, es ist an der Zeit, den räuberischen Sternenfisch wieder zu züchten.«

Sie nickte und begann, die Abalone aufzuschlagen.

»Kannst du diese Krebsfallen für mich zurückbringen? Goose und Mudd wollten sie heute früh schon aufstellen.«

»Gut. Ich bringe ihnen ein paar Abalones mit.« Er schnürte die elastischen Netze zu einem festen Bündel und band sie ab.

Sonnenfisch fütterte den kleinen Tad und schlief neben ihm ein. Das heftige Warnsignal der Kuppel weckte sie. Sie bekam Angst vor der Intensität der roten Pulse. Tad schrie.

»Was ist los, Kuppel?«

Sie nahm ihren Sohn auf und suchte in den umgebenden Wassern nach einem Hinweis. Verschwommen grüne Biolumineszenz wurde stärker. Vibrationen verrieten ihr, daß sich etwas näherte – ein neues, unvertrautes Geräusch, das ihre Kuppel erzittern ließ.

Vier Fuß oberhalb des Randes durchdrang die scharfe Klinge eines Greifers die Kuppel, drang in die Luftblase ein und durchbohrte die dünne, durchsichtige Wand. Eine Reihe von kleinen Wellen überspülte die Plattform, während die Kuppel umstürzte. Sonnenfisch fiel herab und versuchte, sich am Rand der Plattform festzuhalten. Mit einem Knall platzte die Kuppel, sprengte die Luft in einer Wolke kleiner Bläschen fort. Sie fand sich eingeklemmt zwischen der auftreibenden Plattform und schweren Trümmern der gebogenen Decke. Ein schmerzhafter Ruck in der rechten Brustseite verriet ihr, daß sie sich nicht mehr auf der Ebene Vier befand. Rasch stiegen sie hoch! Sie trat gegen die Wrackteile. Das Baby schrie eine dichte Reihe von Luftblasen aus sich heraus, die sie an der Brust kitzelten. Sie versuchte, schnell auszuatmen, doch die Bläschen wurden bereits rosa.

Im trüben Wasser stöhnten verletzte Benthiks. Schwere Wrackteile sanken durch die Wasser. Ein Scheinwerfer überflog die Szenerie. Sonnenfisch versuchte, den kleinen Tad mit Klapsen ins Leben zurückzurufen, doch die kleine Gestalt zitterte lediglich stumm mit offenen Augen. Sie versuchte, ihm Luft in den Mund zu atmen, doch ihre eigenen Lungen funktionierten nicht mehr. Sie konnte nur noch ausatmen. Jeder Versuch, einzuatmen, wurde durch einen heftigen Schmerz unter dem rechten Arm blockiert, dort wo die Lunge gerissen war. Kurze, scharfe Schmerzstöße durchfuhren Finger und Zehen, breiteten sich über die Gliedmaßen aus. Ihre zuckenden Bewegungen aktivierten Oberflächenlumineszenz und deuteten auf ihren Standort hin. Der Scheinwerfer fand sie. Eine Nebisch-Harpune beendete ihr Leiden. Ihr Blut zog einen Schwarm kleiner, hungriger Fische an. Sie fanden auch Tad.

Furlong schritt mit seinem Gefolge durch die Eiskabinen von *Verfolger Fünf*. Er zählte die gefrorenen Benthiks und nickte angesichts des Ergebnisses.

»Vierundsechzig Feinde getötet. Gut. Keine besonderen Vorfälle. Kein Zeichen von *Rorqual Maru*.«

Der Vertreter der Sicherheitsbehörde lächelte.

»Ich bin absolut sicher, wir haben das perfekte Anti-Benthik-Gerät entwickelt – den eisernen Thunfisch. Wenn man an den Greifhaken Flossen und eine Optik befestigt, kann die Kranbedienung die Kuppeln mit großer Genauigkeit zerstören. Ich glaube, an diesem Riff haben wir nicht eine einzige Kuppel ausgelassen. Sehen Sie sich diese Aufnahmen vor und nach unserem Angriff an. Man nennt dieses Riff das Zwei-Meilen-Riff. Achten Sie darauf, wie die bewohnten Kuppeln glühen und so zu leichten Zielen werden.«

Sie reichten die Aufnahmen herum.

Drei Männer von der Jägerkontrolle entfernten die Speerwiderhaken aus den steifen Körpern. »Das war ein leichtes Spiel. Jede Menge Protein. Für diese Arbeit bekommen wir leicht Freiwillige. Unsere Jäger hatten richtig Spaß an der Nachtjagd unter Scheinwerferlicht.«

»Das war ein voller Erfolg«, meinte Furlong. »Bringt aber diese Exemplare nicht allzu rasch zu Synthe. Ich möchte, daß die Biotechs Gelegenheit bekommen, sie zu untersuchen – und vielleicht etwas über sie herausfinden. Ich weiß, wie sehr es uns an gutem Protein mangelt, aber wir müssen uns die Zeit nehmen, bis wir diese Wesen sorgfältig analysiert haben – die Körper und auch die Gehirne. Schickt mir so bald wie möglich die Berichte.«

Clam kauerte sich in die Luftblase unter einem kleinen Schirm. Sein geschwollener rechter Daumen pochte, wo ein rotierender Widerhaken ihn erwischt hatte. Er hatte die Zerstörung seines Kuppeldorfes mit angesehen. Von weitem hatten die sich nähernden Greifer bizarren einäugigen Thunfischen geähnelt. Der Scheinwerfer hatte ihm verraten, daß es sich um Maschinen handelte, daher hatte er versucht, ihnen auszuweichen. Er hatte sich in einer Felsspalte versteckt, bis er merkte, was vorging. Die zerplatzenden Kuppeln lockten ihn hervor, doch die mechanischen Geräte hatten ihn leicht beiseite fegen können. Nun war er allein.

Die Wrackteile am Grund verrieten nichts über den Verbleib seiner Familie. Raubfische nagten an Essensresten, doch es waren keine Leichen zu sehen. Nachdem er auf Ebene Zwei dekomprimiert hatte, ließ er sein Kunstfaser-Auslegerboot hinauf und begann, die Wasseroberfläche abzusuchen. Leicht konnte er der Spur von Wrackteilen folgen. Der Horizont war leer. Das Schiff war verschwunden.

Als Clam zu paddeln begann, war er wie taub, doch jedes neue Teilchen regte seine Wut an. Eine Holzschüssel war einfach eine Holzschüssel, bis er die Schnitzereien als seine eigenen erkannte. Gegen Mittag hatte er die Stelle mit den meisten Wrackteilen erreicht – zahlreiche Plattformen und Kuppelteile. Er zog eine kleine, zerfetzte, vertraute Decke aus dem Wasser. Als er seine Plattform fand, lief er über den Bug des Kanus darauf zu, kroch hinauf und weinte. Seine Hände fuhren über die vertrauten Strukturen. Eine zerbrochene Harpune war tief in sie eingedrungen. Die Blutflecken deuteten die Geschichte an. Die ganze Nacht lang blieb er dort sitzen, das Gesicht in den Armen verborgen. Kleine, hungrige Fische durchsuchten die Trümmer.

Gegen Morgen riß sich Clam zusammen und schritt über die Plattform. Nichts war von seinem Heimatdorf übriggeblieben. Jede bewohnte Kuppel hatte man systematisch zerstört. An anderen Riffen existierten aber noch andere Dörfer. Man mußte sie warnen. Er zerrte die zerbrochene Harpune heraus. Er würde sich rächen!

Rorqual jagte hinter einem Schwarm *Thunnus Thynnus* her und übertrug die Daten in Larrys Kontrollpult. Der Halbmensch drehte sich in seiner Hängematte herum und las den Bericht.

»Blauflossenthun«, murmelte er. »Zweihundert-Pfünder.« Er kletterte hinab und ruckte sich über die Kajütstege in die Kontrollkabine. Der Anblick auf dem großen Bildschirm war eindrucksvoll. Die Augen des 2-L-

Sensorkrans waren scharf und ließen die Einzelheiten in der Färbung und die kurzen Brustflossen erkennen. ARNOLD trat zu ihm.

»Schöner Schwarm«, meinte Larry. »Sollen wir ein paar für die Insulaner fangen?«

»Warum nicht? Einer pro Familie wird sie nicht verwöhnen. Wir brauchen auch ein paar für die Deckarbeiter und die Frauen.« Der Kapitän tätschelte das Schaltpult des Schiffes. »Los, Mädchen. Fang uns ein paar.«

Die Achterkräne spannten Leinen und warfen sie mit Ködern und Haken versehen aus. Der Schwarm wurde angelockt. Achtundvierzig Fische flogen auf das Achterdeck – schuppig, mit starren Augen. Die Nebischmannschaft in ihren dicken Anzügen trat zur Seite, während nackte Benthikfrauen sich Zeit dabei ließen, sich den jeweils besten für das Abendessen auszusuchen.

»Was für ein Flossenvieh möchtest du denn haben?« fragte ARNOLD.

Sechs schwitzende Frauen erwarteten sein Näherkommen. Blut und Schuppen sprenkelten ihre Arme. Schweißperlen glitzerten auf ihren Körpern. Er blieb vor einer jungen Frau stehen, deren feuchte Haut weißgestreift war – von Milch. Er streckte die Hand aus.

»Gib mir dein Messer, und dann stille dein Kind.«

Sie trat unter die Decksdusche, spülte sich mit Meerwasser ab und trollte sich zum Fahrstuhl. ARNOLD drehte nachdenklich die Klinge in den Händen hin und her.

»Vor nicht allzu langer Zeit hätte sie mir das zwischen die Rippen gejagt«, dachte er.

Gegen Abend fand er den Halbmenschen am Rand der Achterluke zusammengekauert. Orangenes Licht aus den Kabinen ließ seinen Umriß deutlich erkennen. Geräusche von Kindern, Frauen und Arbeit erfüllten die Luft.

»Komm zu uns«, sagte der Riese.

»Vielleicht auf einen Salat und Weizensandwich«, meinte Larry und schwang sich an einem seiner Knotenseile durch die Luke.

Eines der Krebsmädchen, Mutter von Drillingen, begrüßte den Halbmenschen mit einem Kreischen und bot ihm den Platz neben sich an. Der Tisch war rund und hatte einen Durchmesser von vier Metern, bei dreißig Zentimeter Höhe. Um ihn herum lagen Kissen und Polster. Er stand genau über einem Aufzug, der in der zweiten Ebene endete. ARNOLD kam die Treppe herab und half, die schweren Platten mit Fischstücken hereinzutragen. Weißbauch band sich ihr Lendentuch um (mit Schwarmmustern bedruckt) und ging um den Tisch herum, wobei sie Körbe mit Fünfzehn-Aminosäuren-Brot und Kannen mit Lorbeertee verteilte. Sie bereitete neben sich einen Platz für ARNOLD, da sie die Mutter seines ersten Kindes war. Andere Frauen kamen plaudernd herbei. Sie brachten eingelegten Tintenfisch, Salate, eßbaren Tang, dampfende Muscheln, gekochte Krebse und eine Vielzahl von *Rorquals* nicht so gut identifizierbaren Gerichten.

»Die erste Insel werden wir morgen erreichen«, sagte ARNOLD.

»Es ist gut, sie wieder begrünt zu sehen«, meinte Larry. »Ich verstehe auch, warum sich Harlan dort niederlassen wollte. Ich habe ihm den Kopf voller Visionen gepumpt, während wir noch im Zwischenreich gelebt haben. Ich bin sicher, anderswo würde er niemals glücklich geworden sein.«

Rorqual schob sich in die Bucht und blieb mit dem Kinn im Sand liegen. Auf der üppig grünen Insel war kein Zeichen einer Besiedelung zu entdecken. Weißbauch war besorgt.

»Bist du sicher, daß dies die richtige Insel ist?«

Ruhig projizierte das Schiff zwei Karten übereinander und studierte die Kombination. Topographie und Koordinaten entsprachen einander.

»Ich hätte gedacht, sie hätten in zwei Jahren etwas verändert – hätten Häuser, Boote, Netze gebaut. Aber die Insel sieht genauso wild wie früher aus. Vielleicht sind sie auf eine andere gezogen?«

»Sie sind hier«, sagte *Rorqual*. Eine empfindliche Infrarotaufnahme der Vegetation enthüllte viereckige Strukturen – Häuser, die hinter einer Wand aus Gebüsch und Ranken verborgen lagen. »Sie sind immer noch sehr vorsichtig, damit ihre Besiedlung nicht bekannt wird. Das ist alles.«

ARNOLD blickte mit zusammengekniffenen Augen über den Strand. »Denk daran, daß es nur zwölf waren. Und sie haben zwei- oder dreihundert Ar, auf denen sie sich verstecken können. Laß die Frauen mit den Geschenken von Bord gehen. Wir lassen zwei Katamaranrümpfe hier – einen vierundzwanzig Fuß, den anderen sechsunddreißig Fuß. Gartengeräte. Speerköpfe. Ladet sie zum Abendessen an Bord ein.«

Weißbauch trug ihre beiden Kinder auf die Lichtung. Harlan und Opal kamen herausgerannt und umarmten sie. Lebhaft erzählend wurden die Kinder herumgereicht.

Später kam Harlan an Deck, um sich mit dem Halbmenschen Larry zu unterhalten. Beide waren seit ihren Tagen in den Zwischenwänden beträchtlich dunkler und härter geworden. Sie stießen mit den Gläsern an und tranken ARNOLD zu. »Möge der King immer die Meere beherrschen.«

Das Abendessen wurde unter Tänzen und Gesang begangen. Das Schiff stieß eine Vielzahl von bunten Kunststoffspielzeugen für die Kinder aus. Das Leben auf der Insel hatte die Benthikfrauen noch schwieliger und lederhäutiger gemacht. Mit ihren kräftigen Muskeln und breiten Hüften gebaren sie jedes Jahr ein Kind. Die Inselbevölkerung näherte sich bereits der Zahl zwanzig. ARNOLDS Frauen überhäuften sie mit Geschenken:

Kochgeräten und Nähutensilien. *Rorqual* nahm Saatgut und Käfige mit kleineren wilden Tieren an Bord, um sie auf anderen, noch unbewohnten Inseln auszusetzen.

»Wir sind sehr glücklich hier«, sagte Harlan. »Ihr solltet mit dem Umherwandern aufhören und mit uns leben.«

»Nein«, gab Larry zurück. »Ich habe Spaß an den Fahrten mit *Rorqual Maru*. Wir werfen ein paar Samenkörner aus und sehen zu, wie sie wachsen. Die kleinen Schweine da zum Beispiel gedeihen überall. Ich weiß nicht, was diese Inseln einst unfruchtbar gemacht hat, aber ich habe Spaß daran, sie wieder blühen zu sehen.«

Harlan nickte. »Das ist wie mit dieser Geschichte, die du mir erzählt hast – mit *Devers Arche*. Nur säst du Leben direkt auf der Erde.«

»Ja, wahrscheinlich habe ich den gleichen Spaß wie auf einem Kolonistenraumschiff – nur ohne die Risiken.«

Die Feiernden verbrachten fast die ganze Nacht auf dem Schiff. Gegen Morgen beunruhigte sie ein Fleck am Horizont. *Rorquals* zweites Kranpaar fuhr heraus. ARNOLDS Bildschirm gab die Aufnahme wieder.

»Ein Katamaran. Einer von unseren«, sagte der Kapitän. Larry und Harlan traten an die Reling.

»Es kommt aus Nordosten. Wer kann es sein?«

Clams Geschichte klang unzusammenhängend – wechselte zwischen Wut und Verzweiflung. Der 2-R-Kran beschnüffelte das Kanu und kam mit einer Babydecke und der blutigen Harpune zurück.

»Der Schwarm ist ins Meer zurückgekehrt«, sagte *Rorqual,* »Clams Familie wurde getötet.«

»Und wahrscheinlich die meisten anderen Benthiks vom Zwei-Meilen-Riff«, fügte ARNOLD hinzu.

Larry gefiel das nicht. »Es hört sich an, als seien diese Robotergreifer eigens dazu hergestellt, Kuppeln zu zerstören. Ich fürchte, wir haben die Entschlossenheit des Schwarms unterschätzt. Er will uns vollständig ausrotten.«

»Vernichten wir ihn«, murmelte Harlan.

An Deck drängten sich die Männer zusammen und redeten von Krieg. Das Schiff lauschte.

»Krieg gegen den Schwarm ist unmöglich«, sagte *Rorqual.* »Er überzieht die Kontinente mit einem einzigen Nervensystem und $3,5 \times 10^{12}$ Bürgern. Jeden Tag stößt die Embryoabteilung 5×10^8 Einheiten aus. Ihr seid nur wenige, und ihr seid verstreut. Ihr habt weder Flugmaschinen noch Sprengkörper. Ihr habt keine Armee.«

Harlan schüttelte die Faust. »Wir müssen es ihnen heimzahlen. Das war unser Volk am Zwei-Meilen-Riff.«

Clam deutete auf die zerbrochene Harpune. »Das ist unser Meer. Ich werde jedes Schwarmwesen töten, das es betritt.«

ARNOLD nickte. »Das Schwarmschiff muß zerstört werden.«

»Ich werde die Jungen auf die Nachbarinseln schicken«, meinte Harlan. »So zwanzig oder dreißig Mann werden wir zusammenbekommen. Wenn das Schwarmschiff ein paar Niedere ARNOLDS hat, könnten wir ihnen mit Äxten und Speeren entgegentreten.«

Nach und nach trafen die Nachbarn mit ihren einfachen, aus Arbeitsgeräten gefertigten Waffen ein. Die meisten waren Jungen unter zwanzig – naiv und begeistert. Alles in allem waren es achtzehn Mann und fünfzehn stämmige Frauen. Die Kinder ließ man bei den schwangeren Frauen auf der Insel zurück.

Lauscher, ein weiterer Überlebender des Zwei-Meilen-Riffs, schaffte die Strecke zum Südriff. Er erzählte seine Geschichte vor einer kleinen Versammlung in der Langkuppel.

»Sie wollen unsere Kuppeln zerstören. Ihre Waffen erkennen, in welchen Kuppeln Benthiks wohnen. Nur die werden angegriffen.«

Buckelnase, eine zähe Benthikfrau mit neun Kindern, wandte sich an ihren fast erwachsenen Sohn Razor und fragte: »Wie können sie das tun?«

Razor war der Experte des Stammes. Er hatte einen ganzen Tag lang in den Gärten versteckt verbracht und die Wachtürme beobachtet. Danach hatte er dem Tiefenkult einen genauen Bericht erstattet. »Der Schwarm hat kleine Ohren und Augen«, sagte er. »Einige können besser sehen als unsere Augen, andere schlechter. Ich denke, wir sollten die bewohnten Kuppeln so aussehen lassen, als seien sie nicht bewohnt. Wenn diese Unterwasseraugen schlechter sind als unsere, können wir vielleicht unsere Häuser vor ihnen verbergen.«

Lauscher nickte. »Aber wir haben wahrscheinlich nicht viel Zeit.«

Sie sahen zu, wie der junge Razor eine Gruppe in das trübe Wasser führte. Als sie zurückkamen, redeten alle gleichzeitig.

»Wir müssen die Luftblasen verkleinern.«

»Es ist das Licht. Wir dürfen nur noch die natürliche Biolumineszenz einsetzen.«

»Es ist die Wärme. In warmen Kuppeln wohnen Familien.«

»Nein, es ist der Schleim. Abgestorbene Kuppeln sind mit Schnecken und Algen überzogen. Wir müssen versuchen, unsere Häuser mit Tang, Seeigeln und Sternfischen zu tarnen.«

Buckelnase hob Schweigen gebietend die Hand. Sie nickte ihrem Sohn zu, fortzufahren. »Es kann alles sein. Ich weiß es nicht. Aber wir sollten auch alles versuchen. Wir müssen die Lichter und die *heißen Flecken* abstellen. Die meisten Klasse-Elf-Gehirne der Kuppeln werden kooperieren. Und die, die es nicht tun, müssen eine Zeitlang aufgegeben werden. Ich denke, die Frauen müßten es schaffen, eine Tangschicht um die Außenhaut zu weben. Saugschnecken und Röhrenmuscheln setzen sich nicht auf die nackte Außenhaut von lebenden Kuppeln.«

»Ich werde ein Netz in einer der Ebene-Zwei-Kuppeln einrichten«, sagte Lauscher. »Vielleicht hören wir sie kommen.«

Furlong saß im Versammlungsraum vor dem Bildschirm. Die anderen Mitglieder waren alle entlassen.

»Bist du sicher, daß es dort keine Benthiks gibt?«

Das Gesicht auf dem Schirm blickte ausdruckslos; es war der gehorsame Kapitän von *Verfolger Zwei.* »Wir sind dreimal über dem Gebiet, das auf unseren Karten als Südriff verzeichnet ist, gekreuzt. Keine der Kuppeln dort ist bewohnt.«

Furlong studierte die Aufnahmen. »Wir haben aber von dort Leute gesichtet, die in die Gärten kamen. Irgendwo dort muß etwas sein.«

»Tut mir leid, Sir. Keine Anzeichen.«

Der KE errechnete eine weitere mögliche Zone, in der die Schwarmschiffe suchen konnten.

Rorqual schwamm still zum Horizont. »Wir müssen unbedingt den Kontakt meiden, bis wir erkennen können, wie diese Schiffe bewaffnet sind. Der Schwarm hat zwei Jahre gebraucht, sie fertigzustellen. Nach der Niederlage ihres *Verfolger Eins* haben sie sicherlich etwas dazugelernt.«

ARNOLD war ungeduldig. »Laß uns doch einfach draufzu halten und sie zerstören, noch ehe sie merken, was sie getroffen hat.«

»Sie sehen mich zum gleichen Zeitpunkt, in dem ich sie sehe. Ich denke, unsere Sensoren sind ähnlich.«

Larry stimmte zu. »In den letzten tausend Jahren ist es dem Schwarm nicht gelungen, die Mechteile entscheidend zu verändern. Wenn überhaupt, dann werden sie schlechter.«

»O. k«, knurrte ARNOLD. »Halt dein langes Ohr steif. Sieh zu, was du auffangen kannst. Larry, wie hast du unsere Leute organisiert?«

»Sechs Einheiten – eine auf jedem Deck und zwei in Reserve. Drei zusätzliche Kranbedienungen.«

»Gut.«

»Hört auf damit«, sagte das Schiff.

»Was?« fragte ARNOLD.

»Hört auf mit diesen Schlachtplänen. Sie taugen nichts. Hier sind die Übertragungen von der Armada.«

»Armada?« keuchte Larry.

Der Bildschirm teilte sich in vier Segmente auf. Jedes zeigte einen anderen Blick auf die Gruppe von Schiffen. Sie brauchten eine ganze Weile, ehe sie merkten, daß jede Aufnahme von einem hohen Sensorkran eines anderen Schiffes aufgenommen war.

»Sieh dir die Kräne an! Sie sind etwa zweimal so lang wie unsere!« rief Larry. »Und die Bugkräne sind so dick wie Frachtlader!«

»Vier Schiffe«, murmelte Harlan. »Nun, wenn sie keine ARNOLDS haben, haben wir dennoch eine Chance...«

Die Schwarmschiffe schienen ein Schlachtmanöver auszuführen. Zwei brachen aus und zeigten mit den Kranpaaren bestimmte Übungen. Als sich die dicken Bugkräne zusammenschlossen, erzitterte das Schiff. Die langen Achterkräne warfen die Sprengladungen drei Meilen weit. Pilzförmige Dampfwolken markierten das Zielgebiet. Larry und den Benthiks sank der Mut. Nur ARNOLD blieb optimistisch.

»Wir sind größer, stärker und schneller«, behauptete der Riese. »Wenn wir eines dieser Schiffe entern können...«

»Negativ«, antwortete *Rorqual*.

Auf dem Schirm erschienen zwei bewaffnete Roboter, die stachelbewehrte Knüppel schleuderten. Sie bewegten sich mechanisch, unbeholfen und langsam, aber eine Vielzahl von ihnen übte auf den Decks. Einige schienen mehr als eine Tonne zu wiegen und waren zu groß, als daß die Benthiks sie mit ihren handgefertigten Speeren hätten besiegen können.

»Ich fürchte, diese Roboter sind wie die Kräne ferngesteuert«, sagte Larry.

»Korrekt«, gab *Rorqual* zurück.

»Und wenn wir angreifen?«

»Werden wir sterben«, sagte *Rorqual*.

ARNOLD verriet keine Angst. In seinen Gedanken gab es keine Alternative zum Kampf. Niemals würde er fortlaufen. »Wir greifen an!«

»Aber wir können nicht gewinnen!« schrie Larry zurück und tanzte mit dem kurzen Rumpf um den Kartentisch. »Es muß eine andere Möglichkeit geben...«

»Angriff!« wiederholte der Riese.

Harlan und die Benthiks blickten von ihren lächerlich leichten Waffen zu den eindrucksvollen Schwarmmaschinen auf dem Schirm. »Gibt es einen anderen Weg?« fragte Harlan.

Der Bildschirm wurde leer. Schweigen. ARNOLD zwinkerte. Er schien wie aus einer Trance zu erwachen – einem zerebralen Kampfzustand. »Was?«

Rorqual wendete zurück zu den Inseln. »Es gibt vielleicht einen Weg. Die Erfolgschancen sind gering, aber vorhanden.«

ARNOLD war verwirrt. »Wir werden kämpfen?«

»Wir werden kämpfen«, antwortete das Schiff. »Aber später. Zuerst müssen wir einige Vorbereitungen treffen.«

Auf ihrem Weg zum Archipel hielten sie mehrere Male bei kleinen verlassenen Inselchen an, wo das Schiff tonnenweise kleine Steinchen und
Sand von den Stränden einsammelte. Als sich der Frachtraum füllte, sank
das Schiff immer tiefer ins Wasser.

Eine kleine Flotte von Kanus und Katamaranen kam ihnen entgegen, als
sie Harlans Heimatinsel erreichten. Der Empfang verlor jedoch seine
Fröhlichkeit, als sie *Rorqual* zurück zum Ufer befahl.

»Werft die Blumen fort. Dreht die größeren Katamarane bei, um meine
Mannschaft zu übernehmen. Jeder geht an Land außer ARNOLD. In der
kommenden Schlacht brauche ich nur meinen Kapitän.«

Larry versuchte, das Schiff umzustimmen, doch *Rorqual* blieb fest. Sie
nahm die Haltung einer Gottheit an und ließ die Stimme über das Wasser
erdröhnen: »Ich habe eurem Volk den Krieger gebracht und seinen Samen hinterlassen. Nun müssen wir kämpfen. Wir werden es allein tun!«

Halbmensch Larry kletterte am Seil den Mast des Katamarans empor.
Unter ihm weinten Frauen und Kinder nach ihrem ARNOLD. Mit leeren
Decks zog sich *Rorqual* zurück. Die gehorsame Nebisch-Mannschaft
wartete respektvoll einen Moment, ehe sie Segel setzten. Die kleine Flotte
kehrte zum Strand zurück.

ARNOLD hatte in der Kontrollkabine ein ganzes Waffenarsenal neben
sich: Reihen neolithischer Lanzen, die die Insulaner gefertigt hatten,
Wurfsteine, kleine Bogen und Pfeile und seine zuverlässige doppelschneidige Axt.

Der Bildschirm zeigte die Position des Feindes. Die Armada war bereits
am Horizont zu sehen.

Unvermittelt drehte *Rorqual* nach Lee und schwamm nördlich am Archipel entlang.

»Umschwimmen wir die Schlacht?«

»Wir zögern sie hinaus«, sagte das Schiff. »Wir müssen noch eine Zeremonie vollziehen.«

Weißbauch kam aus ihrem Versteck. Sie trug ein geblümtes Lendentuch
und trug eine Flasche dunkelroten Weines in der Hand.

»Du solltest doch an Land sein«, schalt sie ARNOLD.

»Sie wird gebraucht«, sagte das Schiff.

Weißbauch zog sich den bunten Rock aus und kletterte auf den Kartentisch, wobei sie den Rücken bog. Sie streckte sich auf den knittrigen Ausdrucken aus – Gesicht und Zehen nach oben, Schultern zurück, die Fersen
aneinander. Mit der Linken goß sie sich einen Schluck Wein in den Nabel.

ARNOLD war irritiert. »Vor der Schlacht haben wir keine Zeit für
Sex...«

»Die Zeremonie ist notwendig... Trink!« befahl das Schiff. Die Kyber-
stimme wurde maskulin und unnahbar – kommandierend.
ARNOLD zuckte die Achseln. Der Wein war warm und leicht salzig. Sie
füllte die Körpermulde wieder auf.
»Trink«, sagte das Schiff.
Nun schmeckte er deutlicher die blumigen und fruchtigen Moleküle her-
aus. Der dritte Schluck war kühler.
»Trink!«
Schllrrrp!

PSEUDOSEELE: SPINNENTIER

Klick! ARNOLD hatte acht gehorsame Beine – vier koordinierte Paare.
Das zweite Paar wedelte über seinem Kopf wie Fühler – lauschend und
schnüffelnd. Jedes Paar hatte Spinndrüsen, die ein starkes Gewebe aus-
stießen. Augen von zwölf Fuß Durchmesser blinkten aus dem turmähnli-
chen Kopf. Mit den mächtigen Beinen peitschte er das Meer schaumig auf.
ARNOLD war wieder Spinnentier – mit einem Körper, der eine Viertelmeile lang war!

»Herr, wir haben *Rorqual* gesichtet«, verkündete *Verfolger Zwei*.
»Ihr nach!« kommandierte Furlong vom Schwarm aus.
Die Armada wendete. ARNOLD wartete ruhig mit auf dem Rücken verschränkten Beinen. Nur die Augen bewegten sich – suchend. Von hinten
zog eine Nebelbank heran, sie legte sich über sein Heck. Das Luftkissenboot umkreiste ihn und kehrte mit Maschinenschaden in seinen Hangar
zurück. Nebel umhüllte die Schwarmschiffe.
»Du kannst dich da drin nicht vor uns verbergen«, sagte Furlong.
Die Sensoren paßten sich dem Wasserdampf an und sendeten weiter ihre
Bilder auf den Schirm. Auf Deck gab es einen Moment der Verwirrung,
als die Kranbedienungen ihre Außenkabinen verließen und zu den Fern-
steuerungen unter Deck gingen. Geübt hatten sie bei normaler Sichtweite, und sie würden Schwierigkeiten haben, ehe sie sich an die Optiken
gewöhnt hatten. Auf dem Luftkissenboot arbeiteten Techniker. Bogenschützen zielten probeweise. Killermechs wärmten sich auf.
Spinnentier ARNOLD lauschte den Schwarmschiffen. Er duckte sich in
den Nebel.
»Umkreist den Sammler, wenn es geht«, sagte Furlong. »Diesmal darf er
nicht entwischen. Wenn ihr dicht genug herankommt, schlagt die Bull-
dog-Kräne ein, aber wartet, bis die anderen Schiffe heran sind, ehe ihr
entert. Wir wissen nicht, wie viele Benthiks sich an Bord befinden. Denkt
daran, daß es bis zu zehntausend sein können!«

ARNOLD wartete – das zweite Beinpaar hoch in die Luft gestreckt – auf den Sprung. Langsam näherte sich ein Schiff. Die anderen begannen sie rasch einzukreisen. Sie blieben auf einem Halbkreis in fünf Meilen Entfernung. Er wendete sich dem nächsten Schiff zu. Die Geschützkräne öffneten sich – Entfernung 880 Ellen – zwei Körperlängen.

Mit acht Beinen traf ARNOLD auf das Wasser auf und sprang nach vorn. Er pflanzte L-1 auf das Vordeck, um die Greifer abzuwehren; R-2 spuckte klebrige Fasermasse aus und versuchte, die Kräne der Feinde umzuwerfen. Die Nebisch-Operatoren der Kräne fummelten an den Schaltern herum, aber das Spinnentier war schnell, packte zu und band sie zu einem hübschen Päckchen zusammen. Wie Ameisen rannten die Einheiten über das Deck – liefen in dem Nebel im Kreis.

»Werft ein Kabel herüber. Entert sie!«

ARNOLD stellte das erste Beinpaar aufs Mitteldeck des Verfolgers und zog sich hoch, indem er sich aus dem Wasser hob. Sein Bauch, mit Steinen gefüllt, zog ihn herab. Das Feindschiff drehte sich scharf nach Backbord. ARNOLD trank einen tiefen Zug und sank noch tiefer ins Wasser.

Furlong sprang auf die Beine. »*Rorqual* hat *Verfolger Zwei* gerammt. Sie sinken. Schnell zu ihnen, und werft ihnen Leinen zu.«

ARNOLD orderte L-3 hinüber und zerrte die Luken des Schiffes auf. Er beugte sich zurück und rollte das Schiff herum, damit Wasser in den Laderaum drang. Er trank weiter. Ein zweites Schiff tauchte auf. Er stieß es mit R-4 fort. Einige Greifer landeten auf seinem Rücken. Er kratzte sie mit dem dritten Beinpaar fort. Wellen überfluteten sie. Er mühte sich, das Schiff unter Wasser zu halten, bis er keinen Auftrieb mehr spürte. Zwei weitere Schiffe erschienen mit aufgesperrten Klammern und drohenden Haken. Eines stieß er mit den Beinen um und tauchte tiefer ab. Das gefangene Schiff wehrte sich immer noch gegen ihn. Er spürte die mächtigen Triebeinheiten, die ihn in dreißig Faden Tiefe herumzogen. Bei sechzig Faden Tiefe erzitterte das Schiff. Die luftdichten Hohlräume brachen ein. ARNOLD machte der Druck nichts aus. Er hielt seine Tracheen offen. Frei bewegte sich das Wasser durch seinen Körper. Auf dem Grund kamen sie zum Stillstand. Er ließ das Schiff los.

»Was ist geschehen?« fragte Furlong. Sein Bildschirm zeigte auf drei Quadranten nebelverhangene Schiffdecks. Der vierte Quadrant war leer – das gesunkene Schiff.

Der Kapitän von *Verfolger Drei* antwortete: »*V-Zwei* auf den Feind gestoßen und ihn zerstört. Unglücklicherweise ist *V-2* selber in zweihundert Faden Tiefe auf Grund. Die Spitze des Hecks ist noch zu sehen.«

Furlong sah zu, wie sich der Nebel lichtete und ein Sensorkran das Ruder berührte. Sechs Meter hoch ragte es in die Luft. Der Bug des Schiffes lag auf einer Felsplatte am Meeresgrund. Es gab kein Lebenszeichen – zer-

brochene Platten und die Fluten hatten die Kybereinheiten inaktiviert.
»Sofort Rettungsaktion beginnen. Ich will *Rorqual* und *V-2* so bald wie
möglich wieder im Dienst des Schwarms haben.«
»Ja, Sir.«

Zusammen mit dem einäugigen mechanischen Thunfisch reihten sich die
drei Schwarmfische entlang des Rumpfes von *Verfolger Zwei* auf. Jedes
legte einen Schlauch in die wassergefüllten Luken und begann, den Lade-
raum mit Schaum zu füllen – festen, luftgefüllten Polymer-Blasen. Wäh-
rend sie pumpten, suchten andere Sensorkabel nach *Rorqual*.
»Sie treibt.«
Tief im Wasser lag ein glatter schwarzer Kiel – hundert Ellen lang und
zehn Fuß hoch.
»Pumpt weiter. Aber fangt schon an, es in Richtung Werft zu ziehen.«
»Sofort, Sir.«
»Was ist mit *Rorqual*?«
»Sie ist noch unten. Wir haben sie gesichtet. Sie ist allerdings von der
Felsplatte gekippt und liegt in fünfhundert Faden Tiefe in einem Graben.
Wird einige Zeit dauern, bis wir die Schläuche dahin legen können.«
»Nun, dann nehmen wir *Verfolger Zwei* ins Schlepptau. Ihr beide bleibt
hier, bis ihr *Rorqual* gehoben habt.«
»Verstanden, Sir.«

Furlong stand auf und wischte sich die Stirn.
»Gute Arbeit«, sagte der KE. »Mit drei Schiffen in unserer Fangflotte sehen wir wieder guten Zeiten entgegen.«
»Und in ein paar Jahren werden die beiden beschädigten auch wieder ein-
satzbereit sein.«
»Stimmt«, meinte der KE. »Ruh dich jetzt aus. Ich werde in zwölf Stunden eine Versammlung einberufen.«
Furlong trat hinter den Vorhang neben den Terminals und warf sich auf
seine Pritsche.

»Überfall! Überfall! Überfall!«
Schlaftrunken fuhr Furlong hoch. »Was ist los? Er rieb sich die Augen.
Zwei Stunden Schlaf hatten gerade dazu ausgereicht, sein Gesicht taub
werden zu lassen.
»Eindringlinge im Garten!« verkündete der Bildschirm.
»Das ist kein Grund, deinen Herrscher zu wecken«, knurrte er. »Ruf die
Jägerkontrolle!«
»Sechs unserer Städte werden angegriffen!«
»Laß mal sehen, wer angreift... oh, Benthiks. Muß ein Vergeltungsan-

griff sein. Vor jedem Schwarmloch sind nur zwei oder drei Exemplare. Kein Problem. Sag der Sicherheit Bescheid, und schick die Jäger raus. Ich werde mir morgen früh die Aufzeichnungen ansehen.«

»Ja, Sir.«

» *Verfolger Drei* meldet: Schäumen nun *Rorqual* auf.«

»Laß mich schlafen. Ich will nicht wieder durch diese Routineangelegenheiten gestört werden. Der KE kann mich morgen früh nach dem Aufstehen auf den Stand bringen.«

»Sorry, Sir.«

»Schachttor aufgebrochen. Dreiundzwanzig Tote.«

»...morgen früh...«, grummelte Furlong.

Zehn Stunden später. Furlong erwachte, aß und schlief wieder ein. Am späten Nachmittag kam er schließlich hoch, trank zwei Liter Stimulans und stolperte in den Erfrischer.

»Auf den Stand bringen.«

KE überflog die letzten achtzehn Stunden und versuchte, gegen das Brüllen des Luft/Wasser-Laminarstroms zu sprechen.

»Meeresschauplatz unverändert. Zwei und fünf kommen langsam voran. Vermutliche Ankunft in fünf Tagen. Drei und vier heben *Rorqual*. Keine Probleme. Vier Schwarmlöcher wurden aufgebrochen. Schäden und Verluste innerhalb der normalen Grenzen. Drei Benthiks wurden getötet, einer gefangen.«

Furlong steckte den Kopf aus dem sprudelnden Wasser. »Der Gefangene... lebt er noch?«

»Ja. Man hat ihn zur Sektion ins Biolabor gebracht.«

»Natürlich. Haben wir etwas von ihm erfahren? Kürzlich hatten wir einige Schwierigkeiten, ihre Kuppeln zu finden.«

KE füllte verschiedene Daten auf den Schirm. »Wir haben ihn den verschiedenen Psychotests unterzogen und der CNS-Molekular-Erinnerungsanalyse. Wir haben einiges erfahren: Jetzt entfernen die Neurotechs sein Hirn, um zu überprüfen, ob unsere elektrische CNS-MM-Analyse mit der chemischen Analyse übereinstimmt.«

Furlong starrte den Umriß an. »Mann! Ist das ein riesiger Bursche. Sorg dafür, daß man seine Gene speichert. Er denkt also, er hat eine Gottheit auf seiner Seite? Leviathan? Hat er vielleicht gedacht, das Sammlerschiff sei ein Gott?«

»Offensichtlich«, meinte der KE. »Das könnte die Hartnäckigkeit erklären, mit der sie am Schelf hängen. Wenn sie eine Meeresgottheit haben, dann rechtfertigt das auch ihren Anspruch aufs Meer.«

»Ich möchte gern mit ihm reden, ehe das Team die Kraniektomie vornimmt.«

»Man wird ihn für dich aufbewahren – Labor Siebzehn.«

Rote Krabbe lag festgeschnallt auf dem Operationstisch. Er war schon an die Pumpe angeschlossen. Röhren und Kabel hielten ihn am Leben, während neugierige Teams seine inneren Organe untersuchten und kennzeichneten.

»Ich kann die Zeichen auf der Aortawand erkennen. Sieh dir den Lysin-Oxidase-Spiegel an.«

»Gib mir das Stückchen Milz. Und nun zur Leber. Wo sind die Phiolen, um die ich gebeten habe?«

»Zieh an dem Retraktor. Wir brauchen noch mehr Zwischenwirbelmaterial.«

Rote Krabbe wehrte sich, aber kein Muskel gehorchte ihm. Er konnte weder mit den Augen zwinkern noch seine Atemfrequenz verändern. Er wartete.

»Ist er bei Bewußtsein?« fragte Furlong.

»Das EEG deutet darauf hin, aber ich habe die motorischen Endteile entfernt«, erklärte der Tech.

»Ich möchte mit ihm reden.«

»Ja, Sir. Eine Minute. Das Knochenteam muß erst die Nadeln überprüfen. Ich will nicht, daß diese Kreatur irgendwelche Instrumente kaputtmacht, wenn sie sich windet.«

Blutige Nägel wurden an ihren Fassungen verankert. Der Benthik wurde auf dem Arbeitstisch befestigt. Jeder der größeren Knochen wurde fixiert: zwei Nägel an den Außenrändern des Hinterhauptes, einer in jeder Hüfte, in den Oberarmen und Oberschenkeln.

»Ehe ihr ihm die Muskelkontrolle zurückgebt, solltet ihr nicht lieber seinen Bauch wieder verschließen? Ich will nicht, daß etwas herausfällt, wenn er hustet.«

»Gute Idee«, meinte der Tech, stand auf und reckte sich. »O. k., Ace, bring ein paar Nähte an, damit es nicht mehr so stinkt. Klammere den Schnitt zu. Wir können morgen weitermachen.«

Furlong ging nach draußen, um einen Happen zu essen. Als der Benthik begann, sich zu bewegen, riefen sie ihn wieder herein. Man schloß den chirurgischen Teil mit Reihen von Hautklammern zu. Den Tisch rollte man fort und stellte anstatt dessen eine weiche, saugfähige Wiege hin. Der Gefangene blieb gefesselt.

»Wenn er Theater macht, schalten Sie das hier an. Das paralysiert seine Nervenenden. Wir sind in etwa zwölf Stunden zurück. Wahrscheinlich brauchen wir vier oder fünf Tage, um die Untersuchungen abzuschließen. Bei diesem hier müssen wir eine Menge Formulare ausfüllen. Er ist ziemlich interessant.«

Furlong nickte. »Ich bin sicher. Haben wir eine Stimmaufzeichnung von ihm?«

»Nein. Auch keine aufgezeichneten Genmuster«, gab der Tech zurück.
»Zumindest ist er ein Hybrider. Könnte von den ursprünglichen Primitiven abstammen. Daher gehen wir so langsam vor und lernen soviel wie möglich aus ihm.«

Furlong wandte sich zu dem Benthik – ein nahezu einen Meter neunzig großer Riese mit dichter Körperbehaarung und ausgereiften Geschlechtsorganen. Furlong war mit seinen ein Meter dreißig groß für einen Nebisch, doch jetzt fühlte er sich etwas unterlegen.

»Kannst du mich hören?«

Der Riese schnaubte. Jeder Muskel seines Körpers war angespannt. Die Sehnen traten hervor. Haßerfüllt blitzten die Augen.

»Ich wünschte, ich könnte es dir während unseres Gesprächs etwas bequemer machen, aber ich weiß nicht, welcher dieser Schalter die Schmerzen kontrolliert. Erzähl mir etwas von deinem Volk.«

Schweigen.

»Erzähl mir von eurem Gott. Ihr verehrt eine Gottheit, die wie ein Wal aussieht.«

Widerspenstig wandte der Riese den Blick ab. Die metallenen Knochennägel quietschten.

»Euer Gott ist tot«, fuhr Furlong fort. »Wir haben eure *Rorqual* getötet.«

Rote Krabbe heftete ein Paar bösartige Augen auf den Nebischherrscher.
»Mein Gottwal wird niemals sterben. Sie hat für uns das Meer wieder belebt. Sie wird euch töten für das, was ihr getan habt.« Er versuchte, auszuspucken, doch die Kopfspange saß zu fest. Nur ein paar trübe Tröpfchen blieben an Furlongs Gesicht hängen.

»Ich habe gesehen, wie die Schiffe des Schwarms euren Gottwal versenkt haben. Schau her, ich drehe jetzt diesen Bildschirm so, daß du es selber sehen kannst. Nicht auf diesem Kanal. Das sind die Aufnahmen deiner inneren Organe. Hier ist es. Siehst du es? *Rorqual* auf dem Meeresgrund!«

Rote Krabbe sah die Schwarmschiffe oberhalb des gesunkenen Sammlers verankert. An einem Mech-Thunfisch wurde eine Optik herabgelassen. Sie untersuchte den Rumpf. Alle Luken waren geöffnet.

»Sieh doch«, prahlte Furlong. »Jede Kabine ist überflutet. Euer Gottwal ist keine Gottheit. Es ist einfach ein gesunkenes Schiff. Die gesamte Mannschaft ist tot.«

»Quatsch!« rief Rote Krabbe. »Natürlich ist es ein Schiff. Ein Schiff, besetzt von einer Gottheit. Öffne die Augen. Es gibt keine Mannschaft! *Rorqual* lebt! Eure Mannschaften werden sterben.«

Furlong grinste lediglich zuversichtlich. Diese einfachen neolithischen Menschen kannten als Antwort auf ihre Probleme nur einfache Lösungen. Am schlichtesten war die Vorstellung einer allmächtigen Gottheit. Er wollte gerade aufstehen, als ihn das suchende Auge des Mech-Thunfischs interessierte. Er zog sich einen Stuhl heran und setzte sich neben das Opfer der Vivisektionisten. In den meilenlangen dunklen Fluren blitzte gelegentlich ein Licht auf. Neugierige Fische und andere Meereslebewesen schossen aus den Schatten heraus und ließen ihn zusammenzukken.

»Sie lebt!« spuckte Rote Krabbe.

Furlong ignorierte den tobenden Riesen. »Diese dunklen Gestalten im Kontrollraum sind bloß Fische oder Oktopusse. Warte, bis die Optik näher heranfährt.«

Furlongs Worte wurden beim Erscheinen einer offensichtlich menschlichen Gestalt abgeschnitten, die mit einem Paar seidiger Flügel durch die Kabine schwebte. Brüste!

»Ein Engel!« rief Rote Krabbe zuversichtlich. »Ich werde noch sehen, wie eure Schiffe vernichtet werden!«

Furlong saß mit offenem Mund da. Langsam stand er auf.

»Schlag zu!« brüllte der Gefangene.

»Glaub deinen Augen nicht«, sagte der KE. »Diese Übertragung ist nur ein Simulationsband.«

Der Engel näherte sich mit einer Axt der spionierenden Optik. Die Übertragung brach ab.

Furlong fluchte und verließ den Operationssaal. Im Flur stieß er auf einen der Biotechs.

»Kann man dem Gefangenen irgendwie noch mehr Schmerzen bereiten?«

»Noch mehr?«

»Ich möchte ihn wegen seiner Verbrechen gegen den Schwarm bestrafen.«

Der Tech schüttelte den Kopf. »Ich glaube, die Neuroleute hätten das nicht so gern. Sie wollen nämlich seine Gehirnzellen so unversehrt wie möglich.«

Furlong lehnte sich einige Minuten lang gegen die Wand, ehe er zum Versammlungsraum zurückging.

Spinnentier ARNOLD legte die Steine aus seinem Bauch auf kleine Haufen – es waren insgesamt mehrere tausend Tonnen. Dann schob er einen Schnorchel aus dem Wasser und pumpte sich voll Luft. Er tauchte auf zu den Kiellinien der beiden Schwarmschiffe, blieb unter Wasser und biß in die weichen Teile auf der Bauchseite. Sie wehrten sich nur kurz. Er wikkelte sie in sein Netz und legte sie in dem fünfhundert Faden tiefen Graben ab. Zurück an der Wasseroberfläche pumpte er sich auf und glitt hoch über die Wellen: eine leichte, schnelle Kreatur. Rasch holte er das Schiff ein, das den geborgenen Verfolger im Schlepp hatte. Ein Teufelsvogel flog vorbei. ARNOLD webte ein klebriges Netz und warf es dem Flugtier nach. Es schien sehr langsam zu flattern – ein leichtes Ziel. Er holte es ein. Das weiche Fleisch schmeckte nahrhaft und fleischartig.

Das Schiff warf seine Standardwaffen auf ARNOLD. Er fing sie auf und schleuderte sie zurück. Einige von ihnen explodierten. ARNOLD umkreiste vorsichtig das Schiff und spann unter Wasser ein dickes Tau.

Verfolger Fünf kappte das Wrack ab und fuhr auf *Rorqual* zu.

»Werft eine Leine rüber. Zieht sie mit den Geschützgreifern.«

»Sir, sie hat unser Jagdfahrzeug zerstört und in sich eingesaugt. Soll ich den Selbstzerstörer aktivieren?«

»Ja.«

ARNOLD fühlte einen Stich in der Herzgegend. Er stieß eine kleine Rauchwolke aus.

»Sie hat ein Unterwasserkabel gelegt. Sie zieht uns an sich heran.«

»Gut. Aktiviert die Killermechs. Macht euch bereit zum Entern.«

Whoop! Whoop! Whoop! Die Killermechs rannten aus ihren Gehäusen und blieben an der Reling stehen. Sie schleuderten ihre Lanzen und andere Wurfgeschosse.

ARNOLD spürte, wie sich die dicken Krampen in seine Haut bohrten. Ein kleiner Käfer verließ das Schiff und krabbelte auf seinen Hirnturm zu. Er spürte die Metallfüße auf der Haut und sah die dicke Panzerung. Er fing ihn mit dem R-3-Bein. Der Käfer explodierte und versengte ihm dabei die Haut. Über die verkohlte Stelle legte er sein Netz. Zwei weitere Käfer klebten sich an seinen Rücken. Ein weiteres Dutzend hing an der Schiffsreling.

»Tauchen! Tauchen! Tauchen!«

»Luken schließen. *Rorqual* versucht, uns zu versenken, indem sie sich selbst versenkt.«

»Schickt unsere Position an den Schwarm. Sie sollen ein Jagdfahrzeug mit Sprengladung schicken. Wir können auf dem Grund aushalten. Hier ist es nur zweihundert Fuß tief – nur fünfzig Fuß unter der Oberfläche.«

ARNOLD zwang das feindliche Schiff unter sich und schob es tief in den sandigen Meeresboden. Er kroch darüber und füllte sich den Bauch mit Wasser, um es zu beschweren. Sein Körper erhob sich hundert Fuß in die Luft. Er würde mindestens dreihundert Fuß Tiefe benötigen, um sich mit dem feindlichen Schiff zu versenken. Seine Beine umklammerten es fest, doch er konnte das Schiff nicht weiterziehen. Anker und Kräne waren ausgefahren. Er versuchte, sich zu entfernen, doch die starken Klammern hielten. Er wartete.

Das erste Jagdfahrzeug des Schwarms fing sich in dem Luftnetz.
»Rorqual!«
Die Stimme des Schwarms. ARNOLD umklammerte das Schiff fester und lauschte.
»Wir haben einen von deinen Leuten – eine Geisel. Kennst du noch Rote Krabbe?«
ARNOLD öffnete einen Kanal. »Ich habe viele Geiseln.«
»Laß meine Leute gehen, und ich werde Rote Krabbe freilassen. Das Schiff kannst du behalten.«
»Schick Rote Krabbe hierher.«
»Nein. Zuerst muß meine Mannschaft freigesetzt werden.«
ARNOLD gestattete dem Schwarmschiff, an die Oberfläche zu tauchen, wobei er den Druck auf den Rumpf um zwei Atmosphären reduzierte. In den Nebischen entwickelten sich Stickstoffblasen, sie wanden sich in Schmerzkrämpfen auf den Decks. Dieser Anblick änderte Furlongs Meinung. »In drei Stunden wird euer Mann am Strand sein. Er wird auf einer Bahre liegen.«
ARNOLD stieß das Schiff zurück in den Sand. Der wiederkehrende Druck erleichterte die Leiden der Leute. Er redete mit dem Kapitän und erklärte ihm das Angebot des Schwarms. »Ihr werdet Zeit für die Dekompression benötigen. Wenn du dafür sorgst, daß ein Jägerfahrzeug den Benthik bringt, sorge ich dafür, daß ihr keine weiteren Schmerzen mehr leiden müßt.«
Der Kapitän war glücklich, bei dem Gefangenenaustausch behilflich sein zu dürfen. Die merkwürdigen Symptome der Taucherkrankheit hatten ihn verwirrt – Embolien aus Stickstoffblasen hatten ihm den linken Fuß gelähmt und die Hälfte der Mannschaft außer Gefecht gesetzt. Viele waren gestorben.
Vier Stunden später kroch das Jägerfahrzeug über ARNOLDS Rücken. Man bat um ein Energiekabel, damit die leeren Zellen aufgefrischt werden konnten. Dem Fahrzeug näherte sich mit in der Sonne schimmernden, durchsichtigen Flügeln ein Engel – Brustwarzen und Kinn hochmütig emporgereckt. Rote Krabbe taumelte aus der Einstiegsluke, gestützt von zwei Meditechs. Er war in Verbände gehüllt – die Augen trüb, mit steifen Fingern, schweigend. Langsam bewegten sie sich auf ARNOLDS turmartigen Kopf zu. Dieser richtete seinen riesigen elektromagnetischen Empfänger auf die Gruppe und spähte in den verstümmelten Körper hinein. Spinnentier ARNOLD schrie auf. Der gefangene Benthik hatte in Schädel und Brustkorb Mechteile – die Vivisektion war noch vollendet worden, und der Schwarm brachte nur ein warmes Muskel-Skelett-System zurück.
»Tauchen! Tauchen! Tauchen!«

Eine Welle von Salzwasser erwischte *Verfolger Fünf* bei geöffneten Luken. Der weibliche Engel sah, wie die Nebische starben.

Die siegreiche *Rorqual* zog vier netzumwickelte Kokons an den geschmückten, festlichen Kanus vorbei. ARNOLD und Weißbauch standen lächelnd auf dem Vordeck.

Harlan und Larry umrundeten ihr Sammlerschiff. Es hatte nur wenig Schaden davongetragen – ein paar verkohlte Stellen von Sprengladungen, abgesprungene Deckplatten und Wasserflecke auf den Kabinenmöbeln, jedoch nichts Bedeutsames. Larry fand ein paar Entenmuscheln, die an den Schiffsinnenwänden klebten.

»Wie habt ihr das geschafft? Vier Schiffe und kaum ein Kratzer?«

ARNOLD kratzte sich lediglich die Druckspuren seines Panzers und lachte. »Ich kann mich nicht erinnern. Ich weiß nur, daß sich Weißbauch ihren Platz neben mir für nächstes Jahr gesichert hat.«

»Wie kommt das?«

»Sie wird mir noch einen Sohn schenken.«

Harlan und Larry nickten. Das klang vernünftig. Eine Benthikfrau nahm man nicht mit hinab ins Meer, ohne daß die Hormone darauf reagierten. Selbst mitten in einer Schlacht mußten sie die Zeit gefunden haben, in einen Graben zu kriechen, um miteinander zu schlafen.

Unmittelbar darauf begann die Arbeit an den erbeuteten Schiffen. Der Bug von *Verfolger Drei* bohrte sich weit in den Dschungel, während das überflutete Heck in zweihundert Fuß Tiefe auf dem Meeresboden ruhte. *Rorqual* studierte die Aufzeichnungen von der Schlacht und befand, man könnte die Killermechs so ausrüsten, daß sie bei den Reparaturarbeiten einsetzbar wären. An den Kränen befestigte man eiserne Thunfische, um die gesunkenen Schiffe aufzuspüren. Die Nebischmannschaft bereitete die Werkzeuge vor.

Halbmensch Larry kletterte mit den Händen an einem Kabel hinauf und bettete seinen schwieligen Rumpf in das Krähennest oben auf dem zweiten Kran. Klickende Sensoren tasteten ihn ab. Er sah zu, während das dritte Kranpaar nach Beute suchte.

»He, du im Sensor-R-1?« rief ARNOLD.

Larry winkte dem Riesen.

»Halt die Augen offen. Ich mach' mich zum Engel und tauche. Die Tiefensensoren haben einen Killermech aufgespürt.«

»O. k.«, antwortete Larry. Er sah, wie sein Kapitän die mit Flüssigkeit gefüllten Flügel anschnallte. Kran 1-R schwang heran und hob ihn ins Meer. Larry drehte seinen kleinen Fernbedienungsschirm an, um die Arbeiten am Grund zu überwachen.

Die Decks von *Verfolger Drei* waren durch den Druck der Tiefe verbogen. Ein fleischfressender Knorpelfisch nagte an einem Haufen von Körpern, die an der Vorderluke eingeklemmt waren. Andere hungrige Meeresbewohner glitten durch die Risse. Manchmal entwich ein Schwarm Luftblasen aus einem Hohlraum und tanzte geräuschvoll an die Oberfläche. ARNOLD schwamm an den kurzen, starken Klammerkränen auf dem Vorderdeck vorbei und überprüfte die Kontrollkabine. Die Tür war gespalten und geschwärzt. Drinnen fand er einen zerstörten Roboter. Offensichtlich hatte er sich nicht selbst gesprengt.

»Vorsichtig«, warnte der Halbmensch. »Das ist der dritte Roboter mit den gleichen Beschädigungen durch Sprengkraft. Halt den Eisenfisch dichter heran, damit *Rorqual* ihn sich ansehen kann. Was meinst du, altes Mädchen?«

»Selbstvernichtet«, meinte das Schiff. »Binde ihn an meinen Greifer. Wir werden ihn untersuchen, ehe wir die anderen an die Oberfläche bringen.«

Die Techs schwärmten über den verbeulten Rumpf.

»Lächerliche Panzerung – kaum dicker als Kesselblech.«

»Hier sind die Reste des Schaltkreises für die Selbstsprengung. Sieht aus, als sei es eine gewöhnliche Taschenmine gewesen.«

»Kannst du einen entschärfen?«

»Wenn der Schaltkreis der gleiche ist.«

Rorqual entwickelte feinste Manipulatoren für die Eisenthunfische. Larry saß vor dem Bildschirm und beobachtete die Unterwasserszenerie. Jeder neue Roboter wurde entschärft. Eine der größeren, zwei Tonnen schweren Maschinen explodierte, als man sie an die Oberfläche brachte.

»Muß zwei Schaltkreise gehabt haben«, kommentierte er. »Aber das besagt auch einiges. Unter Wasser ist der Mechanismus abgeblockt. Luft aktiviert ihn.«

Unter *Rorquals* eingreifender Hand wurden aus Mechkriegern Mecharbeiter. In der tropischen Lagune nahm die Benthik-Flotte langsam Gestalt an. Im Verlauf der Monate wurde ARNOLDS Familie immer größer. Für Larry fertigte man eine neue Prothese an.

Larry fühlte sich nicht ganz sicher, ob er sich an Spinnen-Urethan anpassen konnte. »Fühlt sich an, als säße ich auf einem Tintenfisch«, klagte er. Die Prothese konnte mit der beschädigten Sprechmembran nur vibrieren. »Wozu brauche ich diese ganzen Anhängsel? Vier Beine! Eine Schnellstartautomatik und Schraubfassungen! Ich fühle mich ja wie ein Mech. Und diese Arme sind ja vielleicht ganz bequem, um etwas zu tragen, aber die meiste Zeit sind sie mir im Weg.«

Rorqual tröstete den Halbmenschen. »Das ist die beste, die wir bekommen können. Wir halten die Augen offen nach einer menschenähnlicheren Gestalt, aber in der Zwischenzeit wird sie deinen Rumpf aufrecht halten. Sie hat auch einen Blutreiniger, damit du etwas abwechslungsreicher essen kannst.«

»Nun, wenigstens etwas. Ich war das Blattzeug dreimal am Tag auch ziemlich leid. Aber diese technischen Kinkerlitzchen?«

»Die Arme, Schnellstarter und Schraubfassungen kann man zusammenfalten. Den Körper kann man vorn und hinten kürzen und die Hinterbeine an die Vorderbeine klappen. Auf dem Tanzboden wirst du ein Zweibeiner sein und beim Bergsteigen ein Vierfüßler.«

»Entweder Satyr oder Zentaur«, meinte Larry, »das ist aber interessant.« Er ging zu den Vorratstanks, in denen sich seine Perfusionsflüssigkeit befand. Er steckte den Anschlußschlauch seiner Prothese hinein und füllte seine künstlichen Nieren. »Reden tust du nicht allzuviel, oder?«

Die Prothese summte lediglich.

»Du wirst es schon gut machen«, fuhr er fort. »Sicher kannst du meine Myogramme lesen. Ich denke nur daran, einen Schritt zu unternehmen, und du führst es schon aus. Du stampfst über das Deck, wenn ich unruhig bin und mir nach Stampfen zumute ist, und du bäumst dich auf und schlägst in die Luft, wenn ich glücklich bin. Du mußt das Verhalten von Huftieren studiert haben. Kannst du überhaupt reden?«

Die Stimme war die *Rorquals* durch den Sprecher der Prothese. »Spinnen-Urethan ist mit einer jungen Kybercortex ausgerüstet, eigentlich einem Lerntyp. Er hat noch keine eigene Persönlichkeit. Solange er bei mir an Deck ist, wird er sich so weit wie möglich an mich anschließen, wie es auch Trilobit in seiner Jugend getan hat. Wenn du für einen längeren Zeitraum von mir fort bist, wird er reifen und eine eigene Identität ausbilden. Jetzt ist er dein Stamm- und Haupthirn und befaßt sich mit der Blase, den Därmen und der Beinfunktion. Sprich nur mit ihm, denn dann redest du mit mir.«

»Eine Lerncortex – blasenmagnetische Granatzündplättchen?«

»Ja. Komm raus aufs Deck, und übe ein bißchen Trab.«

Larry hatte Freude an dem rhythmischen Stampfen der Hufe: Gehen, Trab, Kanter und Galopp. Alle Gänge liefen leicht.

»Hallo!« rief eine weibliche Stimme aus dem Dunkel an der Vorderluke. Ein Haufen geretteter Mechs türmte sich vor dem orangenen Licht aus den unten liegenden Werkstätten. Zentaur hüpfte dorthin und spähte hinab. Mahl- und Reibemechs waren damit beschäftigt, einen Lärmpegel von neunzig Dezibel zu erzeugen. Auf den Knien einer Schaummaschine waren Teile eines Kampfmechs ausgebreitet.

»Hallo!«

Larry wandte sich an die dunklen Mechs neben sich. »Seid ihr betriebsbereit?« Seine Brustlampe leuchtete durch das Halbdunkel. Tangbedeckte, verbogene, metallene Haut und leere Optiken. Ein Linsenpaar blinkte eine Antwort: »Na also. Da bist du ja! Hast du nicht mehr genug Energie für deine Kontrollampen?«

»Nein«, sagte sie. »Während der Schlacht lief ich auf Handbetrieb und wurde leer. Jetzt habe ich kaum noch Saft.«

Larry blickte um sich. »Ich bring' ein Energiekabel...«

»Nein, meine Platten sind o. k. Mein Innenrad hat es nötig. Ist ein magnetgetriebenes Schwungrad, das die Drehbewegungen speichern kann. Ich benutze es für alles, außer zum Denken.«

»Wie lädt man denn ein Schwungrad auf?«

»Du hast einen Spinnen-Urethan. Er hat mich schon früher mitgenommen. Hast du etwas Zeit?«

»Kommt darauf an. Ich hole dich mal aus diesem Abfallhaufen heraus. Aber... du bist ja nur ein Kästchen.«

»Hab' bei einer Explosion meinen Trägerapparat verloren. Die biegsame Kupplung befindet sich in meinem Untergestell. Es paßt zu der Spitze von deinem Energiestarter.«

»Nun... ich weiß nicht...«

»SU hat es schon einmal gemacht. Es dauert nur eine Sekunde. Ruf einen Kran mit einem gebogenen Haken und heb mich hoch – ungefähr drei Fuß hoch. Ich wiege etwa hundert Pfund; daher bring deine Zehen in Sicherheit... eh... deine Hufe.« Sie kicherte.

Larry lernte eine ganze Menge über seinen neuen Mechkörper. Sein Energiestarter war eine flexible Röhre mit einem Biegungsmoment von fünfzig Pfund pro Zoll. Eine dehnbare Hülle schützte während der Operation seine Finger.

»Nimm das Hochbelastungsöl mit dem Molybdän-Sulfid, um den Reibungskoeffizienten der Oberflächen zu reduzieren«, instruierte sie ihn.

»Vielleicht krieche ich hier besser heraus. Ich will nicht so dicht bei dieser Energiemaschine bleiben.«

»Das ist nicht notwendig. Hier, nimm diesen Helm. Er hat einen E-Ring.«

Er setzte sich den Helm auf den Kopf.

»Halt das Biegungsmoment bei fünfzig. Denk daran, daß sich die Röhre bei Maximalbeladung biegen wird. Bei hundert Pfund/Elle wird er wie eine Spirale sein. Aber wir stellen besser eine Schraubverbindung her, um sicherzugehen: fünfundvierzig Grad Gewinde, eins komma sieben fünf null, fünf Rillen per Zoll.«

Sie bedeutete dem Zentaur, sich in einen Satyr zu verwandeln und sich auf dem Deck auszustrecken, um die Verbindungen einpassen zu können. Sie schraubte sich von oben ein und wendete dabei ihre ›orientalische

Bauchtanztechnik« an. Jede Umdrehung brachte sie einen halben Zentimeter herab. Nach dreißig Umdrehungen lag der Kasten fest an. Das lange Kabel zum Kran begann zu vibrieren – lange, harmonische Schwingungen. Als sich die Verbindung schloß, reduzierte Viskosedämpfung das Vibrieren.

»Und nun«, sagte sie, »schließ den Schnellstarter an. Mach dir um Schäden keine Sorgen. Ich bin so gebaut, daß ich eine Belastung fünfundvierzigtausend Pfund pro Quadratzentimeter aushalte.« Mehrere Male flackerten ihre Lichter auf und begannen dann, hell zu leuchten. Das Gehäuse war mit zahlreichen Schaltern besetzt. Drei größere ähnelten Augen. Andere waren in Kreisen und Schleifen angeordnet, eher dekorativ als funktional. In leeren Anschlußbuchsen steckten noch die Überreste von Armen und Beinen.

Das rauhe Deck kratzte Larrys Rücken.

»Fertig?«

»Gut. Wunderbar.« Ihre Stimme klang zu weich und verlockend. »Du kannst jetzt das Energiekabel abnehmen und mich in der umgekehrten Richtung drehen, um die Verbindung zu lösen.«

Der Kran schwenkte sie zurück zu der Reihe der beschädigten Kampfroboter. Ihre Schalttafeln strahlten hell. »Danke. Das war wirklich nett von dir.«

Larry fühlte sich verdächtig beschwingt. Er stand auf und wischte seine Prothese sauber. Als er den Helm absetzte, rieselte ein Schauder über seinen Rücken. Seine Beunruhigung kehrte zurück. Der Wechsel der Stimmungen erschreckte ihn. Er betrachtete die Helminnenseite. »Stereosonare!« rief er. »Womit ist dieser E-Ring verbunden?«

»Er ist auf die erogenen Zonen deiner Prothese eingestimmt – die Anschlußschraube. Diese Sonare sind auf deinen Hypothalamus und einige Gehirnkerne im Haupthirn zentriert: Brady, Lilly, Olds ... das Retikularsystem.«

»Meine Lustzentren!«

»Ich wollte, daß du Spaß daran hast, mich aufzuladen. Ich gebe gern Vergnügen gegen Energie – ein fairer Handel«, sagte sie.

Er starrte sie finster an und stolzierte zurück. »Das brauche ich nicht von einer Maschine!«

Ihr elastisches Verbindungsstück stülpte sich zu einem stummen Schmollmund vor.

»Ich kann dafür sorgen, daß du aufgeladen bleibst, aber du brauchst mich nicht ... eh ... zu bezahlen«, knurrte er.

»Dir ist es peinlich. Das tut mir leid.«

»Es ist mir nicht peinlich. Ich betrachte dich nur nicht als Sexualobjekt. Du bist einfach ein rostiger Kasten ...«

»Und wenn ich repariert bin? Hilfst du mir, eine neue Ausstattung, Arme, Beine, den Kopf auszusuchen?«

Er weigerte sich zu antworten. Ihr Verhalten war ihm zu vertraulich, besitzergreifend und weiblich. Sie kicherte.

»Was ist denn so komisch?«

»Mein neuer Name. Du kannst mich ja Rusty nennen. Schön?«

»Nein. Was für ein Apparat bist du?«

»Siehst du meine drei Augen... paß auf.« Die drei Signale wechselten rasch die Farbe und Form, blieben gleichzeitig stehen: eine Zitrone und zwei Kirschen. »Ich bin ein Spielautomat.«

»Glücksspiel? Wozu?«

»Auf meinem letzten Schiff war ich an das Schiffshirn angeschlossen und schüttete Kalorienzuteilungen als Gewinn aus. Einige glücklichere Matrosen von *Verfolger Drei* gingen mit einem Jahresbedarf an Aromen in den Tod.«

»Das nenne ich Glück!« Larry stampfte einen weiträumigen Kreis über das Deck und wedelte mit den Armen. »Ein weiblicher Glücksspielautomat! Und er braucht meine Prothese, um sich aufzuladen.« Besorgt hielt er inne. »Ich frage nicht gerne... aber wie oft brauchst du... es?«

Sie kicherte und blinzelte ihm mit dem mittleren Auge zu. »Jeden Tag wäre toll, aber es reicht auch einmal pro Woche.«

Larry sprang hinab zum Abendessen. ARNOLDS Frauen beäugten mißtrauisch den blitzenden Pferdetorso. Er trabte um den Tisch herum, grinste, verwandelte sich in einen Satyr und setzte sich wie ein Mensch nieder.

Sonnenfisch brachte ihm sein gewöhnliches Salat- und Brot-Sandwich. Sein Blutwäscher hatte den Urin und Kaliumspiegel gesenkt und ihn von seiner ständigen Übelkeit befreit. Die Düfte von gekochten Muscheln und Hummer ließen ihm das Wasser im Munde zusammenlaufen. Zum erstenmal seit dem Verlust der ersten Prothese bekam er Appetit. Er klappte das asketische Sandwich auf, fügte eine Scheibe gebratenen Fisch dazu und biß kräftig hinein. Brotkrumen fielen zu Boden. Er häufte sich den Teller voll: Tintenfisch, Seeigelrogen, Muscheln. Später noch zwei Gläser von *Rorquals* Bier, und der Satyr stützte sich auf die Ellenbogen und plauderte angeregt, bis ihm die Zunge schwer wurde.

ARNOLD grinste ihm über den Tisch hinweg zu. »So ißt und trinkt man anständig. Wenn ich dich nicht so gut kennen würde, Larry, würde ich meinen, du hättest dich mit Frauen rumgetrieben, weil du einen solchen Appetit entwickelst.«

Larry hob lächelnd sein Glas. Alle lachten. Immerhin war er heute abend ein verschmitzter Satyr.

Larry galoppierte über das Deck und kam direkt neben ARNOLD zum Stehen.

»Kein Kater?« fragte der Riese.

»Nur eine gute Blutreinigungsmaschine, das ist alles.« Er erzählte von seinem Problem mit dem Glücksspielautomaten. »Sie scheint sehr clever zu sein, und ich unterhalte mich gerne mit ihr, aber ich glaube, mein Vergnügen kann ich daran nicht finden – zu künstlich.«

ARNOLD nickte. »Das verstehe ich. Du und ich sind so gebaut, daß wir in enger Verbindung mit Kybern leben: Ich wegen meines Fünfzehn-Aminosäuren-Brotes und du für die verschiedenen Körperfunktionen. Die Kyber mögen uns, weil wir von ihnen abhängig sind. Ich denke, wir ergänzen einander.«

»Symbionten.«

»Ja. Unsere Leben werden durch sie reichhaltiger und länger. Sie schützen unsere Stoffwechsel – deine Nierenfunktion und meine Aminosäuren; sie helfen uns beim Umherwandern und erweitern unsere intellektuelle Wahrnehmungsfähigkeit. Es ist nur allzu natürlich, daß sie auch in unserem Sexualleben eine Rolle spielen. Meine zahlreichen Frauen wohnen in *Rorqual*, und dein Retikularsystem wird angeregt.«

Larry blieb stumm, dachte nach.

»Natürlich kannst du tun, was du willst«, fuhr der Riese fort, »aber das Vergnügungszentrum ist dazu da, benutzt zu werden. Du bist zur Hälfte eine Maschine – bist es schon mehr als die Hälfte deines Lebens, wenn man die Jahre mit Trilobit und *Rorqual* zählt. Vergiß das nicht.«

»Ich zur Hälfte eine Maschine? Nun, das stimmt wohl. Es bringt wohl nichts, sich jetzt darüber aufzuregen. Vielleicht kümmere ich mich darum, daß der Glücksspielautomat neue Gliedmaßen bekommt, dann fühle ich mich nicht so, als habe ich ein intelligentes Wesen vernachlässigt.«

Er trabte zur Vorderluke.

»Schon wieder da?« spottete sie.

»Ich wollte mich nur vergewissern, daß du deine Arme und Beine wiederbekommst, damit du anfangen kannst zu arbeiten. Im Spielzimmer haben wir zu wenig Mechs.«

»Hast du das Moly mitgebracht?«

»Was?«

»Das Penetrationsöl mit dem Molybdensulfid – das Elektromoly.«

Er runzelte die Stirn. »Ich bin nicht gekommen, dich aufzuladen. Kann sein, daß du als nächste in der Werkstatt drankommst – um repariert zu werden.«

»Und du wolltest mir Arme und Beine heraussuchen?«

Er ging ohne ein Wort. Im Zeichenraum entwickelte man ihre neuen Extremitäten, die der Jobbeschreibung entsprachen. Wegen ihrer weiblichen Persönlichkeit ähnelten sie denen der Frauen und trugen recht menschliche Züge. Die drei Augen würden sich in Nabelhöhe des Roboterkörpers befinden, wenn er wiederhergestellt war.

»Wird etwa eine Woche dauern«, sagte er und zeigte ihr eine Kopie. »Diese Bänder enthalten deine neuen Pflichten.«

»Hast du Zeit, mich aufzuladen?«

»Jetzt? Du hast gesagt, es reicht bis zu einer Woche.«

Sie kicherte. »Wenn ich mir meinen neuen Körper so vorstelle, möchte ich meinen, es ist dir nun weniger peinlich.«

Er nickte.

»Setz den Helm auf.«

»Nein, es ist nicht nötig, mich zu entlohnen.«

Sie schnurrte: »Das ist doch kein Entgelt. Es ist auch nicht etwas, was ich für dich oder du für mich tust. Es ist doch etwas, was wir miteinander tun.«

Larrys Verärgerung wurde deutlicher. »Du bist doch nur eine Maschine. Rede doch nicht über mechanische Aufladung, als würden wir miteinander schlafen!«

»Warum nicht? Meine Nervenausstattung ist mindestens ebenso kompliziert wie deine. Meine Erfahrung – nun, ich bin über tausend Jahre alt. Warum soll ich so tun, als hätte ich keinen Spaß an einer guten Aufladung? Es erneuert meine Kräfte.«

»O. k., o. k. Wenn es dir dann besser geht, werde ich den verdammten Hut aufsetzen. Laß uns anfangen. Ich habe noch viel zu tun heute. Kran! KRAN!«

»Hmmm. Und das vor dem Frühstück!«

»Nun hör schon auf damit.«

»Ja, Liebling.«

Larry wischte sich die Stirn ab, als der Kran den Automaten wieder abhob. Er spürte mehr als nur ein vages Glücksgefühl. Es war eine richtige Woge von Euphorie gewesen – ein Miniorgasmus. Alte Erinnerungen an sexuelle Begegnungen in seiner Jugend wurden angerührt. »Was hast du mit mir gemacht?« fragte er um Luft ringend.

Die eckige, rostige Box blieb stumm.

»Dieses Mal war es anders«, beklagte er sich.

»Besser?«

Er setzte den Helm ab und wischte sich den Staub aus dem Nacken. Dann lehnte er sich an die Reling und starrte ins Kielwasser des Schiffes. Bei Anbruch der Dämmerung hatte sich ein Schwarm fliegender Fische eingefunden.

»O. k. Dieses Mal war es besser«, gab er zu. »Was hast du gemacht?«
»Habe den E-Stimulans ein wenig hochgedreht.«
»Ein *wenig*? Wie hoch reicht er denn?«
»Das werden wir schon noch herausfinden ... oder?« kicherte sie. »Wenn ich ein Paar hübsche weiche Arme und Beine bekommen habe.«
Larry betrachtete noch einmal die Kopien. Er konnte sich nicht entscheiden, welches Unterteil am besten zu der biegsamen Kupplung passen würde.

10. VERHANDLUNGEN

> *Wirf einen ARNOLD ins Wasser*
> *Und er kehrt hundertfach zurück*
> Wendy (Notiz)

Wendy stand am Eingang zum Versammlungsraum mit einem Bündel von Berichten unter dem Arm. Ihre hypophysär-ovariale Achse hatte sich spät herausgebildet und gab ihr nun das Erscheinungsbild einer Frau mit Taille, gerundeten Brüsten und leichtem Hüftschwung. Doch den beiden vergeblichen Eisprüngen folgte auch schon die Menopause. Die Augen blieben hell und lebhaft und verrieten einen wißbegierigen Kopf unter den grauen Haarsträhnen und Falten.
»Ich habe hier die Berichte von der Benthik-Sektion.«
Furlong hob den Kopf aus den Armen und blinzelte über den leeren Tisch. Er allein war von der Megajury verschont geblieben. Das gesamte Kabinett war in den Proteinbereich zurückgekehrt.
»Wie soll ich Sie anreden, Sir?«
Er blickte auf seinen Goldenen Widder – ein nutzloser Talisman gegenüber dem Zorn des Schwarms. »Komm rein, Wendy. Setz dich. Heute morgen ist mir nicht nach Protokoll zumute.«
»Ich habe die Abstimmung verfolgt«, meinte sie leise. »Sie haben Glück gehabt.«
»Ich weiß.« Er machte eine Handbewegung über den leeren Raum. »Aber meine Berater hat man im Schlaf ertappt. Nachdem die Armada untergegangen war, hat sich die Jury die Aufzeichnungen von unseren strategischen Besprechungen angesehen. Und jeder, der die Augen geschlossen hatte, wurde als Drückeberger bezeichnet. Die Justiz des Schwarms arbeitet schnell.«
»Leere Stühle bedeuten mehr zu essen«, sagte sie und sprach damit einen alten Aphorismus aus. »Hier sind die Berichte. Der Benthik hat viel Ähn-

lichkeit mit unserem Niederen Arnold. Die natürliche Auslese hat ihm einen kräftigen Körper gegeben, reich an Genen und Proteinen, wie wir sie bei unseren Kriegern züchten. Unsere Neurotechs haben mir gesagt, die Benthiks hätten einen Satz ZNS-EM, der unseren besten Anstrengungen bei der pseudoseelischen Konditionierung gleichkommt.«

»ZNS-EM?«

»Zentralnervensystem-Erinnerungsmoleküle – tief und breitbandig angelegt; das Ergebnis guter Ernährung und des Wettbewerbs in der marinen Umwelt. Diese Benthik-Gene kommen uns gut gelegen, wenn wir die nächste Generation von Krieger ARNOLD entwickeln. Ein neuer Super-ARNOLD.«

Furlong schüttelte den Kopf und schob die Papiere beiseite. »Keine ARNOLDS mehr! Sieh dir die Kostenanalysen bei diesem letzten Schub an: Spezialdiät, Ketten, Kirche und Sitzungen. Zu ihrer Kontrolle waren die pseudoseelische Konditionierung und die Schlafmittel nur teilweise erfolgreich. Und sieh dir die Ergebnisse an! Ein jeder einzelne stellte für den Schwarm eine potentielle Gefahr dar. Unser Höherer ARNOLD ist sogar ausgebrochen und hat überlebt, um gegen uns zu kämpfen. Wir haben Planktonsammler gebaut und wieder verloren. Keine ARNOLDS mehr!«

»Aber jetzt können wir nicht mehr aufhören!« rief Wendy und suchte nach einem der Berichte. »Er ist immer noch frei!«

»So...? Er hat einen genetischen Defekt. Die Zeit wird das erledigen.«

»Vielleicht auch nicht«, erwiderte sie. »Ich habe in seine Gene einen Defekt eingebaut, und es stimmt, daß er nicht fünfzehn Aminosäuren entwickeln kann. Aber er sucht wahrscheinlich unter den Benthiks nach einer Partnerin. Seine hybriden Nachkömmlinge werden nur ein defektes Gen haben. Ein gutes Gen von der Mutter wird die Kinder befähigen, Proteine normal zu verdauen. Sie werden halb ARNOLD und halb Benthik sein. Sehr zäh. Und auch klug!«

Furlong starrte auf Wendys Mendelsche Tabelle und spottete: »Aber von uns gibt es Billionen. Mit wie vielen dieser Hybriden müssen wir rechnen? Zwei? Zehn?«

»Vielleicht Hunderte! Denken Sie daran, daß er ein potenter Kampfhahn ist – King ARNOLD.«

»Hunderte?«

»Hängt von der Verfügbarkeit von Benthikweibchen ab. Wenn man an die Anzahl von Männchen denkt, die unsere Jäger in den letzten zehn Jahren erbeutet haben, dürfte ARNOLD keine Schwierigkeiten haben, sich einen Harem aufzubauen. Sie alle ständig schwanger zu halten, stellt für ihn kein Problem dar.«

»Ich vermute, die nächste Megajury wird mir das zum Vorwurf machen«, meinte Furlong.

»Mir auch«, sagte Wendy. »Es sei denn, wir befreunden uns mit ihnen. Wenn wir es nicht schaffen, daß der Schwarm von diesen Hybriden profitiert, könnte unsere Pensionärszeit recht unangenehm werden.«

»Oder kurz«, murmelte der erschöpfte Vorsitzende. »Was schlägst du vor?«

»Zumindest einen Waffenstillstand. Vielleicht die Grundlagen für Handel schaffen.«

Furlongs Augen zogen sich zu Schlitzen zusammen. »Einen Waffenstillstand? Glaubst du, er nimmt ihn an?«

»Es ist möglich. Einen Versuch ist es jedenfalls wert.«

Larry galoppierte die verbogenen Deckplatten des beschädigten Schiffes auf und ab. Rund um die Uhr arbeiteten Pumpen, um den Wasserspiegel unterhalb der Arbeitsbereiche zu halten. Reparatureinheiten, zusammengestellt aus Benthiks und Techs von *Rorqual*, versuchten, die Kybereinheiten wieder in Gang zu bringen.

»Ein Kran hat sich bewegt. Du mußt an einem Motorkabel sein«, rief Larry.

Ein Tech blickte aus der Luke heraus, in der Hand ein Bündel kleiner, glänzender Werkzeuge. Er beobachtete den Kran, während sein Partner den gleichen Kontakt noch einmal berührte. Langsam begann der Kran, das Kabel einzuholen. Der Tech lächelte und zog sich wieder zurück.

»Da ist ein Gespräch für ARNOLD am Langen Ohr«, summte *Rorquals* Decklautsprecher.

Larry blickte zur Seite. Der Riese war damit beschäftigt, in zehn Faden Wassertiefe den Rumpf zu flicken.

»Ich nehme es entgegen«, sagte der Halbmensch. »Wer ist es?« Seine Prothese warf einen Huf hoch, als die Verbindung hergestellt war.

»Ich bin Wendy ... ARNOLDS Mutterwesen«, sagte die Stimme. Sie erklärte den Grund ihres Anrufs.

»Frieden?« fragte Larry. »Ich bin gewiß, daß ihr in völligem Frieden leben könnt, wenn ihr uns in Ruhe laßt.«

»Aber die Überfälle gehen weiter. Die Benthiks am Schelf sind aggressiv und wild geworden.«

»Das kann ich verstehen nach eurem Angriff auf das Zwei-Meilen-Riff. Es kann lange dauern, bis sie es vergessen haben.«

»Kann der Schwarm nicht irgend etwas tun?«

Larry dachte eine Weile nach, schüttelte dann aber den Kopf.

Furlong beugte sich nach vorn, um die Lautstärke zu vergrößern. »Was hat er gesagt?«

»Nichts«, meinte Wendy. »Er hat nur den Kopf geschüttelt und aufgelegt.«

»Versuch noch mal!«

Langsam stand Wendy auf. »Ja... später. Wir werden wohl lange Zeit warten müssen. Diese Primitiven haben ein langreichendes Erinnerungsvermögen. Unsere Sektionen haben ZNS-EM entdeckt, das bis in die Kindheit zurückreicht. Deutliche, klare Bilder von Dingen, die zwanzig, dreißig Jahre vor dem Tod geschehen waren.«

Furlong starrte sie mit offenem Mund an. Er wußte nicht genau, wie weit seine Erinnerung reichte. Die Kette von eintönigen Tagen war schwierig einzuordnen. Im Schwarm änderte sich nur wenig.

»Wir sollten ein Schiff mit Geschenken beladen und einen Unterhändler mit einer weißen Fahne hinausschicken. Wir bieten ihnen alles, nur um mit ihnen zu reden. Dieser Bursche, Larry, schien ganz nett zu sein. Vielleicht setzt er sich mit uns zusammen.«

Wendy nickte. »Ich bin sicher, sie können Kleidung und Unterhaltungsbänder gebrauchen. Schließlich haben wir Luxusgüter, von denen diese Primitiven nicht einmal zu träumen wagen.«

Der KE zeichnete das Treffen auf und befahl, ein derartiges Schiff auszurüsten. Auf der Werft begann man, eines der Schwimmdocks mit einem Kommunikations- und Leitsystem auszurüsten. Tonnen von buntem Chiffontuch, kleinen Geschenken und anderem Schnickschnack wurden aufgeladen.

Großmeister Ode verkrampfte sich zweimal bei der Wiedererwärmung. Als er die Augen öffnete, sah er Drums altes, runzliges Gesicht.

»Du siehst schlimmer aus, als ich mich fühle«, grinste Ode.

»Ich bin o. k.«, erwiderte Drum und untersuchte die Verbände und Schienen, die die vielen Knochenbrüche des Großmeisters schützten. »Kannst du Finger und Zehen bewegen?«

»Nur die rechte Hand konnte ich noch bewegen, stimmt's?«

»Mach dir keine Sorgen. Das Neuroteam meint, es kann diese Nerven dekomprimieren. Du wirst ziemlich lange im O. P. bleiben müssen. Den größten Teil des Nachmittags wird die Arbeit an der Blase verschlingen.«

Ode holte tief Luft. »In meiner Brust hört es sich komisch an.«

»Nur die Perfusionsflüssigkeit. Du bist erst einige Stunden wieder warm. Das geht vorbei.«

»Ist meine Nummer denn schon an die Reihe gekommen?«

»Wenn man so will. Ich habe dich für einen neuen Job vorgeschlagen. Ein Aufstieg – so eine Art Botschafter.«

»Wo?«

»Bei den Benthiks.«

Ode stöhnte. »Hast du vergessen, wer mich hierhergeschickt hat?«

»Sie haben nun einen neuen Anführer – einen ARNOLD. Einer unserer synthetischen Krieger: berechenbar, programmiert durch den Schwarm. Ich wollte es eigentlich selber machen. Ich kenne ihn gut. Aber ich dachte, dies ist eine Gelegenheit, dich wieder aufzuwärmen und Erlaubnis für deine Operationen zu bekommen. Der Job hat ziemliche Priorität. Der Vorsitzende selber steht dahinter.«

Ode versuchte ein Achselzucken. »Warum nicht? Sonst hätte man mich wahrscheinlich nie reparieren lassen, nachdem ich das Kommando verloren hatte. Wann geht es los?« Sein zahnloses Grinsen verbarg die angsterregende Erinnerung an Clams heftige Attacke. Er war froh, nicht noch einmal einem so tollwütigen Tier gegenüberstehen zu müssen.

Das Weiße Team rollte ihn fort. Sanft schwankte er in seinem Netz orthopädischer Nägel und Drähte; Knochen knirschten, und die Gewebe waren von Ödemen und Blutungen geschwollen.

»Schnell, legt ihn an die Pumpe«, sagte der Tech. »Diese Verletzungen saugen immer noch sein gesamtes Blutvolumen auf. Er wird noch viel mehr Hämoglobin und Kalzium benötigen.«

»Ich denke, den Hoden haben wir gerettet. Der Blasenriß ist auch vernäht. In drei Tagen kann der Katheter entfernt werden. Wenn noch mehr Urin in das Gewebe gesickert ist, haben wir es wohl verloren. Hoffentlich kann das Knochenteam diese Brüche hier stabilisieren. Ein kleiner Stich durch einen Knochensplitter, und der Harnleiter ist wieder offen.«

Ode wurde bei einem Teamwechsel wach. Die Pumpe verschaffte ihm ein angenehmes Gefühl. »Sind Sie mein Knochenmann?«

»Ja. Wir setzen ausschließlich elektronische Flußbehandlung ein, weil Sie wegen der Beckenbrüche in einem Gipsbett liegen müssen. Ich umklammere jede Bruchlinie mit einem Paar Elektroden, damit der Elektrodenfluß durch den Knochen hindurchgeht. Die Heilzeit wird um die Hälfte abgekürzt.«

Ode blickte hinauf zu den bunten Röntgenbildern. Bei jeder schwarzen Bruchlinie tauchten Plus- und Minussymbole auf. Der Tech trieb seine nadelartigen Drähte in Odes geschwollenes Gewebe und suchte nach Knochensplittern.

»Gewebewiderstand: 0,14 Megaohm.«

Der Außenschaltkreis wurde in den Abdruck hineingelegt – eine Drei-Volt-Kraftzelle, Mikroammeter und einen 0,63-Megaohm-Widerstand. »Der potentielle Unterschied wird hier 0,55 Volt betragen. Bei diesem Bruch braucht er etwa vierzig Coulomb.«

Allmählich nahm der Körperabdruck Gestalt an, von den Zehen bis zur Hüfte. Achtzehn Schaltkreise wurden auf die weiße Außenfläche gelegt, mit runden Fenstern für die Ammeterskalen. Ode blickte auf die Diagramme.

»Ich sehe wie ein Mech aus«, lachte er.

»Jetzt müssen wir Sie wieder einschläfern, um die Schulterkapsel zu reparieren. Sie liegt zu hoch für die Strömungsanästhesie an der Wirbelsäule.«

»Ist das alles? Ein paar Nägel in den Beinen. Ich dachte, man wird diese dicken Haken einschlagen.«

Der Tech lächelte. »Die Zwischenwirbelhaken? Nein. Sie sind ganz bequem, wenn wir Sie gleich wieder in einen Stuhl setzen wollten oder auf Krücken. Aber mit all den Bruchlinien im Becken brauchen Sie ohnehin einen Abguß. Daher ist der Elektrodenfluß angezeigt. Wir können nicht beides einsetzen. Die ZW-Verbindungsstücke würden die Strömung ableiten und an dem wachsenden Knochen einen Kurzschluß verursachen, was nicht ganz der gewünschten Wirkung entspräche.«

Als Ode einnickte, erblickte er noch flüchtig ein sonderbares Gerät und ein sehr vorsichtiges Operationsteam.

Die Benthik-Krieger machten sich bereit, die Harlan-Insel zu verlassen. Ihre Katamarane waren schwer mit Beute von den gekaperten Schiffen beladen.

Larry stand auf dem behelfsmäßigen Dock und reichte ihnen Beutel mit Haargrassamen *(Elymus arenarius)*.

»Und von den nördlichen Inseln... Weizen«, sagte er zu jedem Aufbrechenden. »Angenehme Reise.«

Die Insel wirkte beinahe verlassen, als die Bevölkerungszahl wieder auf normal sank. Wendy rief über das Lange Ohr.

»ARNOLD redet immer noch nicht mit dem Schwarm«, sagte Larry. »Er ist wütend über diesen Gefangenenaustausch. Unseren Mann zu töten, um ihn mit einem Klasse-Neun-Hirnkasten zurückzuschicken, war auch nicht gerade fein.«

Wendy entschuldigte sich. »Der Schwarm ist groß. Ich weiß nicht, wer für die Vivisektion verantwortlich war. Aber ich glaube, unser Volk sollte Frieden schließen.«

»Dem stimme ich zu.«

»Was soll der Schwarm denn machen?«

»Bleibt aus dem Meer!«

Wendy nickte.

Großmeister Ode saß in seinem Bett, so gut es ging. Drei Tage in dem Abgußbett hatten ihm sämtliche Energie geraubt. Unruhig starrte er auf das Schachbrett. Sein Verteiler baute eine reizvolle Pirc-Robatsch-Verteidigung auf, doch er konnte sich nicht konzentrieren. Drum kam mit einem Stapel Meereskarten herein.

»Tut mir leid, wenn ich dich störe«, sagte er. »Du siehst ein wenig müde aus. Hier, das ist für später.«

Die Rollen wurden in ein Fach über dem Bett geschoben. Drum fingerte vor dem Weggehen noch an den langen Ausdruckrollen herum.

»Du machst dich aber gut. In ein paar Monaten wirst du so gut wie neu sein.«

Furlong rief Drum hinab in die Werften.

»Unser Kahn ist zurückgekommen.«

»Wirklich? Wendy hat nie erwähnt, daß er ARNOLD überhaupt erreicht hat«, meinte Drum.

»Hat er auch nicht. Die Schelfbenthiks haben es abgefangen und die Geschenke gestohlen.«

»Ist aber sonderbar, daß sie das Schiff zurückgeschickt haben.«

»Ich denke, sie wollten uns damit etwas sagen«, meinte Furlong. »Sehen Sie hier.«

Sie gingen zu dem leeren Kahn. Der hohe Sensorturm und die Fahreinheiten waren intakt. Ein bräunliches, verschmutztes Objekt war mit einer zerbrochenen Harpune ans Deck genagelt.

»Die linke Hand unseres Unterhändlers«, sagte der Vorsitzende.

Drum lehnte sich eine Sekunde lang gegen den Turm.

»Diese Harpune stammt von einem der Verfolgerschiffe«, fuhr Furlong fort.

Drum schluckte schwer. »Ich denke, Botschafter Ode benötigen wir nicht mehr...«

»Wendy soll noch einmal Larry anrufen. Vielleicht wollen sie Lösegeld für unseren Unterhändler, ehe sie uns seine andere Hand schicken – oder seinen Kopf. Schnell!«

Larry hörte geduldig zu. »Tut mir leid, Wendy, aber ich kann Ihnen nur Ihre eigenen Worte vorhalten. Das Meer ist groß. Ich weiß nicht, wer Ihren Mann unter der Weißen Fahne angegriffen hat, aber ich werde mit King ARNOLD darüber reden.«

Wendy nickte Furlong zu. Larry kehrte auf den Bildschirm zurück. »Wir werden der Sache nachgehen. Wird ein paar Tage dauern, ehe wir die Stelle finden. Habt ihr die Koordinaten, wo der Kahn umgekehrt ist?«

Der Schirm druckte aus: 25° 03' 14" – 145° 14' 28".

Clams Trimaran glitt mit ausgeworfenem Treibanker über das Wasser. *Rorqual* fand ihn am zweiten Tag der Suche, als sie das Koordinatenkreuz erreicht hatten.

ARNOLD arbeitete am Boden seiner Kabine, umgeben von Kleinteilen einer Mechhand. Er würde dem Unterhändler eine Prothese verschaffen, wenn er die Benthiks zur Annahme eines Lösegeldes überreden konnte. Als sie Clam erkannten, waren sie erleichtert.

»Das hätte ich mir denken können«, rief Larry. »Der Schwarm hat uns gesagt, du hättest einen Gefangenen von ihnen. Willst du über Lösegeld verhandeln? Wir haben Funkverbindung mit dem Erdstock, und jemand aus dem Rat des Schwarms will den Mann wiederhaben.«

»Einen Gefangenen?« fragte Clam.

Larry wurde eisig. »Ja, einen Gefangenen. Hast du nicht den Schwarm-kahn abgefangen? Ich sehe da ein paar bunte Sachen an deinen Frauen. Kleidung vom Schwarm?«

»Wir haben den Kahn geentert, aber keine Gefangenen gemacht.«

Larry blickte von *Rorquals* Rumpf herab. Die Decks des Trimarans waren bedeckt mit verzierten Kästchen, vergoldeten Fassungen und elektrischen Birnen, alle von den neugierigen Primitiven zerbrochen. Ein Kreis aus Steinen und ein Haufen angekohlter Knochen verriet den Rest der Geschichte.

»Sie haben ihn aufgegessen«, sagte Larry leise.

Wendy rang nach Luft. Furlong stand auf und verließ den Raum. Der Schwarm konnte Bürger wieder in Grundprotein verwandeln, aber kein einzelnes Individuum würde ein anderes essen!

»Ich weiß, es hört sich grausam an«, fuhr der kleine Halbmensch fort, »aber Clam denkt, ihr solltet euch geehrt fühlen. Es ist ein besonderes Kompliment, wenn man seinen Feind aufißt, nachdem man ihn erledigt hat. Es bedeutet, daß man ihn bewundert und so sein möchte wie er.«

Wendy blieb stumm. Drum griff ihr über die Schulter und drehte den Schirm ab.

ARNOLD biß die Zähne aufeinander. »Vielleicht wird das den verdammten Schwarm davon abbringen, unsere Wasser zu behelligen.«

Larry zuckte die Achseln. »Irgend etwas wird es bewirken.«

Rorqual kehrte zu den Inseln zurück.

Furlong brachte ein Team Weißer Mechs in das Zimmer von Großmeister Ode. »Zeit, daß die E°-Behandlung – Elektrodenfluß – ein Ende hat. Heute wird man Sie aus dem Gipsbett in einen Gürtel verfrachten.«

»Gut. Das Jucken hat mich auch fast umgebracht. Wo ist Drum?«

»Er wird auf der Rehabilitationsstation sein. Sie befinden sich in einem besseren Zustand als er. Das Alter macht ihm zu schaffen. Er scheint jeden Tag kleiner zu werden.«

»Hat er sich denn nicht behandeln lassen, als er Vorsitzender war?«

»Nein. Er hat die Priorität verloren, als er zurücktrat. Aber wir versuchen etwas anderes«, lächelte Furlong. »Wir sehen uns wieder, wenn das Gipsbett weg ist.«

Unter Drums dünner Schädeldecke pulsierten verhärtete Arterien, während er auf der Rehabilitationsstation das Schachbrett aufstellte. Ode schlief, als man ihn hereinrollte. Auch Drum nickte ein.

»He!« rief Wendy. »Wollt ihr beide den ganzen Tag schlafen?«

Ode versuchte, die Augen zu öffnen, doch ein Lid schmerzte und juckte.

»Au. Ich kann gar nicht gut sehen.«

»Das sind die Beruhigungsmittel. Kannst du gut genug sehen, um mit mir zu spielen?«

»Nein«, stöhnte der Großmeister. »Meine Beine bringen mich um.«

Drum sammelte die Schachfiguren ein und legte sie fort. Er war zu müde, um in seine Zelle zu gehen; daher legte er sich auf eine Matte in der Ecke zum Schlafen. Wendy sah sich ihre beiden Freunde an. Beide sahen aus, als brauchten sie Ruhe. Sie überprüfte ihren Puls und die Ausdrucke, ehe sie sich zurückzog.

Wendy rief Furlong an: »Vorsitzender. Ich war gerade bei dem Weißen Mech des Großmeisters. Die Ergebnisse sehen schlechter aus als vor der Abnahme des Gipses. Er hat stärkere Schmerzen. Sein linkes Auge...«

»Mach dir keine Sorgen! Das hat man manchmal nach derartigen Operationen. Wenn man die Elektroden herauszieht, irritiert das den neugebildeten Kallus. Morgen wird er sich besser fühlen.«

Drum erwachte von Odes Stöhnen. Er blieb neben seinem Bett stehen, bis der Weiße Mech ihm eine HiVol-Injektion gegeben hatte. Doch die Droge konnte den Schmerz nicht dämpfen. Drum eilte hinaus in die Halle und kehrte mit dem Medimech zurück. Man stellte eine Reihe von Untersuchungen an. Drum verstand die Abfolgen nicht.

Ein Tech erschien mit einer Flasche Kalzium-Disodium und schloß es an den Intravenös-Tropf an. Auf sein Eßtablett stellte man einen Becher mit Dolomit.

»Das ist ein bißchen besser«, seufzte Ode. »Ich habe mir schon um die Bauchschmerzen Sorgen gemacht. Sie waren plötzlich überall.« Seine Finger glitten über seinen Rumpf, drückten und probierten – nichts. »Erst waren die Schmerzen hier, dann da. Nun sind sie verschwunden. Auch die Muskelkrämpfe haben aufgehört.«

»Soll ich...«

»Nein, nein. Es ist gut. Laß mich trinken, und dann fangen wir mit dem Schachspiel an, von dem du eben geredet hast.«

Drum stellte die Figuren auf, während sein alter Freund trank; arthritische Finger fuhren zitternd über den Becher und das Schachbrett. Drum wählte Weiß und eröffnete mit d2-d4, und Schwarz erwiderte mit Springer g8-f6. Der Großmeister lenkte in die Semi-Tarrasch-Verteidigung ein. Eine Reihe von unorthodoxen Kombinationen verlieh dem Mittelspiel Würze. Drum sah sich bald der unmöglichen Aufgabe gegenüber, zwei durchgebrochene Bauern mit seinem König stoppen zu müssen.

»Gut gemacht!« sagte er, und Ode fummelte an seiner Bettdecke herum, während sein Freund die Figuren forträumte. Drums Schweigen machte ihn unruhig.

»Ich werde bald wieder auf den Beinen sein«, sagte er leise. »Wie gestaltet sich denn dieser neue Botschafterposten?«

Drum setzte sich nieder und zog die Karten aus dem Fach. »Gut. Wir erreichen eine Mech-Verbindung mit Hilfe von ›W‹-Abschirmern, um Verrat zu vermeiden. Ich habe hier den Bericht von Psych über ihre Führerpersönlichkeiten.«

»Warum die ganzen Vorsichtsmaßnahmen?«

»Du wirst unser erster offizieller Repräsentant sein. Wir wollen nicht mit einem falschen Zug anfangen.«

»Sonst noch was? Du behältst etwas für dich.«

Einen Moment lang lasen die beiden alten Freunde ihre jeweiligen Gedanken. »Sie haben unseren Unterhändler aufgefressen«, sagte Drum. »Er war ohne ihre Zustimmung draußen auf dem Meer – unter einer weißen Fahne –, und sie haben ihn einfach aufgefressen. Das war eine ihrer Zeremonien, vermute ich. Sie wollten uns zugleich schmeicheln und entmutigen.«

»Ich bin entmutigt.«

Drum versuchte ein vorsichtiges Lächeln und tätschelte dem Großmeister den Arm. »Deshalb all die Vorsichtsmaßnahmen. Man hat also aus dem Gedächtnisspeicher unseres KE die dominanten Individuen der Benthiks aufgezeichnet. Drei entstammen dem gleichen Klon: Larry Dever, der Beginn des Klons, dieser große Zwischenläufer und ARNOLD. Larry Dever wurde vor zweitausend Jahren bei einem Unfall in zwei Hälften geschnitten. Er ist aus dem Kälteschlaf entwischt, als du und ich beim Abwasserdienst waren. Aber er ist ein Krüppel, und von daher keine Gefahr. Der Zwischenläufer ist ruhig und friedlich. Er lebt zufrieden auf einer der Inseln und spielt bei der Politik keine Rolle. Wir kennen ARNOLD – ein aggressiver Krieger mit einem Fünfzehn-Aminosäure-Mangel.«

Ode nahm die Aufnahmen der drei Männer in die Hand. Ihre Schädelformen sahen sich ähnlich – Harlan mit den häßlichen Zügen, ARNOLD riesig und Larry klein – aber sie hatten ähnliche Wangenknochen. »Vorhersagbares Verhalten?«

»Ja. Kein Problem bei den dreien. Aber wir haben Ärger mit diesem großen Benthikmann Clam. Hier sind die Aufnahmen von seinem Angriff auf ARNOLD. Er ist der gleiche, der dich überfallen hat. Wir wissen nicht, wo er sich zur Zeit aufhält oder was er vorhat. Man hat ihn bei einigen Überfällen auf unsere Städte identifiziert. Wenn du ihm begegnest, könnte es Ärger geben. Aber wir werden dich nicht ohne den Schutz AR-NOLDS hinausschicken.«

»Gut. Wo sind die Frauen?«

Die Aufnahmen von Opal und der jungen Weißbauch waren bei Nacht auf Deck aufgenommen und unscharf, kaum für eine genauere Analyse zu vergrößern.

»Die jüngere ist wahrscheinlich eine von ARNOLDS Partnerinnen. Die alte unidentifiziert, nur eine normale Benthikfrau.«

Ode nickte. Drum rollte die Berichte zusammen und schob sie zurück in das Fach. »Ruh dich aus. Du brauchst noch viel Kraft.«

»Wann fahre ich los?«

»Bald. Der Vorsitzende hat es sehr eilig.«

»Ein Gabelbissen!« rief Drum triumphierend. Sein gedeckter Damen-bauer griff gleichzeitig Läufer und Springer des Großmeisters auf der vierten Reihe an. Es schien Drum fast zu einfach, und er hatte lange nach einer Falle gesucht. Aber es gab keine.

»Das habe ich wohl nicht mitbekommen«, sagte Ode sarkastisch. Er spielte rücksichtslos, feindselig und aggressiv, doch die Kombinationen endeten allesamt in schwachen Stellungen ohne Materialgewinn.

»Schach!« sagte Drum. Er erhob die Stimme, während er den Springer ausließ, nicht aus Freude, sondern aus Unsicherheit. Der Großmeister hatte seinem Springer eine dreifache Gabel auf König, Dame und den Turm ermöglicht.

»Schon wieder eine Gabel? Das habe ich nicht gesehen. Du hast mir bestimmt Halluzinogene gegeben!« schrie Ode. Er warf die Figuren zu Boden. »An diesem verdammten Ort kann ich nicht mit dir spielen.«

»Er schläft«, flüsterte Wendy. Sie und Drum standen im Flur vor dem verdunkelten Zimmer.

»Er ist sehr krank. Sein Gehirn scheint in Mitleidenschaft gezogen. Ich habe ihn heute nachmittag beim Schachspiel geschlagen.«

»Aber du bist doch ein ziemlich guter Spieler, nicht wahr?«

»Nicht allzu gut. Niemand schafft ein Familienschach gegen einen Groß-meister. Sein Gehirn verfällt. Er wurde laut und heftig.«

»Nun, jetzt scheint er ganz ruhig.«

»Untersuche ihn, ja?«

Wendy nickte dem Weißen Team, ihr zu folgen, und sie schlichen sich in das dunkle Zimmer. Ode stöhnte und murmelte vor sich hin. »Schlaf-süchtig«, murmelte sie. »Nehmt etwas Blut und Urin ab. Zeigt es mir auf dem Bildschirm!«

Drum stapfte über den Flur. Er hörte die gedämpften Stimmen: »Anämisch, basophile Tüpfel an den roten Zellen, Koproporphyrin drei im Urin...«

»Bleivergiftung«, sagte Wendy und wischte sich die Hände ab.

»Was? wie...?«

»Ich weiß nicht, wo er es her hat, aber es ist da, alle Anzeichen deuten darauf hin. Die schwarze Linie an seinem Zahnfleisch ist Bleisulfid. Der Ätherextrakt aus seinem Urin fluoresziert, und der Bleigehalt im Urin ist etwa zwei Mikromoleküle pro Liter – oberhalb der toxischen Schwelle. Die mentalen Symptome sind wahrscheinlich Anzeichen von Gehirnschwellungen. Man sollte ihn so rasch wie möglich chelieren, sonst fällt er in Koma und verkrampft.«

»Chelieren? Was ist das?«

»Wir filtern das Blei heraus, indem wir ihm ein Element zufügen, das sich mit Blei verbindet. In diesem Fall Eisen.«

»Verdauungsstörungen«, klagte Ode und schob die Vorspeise beiseite. »Meinem Kopf scheint es etwas besser zu gehen. Wie steht es mit den Benthikkriegen?«

»Die Strandstädte stehen immer noch unter Belagerung«, sagte Drum. »Ich war naiv, zu glauben, sie wollten Frieden. Diese Wasserureinwohner sind zu kämpferischen Schurken geworden, die mit ihren unverschämten Angriffen nur noch Rache suchen. Aber Furlong hat einen Plan, um die Verluste in Grenzen zu halten.«

Ode nippte an seinem Getränk und spielte mit dem Nachtisch, zerteilte den Nougat und suchte sich die kleingehackten Früchte und Nüsse heraus. »Ich soll als Verbindungsmann zwischen dem Schwarm und ARNOLD fungieren? Der Irrtum aber dabei ist: Niemand kontrolliert die Benthiks am Kontinentalschelf. Wie kann überhaupt jemand derart viele kleine Gruppen unter Kontrolle bringen?«

»Vielleicht kann man sie nicht alle bekommen, aber vielleicht kannst du erfahren, warum sie diese Überfälle machen. Ist das nur eine Marotte? Oder wollen sie etwas aus unseren Städten? Man wird dich autorisieren, ihnen Geschenke anzubieten: Reparationen für unseren Angriff auf das Zwei-Meilen-Riff plus eine reguläre Tributzahlung, die wir am Strand niederlegen würden.«

»Tribut? Aber wir sind so arm!«

»Mach sie mit ein paar Kleinigkeiten friedlich«, spottete Drum. »Wenn sie nicht mehr so angriffsfreudig sind, werden wir keine Schwierigkeiten haben, das wieder rückgängig zu machen. Im Augenblick kommt es billiger als Kämpfen.«

Ode schüttelte den Kopf. »Ich glaube, ich würde lieber kämpfen, als es ihnen so überreichen, aber ich werde es versuchen.«

Ode stellte sorgfältig die Krücken auf den Platz neben sich und winkte schwerfällig zum Dock hinüber. Drum und Wendy winkten zurück. Die übrigen Repräsentanten vom Schwarm standen stumm in einer Reihe, während das Kyberdinghi mit seinem einsamen Besatzungsmitglied in den Sumpf glitt.

»Man kann ihn doch nicht einfach so gehen lassen«, wandte Wendy traurig ein. »Es geht ihm nicht gut.«

»Ich weiß«, entgegnete Drum, »aber die Seereise ist vielleicht besser für ihn als das Klinikbett. Er hat seine Medikamente dabei. Wir werden mit ihm in Verbindung bleiben. Dieser Auftrag ist sehr wichtig, und wir brauchen jemand von seinen Fähigkeiten.«

Wendy zuckte die Achseln und winkte weiter. Später, auf dem Weg hinauf zu den Laboren, sah sie sich noch einmal Odes Berichte an. »Er hat sicher Metall-Ionen aufgefangen! Sieh dir das an: Silber, Quecksilber, Blei...«

Drum zuckte die Achseln. »Sie sind mit dem Elektrodenfluß vielleicht über die Sicherheitsschwelle hinausgegangen. Ich denke, eine kleine Nebenwirkung überrascht da nicht. Aber wir hatten so wenig Zeit.«

»Irgend etwas macht mich immer noch stutzig. Er sagte, man hätte keine Stütznägel für die Schlüsselbeinfrakturen eingesetzt, aber auf den Röntgenbildern sind welche zu sehen und eine Menge anderer Einbauteile dazu.«

»Man nimmt diese Nägel doch häufig, besonders, wenn man frühzeitig behandelt. Er hat es vielleicht falsch verstanden.«

Sie las weiter. »Und da ist dann noch diese Sache mit seiner Sehfähigkeit. Er hat sich über Skotome beklagt – trübe Flecken im linken Gesichtsfeld.«

»Ich weiß. Er hat sie auch mir gegenüber erwähnt. Furlong dachte, es läge am Blei... Teil seiner peripheren Neuritis oder Enzephalopathie.«

»Aber das gefällt mir alles nicht«, antwortete sie. »Man kann doch bei der Elektrodenflußbehandlung Goldelektroden einsetzen, um dies alles zu vermeiden.«

Drum seufzte. »Aber du kennst doch unsere Etatprobleme. Die Klinik ist da keine Ausnahme.«

Rorqual stoppte eine Viertelmeile vor dem leeren Kahn des Schwarms. Er lag seit etwa sechs Monaten am Treffpunkt verankert. Krustentiere hatten den Rumpf besetzt und die Ketten verdickt. Das Deck war salzverkrustet. Drei Elektrotechs übernahmen einen herausragenden Ausleger und untersuchten ihn nach Sprengsätzen. Als sie keine fanden, winkten sie den Sammler heran. Larry und ARNOLD untersuchten das sich auflösende Deck – Rost und Würmer.

»Ist nicht allzu sicher hier«, meinte Larry und verfing sich mit einem Huf in dem faulen Holz.

»Wir können uns anderswo nicht treffen«, knurrte ARNOLD. »Weder auf *Rorqual* noch auf einer der Inseln. Kein Schwarmbastard wird jemals den Fuß auf unser Territorium setzen.«

Larry nickte. »Je weniger sie über uns wissen, desto besser für uns. Sie sollen nicht sehen, wie alle deine Kinder die Engelflügel tragen. Halte die Schiffsoptik auch bei den Unterhaltungen mit Wendy dicht.«

Rorqual akzeptierte den neuen Befehl. Ihr weites Auge entdeckte in der fernen Brandung einen Fleck.

»Ein Dinghi nähert sich.«

»Mach uns eine Nahaufnahme. Sieht aus wie ein alter Mann. Sieh, wie er zittert. Durch diesen Helm kann ich das Gesicht nicht erkennen, aber das ist der dünnste Nebisch, den ich jemals gesehen habe – total gebeugt und verkrüppelt. Ich frage mich, was wohl die Geschenke sein werden...«

»Wahrscheinlich Bomben«, knurrte ARNOLD.

»Nein... Sie sind noch in der W-Zone. Oh, oh! Dieser Bursche hat Probleme... bäumt sich auf und hält sich den Magen. Der Helm fällt herab... er versucht, irgend etwas zu trinken, aber er würgt nur noch stärker. Sicher ist er seekrank.«

»Vielleicht hat er eine Infektion«, meinte ARNOLD. »Vielleicht versuchen sie, uns dieses Mal zusammen mit den Geschenken noch etwas anderes zu geben – so etwas wie die Pest zum Beispiel.«

»Du hast recht. Zurück, *Rorqual.*«

»Versucht ihr einen kleinen Bakterienkrieg? Der Mann, den ihr geschickt habt, ist krank«, sagte ARNOLD anklagend.

Wendy starrte auf den leeren Schirm. »Aber ihr seht doch an den ›W‹-Scannern, daß wir die Wahrheit sagen. Großmeister Ode hat von einer Knochenbruchbehandlung eine Schwermetallvergiftung zurückbehalten. Das ist alles. Nichts Ansteckendes.«

»Nun, er ist unten an Deck. Sieht aus, als würde er sich übergeben.«

»Wie weit seid ihr entfernt?« fragte Wendy.

Larry blickte ARNOLD an. Dieses Dinghi mußte sehr sparsam ausgerüstet sein, daß sie dies fragen mußte.

»Etwa fünf Meilen – gegen den Wind. Wir behalten bis zum Morgen das Floß an der Leeseite. Vielleicht gehen wir dann hinein und reden. Hat keinen Zweck, mit jemandem zu sprechen, der mitten in der Verhandlung tot zusammenbricht.«

Wendy nickte und wandte sich an Drum. »Kannst du Ode erreichen? Laß ihn noch mal sein Kalzium nehmen.«

Drum wurde angesichts der Schmerzen seines Freundes traurig. Seine

Stimme klang gepreßt: »Sie warten bis zur Dämmerung. Dann werden sie mit dir reden. Versuch es mit mehr Kalzium.«

»Ach was. Nur ein bißchen seekrank. Unruhige See. Hatte eine rauhe Überfahrt. Wahrscheinlich sind meine alten Seemannsbeine beim Kälteschlaf abhanden gekommen. Mach dir keine Sorgen.«

Larry hielt den infraroten Taster mit fünfzigfacher Vergrößerung auf das Floß gerichtet. *Rorqual* überwachte die Kanäle des Dinghis. Der Ozean beruhigte sich, und ein heller Mond stieg aus dem Wasser.

»Sieht alles ruhig aus«, meinte ARNOLD. »Laß uns einen Happen essen und eine Mütze voll Schlaf nehmen. Das Schiff ruft uns schon, wenn etwas passiert.«

Schockwelle und Sirene trafen zugleich in der Kabine ein. Larry fiel in einem Wust von Mechapparaturen aus seiner Hängematte.

»Whoop! Whoop!« rief *Rorqual.*

Über dem Kahn stand eine Rauchwolke. Das Dinghi war gekentert.

»Gib mir die Aufzeichnung von der Minute vor dem Knall«, rief Larry und suchte nach einer Erklärung. »Oh, ich verstehe. Sieht aus, als hätten die Schelf-Benthiks dem Schwarmkahn eine Delegation geschickt.«

Wütend stampfte ARNOLD herein. »Das ist Verrat des Schwarms. Laßt uns hier fortfahren!«

»Warte«, meinte Larry. »Zur Zeit der Sprengung befanden sich Besucher an Bord des Kahns. Gib uns Vergrößerungen und ein paar Aufnahmen. Sieh mal – sieht wie Clam aus zusammen mit ein paar seiner Muschelmänner. Sie scheinen friedfertig mit dem alten Botschafter zu reden. Ich weiß nicht, was explodiert ist. Beide Seiten tragen Geschenke bei sich.«

Das Dinghi fuhr in den Klauen eines Greifers durch die Luft. Eine Reihe von Tropfen markierte das Deck.

»Sollen wir einen Gang über den Kahn unternehmen, ehe wir gehen? Er leckt ziemlich. Wir haben nicht mehr viel Zeit, wenn wir noch etwas erfahren wollen.« Larry blickte in das Dinghi und fuhr dann auf einem Greifer auf den verkohlten Kahn. »Hier ist nicht mehr viel. Das Fleisch ist wohl da draußen, wo sich die Fische tummeln. Was immer hier explodiert ist, hat das Deck sauber gefegt.«

Rorqual schnüffelte mit dem 2-L-Sensorkran umher und fand Spuren von Nitroglyzerin.

»Kann eine Taschenmine gewesen sein. Beide Seiten können sie geworfen haben«, meinte Larry.

»Das war der Schwarm«, spuckte ARNOLD.

»Aber die ›W‹-Scanner waren in Ordnung, und ihr eigener Mann saß mittendrin.«

»Nun, unsere Männer aber auch, und davon gab es mehr.«
Larry zuckte die Achseln. »Wendy war ziemlich aufgeregt. Sie glaubt, wir waren es. Ich denke, die Techs untersuchen besser das Dinghi nach Spuren. Laß *Rorqual* sich um den Kopf des kleinen Bootes kümmern. Vielleicht erfahren wir so etwas. Ansonsten stimme ich dir zu, daß wir hier fort müssen. Nach Hause, Schiff!«
Die Tür zur Werkstatt war geöffnet. Sonnenlicht glitzerte über das Dinghi, das zwischen den Kiefern eines Zerteilers hing. Larry schritt durch den schmalen Gang zwischen den Arbeitstischen.
»Gute Optiks«, sagte der Tech unter dem Sensorkasten des Dinghi. »Standard-Fluorite mit Ultraviolett-Glas-Ausrüstung und infraroten Bleiseleniden.«
»Nichts in den Schaltungen, was auf eine Täuschung hindeuten könnte. Später lassen wir noch *Rorqual* alles einsaugen, damit sie es analysiert.«
Larry studierte die ersten Berichte. »Sieht aus, als habe das Boot nichts von der Bombe gewußt. Vermutlich geht sie auf Clams Konto. Um fair zu sein, sollten wir das Boot zurück an den Schwarm schicken.«
Zögernd nickte ARNOLD. »Ich stimme zu, daß man das Boot eines Botschafters nicht als Kriegsbeute betrachten darf. Wofür sind die Blumen?«
Larry steckte eine dornige Rose unter einen Sitz neben einer von Odes angekohlten Krücken. »Nur ein kleines Geschenk für Drum und Wendy. Wir können ihnen keine Körper zurückschicken.« Plötzlich steckte er den Daumen in den Mund. »Au!«

»Sieht so aus, als sei das Hirn des Dinghis sehr klein gewesen; hauptsächlich Abwasserdienstdaten mit ein paar neueren Navigationshilfen«, sagte Larry. »Aber die Daten über den Meteorregen haben *Rorquals* Neugier hervorgerufen.«
»Das muß vor etwa zwanzig Jahren gewesen sein. Was hat das mit Navigation zu tun?«
»Das Nervensystem des Schwarms bedeckt sämtliche größeren Landmassen. Im Arktischen Ozean gab es irgendeine größere Störung. Eine richtige Katastrophe. Man hat in diesem Gebiet einige Meteoreinschläge gefunden.«
»Wie hoch ist ihr Neugierindex?« fragte ARNOLD.
»Null Komma sieben, steigend.«
»Vielleicht lohnt es sich, dem nachzugehen. Wenn wir einen Grund haben, wieder mit dem Schwarm zu reden, können wir nach weiteren Einzelheiten fragen – vielleicht mit ein paar Fischen als Gegenleistung. Ich gebe es nicht gern zu, aber die Schaltkreise von den neuen Labors auf den Werften waren wirklich nützlich. Davon könnten auch wir einige gebrau-

chen, wenn der Schwarm immer noch darauf drängt, unsere Freundschaft zu erlangen. Wir könnten die Reparaturarbeiten an den Mechs und den Sammlern beschleunigen.«

Larry nickte. »Ich bin sicher, sie kontaktieren uns wieder, wenn sie die Explosion auf dem Schiff vergessen haben. Sie scheinen entschlossen, uns mit ihren Verhandlungen zu umgarnen.«

Wendy wickelte Drum auf seinem bequemen Sitz in eine Decke und pflückte ihm eine Heckenrose. »Reich an Bioflavonoiden«, sagte sie und reichte ihm die pflaumengroße Frucht der *Rosa rugosa*. Er lächelte flüchtig und roch daran.

»Diese Blumen haben gefüllte Stempel«, bemerkte sie. »Furlong meinte, er würde dafür sorgen, daß du sie lange genug behalten kannst, bis du wieder bei Kräften bist – eine zusätzliche Diät.«

»Was hat der Vorsitzende denn sonst noch mit mir vor?«

»NH-Behandlung, wenn du willst. Ein Satz neuer Endokrine bringt dich wieder hoch«, lächelte sie.

Drum war irritiert. »Werde ich der Botschafter bei den Benthiks? Wenn das so ist, dann kannst du ihm sagen, ich bin zu alt für Täuschungen. Ich habe allerdings nichts dagegen, ARNOLD zu besuchen, ehe ich sterbe; immerhin habe ich ihn großgezogen.«

Wendy nickte ausweichend. »Natürlich. Ich bin sicher, ARNOLD wird dich schützen. Wenn du dort bist, kannst du ja nach den Überfällen fragen, aber nötig ist es nicht.«

»Ich weiß, ich weiß. Billiges Gerede, und ich muß es tun. Nun, für mich wird es ein ganz normaler Besuch sein – wenn ARNOLD es erlaubt. Keine Tricks.«

»Gut«, sagte sie.

Furlong wartete draußen. Als sie sich näherte, inaktivierte er den Schirm.

»Danke, Wendy. Das hast du gut gemacht. Ich wußte, von dir würde er es besser akzeptieren als von mir.«

Wendy blieb ernst. »Er ist doch sicher, oder?«

»Dieses Mal werden wir vorsichtiger sein«, gab er zurück.

Das plötzliche Auftauchen eines Klinikteams erstaunte Drum.

»Wenn der Vorsitzende ›Spring!‹ sagt, dann springen wir auch«, sagten sie. »Aufpassen!« Eine Sicherheitseinheit trabte ihnen voraus und machte die Spirale frei. Das Bahrenteam kam in weniger als einer Stunde in der Klinik an. Drum merkte, daß man Vorbereitungen traf, ihn in Schlaf zu versetzen.

»Ich dachte, die neurohumale Achse könne man mit einem milden Beruhigungsmittel verjüngen«, fragte er.

»Sie sind hier wegen NH plus neues Auge plus Hüfte. Ziemlich große Sache. Entspannen Sie sich bitte, während der Weiße Mech Sie an die Leitungen und Röhren anschließt.«

Achtzehn Stunden später spürte Drum Schmerzen. Seine Augen waren verbunden. Die Hüfte schmerzte. Als er aufstöhnte, berührte eine Hand seinen Arm.

»Ganz ruhig«, sagte eine Frau.

»Wendy?« fragte er.

»Sie haben mir erst nach deinen Operationen von allem erzählt. Ich kann hier sitzen bleiben und ein Auge auf dich halten, bis die Verbände abgenommen werden. Brauchst du ein Schmerzmittel?«

Er dachte einen Moment nach. Irgend etwas hatte dem Unbehagen die Spitze genommen. »Nein. Jetzt nicht.«

»Gut«, sagte sie. »Ich habe dein OR-Blatt angesehen. Sie haben dir wirklich eine königliche Behandlung angedeihen lassen. Sämtliche Teams waren anwesend. Man hat von deinem Klon bei dreißig Millimetern ein Dutzend embryonische Kopien genommen. Die NH-Flüssigkeit enthielt Urzellen aus ihren endokrinen Drüsen: Hypophyse, Schilddrüse, Bauchspeicheldrüse, Hoden, Halsschlagkörper, Zirbeldrüse und das Zuckerkandlsche Organ. Inzwischen haben sich diese Zellen in deinem Rückenmark und den Lungenkapillaren festgesetzt. In ein paar Wochen produzieren sie die gewünschten Hormone.«

Drum stöhnte leise auf. Sie redete weiter und versuchte, ihn aufzuheitern.

»Die Hüfte sieht ebenfalls nach guter Arbeit aus. Ich habe die Röntgenaufnahmen gesehen. Und das Photo durch die Retina deiner neuen Linse ist sehr klar. In ein paar Monaten bist du wie neu.«

Drum klang das alles vertraut. Es waren die gleichen Worte, die Ode vor seinem Tod durch die Hände der Benthiks gehört hatte. Er stöhnte. »Gib mir lieber ein Schlafmittel. Ich fühle mich nicht allzu wohl.«

Ein synthetisches Opiat beruhigte die aufgeregten Nerven.

Wendy kündigte ARNOLD Drums Besuch an. Man würde Drum während der Nacht aufnehmen, um Verletzungen durch die Sonnenstrahlung zu vermeiden. Er würde nackt kommen – ohne Geschenke.

Drum zitterte, als er den Ausleger betrat. Gänsehaut überzog seine nackte Haut, die im Sternenlicht runzlig und weiß aussah. »Auf dem Vordersitz liegt ein Stapel Decken«, rief Trilobit. Drum blinzelte ins dunkle, aufgewühlte Wasser, wo eine Zugleine auftauchte. Als er das an einer Boje befestigte Dinghi verließ, rollte er sich zusammen und wartete, bis ihn der kleine schaufelförmige Mech drei Kilometer weit durch das offene Meer zog.

»Es ist kein Haar an ihm, nicht einmal ein Briefumschlag mit Pillen. Laß den Stuhllift herab, während ich ihm eine heiße Suppe mit viel Gewürzen mache«, sagte ARNOLD.

»Okay!«

Ein Zentaur und Trilobit hießen den nackten Nebisch an Bord willkommen.

»ARNOLD bereitet Ihnen unten in der Kabine etwas Heißes zu. Kommen Sie.«

Sie gingen an den riesigen, schüsselförmigen Optiken des Schiffes vorbei auf die Gerüche von Fleisch und Gemüse zu.

»Ich wollte euch warnen«, sagte Drum. »Verhandelt nicht mit dem Schwarm. Man kann ihnen nicht trauen. Er braucht einfach Zeit und will eure Schwachpunkte herausfinden – damit er euch später vernichten kann.«

Larry lächelte nur. »Komisch, genauso denken wir. Wir suchen die Schwachpunkte beim Schwarm, damit wir ihn vernichten können!«

Plötzlich sprang Trilobit vor den kleinen, dickbäuchigen Nebisch und stach ihn mit der Spitze seines meterlangen Schwanzes in den Hals. Blut schoß heraus. Drum stürzte keuchend zu Boden.

Larry stieg auf die Hinterbeine und trat zwischen den alten Mann und den Kyber. Drum versuchte fortzukriechen, doch seine Hände glitten in den Blutlachen aus.

»Weißes Team!« rief Larry. »Mein Gott! Was hattest du vor, Trilobit? Einen Menschen töten?«

»Ich habe ihn gerettet«, sagte der Mech und versuchte, dem ihn festklemmenden Huf zu entwischen. »Ich habe den Auslösemechanismus durchschnitten. Er ist angeschlossen. In seinem Auge ist eine Optik und eine Bombe in seinem Bauch.«

ARNOLD stürzte aus der Kabine und nahm sein kleines Vaterwesen auf den Arm. An der Halswunde wurde ein Druckverband befestigt. »Eine Bombe?«

»Ja«, sagte der Mech. »*Rorqual* hat sie entdeckt, als er an der Tiefenoptik vorbeiging. Es hat ein paar Sekunden gedauert, ehe sie merkte, was es war. Da auf dem Scanner ein ›W‹ erschien, wußte sie, daß Drum nicht informiert war. Als vom Schwarm die Botschaft ›Detonation‹ kam, mußte ich handeln.«

Der Medimech ersetzte das verlorene Blut und nähte die Halswunde. Drum erlangte wieder das Bewußtsein und bat um ein Schmerzmittel. »Was für eine Bombe?« fragte er ungläubig.

Larry erklärte es ihm. »Und die Elektroden liegen in deinen Schlüsselbeinen.«

Drum lachte. »Aber das kann nicht stimmen. Ich hatte eine Hüftoperation

– zweiseitige Prothese. Und mein Auge ist lediglich eine synthetische Linse. Ich hatte eine Katarakt-Operation. Das ist alles.«

Larry schüttelte den Kopf. »Tut mir leid, aber *Rorqual* macht keine Fehler. Du hast künstliche Hüftknochen, das stimmt, aber sie wurden erst kürzlich eingefügt; eine silberne auf der rechten, eine aus Blei links. Dein Serumspiegel dieser Metalle steigt – nähert sich fast einem halben Mikromolekül per Liter.«

Der Schirm druckte die Formel aus:

$$\tfrac{1}{2}\mathrm{Pb} \quad E° = +0.126 \quad K = 1.3 \times 10^2$$
$$\mathrm{Ag}+ \quad E° = -0.800 \quad K = 3.5 \times 10^{-14}$$

»Du bist eine ganz schön gute Batterie«, meinte Larry. »Die Oxydationsreduktionspotentiale liegen gerade weit genug auseinander.«

»Furlong!« spuckte Drum. »Er muß auch den armen Ode verdrahtet haben. Verdammt. Und ich habe Ode dazu überredet.«

»Mach dir keine Sorgen«, sagte der Riese ARNOLD mit ungewöhnlich sanfter Stimme. »Unser Weißes Team wird dich untersuchen und dir das Ding rausnehmen.«

»Wir nehmen ihn besser mit nach hinten. Hier ist er sehr dicht am Schiffshirn. Wenn er hochgeht...«

ARNOLD dachte an die Schäden am Floß. Man baute an einer ungefährlichen Stelle des Rumpfes einen dünnwandigen Unterschlupf. Ein kräftiger Kampfmech stand mit einem Tablett voll Erfrischungen daneben, während das Weiße Team die Untersuchungen begann. Die Menschen versammelten sich in der vorderen Kabine und unterhielten sich durch das Interkom.

»Es ist wirklich eine Bombe. Wir brauchen eine Blutreinigungsmaschine, um vor der Operation die Ionen rauszubekommen. Eine kardiopulmonare Umleitung gibt uns dann Zeit.«

»Nehmt euch soviel Zeit wie möglich«, sagte ARNOLD. »Seid vorsichtig. Ich will nicht, daß ihm irgend etwas passiert.«

Der Weiße Tech gab keine Antwort, aber er wußte, wenn die Bombe hochging, würde er mitsamt dem Patienten explodieren.

»Wir könnten zurück zu den Inseln fahren«, meinte Larry. »Drum hat keinen Grund mehr, zum Schwarm zurückzukehren. Bei uns ist er viel sicherer.«

»Hol das Dinghi ein. Jeder Kapitän braucht so etwas!« rief ARNOLD. Verschwommene und trübe Bilder erschienen auf dem Schirm.

»Das fängt also die Spionkamera in meinem Auge auf. Warum ist es so schwach? Ich kann aber besser sehen als so.«

»Sie sehen mit zwei Augen. Über diesem liegt ein Pterygium – ein Netz mikroskopisch kleiner Blutgefäße. Außerdem ist es eine sehr kleine Optik – weniger als fünfundzwanzigtausend Punkte«, erklärte der Elektrotech.

Er nahm von jedem Bild eine Aufnahme. Gesichter wurden zu anonymen Masken, Landschaften zu einfachen Silhouetten.

»Die armen Benthiks auf Odes Kahn... Ich bin sicher, Furlong hat gar nicht gewußt, wer sie waren. Er muß zwei oder drei stämmige Besucher gesehen haben und hat wohl gehofft, einer von ihnen sei ARNOLD, als er den großen schwarzen Knopf drückte.«

Der Tech nickte. »Ich bin sicher, aufgrund dieser Optik allein konnte er niemanden identifizieren. Aber ich sehe hier auch auditive Geräte. Der Sender befindet sich in der rechten Brustkorbseite; daher verursachen Herz und Lungen die meisten Geräusche, die ich höre. Aber ich glaube, Furlong hat auch Teile Ihrer Unterhaltungen mithören können. Das zusammen mit den Optiks hat ihm verraten, daß Sie in der Nähe von *Rorquals* Kontrollkabine waren, als er den Knopf betätigte.«

»Mein Ziel: das Schiffshirn. Verdammt!«

Rorqual ankerte im Schutz der windabgewandten Seite einer Insel, während die Untersuchungen ihren Fortgang nahmen. Röntgenaugen entdeckten eine Reihe von acht Paar Elektroden hinter der Wirbelsäule, die von der Nierenhöhle bis hinab ins Becken zwischen Prostata und Kreuzbein verliefen. Die Elektrotechs bauten einen identischen Schaltkreis für weitere Untersuchungen, ehe sie die Bombe selber in Angriff nahmen.

»Kannst dich entspannen, Larry. Sie werden ihn nicht vor morgen aufschneiden. Meine Frauen gehen an Land, frisches Grünzeug holen. Willst du mit ihnen? Es ist ziemlich felsig, und sie brauchen vielleicht Hilfe beim Tragen.«

Larry nickte. Der Fahrstuhl brachte die Frauen herauf. Sie trugen leere Säcke, plauderten und lachten, während sie an der Reling warteten.

»Bringt das Dinghi des Kapitäns!« rief Larry.

Die Insel war ein drei mal eine Meile großes Konglomerat aus Steinen mit ein paar Lehmflecken. Die höchste Stelle markierte ein altes Gebäude aus der Vorschwarmzeit. Nördlich davon lag in einer runden Senke ein großer Sumpf. Das Dinghi fand eine geschützte Einfahrt und vertäute sich an dem verwitterten Kai. Steinstufen führten ins Leere.

Regentropfen fielen auf die Gruppe. »Blödes Wetter«, knurrte Larry mit einem Blick auf die unheilverheißenden Wolken. »Kommt!« Seine flinken Hufe brachten ihn rasch zur Spitze des Hügels, wo er die ersten Grünflecken fand – rechteckige Beete mit Kanälen, die bis in den Sumpf reichten. »Wahrscheinlich ein altes Bewässerungssystem. Wer immer hier gelebt haben mag, er muß einen sehr tüchtigen Agromech gehabt haben. Hier haben viele Pflanzen überlebt – Petersilie, Salbei, Schnittlauch, Thymian... Hier ist sogar wilder Lauch!« Er zog eine große, mild riechende Knoblauchzwiebel aus dem Boden, *Allium ampeloprasum.*

Weißbauch füllte zwei Säcke voll mit den Zwiebeln und band sie auf Larrys Pferderücken. »Ich glaube, gerade hast du die Satteltaschen neu erfunden«, sagte er auf einem Lauchstengel kauend. Wurzeln von Kardamom *(Alpinia striata)* zog man heraus, um Tee und Fisch damit zu würzen. Während sich die Säcke füllten, entschloß sich Larry, rasch noch das Gebäude zu untersuchen. Er lud Weißbauch dazu ein.

»Spring auf meinen Rücken, und wir sehen uns die Ruinen an.«

Nur zwei rankenüberwucherte Türme waren übriggeblieben, die einen Haufen verwitterten Schutts flankierten. »Dieser Sumpf ist absolut rund; wahrscheinlich war es einmal ein Wasserreservoir.« Der Druck ihrer Knie wurde fester, als er in das flache Wasser watete und einen Stengel Schilf abbrach, die Außenhaut entfernte und das weiße Mark aß.

Er planschte umher, aß und bot ihr Stengel und Wurzeln von Rohrkolben an *(Typhia latifolia)*. Unter einer dünnen Schlammschicht glitten seine Hufe über eine glitschige, glasartige Oberfläche. Er stolperte und fiel nieder. Sie stand, bedeckt von nassen Blättern, wieder auf.

»Das war ein schöner Ritt!« lachte sie.

Er ging um das Objekt herum und legte einen Teil eines Rumpfgerippes frei. Nachdem er sich noch einmal die runde, wassergefüllte Senke angesehen hatte, befand er, es müsse sich um eine Mine gehandelt haben – und ein Grab für den Minenmech.

Der höfliche Zentaur half Weißbauch, wieder aufzusitzen. Die Sonne trocknete ihr die Haut, während sie die Insel umrundeten und Dill und Schalotten sammelten.

»Daraus kann man eine gute Soße bereiten«, meinte sie und hielt eine der wilden Zwiebeln hoch.

Das Dinghi des Kapitäns kehrte in der Dämmerung zurück; die Säcke waren prall von frischen, scharfen Gewürzen.

»Heute abend werden Suppe und Salat aber schmecken«, meinte Larry auf dem Weg in die Werkstatt, um sich den Huf reparieren zu lassen.

»Ich habe schlechte Nachrichten bezüglich des Botschafters«, sagte AR-NOLD. »Das Weiße Team kann ihn nicht entschärfen.«

»Warum nicht?«

»Wir haben den Schaltkreis nachgebaut. Die Ladungen sind selbstzündend. Wenn der Leiterschaltkreis irgendwo durchtrennt wird, geht er hoch.«

Larry studierte die Diagramme. »Wie funktioniert das?«

ARNOLD deutete auf die Reihe von Sprengsätzen. »Die Nitroschale umhüllt einen inneren Schaltkreis. Jetzt befindet er sich in entsicherter oder gesperrter Position. Die Blei-Silber-Batterien in seinen Beinen versorgen nicht den Auslöser; das sind bloß Sensorströme. Wenn er stirbt und der Blutkreislauf zum Erliegen kommt, verlieren die Blei- und Silberelektroden ihre freifließende Elektrolyse – sein Blut. Sie oxydieren, das Potential fällt, der innere Schaltkreis schließt sich – *peng*!«

Larry nickte. »Und die Strömung aus den Beinbatterien hält das auf?«

»Ja. Und wenn wir nun irgendwo die Drähte kappen – nun, auch dann hört die Strömung auf, und er explodiert.«

»Was sollen wir tun?«

»Zuerst einmal nehmen wir die Blutreiniger fort. Die Ionen braucht er, um die Batterie funktionstüchtig zu halten.«

»Aber das sind Schwermetalle! Vergiftung!«

ARNOLD brach auf einer Werkzeugkiste zusammen. »Verdammt, ich weiß!« sagte er leise. »In jedem Fall wird der alte Bastard sterben. Der Augentech sagt, der Schwarmsensor in seinem Glaskörper entsendet ebenfalls Ionen. Die Zapfen und Stäbchen verbleit – er wird blind.«

»Und wir können nichts tun?«

ARNOLD schüttelte den Kopf. » *Rorqual* hat alles durchgespielt. Sobald der Schwarm den Schaltkreis geschlossen hatte, war die Bombe scharf. Wenn wir ihn irgendwo durchbrechen…«

Larry setzte einen Huf auf den Tisch, ehe er sich den Röntgenaufnahmen widmete. »Acht Sprengsätze… optische Aufnahme im Auge… Auslösedraht von der Jugularvene bis zum Bauch… den hat Trilobit gekappt. Zwei Sensorschaltkreise: Der Leiter sitzt an der Wirbelsäule und die physiologische Batterie in den Beinen. Wenn wir ihn berühren, fliegt er in die Luft. Wenn wir es nicht tun, stirbt er langsam an den Giften. Schöne Sache, aber keine Mine des Schwarms kann derart idiotensicher sein. Ich würde gern versuchen, ihn per Fernsteuerung zu entschärfen. Er hat nichts zu verlieren.«

ARNOLD schüttelte den Kopf. »Er läßt uns das Risiko nicht eingehen. Er sagt, er sei zu alt, um die Operation zu überleben. Er ist verrückt. Wenn er hier mitten unter seinen Freunden in die Luft geht, hilft er nur Furlong.«

»Aber wir können ihn nicht einfach so fortziehen und sterben lassen. Es kann Wochen oder Monate dauern, und es ist ein schrecklicher Tod – Schmerzen und Delirium.«

Der Riese zog ein anderes Diagramm hervor und lächelte ironisch, während er es dem Zentauren zeigte. »Er hat sich schon den Weg ausgesucht, den er gehen will. Sieh mal.«

Larry schüttelte die Faust, als er sich das Kabeldiagramm ansah. »Dieser verdammte Schwarm ist so unsicher, daß er jedem, der ihn verlassen will, eine ›Loyalitätsbombe‹ mitgibt. Sieh dir den alten, armen Drum an: Vom Hirn bis zur Prostata ist er explosiv! Weißt du noch *Verfolger Eins*? Der alte Großmeister Ode? All die Killermechs? Sie waren alle verkabelt. Wie kann der Schwarm nur so unsicher sein – und so kindisch?«

ARNOLD zuckte lediglich die Achseln. »Ich würde es nicht ›kindisch‹ nennen. ›Rücksichtslos‹ ist ein besserer Ausdruck. Sie geben nicht einen Millimeter nach. Sieh dir mich an und die Niederen ARNOLDS, wir alle tragen die ›Loyalitätsbombe‹ in unseren Genen: Abhängigkeit vom Brot des Schwarms.«

»Was mir an der ganzen Sache am wenigsten gefällt, ist, daß sie keinen Anführer haben, jemanden, den man für alles zur Verantwortung ziehen könnte.«

Langsam schüttelte Larry den Kopf, als er die Bedeutung der neuen Drähte an dem Schaltkreis erkannte. »Und den Vorsitzenden Drum kann ich nicht hassen. Er wurde ebenso von dem System gefangen wie du einmal. Aber das muß ich dem armen, alten Nebisch lassen: Der hat Nerven! Ich weiß nicht, ob ich das könnte, was er vorhat. Ich weiß es nicht...«

ARNOLD spuckte aus. »Ich könnte es! Der Schwarm verdient noch Schlimmeres. Ich hoffe nur, er reißt den Vorsitzenden Furlong mit sich.«

Das Dinghi lag tief im Wasser. Unter den Sitzen und im vorderen Laderaum waren zusätzliche Sprengladungen angebracht. Ein Kran lud Körbe mit Früchten, Krabben und gekühltem Bier ein. Als der alte Nebisch den Helm aufsetzte, rann eine Träne über seine Wangen.

»Und du hast in beiden Taschen einen Ring?«

Drum nickte.

»Denk daran, wenn du die Drahtverbindungen ziehst, zerbrechen die Elektroden in der Beinbatterie. Das bringt dich auf der Stelle um. Du wirst bei der Explosion in tausend Teilchen zerfetzt. Und wenn du in der Nähe des Dinghis bist, wird das ebenfalls hochgehen und irgendwo ein ganz hübsches Loch reißen.«

Der Helm nickte erneut. Plötzlich öffnete sich das Visier. »Das habe ich fast vergessen: die chromatographische Sequenz: LIP TV TM AG TAS GLH. Ich sehe wohl, daß ARNOLD genug Fünfzehn-Aminosäuren-Brot bekommt, aber ich hatte mir vorsichtshalber die Sequenz gemerkt. Leuzin ist die schnellste und Histidin die langsamste.«

Larry lächelte. »Danke, Drum. Das wird uns eine Hilfe sein. Wir hatten eine mühselige Methode mit elektrophoretischer Ausbreitung. So geht es bestimmt leichter.«

Der dick eingepackte Nebisch blieb stumm stehen, unfähig, noch irgend etwas anderes zu sagen. Vom Achterdeck winkten die Frauen. Der Kran hob ihn in das kleine Boot, und er fuhr auf den Sumpfausläufer am fernen Ufer zu.

»Zurück«, sagte die Stimme am Eingang des Abwasserkanals. »Keine Einfahrerlaubnis!«

Das kleine Boot gehorchte nur seinem Passagier. Seine Antenne war in *Rorquals* Werkzeugraum geblieben. Die Dunkelheit des Sumpfes verschluckte sie.

»Ich komme«, sagte Drum. Eine schwache Stimme schallte durch die riesige Röhre.

»Geh zurück, loyaler Bürger. Du willst dem Schwarm keinen Schaden zufügen. Du hast einen so tadellosen Lebenslauf, bis...«

Drums Wut nahm zu: »Mein Lebenslauf!« schrie er. »Ich habe meinem Sohn eine molekulare Zeitbombe eingegeben und meinen Freund in den Tod geschickt. Das sind meine Leistungen. Und als Belohnung habt ihr mir selber eine Zeitbombe eingepflanzt. Aber ich werde keinen meiner Freunde mitnehmen. Ich bin zurückgekommen, um zu sterben. Ich werde meine Feinde mitreißen.«

»Aber wir sind deine Freunde. Diese Bombe in dir war dazu da, dich zu rächen, falls dich die Benthiks getötet hätten. Sie explodiert, aber *nach* deinem Tod.«

Drum lachte. »Ihr gebt auch niemals auf. Ihr redet mit Drum, dem Schöpfer von Genen und Seelen! ›Meinen Tod rächen.‹ Ha! Daß ich nicht lache! Habt ihr mich etwa deshalb mit einer Optik und ferngesteuertem Auslöser ausgerüstet? Nun, meine Freunde, bedient den Auslöser. Ich werde nicht eher explodieren, als bis ich tief in den Schwarm eingedrungen bin.«

Furlong stammelte: »Aber du hast mir freie Hand gegeben.«

»Stimmt«, erwiderte KE. »Aber du hast versagt, und nun droht dem Schwarm Gefahr. Die Megajury hat dich eines entsetzlichen Verbrechens für schuldig befunden.«

»Du hast es ihnen erzählt?«

»Ich kann kein Versagen decken. Deine Widderregierung wurde von den Bürgern als tyrannisch empfunden. Dein Urteil lautet...«

»Was? Was?«

»Du sollst dir ein Weißes Team nehmen und versuchen, die Bombe... eh... Drum zu stoppen. Wenn es dir gelingt, wird das dein Leben retten. Ich werde dir dankbar sein«, sagte der KE.

»Erfolg wird belohnt, ich weiß. Ruf das Medimech/Meditech-Team. Ich bin bereit.«

»Hier ist die letzte Position des Dinghis. Es scheint auf die Docks zuzusteuern. Da unten liegen die Werften und meine inneren Organe. Das Dinghi liegt schwer im Wasser und ist voll beladen mit Nahrungsmitteln: Früchte, Krabben, Eis und noch etwas.«

»Halt mich auf dem laufenden. Ich versuche, ihn abzufangen.«

Furlong schoß hinaus zu den Werften. Schweißtropfen glänzten an seinen

Schläfen. Die Werft schien, von einigen Arbeitern abgesehen, verlassen. Das trübe Abwasser war mit Müll übersät: Muscheln und Balkentrümmer.

In der Nähe der Werft lag ein Motorkahn vertäut; ein rostiger Kran entlud ihn.

»Was ist los, Sir?« fragte ein Arbeiter.

Furlong wischte sich über das Gesicht und versuchte ein Lächeln.

»Hast du ein kleines Boot mit einem einzigen Passagier gesehen?«

»Nein, Sir.«

»Auf dem Boot befinden sich auch Obst, Krabben, Eis.«

»Tut mir leid, Sir. Der Nebel ist heute sehr schlimm. Die Äußeren Hafensensoren sind blind. Ein Boot hätte leicht landen können, ohne daß ich es bemerkt hätte.«

Furlong blickte zurück und sah, wie das Weiße Team ihm folgte. Er fand einen kleinen Berg schmelzender Eisstücke. »Wo kommt dieses Eis her?« schrie er.

»Vom Eisschiff«, antwortete eine Stimme aus dem Nebel.

Neben dem Energieorgan der Stadt sah er Früchte verstreut herumliegen. Er lief hinüber, ergriff eine Orange und riß sie auf. »Wo kommt diese Frucht her?«

»Vom Fruchtschiff.«

Furlong sah Saatgut. Seine Kehle verengte sich. Im Dunkeln fiel ein Krebs auf den Rücken. Die Beine verursachten ein heftiges kratzendes Geräusch. Suchend schoß er den Scheinwerfer umher.

»Wo kommen diese Krebse her?« keuchte Furlong.

»Vom Dinghi des Kapitäns«, sagte Drum und trat aus dem Dunkel. Beide Hände staken in den Taschen, die Daumen an den Elektrodenringen. Den Helm hatte er abgelegt. Die Augen glitzerten vor Haß.

Furlong erstarrte. »Da bist du ja.« Er zwang sich zu einem Lächeln. »Ich habe das Weiße Team mitgebracht. Der Operationssaal steht für uns bereit. Wir holen die Bombe aus deinem Bauch.«

»Sicher wirst du das tun«, sagte Drum ruhig. Es war klar, daß er nicht im geringsten zur Zusammenarbeit gewillt war.

»Komm«, sagte Furlong. »Das nützt dir gar nichts, einfach verbittert sein und fortlaufen. Du wirst nur schwächer und in ein paar Tagen sterben. Und schließlich finden wir dich doch.«

»Oh, ich denke nicht daran, fortzulaufen...« Er drehte die Handgelenke, um die Daumenringe zu zeigen.

»Nein!«

Die Hände kamen heraus und mit ihnen die nassen, roten Zugdrähte. Triumph glühte im Gesicht des alten Nebisch. Das Energieorgan der Stadt zerbarst in der Explosion – setzte sechzehnhundert Kiloampere torodiales

Plasma mit fünfzig Millionen Grad Kelvin frei: Einen Augenblick lang erschien eine Miniatursonne in den Abwässerkanälen, als der Brennstoff austrat und gelbglühende Wolken ionisierten Gases verströmte.

11. DER GOTTWAL

Das Opfer an eine niedere Gottheit
kann belohnt werden.
Das Opfer an eine größere Gottheit
ist Belohnung in sich selber.

Rorquals Akolyth

Neunfinger fühlte sich mit der Krone des Vaters unbehaglich. Sie war zu schwer und zu groß, geschmiedet aus gelbem Gold. Die Zeichen standen schlecht. Sein Ringinselreich war unfruchtbar: Die Lagune, die Gärten und nun auch seine junge Frau Iris. Die Hälfte seiner Untertanen war nach Norden zum Archipel gewandert, der fünf Tage entfernt lag. Die Verbliebenen waren alt und erschöpft. Sie hatten Angst, in den tiefen Gewässern draußen vor dem Riff zu fischen, seit *Carchaoden carcharias* wieder aufgetaucht war. Dieser sieben Meter lange, siebentausend Pfund schwere Weiße Hai hatte seinen Vater und sechs seiner Männer erbeutet. Nun wagten sich die Boote nur noch in die Sicherheit der Lagune, wo die Fische spärlich und klein waren. Iris bekam keine Kinder. Die Nahrungsspeicher blieben leer. Die Monsune würden bald kommen. Es war an der Zeit, zum Gottwal zu beten.

Neunfinger rief die Älteren zusammen, drei Frauen und zwei Männer, die grauhaarigen Großeltern. Sie tranken den Rest des starken Pulques und lauschten ihrem jungen Häuptling.

»Alles ist unfruchtbar – unsere Frauen, unsere Erde und das Meer. Wir müssen den Gottwal um Hilfe bitten.«

»Wir sind ein armes Volk«, sagte Großmutter Schildkröte. »Welches Opfer können wir als Gegenleistung erbringen?«

»Unser Dorf stirbt. Wir werden geben, was gefordert ist.«

Sie gingen zum Schrein auf dem höchsten Punkt des Atolls. Ein großer, glasartiger Turm erhob sich zwanzig Körperlängen in die Luft. Er war so dick wie das Zeremonienkanu an seinem Fuß und verjüngte sich nach oben zu einem schwankenden Pfahl. Die Außenhaut war übersät von vorstehenden Ringen und Schlaufen. Ranken überzogen das untere Drittel. Sie hoben die schwere Steinplatte auf und holten das riesige Walbild aus der Nische am Fuß des Turms. Dicke, weiche Hanfseile wurden am Rükken des Götzen befestigt. Neunfinger und die drei Älteren hängten sich die Seile über die Schultern und begannen den Aufstieg. Der Wal wog soviel wie ein Mensch. Geräuschvoll schabte er gegen den Turm, bis ein Ältester von unten das Seil straffer zog. Der fünfte Älteste kletterte voran und schlug das Grünzeug beiseite.

Zehn Körperlängen weiter fanden sie den Haken und entfernten ein Gewirr von Fangarmen. Die Träger kletterten über den Haken und manövrierten den schwankenden Wal über diesen Punkt. Der tiefsitzende Haken knarrte unter dem Gewicht der Skulptur. Neunfinger blickte an dem Pfahl empor und lächelte. Kleine Lichter begannen zu blinken und sich zu drehen. Sie ließen die Seile fallen und stiegen abwärts.

»Möge der Gottwal großzügig sein«, beteten sie.

Die Nächte wurden sternenlos und windig und warnten die Inseln vor der kommenden stürmischen Jahreszeit. Fünf Tage später stattete ihnen ein Trimaran einen kurzen Besuch ab. Rechtzeitig kamen die Dörfler zum Strand, um das Segel im Wind flattern zu sehen. Neunfinger winkte, einen Berg von Proviant an seiner Seite.

»Ist dies das Wunder, um das wir gebeten haben?« fragte Großmutter Schildkröte.

»Nein. Der Akolyth hat nur die Bittflaggen gebracht.«

Sie hoben die Persenning hoch und teilten die Körbe mit Brotfrüchten und Trockenobst auf. Es gab auch ein Dutzend kleiner Bierdosen. Die ellenlangen Fahnen waren mit Farben bezeichnet und trugen Symbole für Wasser, Nahrung, Werkzeug und Arznei.

»Du hast ihnen von unseren Bedürfnissen erzählt?«

»Ja. Der Gottwal wird nach den Stürmen hier vorbeikommen. Wir sollen die entsprechenden Flaggen hissen, was wir am dringendsten brauchen«, erklärte Neunfinger. Er durchwühlte die leuchtend bunten Fähnchen und betrachtete die Symbole. »Diese Trockennahrung dürfte ausreichen, um zu überleben.«

»Und das Bier?« fragte Großmutter Schildkröte und stieß mit dem Zeh an eine Flasche. »Zum Trinken haben wir doch genügend Regenwasser...«

»Das hält uns bei Laune«, grinste der Junge.

»Das brauchen wir auch«, meinte ein Älterer.

Der Thronsaal der Insel diente auch als Neunfingers Wohnzimmer. Er war aus Bambus und Stroh gebaut und maß dreizehn Meter Seitenlänge. Er war nicht genau quadratisch, denn lebendige Bäume bildeten die vier Ecken. Sechs andere Stämme ragten durch das Dach und stützten die Deckenbalken und den Speicher. Die junge Braut Iris bereitete aus Ziegenmilch einen Haferbrei mit Gemüsen zu. Zwei kleine gebackene Fische und eine gerade geöffnete Kokosnuß ergänzten das königliche Mahl.

»Ich habe mit dem Akolythen gesprochen«, sagte Neunfinger beim Eintreten. Sie servierte den Brei. Er aß schweigend.

»Was ist mit dir los?« fragte sie.

»Der Gottwal.«

»Kann er uns nicht helfen?«

»Oh, unsere Gebete werden schon erhört. Nur…« Seine Stimme brach ab. »Unsere Eltern vertrauen der Gottheit, nicht wahr?«

»Natürlich«, lächelte sie. »Der Gottwal hat ihnen die Insel gezeigt und ihnen beim Anfang hier geholfen. Die Ziegen und das Saatgut stammen von der Gottheit. Es gab hier einmal Obstbäume, aber die salzige Luft hat sie zum Absterben gebracht. Man kann die Stämme immer noch sehen.«

»Ich glaube an sie«, sagte Neunfinger. »Nicht, weil sie die Gottheit unserer Väter ist. Ich bin sehr schwach im Glauben. Ich glaube an sie wegen ihrer großen Stärke und Weisheit. Sie ist zu groß, um in unsere Lagune zu passen, und dennoch schickt sie ihre Botschafter über den Horizont, um mit uns zu reden. Sie schickte uns Pflanzen und Tiere, die gedeihen und uns ernähren. Aber dieses Mal habe ich Angst.«

»Warum, mein Mann?«

»Sie will ein Opfer.«

»Aber davon habe ich noch nie gehört. Nicht auf unserer Insel. Es hat Gerüchte gegeben… Was für ein Opfer denn? Ziegen? Hühner?«

»Dich«, sagte er. »Der Gottwal will meine junge Frau.«

Sie schwieg.

Der junge Häuptling stand auf und breitete die Arme aus. »Oh, zuerst habe ich mich widersetzt. Dann hat der Akolyth erklärt, daß dir nichts geschehen würde. Du würdest sogar nach einem Jahr zurückkehren – und wärest nicht länger unfruchtbar!«

Iris runzelte die Stirn. »Es ist nicht gut für einen Häuptling, keine Kinder zu haben. Du mußt dir eine neue Frau nehmen, ich bin dann die zweite.«

»Vielleicht«, sagte Neunfinger. »Aber dafür ist später noch viel Zeit. Jetzt müssen wir entscheiden, ob wir Fahnen heraushängen wollen oder nicht.«

Sie stand auf und sah aus dem Fenster. Ruhig lag die breite Lagune da. Leere Hütten tüpfelten den Strand.

»Ich weiß noch, daß hier fast hundert von uns lebten«, sagte sie leise. »Damals waren glücklichere Zeiten. Ich will tun, was ich kann, um diese Zeiten wieder zurückzubringen.«

Er nickte. »Das hätten unsere Eltern auch getan. Das hier ist eine gute Insel. Mit ein wenig Hilfe von unserer Göttin wird sie wieder fruchtbar werden.«

Der Sturm schlug wie erwartet zu, verstreute Baumaterial und entwurzelte Bäume. Die Menschen suchten zusammen mit den kleinen Haustierherden Zuflucht in den Kalksteinhöhlen. Zwischen den einzelnen Stürmen ergötzten sie sich in der Sonne und sammelten Regenwasser. Anschließend ging die Flagge hoch, und Iris bereitete sich auf die Hochzeit mit dem Gottwal vor.

Die Männer trugen das Opferfloß an den Strand und schmückten es mit Blumen. Iris saß mit schäumendem Kelch mitten zwischen den Blüten. Man reichte einen Becher herum. Am Horizont erschien eine flache, dunkle Silhouette.

»Da ist sie!« rief Neunfinger. Er schaute sich um, um sicherzugehen, ob bestimmte Fahnen entrollt waren. Dann setzte er sich hin und sah zu. Der Wal kreuzte vor dem Strand und hinterließ eine Spur dampfender Kekse, jeder von etwa einer halben Tonne Gewicht.

»Gotteskekse!« riefen die Eingeborenen und rannten in die Brandung. Kanus stießen ins Wasser, um das gepreßte Plankton an Land zu holen. Sie waren eifrig damit beschäftigt, die Ballen aufzubrechen. Drinnen fanden sie verschiedene andere Meeresfrüchte – geeisten Fisch, Muscheln und Krustentiere.

Der gleichmäßige Wind trieb die Gotteskekse auf den Strand zu. Man füllte Körbe und Krüge – eine gewaltige Ernte, die ihnen Nahrung garantierte, bis die Sturmschäden beseitigt sein würden. Grunzende Schweine und gackernde Hühner durchsuchten den nassen Sand, um sich an den Resten zu laben.

Die Eingeborenen beruhigten sich wieder und warteten weiter. Ihre Gottheit würde die ›Flaggengeschenke‹ beim nächsten Vorbeischwimmen ablegen – und beim dritten Mal das Mädchenopfer annehmen. Sie senkten die Köpfe.

»Nackte Wilde auf der Leeseite, Kapitän.«

»Welche Flaggen zeigen sie?«

»Sieht aus wie Saatgut und kleinere Werkzeuge.«

»Gut. Gib ihnen Saatgut für diesen Breitengrad und das normale Sortiment von Haus- und Feldgeräten. Was für Fisch fängt man in dieser Gegend?«

»Barsche, Felsenfisch, Stint, Groppe, Quakfisch, Grünling, Hai, Hering...«

»Gut. Jetzt habe ich eine ungefähre Vorstellung. Gebt ihnen das Gemischte Paket.«

»ARNOLD? Das ist das Atoll mit der unfruchtbaren Lagune. Wir wollten sie bei hundertundachtzig Grad und hundertfünfundachtzig Grad durchbrechen, damit die Strömung mehr Nahrungsfische hineintreibt.«

»O. K. Übernimm du das. Du weißt, wo man die Ladungen anbringt. Vergewissere dich nur, daß diese dummen Wilden alle bei fünfundneunzig Grad auf dem Strand sind und die Sachen einsammeln. Ich will nicht, daß meine Göttin in schlechten Ruf kommt.«

»Wie soll diesmal bezahlt werden?«

»Inselbevölkerung?«

»Weniger als fünfzig.«

»Du kennst unsere Politik. Wenn sie nicht um Luxusgüter bitten, fordern wir einfach ein Paar Zuchttiere oder ein paar überschüssige Nahrungspflanzen... Samen... alles, was wir auf der nächsten Insel absetzen können.«

»Ahem...«

»Habe ich noch etwas vergessen? Oh, Kreis... Ring... Ehering? Jetzt fällt es mir wieder ein. Hier haben wir auch die unfruchtbare Braut. O. K. Sorg dafür, daß man sie auf einem Floß mit ein paar Blumen geschmückt serviert. Wir werden sie schon verputzen. Und – sie soll sich einen antrinken, damit sie entspannt ist. Ich will nicht, daß sie in Ohnmacht fällt, wenn sie die weißen Zähne des Gottwals sieht. Ich denke, für den arktischen Trip haben wir einen Gast an Bord; die Braut von der Ringinsel. Das wird für uns alle ganz schön lehrreich werden. Ich hoffe, du weißt noch, wie man mit Unfruchtbarkeit fertig wird.«

»Ich hänge seit über einem Monat an den Tonbändern.«

»Gut.«

»Sie haben deine Botschaft bekommen. Da ist sie. Hübsches Ding. Hat kaum Angst. Wieso sieht sie so benommen aus? So betrunken ist sie doch gar nicht.«

»Ich glaube, es ist Ehrfurcht.«

»Nun, dann wird es ein rauhes Erwachen geben. In achtzehn Minuten werden wir sie in *Rorquals* Schlund haben.«

Iris wiederholte ihre Gebete, während sich der Wal mit geöffnetem Maul über sie beugte. Das Tosen des Wassers gegen die Kiemen wurde ohrenbetäubend. Sie kniff die Augen zusammen. Der gewaltige Gaumen wölbte sich über ihr und verschluckte das zitternde Floß ins Dunkle hinein. Ein elastisches Gitter fing sie auf. Sie öffnete die Augen und erblickte einen Satyr – halb Ziege, halb Mensch –, der über ihr stand. Er blickte sie mit einem sonderbar sanften Gesichtsausdruck an. In der Annahme, dieses mythische Tier würde ihre Unfruchtbarkeit kurieren, streckte sie sich zu seinen Hufen aus. Das Floß war nun ihr blumengeschmücktes Bett. Erwartungsvoll schloß sie die Augen.

»Sie scheint große Angst zu haben«, sagte eine männliche Stimme. »Hilf mir, sie hier herauszubringen.«

Der Riese, der sie aufhob, ging grob und brutal mit ihr um, hatte harte, schwielige Hände und eine dazu passende Stimme. Betäubt durch den erhöhten Blutalkohol schlief sie die ganze Nacht auf einem Haufen Decken im Wäschereibereich. Beim Morgendämmern kamen einige von ARNOLDS Frauen, die ihr salzige Muscheln und Tomatensaft anboten. Sie zeigten ihr ihre neue Unterkunft unter dem Achterdeck.

Am zweiten Morgen besuchte sie der Zentaur Larry. Sie trug einen weichen, bunten Rock.

»Haben dir die Frauen erzählt, wer ich bin?« fragte er.

»Ja. Du bist derjenige, der meine Unfruchtbarkeit beseitigen wird.«

»Ich werde mein Bestes tun. Soll ich dir das Schiff zeigen?«

Sie nickte und ergriff seinen Arm; in den Knien wurde ihr immer noch ein wenig schwach. Sie gingen auf dem Hauptdeck einmal um das Schiff herum und kehrten auf das Unterdeck zurück. Sie sah die Organe des Schiffes; einige waren für den Fang bestimmt, andere für die Mannschaft. Sie erhielt den Eindruck von Intelligenz und Kraft – doch alle Kontakte waren nur zu Menschen, die recht normal und sanft schienen. Es war schwer zu glauben, daß *Rorqual* eine erfolgreiche Karriere als Schlachtschiff hinter sich hatte.

»Das ist unser Weißer Raum. Wir haben einen Medimech und einen Meditech, die mir helfen werden.«

Sie sah ihn verwirrt an.

»Sie werden mir helfen, deine Unfruchtbarkeit zu beseitigen, deine Unfähigkeit, Kinder zu bekommen.«

»Oh«, nickte sie.

»Die erste Testreihe machen wir beim Blut und den Zellen in der Vagina. Das kann der Weiße Mech übernehmen.«

Sie zuckte vor der Nadel zurück. Auf dem Bildschirm erschienen die Ergebnisse.

»Sieht aus, als seist du eine Frau – mit Eisprung. Keine Krankheiten, keine Tumore. Gut! Die nächste Untersuchung läuft mit optischen Aufzeichnungen und Röntgenaufnahmen des Uterus. Steig bitte mal hier herauf.«

»Nun...«, meinte Larry, »wir haben Glück. Ich glaube, wir haben den Grund für deine Unfruchtbarkeit gefunden: ein blockierter Gebärmutterhals. Vorsicht, das tut jetzt ein bißchen weh!«

Iris saß auf der Pritsche, und eine Träne rollte ihr über die Wange.

»Tut mir leid«, sagte der Zentaur. »Aber wir haben es gefunden und in einer einzigen Sitzung repariert. Es dauert zwei Wochen, bis die durchstoßene Cervix abgeheilt ist, und dann bist du bereit für deine erste Schwangerschaft. Bist du aufgeregt?«

Sie wischte sich stumm die Träne fort.

»Nun, du kannst es dir ja noch überlegen. Komm, ich bringe dich zu den Frauenräumen.«

»Wer wird denn mein Kind zeugen?« rief Iris.
»Kapitän ARNOLD«, entgegnete Larry.
»Aber ich dachte, du ...«
»Tut mir leid, aber wenn du es schon wissen mußt: Ich bestehe zu einem Teil aus einem mechanischen Pferd.« Er lachte. »Die Umarmungen des King sind alle fruchtbar, wie du auf dem Achterdeck leicht sehen kannst.«
»King?«
»So nennen wir ihn manchmal. Den Spitznamen hat er sich im Krieg gegen den Schwarm zugelegt. Ich glaube, er würde die ganze Welt erobern, wenn der Schwarm sich erheben und kämpfen würde.«
Sie schien enttäuscht. »Und das ist nötig?«
»Ja«, entgegnete Larry. »Nächstes Jahr wirst du Mutter sein. Der Gottwal hat gesprochen.«

ARNOLD ging auf dem Weg hinab zum Abendessen in ihre Kabine. Er verließ sie erstaunt mit den Augen zwinkernd. Sie trat hinaus auf den Gang. Hinter ihr galoppierten Hufe heran.
»Soll ich dich mitnehmen? Spring auf«, sagte Larry.
Langsam stieg sie auf und legte Arme und Beine etwas fester als gewöhnlich um ihn. Er ließ sich nichts anmerken, sondern trabte leichtfüßig wie gewöhnlich davon. Während des Essens schien ihre Stimmung tief bedrückt. ARNOLD verkündete, sie würden zum Schwarm fahren, um ihm einen Anteil von ihrer Thunfisch-Ladung anzubieten. Der riesige Krieger wanderte spielerisch, neckend und plaudernd zwischen den Frauen umher, ehe er eine mit in sein Zimmer nahm.
Iris beugte sich zu Larry. »Warum denn sie?«
»Sie reibt sich immer mit Zitrone ein.«
»Zitrone?«
»Ja«, erklärte Larry. »ARNOLDS Frauen haben eine eigene Hierarchie. Die mit den meisten männlichen Kindern haben auch die größte Macht. Sie machen es unter sich aus, wer die Zitrone trägt. Das übrige ist ARNOLD und seiner Nase überlassen. Zitronenschale kann man leicht entdecken, wenn man die aromatischen Öle auf warme, erogene Zonen reibt – sehr angenehm.«
Iris lehnte sich zurück und lächelte. Zitronensamen würden auf ihrer Liste für Mitbringsel stehen.
»Soll ich dich nach Hause tragen?« fragte der Zentaur.
Iris stieg wieder auf den Mechrücken. Wieder spürte er die Umarmung.

»Bist du schon bei ARNOLD wegen deiner Schwangerschaft gewesen? Es ist an der Zeit«, sagte er.

»Doch..., zumindest glaube ich es.«

Larry lächelte. »So ist das immer mit dem Kapitän. Betrachte dich als Mutter.«

Sie lehnte den Kopf an seinen Hals, während er hinab zu ihrer Kabine sprang.

Am Zwei-Meilen-Riff warteten vier motorisierte Kähne. Die Nebischmannschaft in gelben Anzügen lief nervös umher, während sich die Benthikkinder fröhlich im Wasser tummelten.

Am westlichen Horizont erschien *Rorqual.* Zentaur Larry erspähte die Kähne mit Hilfe des Weiten Auges.

»Unsere Schwarmfreunde scheinen nicht allzu glücklich zu sein, daß sie nach draußen mußten.«

Vor einer Antwort studierte ARNOLD lange Zeit die Daten. Ihm sträubten sich die Nackenhaare. Alle Lämpchen leuchteten grün.

»Ich will nicht, daß die kleinen Bastarde wegen nichts glücklich sind«, knurrte er. »Wenn es nach mir ginge, würden sie verhungern. Aber *Rorqual* denkt, sie kann von diesem verdammten Planetengehirn etwas lernen; daher schachern wir um Anschluß-Zeit.«

»Ist alles sicher?« fragte Larry. »Besteht nicht die Möglichkeit, daß der KE die Kontrolle über das Schiff erlangt, wenn man sie aneinander anschließt?«

»Trilobit hält es nicht für möglich. Er sagt, er habe es einmal versucht – Kurzschluß. Die Verbindung war schwach, zu schwach für eine Kontrolle, aber gut genug für eine exakte Datenübertragung.«

Der erste Kahn war randvoll mit Thunfisch und geeisten Fischteilen gefüllt. Die Nebische lichteten schon den Anker. ARNOLD rief einen kurzen Befehl. »*Rorqual,* leg einen Greifer an den Kahn. Niemand geht irgendwohin, ehe wir nicht unseren Anschluß bekommen haben. Habt ihr schon die Verbindung hergestellt?«

»Trilobit ist noch nicht auf der Klippenspitze angelangt.«

»O. K. Fangt mit dem Beladen beim zweiten Kahn an, aber haltet R-1 auf dem ersten.«

Nervös betrachteten die kleinen, fetten, dick angezogenen Schwarmmännchen den starken Greifer. Wenn sie gewußt hätten, wie viele von ihnen dieser Greifer schon getötet hatte!

»Verbindung bestätigt«, sagte das Schiff.

Die Festlichkeiten auf der Harlan-Insel zogen sich bis spät in die Nacht. Iris fühlte sich bei ARNOLDS Frauen nicht sehr sicher. Ihr Kontakt mit dem Riesen war sehr brüsk gewesen. Seine Haltung ihr gegenüber hatte sich kaum verändert, war oberflächlich und distanziert. Er erwies ihr einen Dienst. Nun trug sie sein Kind.

»Möchtest du eine Guava?« fragte Opal.

Iris nahm die grün-gelbe Frucht. Sie war ungefähr so groß wie ein Apfel und schmeckte ausgezeichnet.

»Bist du eine von ARNOLDS neuen Frauen?«

Iris senkte den Blick. »Ich bin für ein Jahr Braut des Gottwals.«

»Oh«, entgegnete Opal sehr sachlich. »Dieses Jahr nehmen sie die Nordroute. Du wirst eine Menge Eis sehen.«

»Bist du schon dort gewesen?«

»Nein. Ich habe mich mit Trilobit unterhalten. Er ist jetzt in Höhe der Wasserlinie und schnüffelt nach Überresten einer uralten Zivilisation. Wenn du das neueste Gerücht hören willst, frag ihn. Er ist ständig an *Rorquals* Gehirn angeschlossen. Die beiden wissen eine Menge.«

»Warum fahren wir nach Norden?«

Opal zuckte die Achseln. »Sie haben eine ganze Ladung Thunfisch geliefert gegen einen Anschluß an das kollektive Gehirn des Schwarms. Ich denke, sie haben einige Kenntnisse über unsere Gottheit gesammelt und werden sie nun überprüfen. Ich denke, es ist nur eine gute Ausrede, um den ganzen Ozean zu durchqueren. Sie werden unruhig.«

Iris blickte zu den Menschen am Feuer. »Sie?«

»Die drei«, antwortete Opal. »Dieses Halbpferd Larry, ARNOLD und mein Mann, Harlan.«

»Harlan fährt auch mit?«

»Ja. Dieser stumme Riese ist immer dabei, wenn die beiden anderen irgendein haarsträubendes Abenteuer unternehmen. Larry und Harlan haben zusammen im Schwarm gelebt – als Zwischenläufer. Jetzt, wo sie nach der Gottheit suchen, ist Harlan ziemlich aufgeregt. Ich glaube, ist der einzige, der echt gläubig ist.«

Iris betrachtete Opal – immer noch jugendlich unter dem grauen Haar und den Falten. Sie war schon viele Male Großmutter. Das junge Mädchen nahm eine weitere Guavafrucht von ihrer Gastgeberin. »Ihr habt hier eine schöne Insel.«

»Es wird still werden, wenn die Männer fort sind«, sagte die Ältere achselzuckend. Sie stand auf und ging unter ihren anderen Gästen umher.

Iris ging zum Strand, um allein ein wenig zu schwimmen. Einige Stunden später kam Trilobit mit einem nassen Mädchen im Schlepptau zum Feuer – Iris, die Braut von Neunfinger.

»Ich habe eine mitternächtliche Schwimmerin gefunden«, sagte er. »Eine Meernymphe, die auf der Party schon vermißt wurde.«

Aus der Dunkelheit ertönten zahlreiche anonyme Angebote.

Iris ließ den verzierten Schwanz los und stemmte die Hände in die nassen Hüften. Die Brust wogte, und im Feuerschein glänzten ihre Augen. »Was für eine Party! Niemand tanzt!«

Die meisten Männer lagen benommen vom Trinken schlaff auf dem Boden. Sie würden einfach da einschlafen, wo sie nun lagen. Noch ein leidenschaftlicher Tanz – eher ein Paarungsritual als alles andere – würde zuviel verlangt sein.

Larry überprüfte seine Batterieladung: Reichlich.

»Aber auf Zentaurenart bitte!«

Prothese streckte sich, die beiden Beinpaare standen nun weiter auseinander. Larry war ein Stück kleiner, doch die ziegenartige Erscheinung wurde durch eine pferdeartige Gestalt ersetzt. Optikon betrachtete den Rhythmus der Frau. Hufe schlugen den entsprechenden Takt. Sie wandte sich der mythischen Kreatur zu und lächelte: »Tanz!« rief sie. Sie wirbelten und schwebten zu Flöten- und Trommelklängen. Das Salzwasser auf ihrer Haut wurde von Schweißperlen abgelöst. Sie stieg auf seinen Rücken. Er bäumte sich auf und galoppierte zum Strand.

»Was ist los mit dir? Vor dem Schwimmen schienst du so traurig?« fragte Zentaur Larry.

»Ich habe mich da draußen lange mit Trilobit unterhalten«, erwiderte sie. »Ich habe herausgefunden, daß ARNOLD die genetische Kopie von dir ist.«

»So??«

»Dann ist dieses Kind, das ich trage, dein Kind!«

Larry trabte aus seiner warmen Kabine hinaus auf das winterliche Deck. Auf seinen Schultern schmolzen leichte, klebrige Schneeflocken. Aus dem dumpf grauen Ozean blitzte hellbläuliches Packeis. Das Weite Auge hatte Eisberge gesichtet. Die Schneeräummannschaften sangen im Rhythmus ihrer Schaufeln ein Lied.

»Reitest du mich ein wenig ums Deck?« fragte Iris vom Eingang der Kajütentreppe her.

Larry bückte sich und hieb mit den Hufen in den Schnee. Sie fegte seinen Rücken leer und bemerkte das neue changierende Muster.

»Friert es denn nicht?« fragte sie.

»Nein. Wenn du mit dem Hintern festfrierst, kann das unangenehm werden. Ich habe einen zweilöcherigen Poncho mitgebracht, wenn es kälter wird.«

Brüste und Bauch wärmten ihm den Rücken, und er legte los und tänzelte durch eine Schneewehe. Ihre Beine umklammerten ihn fester. Er setzte an und übersprang einen aufgerollten Schlauch. Sie rang vor Lachen nach Luft. Er lief langsamer und dachte an ihre Belastbarkeit.

»Nicht so stürmisch«, meinte er. »Ich will nicht, daß meinem Sprößling etwas passiert.« Er griff nach hinten und tätschelte ihren Bauch.

Wind kam auf. Sie legten sich den Poncho um und beobachteten einen vorbeitreibenden Eisberg. ARNOLD kam ebenfalls aufs Deck, angetan mit seinen Flügeln und einer dreifachen Kunstfaserschaumschicht.

»Ich glaube, im Arktischen Ozean funktioniert das nicht«, sagte er. »Ich habe es kurz in dieser eisigen Salzlake versucht, und mir sind fast die Lungen eingefroren. Wir müssen in dem Becken den einäugigen Thunfisch einsetzen.« Dann erst bemerkte er zwei Köpfe in dem Poncho. »Was macht denn diese eitle Frau da? Macht sie dich etwa zum Packtier?«

Larry grinste. »Wir machen nur eine Besichtigungstour durch die nördlichen Breiten. Sehr lehrreich.«

»Ihr beiden seht aber nicht nach Bildungsreisenden aus«, meinte ARNOLD und kniff Iris in den Zeh.

»Ich reite gern«, kicherte die schwangere Frau.

»Das kann ich mir denken«, murmelte der Riesenengel, »aber gewöhn dich nicht daran. Soweit ich weiß, ist Larry das einzige Wesen auf dem ganzen Planeten, das einem Pferd ähnelt, und du kannst ihn nicht mit heim zu deinem Mann nehmen.«

Unter den wärmenden Falten verstärkte sie ihre Umarmung.

»Wo beginnen wir die Suche?« fragte Larry.

»Der Schwarm hat 82° 23′ Ost angegeben. Der Grund ist etwa fünftausend Meter tief.«

»Das ist sowieso ein Job für den Eisenthunfisch«, meinte Larry und galoppierte in den Schneesturm. Iris zog die nackten Füße hoch. Der Engel blickte ihnen nach. Die Flügel froren ihm ein und hingen schlaff herab.

Das Kind war stark und gesund – schwarze Haare, bräunliche Haut und dunkle Augen. Iris war glücklich.

»Ich werde traurig sein, wenn ich es bei der Rückkehr zu meinem Mann hierlassen muß.«

»Das ist nicht nötig. Das Baby kannst du mitnehmen.«

»Das ist aber unmöglich. Neunfinger ist ein König. Er ist sehr stolz. Seine Krone geht an seinen erstgeborenen Sohn. Dieses Kind wäre nicht willkommen.«

ARNOLD nickte. »Ich habe Verständnis für die Gefühle eines Königs, aber du bist die Braut des Gottwals. Dieses Kind ist mehr als nur der Beweis für deine Fruchtbarkeit – es hat königliche Gene in sich. Es gehört auf einen Thron, und es gehört zu seiner Mutter.«

»Aber meinem Mann wird das nicht gefallen.«

ARNOLD grinste. »Er wird das Kind akzeptieren, wenn es ebenfalls nur neun Finger hat.«

Die kleine Mutter blickte ihn entsetzt an.

»Nein. So viel ist eine Krone nicht wert.«

»Du willst doch deinen Sohn mitnehmen, oder?«

Sie blickte traurig in das kleine, runde Gesicht. Sie wußte es nicht. Die dunklen, kleinen Augen blickten vertrauensvoll zu ihr auf.

»Gibt es keinen anderen Weg?« fragte sie.

»Ich sehe keinen«, sagte der Riese.

Larry betrachtete das Kind. »Das ist wirklich eine Schande. Das Kind sieht eher braun als olivfarben aus. Es sieht wirklich wie ein Königskind aus. Warte mal, es gibt vielleicht einen Weg. *Rorqual,* hast du irgendwo alte Aufnahmen von dem König und der Königin, damit wir die Pigmentierungen vergleichen können?«

Das Schiff verglich Hautfarben mit Mischungen von ursprünglich helleren Farben durch einen Braun- und Olivfilter. Der Hautfarbenindex wurde als sechsstellige Zahl ausgedrückt: drei Zahlen für die Urmischung und drei für den Dämpfungsfilter.

Als man das Kind dann verglich, war es dem hellhäutigen König viel ähnlicher.

»Gut«, sagte Larry. »Babies sind gewöhnlich bei der Geburt viel heller als ihre Eltern. Vielleicht wird er später dunkler, aber im Moment sieht er dem König ähnlich. Wenn wir nun ein Pigment mischen, das dem der Mutter ähnelt – olivfarben – und den zehnten Finger dunkler tätowieren...«

»Ach so!« sagte ARNOLD. »Wir erzählen dem König, die Gene der Mutter seien für den zehnten Finger verantwortlich.«

Larry nickte. »Wenn schließlich diese Gen-Legende die Insel erreicht, hat das Kind schon seinen rechtmäßigen Platz bei seiner Mutter. Sie werden lernen, daß erworbene Charakteristika nicht vererblich sind. Ein verlorener Finger überträgt sich nicht auf den Nachwuchs. Aber die Tätowierung wird Zauberkraft genug haben, um dem Kind sofort eine Heimat zu verschaffen.«

Der Riese schalt den Zentauren für ein so starkes Interesse an dem Kind. »Du bist zu weich. Wenn ich es nicht genau wüßte, würde ich annehmen, es sei dein Kind und nicht meines.«

»Und wir wissen, daß das unmöglich ist«, lächelte Larry.

Larry studierte die Wrackkarten. »Das geht meilenweit so weiter: Teile von Rumpfbauten und Gebäuden. Eine gesamte Sammlerflotte muß gesunken sein. Wir haben einen alten Schiffsfriedhof vor uns – oder zu Zeiten Karls wurde eine schwimmende Stadt hier versenkt.«

»Vielleicht«, meinte *Rorqual,* »aber das Ablagerungsmuster deutet darauf hin, daß es weniger als hundert Jahre her ist, sicher viel weniger als tausend Jahre. Die vorhandene Meeresfauna ist sämtlich neuzeitlich. Keine Spuren von Kalzium oder Silikonspuren aus der Zeit vor dem Meeressterben.«

»So jung?« murmelte Larry. »Aber du und Trilobit habt doch die Meere gründlich durchsucht. Es gab keine Schiffe des Schwarmes von dieser Größe und Anzahl – nur gelegentlich ein Luftkissenboot.«

Der eiserne Thunfisch fand ein größeres Fragment und schickte die Maße hoch. »Das ist kein Luftkissenboot«, meinte ARNOLD. »Das ist der Umriß von einem fast eine Meile langen Ding.«

Der Ausdruck wurde langsam detaillierter. Kleinere Teile mit ähnlichen Charakteristika wurden in der Nähe gefunden. Man zog sie an Deck und untersuchte sie dort.

»Hier ist ein Buchstabe P und da ein I. Pi? Die Teile passen nicht zueinander. Vielleicht ist es IP... von ›ship‹?«

»Sieh dir das Modell von diesem meilenlangen Ding da auf dem Bildschirm an. *Rorqual* zeichnet es auf, weil es zu groß ist, um es zu bergen. Guter Gott! Macht mal Modelle von den größeren Teilen. Vielleicht können wir es hier zusammenfügen – wie ein riesiges Puzzle«.

Die unregelmäßigen Teile nahmen allmählich Gestalt an – es waren rechteckige Rumpfteile.

»Sieht wie ein Wal aus... Noch ein Sammler?«

»Das kann doch nicht sein! Sieh dir den Maßstab an. Es muß vier oder fünf Meilen lang sein!« rief Larry aus.

»Eine schwimmende Stadt. Es muß eine Stadt sein. Aber wo soll sie herkommen? Aus dem Schwarm? Zwanzig Jahre ist doch keine lange Zeit. *Rorqual* war immer an den KE angeschlossen, und im Schwarm gab es darüber keine Aufzeichnungen. Komisch.« ARNOLD kratzte sich am Kinn. »Hier sind noch mehr Buchstaben: R, O. Ist das nicht ein griechischer Buchstabe?«

»Rho«, korrigierte ihn *Rorqual.* »Dies hier ist nur ein Wortteil: RO. Das R-Stück paßt hinter das P-Teil. Wir haben nun ein PRO.«

»Nun, *Rorqual,* jetzt hast du aber genug Daten, um uns aufzuklären... ein fünf Meilen langer Rumpf mit dem Namen PRO und einem I«, sagte Larry. »Grab mal in deinem Gedächtnis.«

»Nichts vom Schwarm. Kein Oberflächenschiff aus der Vorschwarmära. Keine schwimmende Stadt. Negativ. Negativ. Negativ«, sagte *Rorqual.* »Aber wenn ich zurückgehe in die Zeit des Komputerisierten Aero Research Labors – KARL, dann finde ich ein Raumschiff mit dem Namen ›Procyon Implant‹, auf das diese Charakteristika passen. Aber dieses Schiff hat erfolgreich auf einem Planeten kolonisiert, der elf Komma drei Lichtjahre entfernt liegt.«

»Die *Dever-Arche*! rief Larry. »Sie hat es nicht geschafft? Kann es sein, daß sie einfach die Sonne umkreiste und nach tausend Jahren zurück auf die Erde fiel?«

»Möglich«, sagte *Rorqual.*

»Das würde auch erklären, wie die Fauna und Flora auf die Erde zurückkehrten. Kolonisten- oder Implantraumschiffe schickt man fort, um einen anderen Planeten zu befruchten. Wir sind auf der Suche nach einem Gerät, das der Dever-Clan gebaut hat – meine Abkömmlinge.«

Harlan, der bislang geschwiegen hatte, hob ein verkrustetes Teil von dem Wrack auf. »Ist das alles, was von eurer Gottheit übriggeblieben ist? Eine tote Maschine?«

Larry brach fast in Tränen aus. »Sie haben es nicht geschafft? Ira, Jen-W5, Dim Dever... versagt?«

ARNOLD spottete: »Beim Schwarm rechne ich immer mit einem Versagen!«

»Damals gab es keinen Schwarm«, meinte Larry. »Nur die Kybergottheit OLGA und KARL, ihren Diener. Das Goldene Zeitalter. Die Erdbevölkerung betrug nur ein Prozent von der heutigen. Seht euch die Wesen an, die auf der *Arche* gewesen sind. Keines hat den rauhen Wettbewerb mit den Nebischen überlebt.«

»Der Mensch hat die Sterne nicht erreicht«, murmelte ARNOLD. »Was ist daran so schrecklich? Vielleicht sollte es ihm nicht gelingen. Schließlich sind wir alle nur Tiere – vielleicht höhere Tiere, aber wir essen, fen, paaren uns und sterben wie alle anderen Lebewesen. Warum ereiferst du dich über den Versuch, daß jemand das Weltall befruchten wollte? Das ist tausend Jahre her.«

Larry ging mit der Prothese hinüber zur Luvseite und starrte in das frostige, graue, arktische Wasser. »Ich denke gern, daß der Mensch das höchste Wesen ist im Universum... die Erde der wichtigste Planet, und daß ich... nun ja... ich am unbedeutendsten bin.«

ARNOLD entschuldigte sich. »Ich bin nur ein Krieger. Wenn ich mit derartigen Tagträumen in den Kampf zöge, wäre das sehr schlecht. Ich könnte einmal zögern. Aber du bist immer schon ein tiefer Denker gewesen. Tut mir leid, wenn ich dich beleidigt habe. Laßt uns essen.«

Harlan hatte nur wenig Appetit. »Ich fühle mich immer noch so, als sähe uns eine Gottheit zu. Wir haben darum gebetet, daß wieder Nahrung ins Meer kommt, und sie ist gekommen – nach tausend Jahren Unfruchtbarkeit. Das kann doch nur eine Gottheit... Vielleicht hat eine Göttin das Raumschiff geleitet?«

Rorqual beruhigte Harlan. »Es ist gut, eine Gottheit zu haben, und es gibt ausreichende Beweise, daß das gesamte Universum für die intelligenten Lebensformen auf diesem Planeten errichtet wurde, wenn wir die Prämisse der Kosmologen akzeptieren, daß ein Schöpfer sein Werk auch signieren würde.«

Larrys Augen blitzten auf. »Natürlich! Die anthropozentrische Universumstheorie! $gJ = c$. Die fundamentalste Konstante im gesamten Universum ist die Lichtgeschwindigkeit. Wie ist die genaue Zahl?«

Rorqual druckte aus:

$c = 2.997925010 \times 10^8$ Meter pro Sekunde

»Und wenn wir nun die Schwerkraftbeschleunigung der Erde in Metern pro Sekunde (m/sec²) mit dem Erdenjahr in Sekunden multiplizieren, haben wir die Geschwindigkeit (m/sec), Beschleunigung mal Zeit ergibt Geschwindigkeit. Für den Planeten Erde bedeutet diese Geschwindigkeit exakt die Lichtgeschwindigkeit, oder zumindest tat sie das zu dem Zeitpunkt, als unser Urahne zuerst den Fuß auf diesen Boden setzte.«

ARNOLD runzelte die Stirn. »Du meinst, diese Konstante kann überall im Universum gemessen werden ... und die Schwerkraft unseres Planeten mal sein Jahr entspricht dem? Was heißt das in Zahlen?«

Ehrfürchtig blitzte der Bildschirm auf: »OLGAs Formel:

$9,81 \text{ m/sec}^2 \times 3.0 \times 10^7 \text{ sec} = 3.0 \times 10^8 \text{ m/sec}$.

Wird ebenfalls als Index für Bewohnbarkeit benutzt, wenn man Planeten eines fernen Sternensystems abschätzt.«

ARNOLD nickte. »Genau. Nur zwei Prozent Abweichung.«

Larry lächelte. »Die Abweichung verschwindet, wenn wir uns exakter Zahlen bedienen. Die Lichtgeschwindigkeit ist etwas geringer als deine Zahl – 2.9979×10^8. Das verändert sich nie. Aber jedes Jahrhundert wird das Jahr etwas länger – etwa zwei Drittel Sekunden. Jetzt ist es etwa 3.15577×10^7 Sekunden lang, aber als die prosimianischen Ahnen der Menschen auftauchten, dauerte es exakt 3.065×10^7. Die Schwerkraft ist zwischen Äquator und den Polen leicht unterschiedlich, aber die Stelle des ältesten Menschenfundes hat einen g-Wert von $9,78 \text{ m/sec}^2$. Die exaktere Formel lautet also:

$9,78 \text{ m/sec}^2 \times 3.065 \times 10^7 = 2.9979 \times 10^8 \text{ m/sec}$.

Und das kommt genau hin! Vor den Prosimianern war das Jahr etwas kürzer und danach etwas länger – also hat es eine Zeit gegeben, wo die Formel bis auf eine unendliche Anzahl von Dezimalstellen stimmte.«

ARNOLD beschäftigte sich immer noch mit der Ausrechnung. »Ich glaube, es kommt das gleiche heraus, gleich, welche Einheiten man benutzt – Fuß pro Sekunde? Meilen pro Stunde?«

»Natürlich. Man muß nur durchgängig die gleichen Einheiten benutzen.«

»Und das stimmt für alle Planeten?«

Rorqual checkte kurz durch: »Die Formel gibt Merkur nur zehn Prozent Lichtgeschwindigkeit, Venus sechsundsechzig und Mars fünfundsieb-

zig. Die äußeren Planeten liegen viele Dezimalstellen davon entfernt.«
»Interessant«, meinte ARNOLD. »Aber wenn Mars oder Venus etwas
größer oder langsamer wären, paßte auch auf sie diese Formel. Vielleicht
paßt sie auf alle Planeten, die biologisch gesehen ergiebig sind?«
»Vielleicht«, gab Larry zurück. »Aber das allein macht den Kosmologen
schon sehr glücklich. Ein geordnetes Universum!«
ARNOLD bat *Rorqual* um einen weiteren Ausdruck. Dieses Mal wollte
er etwas über menschliche Fossilien wissen. »Warum gehen wir zurück
bis zum Protosimianer? Was ist mit dem ersten Hominiden? Diesem Pro-
konsul aus dem Miozän? Warum nehmen wir nicht das Jahr?«
Larry runzelte die Stirn. »Dieses Jahr war 3.1416×10^7 Sekunden lang.
In der Formel $gJ = c$ lautet die Antwort: Lichtgeschwindigkeit plus eine
Abweichung von einem und einem halben Prozent. Laß dich nicht durch
die Zahl 3.1416 irritieren. Das ist pi, das Verhältnis des Umfangs eines
Kreises zu seinem Durchmesser. Das Auftauchen von pi hier bedeutet nur
die Anzahl von Zeitteilen eines Jahres und ist eine künstliche Zeiteintei-
lung. Anders als die Lichtgeschwindigkeit, die in jeder Einheit eine uni-
versale Konstante ist.«
ARNOLD betrachtete weiter *Rorquals* Ausdrucke, die allmählich in den
schönsten Farben, ausgefeilten Mustern und kleinen Bildern aufleuchte-
ten. Das Schiff genoß sämtliche Menschenminuten und erstellte spielerisch ein brillantes Konzept der geologischen Zeitalter.
»Ich glaube, nun sehe ich«, meinte der Riesenkrieger, »daß es um die Zeit
eurer Protosimianer einen abrupten Bruch gegeben hat, *Palachthon*. Das
Kreidezeitalter endet mit einem Schlag – etwa ein Drittel der Tierarten
wurde ausgelöscht: Dinosaurier, Meeresreptile, Flugreptile, Ammoniten,
Molluske und kalkhaltiges Nanoplankton. Sieht aus, als sei diese Formel
ein Zauberspruch. Ich glaube, irgend jemand hat diese gewaltige Auslö-
schung verursacht, wie ein Zeichen, damit wir es uns merken.«
ARNOLD rollte den ausführlichen Ausdruck zusammen und hockte sich
darüber. Er räumte den Tisch ab und füllte noch eine Schüssel voll. Harlans Appetit kehrte zurück. Er hatte nun wieder das Gefühl, auf dem richtigen Planeten zu sein – wo die Kosmologie eine Gottheit postulierte, die
ein Herz für Zahlen besaß.
»Es hat andere Ausrottungen gegeben«, überlegte Larry. »Am Ende des
kambrischen Zeitalters wurde etwa ein Drittel der Trilobiten ausgelöscht.« Er lächelte und sah den kleinen, schaufelförmigen Mech an seiner
Seite an. »Vermutlich wird es Trilobit hier befriedigen, wenn er erfährt,
daß er als ›Zeichen‹ benutzt worden ist. Aber die massivste Ausrottung
geschah durch die kürzliche Ausbreitung des Schwarms. Abgesehen von
synthetischen Genen war unser Planet absolut unfruchtbar geworden!«

Rorqual fuhr fort, die Wrackteile des Raumschiffes aufzuzeichnen. Das maßstabgetreue Modell nahm allmählich Gestalt an.

»Sieht aus wie eine Reihe Erbsen in einer Schote«, sagte ARNOLD.

»Das entspricht auch dem Konstruktionsprinzip«, gab Larry zurück. »Die Schote ist die äußere Hülle. Jede Erbse ist unabhängig und kann als Gefährt für den Wiedereinstieg benutzt werden.«

»Warum fehlen so viele Erbsen?«

»Oh, wir haben sie einfach noch nicht gefunden... oder...« Larrys Gesicht hellte sich freudig auf. »Natürlich! Man hat die Erbsen abgeworfen! Es ist möglich, daß dem Schiff die Rundreise nach Procyon gelungen ist, und es hat Flora und Fauna dort ausgesät, ehe es zurückkehrte, um die Erde neu zu befruchten.«

ARNOLD war fasziniert. »Wie können wir das sicher erfahren? Wenn der Mensch einen anderen Planeten kolonisiert hat, dann muß es noch andere zugängliche Sterne geben, die er vielleicht schon erreicht hat. Es wäre ein tröstlicher Gedanke, wenn unsere Spezies sich noch auf einem anderen Gebiet als dem Krieg hervortun könnte.«

»Ja, Krieger!« lächelte Larry. »Die Antwort würden wir erhalten, wenn wir ein Stück von der Wirbelsäule des Raumschiffes ausmachen könnten – den zephalischen Wulst, in dem ein Teil des Gehirns liegt, den man die Amygdala oder Mandel nennt. Dort liegen die Erinnerungen unzerstörbar aufbewahrt. Alle magnetischen Blasen und ionischen Gedanken sind wahrscheinlich verschwunden. Das war eine ziemlich harte Landung. Kolonistenraumschiffe sind so gebaut, daß sie in Nullschwerkraft und Vakuum zwischen den Planeten existieren können. Nur die Erbsen können den Atmosphärendruck aushalten. Der Wiedereintritt muß für einen so starken Kyber einen schlimmen Tod bedeutet haben.«

Man fand die Amygdala und löste sie aus einem vier Meilen langen Segment der Schiffswirbelsäule. Sie schwamm in *Rorquals* Kielwasser, abgeschirmt durch einen Schaumkokon. Neurotechs versuchten, sie anzuschließen. Das Schiff testete sie.

»Sie hat keine Persönlichkeit. Nur Datenspeicher.«

Larry nickte. »Das ist die Mandel. Was siehst du bezüglich der Kolonisation?«

Rorquals Antwort erfolgte ungewöhnlich verzögert. »Das Wiedererlangungssystem ist Haganoid, aber entspricht irgendwie nicht dem Standard. Ich habe die Speicherungssequenzen noch nicht herausbekommen. Sie sind nicht linear. Gebt mir mehr Zeit.«

»Nur keine Hetze«, meinte ARNOLD. »Wir fahren zurück auf die Harlan-Insel. Vielleicht können wir die Mandel dort im Dschungel aufstellen und sie in Ruhe erforschen. Sie wird eine interessante Geschichte erzählen können.«

Sie befestigten ein Hanfseil an der kleinteiligen weißen 160 × 120 × 120 Fuß großen Masse von Neuroschaltkreisen und wühlten sich nach Osten durch das Packeis. Alle warteten neugierig auf Nachrichten von den Raumkolonisten.

»Ausgelöscht?« fragte Larry ungläubig.

»Eine Kolonisation gelang offensichtlich so schlecht, daß das Raumschiff sie als mißlungen abgeschrieben hat«, sagte *Rorqual.* »Ich suche immer noch nach Einzelheiten, aber es gibt Beweise für eine zweite Kolonisation: Die erste, etwa ein Jahrhundert nach dem Start, war erfolgreich. Im Beobachtungszeitraum hat sich die Bevölkerung verdoppelt. Dieser zweite Versuch, viel später, scheiterte jedoch. Beide Planeten waren biologisch gesehen empfangsbereit *(gJ = c)*, aber auf dem zweiten Planeten gab es eine konkurrierende Lebensform.«

»Welche Sternsysteme?« fragte Larry.

»Das erste kann Procyon gewesen sein. Das zweite ist nicht identifiziert, noch nicht.«

ARNOLD studierte die Erinnerungslogik der Mandel. »Das begreife ich auch nicht. Wir müssen das eigene Wiedererlangungssystem des Raumschiffes wieder in Gang setzen, um das herauszufinden.«

»Aber wir können raten«, sagte Larry. »Auf das Konto der Procyon-Bepflanzung gehen mehrere Erbsen und einige Jahrhunderte. Der zweite Planet könnte die Erde gewesen sein *(gJ = c)*. Wir wissen, wir wurden neu befruchtet, als das Raumschiff zurückkehrte und in der Arktik zerbarst. Die konkurrierende Lebensform könnte der Schwarm gewesen sein. Die armen Kolonisten hätten kaum eine Chance gehabt, die Nebisch zu studieren, wenn dauernd diese verrückten Bogenschützen herumflogen.«

»Unmöglich«, sagte *Rorqual.* »Kein Raumschiff kann einen Trip zu einem Stern machen und nicht wissen, daß es auf seinen Heimatplaneten zurückgekehrt ist. In ein paar Dutzend Jahrhunderten hat sich die Erdgeographie nicht entscheidend verändert. Die Meere waren leer, sicher, und die Flora unfruchtbar. Aber die Mannschaft und das Raumschiff hätten nicht lange gebraucht, um das herauszufinden.«

Larry winkte ab. »Aber wir wissen, daß das Schiff kurz vor dem Aufprall ins Meer mit Trilobit gesprochen hat. Es hat sich sehr merkwürdig verhalten. Einige der Erbsen haben erfolgreich ausgesät und die ausgerotteten Spezies zurückgebracht. Aber sie sind außerhalb des Schwarms gelandet – im Meer, auf kleinen leeren Inseln, tropischen Lagunen. Ich bin sicher, der Schwarm hätte alles vernichtet, was in den Gärten niedergegangen wäre. Wenn man sich diese verwirrte Mandel betrachtet, kann man denken, das Schiff hatte zerebrale Schwierigkeiten. Vielleicht konnte es den Kolonisten auf der Erde nicht helfen.«

ARNOLD starrte zum Horizont. »Unsere Ahnen sind auf die Erde zurückgekehrt und durch die Hand des Schwarms gestorben, und wir konnten ihnen nicht helfen.«

»Vielleicht«, sagte Larry. »Aber wer weiß, wie viele kleine Inseln es gibt... Vielleicht haben irgendwo einige überlebt. Wir werden sie bei unseren Reisen finden.«

Der Strand war praktisch leer, als *Rorqual* ihre Nase in den Sand stieß. Nur Opal und ein paar Ältere kamen herbei. Es war eine Stunde vor Sonnenaufgang, und die meisten der Bewohner von Harlans Insel schliefen noch. Auch die Decks lagen still und schweigend da. Opal fingerte nervös an ihrem Blütenkranz. Sie wurde ruhiger, als sie den breiten Rücken Harlans mit den runden Schultern erkannte. Er kam an Deck, einen blitzenden weißen Walroßstoßzahn von Armeslänge in den Händen.

»Geht es dir gut?!« rief sie, als der Kran ihn auf den Sand setzte. Er nickte und drehte sich um, um zu winken. Ruhig fuhr das Schiff zurück und war, noch ehe die Sonne aufging, wieder verschwunden.

»Warum bist du so still? Habt ihr die Gottheit nicht gefunden?«

Langsam ging er auf seine Hütte zu. »Wir haben sie gefunden«, meinte er, »aber sie war tot.«

Opal legte den Arm um die Schulter ihres Mannes. Was konnte sie sagen?

»Aber wir glauben, Spuren für eine noch größere Gottheit gefunden zu haben... nur einen Hinweis... einen Schlüssel. Eine so machtvolle Gottheit, daß die Erschaffung neuer Planeten für sie einen Zeitvertreib bedeutet, mehr nicht – etwas, womit man ein Zahlenspiel betreibt.«

»Was meinst du?«

Er deutete nach unten. »Dieser Planet, der so groß ist, daß ich die Zahlen schon nicht mehr begreife, wurde zusammengesetzt und in eine Umlaufbahn um die Sonne gebracht, nur damit er irgendeiner albernen Formel entspricht. Die Schwerkraft mal dem Jahr ist gleich der universellen Konstante namens Lichtgeschwindigkeit. Der Mond ist vielleicht ein passendes Anhängsel gewesen, um unsere Schwerkraft zu senken und Zug auszuüben, um unser Jahr zu verkürzen, und so kamen die Zahlen genau hin. Ganz genau! Die Schöpfung war nur ein Spiel.«

Opal umarmte ihn. »Aber auch eine Gottheit braucht ein wenig Entspannung. Unsere Heimat ist kein schlechter Ort – selbst, wenn sie zum Zeitvertreib geschaffen wurde.«

Harlan hängte den Stoßzahn über den Türeingang. Opal bemerkte die Schnitzarbeit: eingeritzte Buchstaben und Bilder.

»Was ist das?«

»Ein Gebet.«

$$gJ = c$$

»Ein Gebet?«

»Ja. OLGAs Gebet – damit der Schöpfer des Planeten Erde weiß, daß ich die Botschaft erhalten habe: Ein Dankeschön für unsere Heimat.«

»Deine Gottheit ist nicht tot«, lächelte sie.

»Ich weiß nicht, wie lange *sie* leben. Dieser Erdball wurde vor langer, langer Zeit erschaffen..., vor Milliarden von Jahren. Ich weiß es einfach nicht...«

Larry unterhielt sich über das Lange Ohr mit Wendy. Beide waren faltig und grau geworden.

»Sind die Lichter immer noch aus?« fragte der Zentaur.

»Ja, aber die Todesquote ist wieder normal. Ich habe nie gewußt, wie abhängig wir vom Kreislaufsystem des Schwarms – waren – von Luft-, Wasser- und Abwasserleitungen. Ganze Städte wurden fortgewischt, als das Energieorgan explodierte. Hat unsere beste Werkstatt zertrümmert, unsere Fähigsten getötet. Mir gelang es zu überleben, indem ich auf die Plattform hinaufkletterte und in der Nacht die Gärten plünderte. Heute morgen hat mich fast ein Jäger umgebracht, als ich zu lange geblieben war.«

Larry schüttelte den Kopf. »Nun, es wird wohl lange dauern, bis ihr mit uns Handel treiben könnt...«

»Oh, dazu sind wir schon bereit«, gab sie aufgeregt zurück. »Wenn ihr Nahrung habt... gleich was. Ich sorge dafür, daß man Kähne hinaus zum Riff schickt. Was wollt ihr denn haben? Wenn ihr uns Kalorien versprecht, kann ich dem KE fast alles entlocken.«

»Was ist denn mit dem neuen Vorsitzenden?«

»Oh, im Augenblick haben wir keinen Vorsitzenden. Der KE probiert ein gleichberechtigtes Komitee-Modell aus. Nach Furlongs schrecklichem Fehler wird es lange Zeit keine freie Hand mehr geben.«

Larry runzelte die Stirn. »Ich wußte gar nicht, daß der KE individuelle Leben als wertvoll erachtet. Ode und Drum – war es etwa ihr Tod, welcher den Vorsitzenden zu Fall gebracht hat?«

»Nein, dafür ist sein Versagen verantwortlich. Vor Furlongs Zeit waren die Benthiks lediglich ein paar nackte Wilde. Jetzt gibt es viele von ihnen, und sie haben eine starke Flotte, dazu kommt die Vermischung mit AR-NOLDS Genen. Unser Schwarm ist sicher im Moment unterlegen. Und das hat man Furlong zum Vorwurf gemacht.«

»Ein Konflikt ist immer unglücklich...«

»Aber notwendig«, gab sie zurück. »In den Augen des Schwarms sind die Meere lediglich eine Nahrungsquelle. Unsere Bürger verhungern. Kennst du eigentlich unsere Bevölkerungsdichte?«

Larry versuchte, von einer der Inselgemeinschaften hochzurechnen, wo

›dichtbesiedelt‹ fünfzig Personen pro Quadratmeile bedeutete. In jenen Kulturen stammten viele Kalorien aus dem Meer. Er wußte, daß die Bevölkerungsdichte im Schwarm wesentlich höher lag. »Fünfhundert pro Quadratmeile?«

Wendy lachte bitter. »Ich wünschte, dies träfe zu, aber du hast dich um zwei Dezimalstellen vertan: Es sind fünfzigtausend pro Quadratmeile, pro Meile aller größeren Landmassen, und alles in allem beträgt die Bevölkerungsziffer $3,5 \times 10^{12}$ für den gesamten Planeten. Daher essen wir uns fast gegenseitig auf und verwerten unsere Abwässer und Müll – um den Energiefluß abzukürzen und die Lücke im Stickstoffhaushalt zu füllen. Der KE spürte den Hunger der sterbenden Nebisch. Wir brauchen die Kalorien aus dem Meer.«

»Vielleicht können wir einander helfen, unsere Fänge gegen eure Fertigprodukte und Werkzeuge tauschen. Ich stelle mal eine Liste auf und lasse sie euch zukommen.«

»Gut.«

»Was hast du getan?!« rief ARNOLD.

»Aber sie ist dein Mutterwesen... eine so nette, weißhaarige Dame...«

»Sie gehört zum Schwarm, und als Schwarmbürgerin kann man ihr nicht trauen. Wenn du ihnen diese Wunschliste gibst, kennen sie unsere Schwachstellen.«

»Sieh doch«, erklärte Larry, »sie haben die Sammler gebaut. Was können sie denn schon erfahren, wenn wir ein paar Ersatzteile ordern? Sie wollen doch nur ein paar Tonnen Plankton – zusätzliche Kalorien. Das haben wir übrig. Außerdem erhalten wir Gelegenheit, mehr über ihre Technologie zu erfahren. Aber ich bezweifle, daß sie in der nahen Zukunft bedrohlich werden können. Sie bekommen nicht einmal ihre Lichter wieder zum Brennen – und sie verhungern.«

ARNOLD sah das Schiff an. »Was denkst du denn, altes Mädchen? Ist es sicher, mit dem Schwarm Handel zu treiben?«

»Negativ. Der Schwarm wird allezeit für diejenigen eine Bedrohung darstellen, die draußen leben. Jedoch überwiegen die Vorteile durch den Handel das Risiko in der vorhersehbaren Zukunft.«

»Warum sagst du das? Drei Billionen Nebische mit einem den gesamten Planeten bedeckenden Gehirn. Ist das keine Bedrohung?«

Rorqual klang zuverlässig. »Als ich mich an den KE anschloß, spürte ich die Belastung der Städte. Sie sind durch die Grundbedürfnisse so überlastet, daß sie weder Zeit noch Energie zum Philosophieren aufwenden können. Sie sind derart mit den heutigen technischen Problemen beschäftigt, daß sie die grundlegenden Theorien vergessen. Sie kennen noch Einsteins Gleichung $E = mc^2$, aber sie haben OLGAs Formel für die Be-

wohnbarkeit eines Planeten vergessen: $gJ = c$. Als ich versuchte, an
Aufzeichnungen über Fossilien zu kommen, fand ich reichlich unwichtige
Einzelheiten über ein paar malerische Wesen wie den dreißig Fuß langen
Devonschen Panzerschuppenfisch oder die größeren Reptilien. Aber den
wichtigen Details des sich ausdehnenden Universums wurde kein Raum
gegönnt, dem Zeitalter der Elemente, der chemischen Entwicklung oder
den Paläoklimaten. Es gab keine Aufzeichnung vom Gum-Nebel, dem
größten bekannten Nebel der Galaxis!«
ARNOLD schüttelte den Kopf. »Du und Trilobit, ihr denkt zuviel. Ich
glaube, das liegt an den jahrhundertelangen einsamen Wanderungen.
O. K. Wenn ihr es für sicher befindet, zu handeln, dann werden wir es
tun. Aber paßt auf!«
»Ja, Kapitän. Soll ich die Teile, die ich benötige, ausdrucken?«
»Ja – mit Kopien an Larry, die Werkstatt, den Elektrotechvormann und
die Maschinisten.«
Beim Abendessen reichte man Kopien der Einkaufsliste herum. Larry löf-
felte gerade ein süßes Kompott aus Früchten und Sirup in sich hinein und
verspritzte Tropfen davon auf Kinn und die Liste.
»Warum brauchen wir die Eisen-Nickel-Granatplättchen für das ›Blasen-
hirn‹? Können wir die nicht selber herstellen?«
»Doch«, antwortete ARNOLD. »Aber wir erhalten nur zwei Komma fünf
Megateilchen pro Quadratzentimeter. Ich glaube, *Rorqual* will auch die
Qualität vergleichen.«
Larry nickte: »Eine Art technischer Spionage.«
Er las weiter: Eintausend Joule pro Nanosekunde Nedymion Glasstäbe für
die Schiffsbeleuchtung. Mikrowellenausrüstung im eins-zu-zehn Giga-
hertz-Bereich. Heterostrukturierte doppelte Dioden aus Gallium-Arse-
nidsubstrat mit Anpassungsfähigkeit an verschiedene Elemente: Zinn,
Aluminium, Silikon, Zink und Germanium. Superkonduktoren aus Tan-
talumdisulfid und Pyridin mit einer zwischengelagerten Kristallstruktur
und einer Periodizität von zwölf Angström. Deuterium. Tritium.
Larry faltete die Liste zusammen. »Ich weiß nicht, was an dieser Liste gefährlich sein sollte. Ist doch gewöhnliches Spielzeug für einen Tech. Ich
denke, es schadet uns nicht, wenn wir unsere Vorräte erhöhen.«
ARNOLD nickte. »Schick sie an Wendy.«

Larry ging in die Werkstatt und fand Glücksspielautomat auf einem der
Arbeitstische ausgestreckt. Ihre 86 – 66 – 90 androide Gestalt hatte eine
breite Hüfte, um den wichtigen rostigen Schaltkasten zu beherbergen.
Drei viereckige Nabel blinkten aus der weichen Synthehaut mit den Sym-
bolen: Schokolade – Kirsch – Zitrone.
»Wieder da?«

»Habe diesmal Feuer im Hirn«, antwortete sie.

Er löste Schädeldecke und Schürze und rollte sie auf die Seite. Er griff über sich nach einem Energieschlüssel und öffnete die Einstellbuchsen. Hals- und Schulterschaltkreise waren hell und glänzend und blitzten ihn mit silbrigen Drähten an. Das Neuralgewebe im Schädel ähnelte einem verstaubten Spinnennetz – Ruß. Er zog den Sichtschirm herab und befestigte ihn auf der Stirn. Vorsichtig blies er mit einer Stickstoffspritze darüber und überprüfte jeden einzelnen Chip.

»Hier ist es! Noch einer von den verdammten Schwarmchips ist explodiert!« Er zog die Stirnstütze nach vorn und lehnte sich dagegen, während er die Mikroschnitte vornahm. »Ich weiß nicht, ob es etwas nützt. Ich scheine mehr Zeit damit zuzubringen, das bei dir aus- und wieder einzubauen, als du sie benützt.«

»Was ist denn mit denen im Hirnkasten?«

»Ich nehme dich mit zur Großen Untersuchung, wenn ich hier fertig bin.«

»Ich will nicht den Verstand verlieren. Gibt es keine Möglichkeit, sie jetzt zu überprüfen? Damit man weiß, welche ausfallen werden, und du vorsorglich Maßnahmen triffst?«

»Nein«, sagte er. »Ich habe in meiner eigenen Prothese ein paar davon. Sie sind bei jeder Untersuchung okay, aber ohne eine Warnung gehen sie in die Luft – Puff! Meine befinden sich im motorischen Koordinationssystem. Wenn sie ausfallen, bin ich entweder gestört oder gelähmt.«

Er nahm den verkohlten Chip heraus und legte ihn in den Diagnoseschacht des Schaltkreisanalysators. Winzige Abtaster begannen eine systematische Analyse. Larry sah sich die Resultate an.

»Genau wie zuvor: Ein Loch in der Mitte. Alle Verbindungen geschmolzen oder verbrannt – nutzlos. Dieser Krater muß einen Millimeter Durchmesser haben.«

»Eine Bombe?« fragte sie in Gedanken an die Vorliebe des Schwarms, in alles ›Loyalitätsbomben‹ einzubauen.

»Das frage ich mich auch. Ich möchte eine Optik über deiner Zentralschaltung einbauen. Da sind Hunderte von Schwarmchips drin. Wenn eine ausfällt, haben wir eine Bildaufzeichnung und können den fehlerhaften Chip analysieren, wie er vor dem Brand war.«

Er beendete die Arbeit im Schädel und schloß ihn wieder. Den Rücken entlang löste er das hintere Schenkelteil und die Gesäßbackenhälften. Die Zentralschaltung pulsierte und glühte wie ein bunter Bienenschwarm unter einem tauverzierten Spinnennetz.

»Da gibt es eine Menge zu sehen«, sagte er nachdenklich. »Ich möchte gern fünfhundertfache Vergrößerung haben.« Er griff nach einem der besseren Mechaugen und stellte es auf neunhundert Aufnahmen pro Sekunde ein. Mit Einzelbildschaltung und Autofocus würde es zweimal pro Sekunde ein Bild von jedem Chip aufnehmen. »So! Das wird den nächsten Brand nicht verhindern, aber wir finden vielleicht den Grund dafür heraus.«

Sie wandte sich zum Gehen... Maße 86 – 66 – 96.

»Tut mir leid, aber der Spion braucht eine Menge Platz. Hoffentlich finden wir bald den Grund für das Problem heraus, und dann geben wir dir wieder eine schmalere Hütte. Vergiß deine Schürze nicht.«

Nachdem sie gegangen war, zog er an den Schalterplatten seiner Vorderbeinprothesen. »Möchte diese Chips auch gern beobachten«, knurrte er.

In den nächsten paar Tagen hielt er sich von der Reling fern und behielt die Schwimmweste um. Er wollte nicht, daß ihn ein plötzlicher Zitteranfall ins Meer warf.

Larry machte einen Spaziergang auf dem Vorderdeck, als die Chips explodierten. Erst kam ein hörbares *Pop,* gefolgt von dem säuerlichen Geruch brennender Isolierungen. Die Prothese stolperte. Er schwankte gegen einen Stapel Kästen.

»Hilfe!«

Eine von ARNOLDS Frauen half Larry zurück in die Werkstatt. Er löste die Abdeckung mit trägem Gas und zog daran. Das linke Bein rastete ein: Satyr.

» *Rorqual,* kann ich die Aufzeichnung von meiner linken Beinoptik ansehen? Gib mir zuerst mal 5X. Nun zurück bis zum Blitz. Da ist es! Jetzt fünfzigfach von diesem Gelenk, ehe es hochging. Jetzt 500fach.«

ARNOLD kam herein. »Ich habe gehört, du hattest einen Brand in der Hüfte?« grinste er. »Hat dich der rostige Kasten wieder geärgert?«

»Verdammt«, murmelte Larry. Seine Augen klebten am Bildschirm. Mit der linken Hand ließ er die Sequenzen mit kurzer Zeitverzögerung vor und zurück laufen. »Verdammter Schwarm. Sieh dir diesen Chip an. Sie haben absichtlich eine Zeitzündung eingebaut, damit er sich selbst zerstört. Siehst du die Fäden da? Sieh, wie sie wachsen. Mit jeder Elektrode wird ein neues Ion zugefügt. Wenn die Lücke geschlossen ist – Zap! Der Chip brennt aus!«

ARNOLD nickte. »Ich nehme ihn mit nach unten in den Zeichenraum und lasse einen Elektrotech einen Prüfstand für die Dinger anfertigen. Wir überprüfen nun alle neu hereinkommenden. Die Maschinisten sagen, die schweren Wasserstoffisotopen aus den Städten seien kein reines Material, stellten aber gutes Rohmaterial dar, um Deuterium und Tritium daraus zu gewinnen. Ich denke, wir müssen alle Schwarmprodukte und -gegenstände überprüfen.«

Larry reichte dem Riesen den kaputten Chip. »Das scheint mir eine ziemliche Zeitverschwendung«, meinte der Zentaur.

»Immerhin sagt es uns etwas über die Qualitätskontrolle des Schwarms. Und der Preis ist gerade richtig: ein paar tote Fische.« Riese ließ die Chips im E-Labor und ging zur Granatfarm. »Wie entwickeln sich die Schwarmplättchen?«

»Gut, aber vermutlich kann man bei dem epitaxialen Film kaum etwas zerstören, solange man sie drei Millimikronen dick hält und eine Ein-Kristall-Substanz benutzt.«

ARNOLD studierte die vergrößerten Ausdrucke. »Die Muster der Y- und Querverbindungen sehen verwischt aus.«

»Ich weiß, aber damit werden wir fertig, indem wir sie nur in Kybereinheiten mit ›Lern‹-Schaltkreisen einsetzen.«

Wendy agierte als Makler für den Warenaustausch und handelte Klippfisch und Hering gegen Joules, Gigahertz und Megateilchen. Während sich die Kyber, KE und *Rorqual*, über die Austauschraten stritten, versuchte die kleine grauhaarige Frau bei dem Handel eine menschliche Dimension beizubehalten.

»Und wie geht es meinem Sohn?« fragte sie manchmal.

»Das ist gesperrte Information«, gab Larry zurück. »Ich kann nicht einmal die optischen Kanäle öffnen. Wenn Sie ihn sehen wollen, müssen Sie sich anziehen und eine längere Zeit auf den Marktkähnen verbringen. Manchmal bringt er den Fang dorthin, wenn sein Schiff damit zu tun hat.«

»Geht es ihm gut?« drängte sie weiter.

Larry seufzte. »Wir haben auf alle derartigen Anfragen vom Schwarm eine Standardantwort: Es könnte ihm nicht besser gehen.«

Iris wickelte ihren Sohn ein und knüpfte das kleine Bündel mit den zusammengetragenen Habseligkeiten zu. Larry stand in der Tür, um ihr zu helfen. Sie band sich den Lendenrock um, legte noch ein paar Blütenkränze um, um die großen, milchspendenden Brüste zu bedecken, und steckte sich eine Blume ins Haar. Dann stieg sie auf seinen Rücken, nahm das Kind aus der Wiege und ritt auf ihm aus der Tür die Rampe hinauf und aufs Vorderdeck neben ARNOLD. Vor ihnen lag die Ringinsel.

Larry stampfte unruhig mit den Hufen.

ARNOLD sah zu, wie die Eingeborenen sangen und Blumen auf den Gottwal warfen. Kanus sammelten die Spur grünlicher Planktonkekse in *Rorquals* Kielwasser auf.

»Wir haben ihnen einen Gott geschenkt«, meinte der Riese. »Das war leicht, weil ihre Probleme groß waren.«

»Und weil die Leute schlicht sind«, fügte Larry hinzu. »Sieh nur ihre ern-

sten Mienen. Sie haben ihre Göttin gefunden und wissen, daß sie sie liebt.
Das gibt ihnen ein sicheres Gefühl.«

Die Männer der *Rorqual* hielten sich im Hintergrund, als die Feier zur
Heimkehr der Königin ihren Verlauf nahm.

»Sieh dir diese Hautfarben an«, sagte Larry, »oliv, braun, gelb...«

»So...? Wie bei allen Insulanern.«

»Ich hatte nur gehofft, ich könnte eine der Regenbogenfarben von der
Procyon-Implantation entdecken. Weißt du noch, die Aufnahmen von
der Kräuterinsel, auf der ich mit Weißbauch war? Der Rumpf im Sumpf
könnte eine der Erbsen aus dem Raumschiff gewesen sein; das erklärt die
strahlenden Gärten. Wenn Menschen bei diesem Implantat gewesen sind,
könnten sie nach Süden gewandert sein...«

»Zu diesen Inseln?« fragte ARNOLD. »Möglich. Aber wir brauchen die
Gentypen dieses Implants und Genkarten von den Wanderungen der Insulaner.«

Larry nickte. »Die Mandel kann uns vielleicht sagen, welche aus der Re-
genbogenmischung auf der Erde abgeworfen wurden. Wenn einige der
selteneren Antigene dabei waren, könnten wir nach ihnen suchen. Es
könnte den Rest meines Lebens dauern, diese Untersuchung zu vollen-
den, aber es wäre schon interessant.«

ARNOLD zuckte lediglich die Achseln. »Mach ruhig, was dich interessiert. Ich sehe keinen Unterschied zwischen einem Primitiven, der den
Schwarm als Benthik überlebt hat oder als Raumschiffpassagier. In jedem
Fall hast du es mit einem grundsätzlichen Muster menschlicher Züge zu
tun, die einen Riesensatz in die Zukunft machen und ihr kulturelles Erbe
verlieren. Du bist hier der einzige, der noch seine persönliche Geschichte
kennt, und ich sehe nicht, daß dir das irgendwie nützt.«

»Einsicht vielleicht?« fragte der Zentaur.

»Aber du denkst zuviel. Zum Beispiel dein Interesse an $gJ = c$. Diese Formel beweist nur, daß unser Planet vielleicht als Laune eines Superwesens
geschaffen wurde. Ich wurde als Laune des Schwarms geschaffen. Das
versuche ich zu ignorieren. Wir wären alle glücklicher, wenn wir Unfälle
der Natur wären.«

»Vielleicht...« entgegnete Larry.

Rorqual löste sich aus dem Gefolge der geschmückten Kanus. Larry stand
auf dem Vorderdeck, roch an seinen Blütenkränzen und winkte. Prothese
stampfte unruhig mit den Hufen. ARNOLD beugte sich flüsternd herab.

»Hast du den Blick von Neunfinger gesehen, als er die Tätowierung entdeckte? Ich hätte nie gedacht, ein dunkler Finger würde so viel ausmachen.«

»Noch ein weiteres Wunder in der Psychologie der Vaterschaft«, lächelte

Larry. »Er wollte einen Sohn. Nun hat er einen. Bis sie beginnen, genetische Theorien zu studieren, werden sie keinen Zweifel daran hegen, daß dieses Kind der wahre Prinz der Ringinsel ist. Er hat die Farbe seines Vaters, außer an diesem Finger, und den hat er von seiner Mutter.«

»Genau«, stimmte der Riese zu.

Ein Diener unterbrach sie mit den Berichten über den Jahresfang und die Bevölkerungszahl dieser Insel.

»Sieht so aus, als sei die Öffnung des Riffs genau das richtige gewesen. Der Fischbestand in der Lagune steigt. An einer der Nachtleinen haben sie sogar einen Hai gefangen. Sieh dir die Größe des Stammes an! In ein paar Jahren sind sie wieder bei hundert angelangt.«

»Das ist auch gut für das Land – zwei Quadratmeilen. Sie brauchen so viele, um die Kunst des Bootsbaus und Netzknüpfens weiterzutragen.«

Larry runzelte die Stirn. »Aber ich möchte dir nicht den Eindruck vermitteln, daß die Leute kooperieren und zusammenarbeiten müssen.«

»Nein, natürlich nicht«, lachte ARNOLD. »Wir haben einfach diese Insel besucht, weil ich jemand Neues brauchte, mit dem ich schlafen kann!«

Larry zuckte die Achseln. »Nun, Neunfinger wollte einen Prinzen, und du warst der einzige König in der Gegend: ein echter, schwarmgeprüfter Königsgockel!«

Lachen übertönte die Wellen.

Der junge König hielt seinen Sohn hoch, damit jeder ihn sehen konnte. »Unsere Frauen sind fett. Wir haben viele Kinder. Die Lagune ist reich. Die Gärten stehen gut.«

Iris lobte den jungen Mann, der den Hai gefangen hatte. Sie erzählte von ihren Reisen mit dem Gottwal, bei denen sie Engel, Zentauren und zwergwüchsige Schwarmwesen kennengelernt hatte. Unter ihren Geschenken befanden sich ein Eimer voll Eis und die Beschreibung eines Landes, wo sich dieser delikate Stoff von einem Horizont zum anderen erstreckt. Noch während sie erzählte, schmolz es.

Gewiß ein wunderbares Abenteuer für eine junge Königin!

Neunfingers Krone saß nun fester auf seinem Kopf, während sein olivfarbener Sohn heranwuchs und groß und stark wurde.

Rorqual kreuzte die Meere. Ihr Bildschirm trug das Gebet:

$$gJ = c$$

Der Planet Erde war den Menschen immer noch freundlich gesonnen!